A^{t}V

BARBARA KROHN, 1957 in Hamburg geboren, arbeitet als Autorin und Übersetzerin und lebt mir ihrem Mann und zwei Kindern in Regensburg.

Im Aufbau Taschenbuch Verlag sind von ihr die Romane »Der Tote unter der Piazza« und »Weg vom Fenster« erschienen. Beide Bücher sind für den begehrten Glauser-Preis nominiert worden. Außerdem erhielt Barbara Krohn im Jahre 2002 den Kulturförderpreis der Stadt Regensburg.

»Barbara Krohns neuer Roman ›Rosas Rückkehr‹ schildert äußerst subtil die Gefühle einer jungen Frau, die nach langem Aufenthalt zurück in ihre Heimat kommt und dort bereits am ersten Morgen mit einem Mord konfrontiert wird. Nach und nach lernt man eine vielköpfige Familie kennen, in der es nicht nur brodelt, sondern richtig kocht. Fünf Geschwister, wie sie unterschiedlicher nicht sein könnten, die in Liebe entbrannte siebzigjährige Mutter, ein gutaussehender Polizist und die Ostsee spielen die Hauptrollen. Ich habe dieses Buch nur zum Essen und Schlafen aus der Hand gelegt.«

Ingrid Noll

Barbara Krohn

ROSAS RÜCKKEHR

Roman

Aufbau Taschenbuch Verlag

ISBN 3-7466-1941-6

1. Auflage 2003
Aufbau Taschenbuch Verlag GmbH, Berlin
© Rütten & Loening Berlin GmbH, 2002
Einbandgestaltung Lemme/Henkel
unter Verwendung eines Fotos von © The Image Bank
Druck Ebner & Spiegel, Ulm
Printed in Germany

www.aufbau-taschenbuch.de

Für Ruth, Eberhard und Phil

»You can go your own way
go your own wy ...«
(Fleetwood Mac)

»Das Meer ist ja, hols der Deibel, immer schön.«
(George Grosz)

1

Der Mann links neben ihr, der in New York zugestiegen war, benutzte dasselbe After Shave wie Steven – und Steven war das allerletzte, woran Rosa erinnert werden wollte. Seit ihrem Abflug ging das so: Seit sie morgens in San Francisco ins Flugzeug gestiegen war, schlich die Vergangenheit sich an, überfiel sie ohne Vorwarnung, geradezu hinterhältig. Und ohne zu differenzieren, zu gewichten: die einen ins Kröpfchen, die andern ins Töpfchen. Hier oben in der Luft schienen sämtliche Abwehrmechanismen außer Kraft gesetzt zu sein. Freie Bahn für Erinnerungen jeder Art.

Eine Zumutung, dachte Rosa. Wenn sie das geahnt hätte, hätte sie gleich da bleiben können. Nach Stevens unrühmlichem Verschwinden aus ihrem Leben war sie lange genug ziellos in dieser trüben Brühe aus Gestrigem und Vorgestrigem getrieben, ohne Land in Sicht, geschweige denn festen Boden unter den Füßen. Überall, wohin sie auch ging, hatte die Rosa-und-Steven-Vergangenheit gelauert: bedrohlich, fratzenhaft, manchmal verzerrt wie die unkenntlich gemachten Stimmen und Gesichter geständiger Verbrecher in irgendeinem Fernsehsender. Stevens Verbrechen war anderer Natur und vor allem nicht strafbar. Steven hatte Rosa verlassen. Wegen einer anderen Frau. Nach acht gemeinsamen Jahren. So etwas passierte wirklich. Nicht nur auf dem Bildschirm. Und nicht nur den anderen.

Alles halb so wild, sagten Rosas Freundinnen, *just forget it*. Jede von ihnen kannte mindestens zwei andere hundsgemeine Fälle, neben denen sich Rosas Misere wie eine leichte Verkühlung ausnahm: Bei ihr waren schließlich keine Kinder mit im Spiel. Steven hatte sie nicht geschlagen, ihr nicht die letzten Ersparnisse aus den Rippen geleiert. Er war

7

doch nur gegangen. *Nur*. Damit würde sie schon klarkommen. Ein paar Tage Auszeit, Schwamm drüber, neue Liebe, neues Glück, und bald würde die Welt wieder rosiger aussehen.

Aus den Tagen aber waren Wochen und Monate geworden, und ein Tag war so trüb gewesen wie der andere. Rosa hatte gar nicht klarkommen wollen mit der neuen Situation. Sie war nicht aus dem Haus gegangen, hatte die alten Freunde nicht mehr getroffen, die alten Wege gemieden, vor allem das For Roses. Sie hatte sich eingeigelt, das Essen per Telefon bestellt, im Bett gelegen, gegessen, geheult, geschlafen, auf den Bildschirm gestarrt, ohne etwas zu sehen. Eines Morgens hatte sie im Spiegel die ersten weißen Haare an den Schläfen entdeckt. Sie war zum Friseur gegangen, um die Haare tönen zu lassen. Ein erster Schritt hinaus, zurück in die Welt. Und welch ein Genuß, die sanft auf der Kopfhaut kreisenden Fingerspitzen des Friseurin, das lauwarme Wasser, dieses einmalige Gefühl, den eigenen Kopf in die Hände eines anderen Menschen zu legen. Von da an war sie zweimal pro Woche zu Jane gegangen, hatte sich auf dem blauem Diwan ausgestreckt und sich professionell die Wunden lecken lassen. Seelenmassage. Das Leben geht weiter. Die Zeit arbeitet für dich. Die Zeit heilt alle Wunden, hatte Jane gesagt. Rosa solle nach vorn blicken, nicht zurück.

Sie hatte es versucht, sie hatte es wirklich versucht – aber es war so verdammt schwer in einer Stadt, in der man seit über zehn Jahren lebte, in der in allen Himmelsrichtungen genau jene Erlebnisse auf Rosa lauerten, die sich nach Janes weisem Ratschluß in Vergangenheit verwandeln würden: Steven im Golden Gate Park, Steven am Pazifik, Steven in der J-Church, Steven im Delikatessenladen in der Haight Street. Überall Steven. Wie eine gigantische Werbekampagne, die exklusiv für Rosa lanciert worden war. Ganz von selbst war Rosa also zu einem, wie sie fand, mindestens ebenso weisen Ratschluß gekommen: Wenn sie nach vorn blicken und alles hinter sich lassen sollte, dann mußte sie San Francisco völlig den Rücken kehren. San Francisco war die Vergangenheit, und die neue Gegenwart würde, für einige Zeit zumindest, Deutschland heißen, genauer gesagt Scharbeutz an der Ostsee. Vor sechzehn Jahren war es genau umgekehrt gewesen. Damals hatte Rosa es kaum erwarten können, endlich wegzukommen von zu Hause, aus der Enge von Familie und Dreitausendseelengemeinde, und zwar so weit weg wie möglich. Damals war Scharbeutz die Vergangenheit gewesen, der sie den Rücken kehrte, und die Gegenwart hieß Amerika. Und nun retour das Ganze. *Back to the roots.* Der Weg zurück als Weg voran? Es klang zumindest vielversprechend.

Doch schon beim Abheben des Flugzeugs erste *flash backs*, die wie Wolkenfetzen an Rosa vorbeitrieben. Kurz blitzten Bilder früherer Flüge, Abflüge, Ankünfte auf: Wer sie wann wo zum Flughafen gebracht und wer sie wann wo abgeholt hatte, in welchem Jahr das jeweils gewesen war, welchen Job sie hatte, wo sie wohnte. Rosa war machtlos: Die Situationen blätterten sich in wilder Reihenfolge vor ihrem inneren Auge auf, sie konnte gar nicht anders, sie mußte hinschauen, und natürlich landete sie dabei automatisch doch wieder bei Steven. Bei ihrer gemeinsamen Wohnung, der gemeinsamen Kneipe, bei seinen Rosen, seinen Küssen …

Sie versuchte sich abzulenken, blätterte in der Bordzeitschrift, sah dann dem Film zu, einer Liebeskomödie, die an der Ostküste spielte. Die Frau war reich und sympathisch, der Mann arm und attraktiv, die Geschichte harmlos und absehbar. Gegenwart, pure Gegenwart. Rosa vergaß sogar, darauf zu achten, auf keinen Fall das After Shave des Nachbarn einzuatmen.

Sie bestellte einen Wodka Tonic mit Eis. Der junge Steward, der Rosas Sitzreihe bediente, ähnelte auf verblüffende Weise ihrem Ex-Mann: Gesichtsschnitt, Haarfarbe, Augen, auch Alans Lächeln, seine ganze Art, sich zu bewegen – und schon war die Vergangenheit wieder am Zug. Rosa fühlte sich um anderthalb Jahrzehnte zurückversetzt, in die Zeit, als sie sich noch von rauchig riechenden Karohemden, rauhen, zupackenden Händen, James-Taylor-Look und Straßenkreuzern hatte betören lassen.

Wie jung sie damals gewesen war, unerschrocken, unerfahren, naiv. Damals war sie mit dem Geld, das sie auf Long Island beim Tellerwaschen verdient hatte, eine Zeitlang die Ostküste entlanggereist und war schließlich mit zehn Dollar in der Tasche in Pittsburgh gelandet. Den nächsten Job fand sie in einem Drive-in, zuerst in der Küche, dann an den Tischen, nur die Bezahlung war lausig, besser als gar nichts zwar, aber schlechter als auf Long Island. Da kam Alan wie gerufen und gleich an drei Tagen in Folge. Er setzte sich stets an denselben Tisch, wo sie ihm *Bacon and Eggs* servierte, und am dritten Tag ließ sie alles stehen und liegen, verzichtete sogar auf den noch ausstehenden Wochenlohn, holte ihre Siebensachen aus dem dunklen Loch, das sie mit noch zwei anderen Mädchen teilte, und stieg erhobenen Hauptes in Alans staubigen dunkelblauen Cadillac, der direkt vor der Eingangstür hielt, einen Fleetwood »Sedan«, Baujahr 1956 – Rosas Geburtsjahr, das mußte einfach Glück bringen. Auf dem langen Weg nach Westen mit ihrem Fleetwood Mac, wie Rosa Alan eine Zeitlang zärtlich nannte, liebten sie sich auf allen sieben Sitzen, ließen nonstop die Songs der gleichnamigen Popgruppe laufen, rauchten Marihuana. Ein paar Kilometer vor Las Vegas gab der Fleetwood den Geist auf – kaputter Kühler. Sie mußten über Nacht in der Stadt bleiben und beschlossen kurzerhand zu heiraten. Was war schon dabei? Abends gingen sie dann ins Casino, um die letzten hundert Dollar zu setzen, Rosa fünfzig, Alan fünfzig, *les jeux sont faits*. Alan gewann, Rosa verlor, den Spaß war es allemal wert, außerdem konnte die Kühlerreparatur bezahlt werden.

Auch die Ehe war den Spaß wert gewesen, und der hielt immerhin ein ganzes Jahr lang an. Dann verlief sich die Geschichte ebenso leichtfüßig, wie sie begonnen hatte. Wie man beschloß, sich ein neues Paar Joggingschuhe zuzulegen. Das Spiel war aus – undramatisch und ohne wesentliche Konsequenzen. Man vollzog schlicht eine minimale Kurskorrektur und ging ebenso freundschaftlich auseinander, wie man sich begegnet war, zufällig und unbeschwert, neuen Abenteuern entgegen. Rosa hatte nur selten an ihren ersten Mann gedacht, und als sie es jetzt tat, wußte sie nicht einmal mehr, warum sie Alan damals geheiratet hatte, vom Spaß, dem Geruch des Karohemds und dem dunkelblauen Fleetwood einmal abgesehen. Sie waren sich seither nie wieder begegnet. Alan lebte irgendwo in Oregon. Weshalb sollte man auch die rissigen, abgewetzten Joggingschuhe Jahr für Jahr aufs neue hervorholen und begutachten und womöglich obendrein erwarten, daß sie sich in der hintersten Ecke des Schrankes ganz von allein rundum erneuert hatten?

Damals war alles so einfach gewesen. Jedenfalls stellte es sich rückblickend so dar. Mit achtzehneinhalb war Rosa in New York gelandet – in der Tasche vierhundert Dollar, die sie sich in den Sommerferien in Vaters Bernsteinladen verdient hatte. Zukunft? Es gab nichts, das ihr damals gleichgültiger gewesen wäre. Das Abenteuer lockte überall und hatte ein lachendes Gesicht. Eine Zeitlang hatte es ausgesehen wie der Fleetwood Mac, nach der Scheidung wechselten Landschaften und Gesichter. Rosa war kreuz und quer durch den Kontinent getrampt, ohne jemals in eine Leib und Seele gefährdende Situation zu geraten. Kein Autounfall, kein Erdbeben, kein neugieriger Nationalparkbär, kein handgreiflicher Wüstling. Ein Lastwagenfahrer hatte sie statt in Denver, wo sie einen Erntejob auf einer Farm antreten sollte, in Salt Lake City abgesetzt. Ein attraktiver Mittdreißiger in einem ebenso attraktiven Thunderbird hatte sie über Hunderte von Meilen mit seinen Impotenzproblemen vollgesülzt, zum Abschied dann ein feuchter Händedruck, *thanks for listening, good luck*. Sie hatte einfach Glück gehabt. Auch was Jobs betraf: Irgend etwas fand sich immer. Popcorn verkaufen im Baseballstadion. Deutschstunden für die Enkel einer noch rechtzeitig ausgewanderten Wiener Jüdin. Büroarbeiten in einem Ein-Mann-Betrieb für Leuchtreklamen, Kühlschrankputzen inbegriffen. Diverse Putz- und Kneipenjobs, Ausführen von Hunden und Kindern, Stapeln von Weißbroten und Bohnendosen in Supermarktregalen, Aushilfe in der Theaterrequisite, Kartenabreißerin – und dann war sie Steven über den Weg gelaufen. Oder er ihr. Entscheidend daran war, daß sie

zusammen weitergegangen waren. Bis zu diesem schrecklichen Tag, der nun schon fast ein Jahr zurücklag …

Der Mann neben Rosa unternahm einen Versuch, mit ihr
ins Gespräch zu kommen. Sein Englisch klang verdächtig
deutsch, seine Stimme war angenehm, sein Äußeres auch, leider benutzte er Stevens After Shave. Keine Chance. Rosa antwortete knapp, wandte sich demonstrativ ab und griff nach
dem Krimi, den sie bereits zwischen San Francisco und New
York durchgelesen hatte.

Nach einer halben Seite verschwammen ihr die Buchstaben
vor Augen – statt dessen tauchte zu allem Überfluß vor dem
Einschlafen ungefragt die Familie auf: ihre Mutter, ihr Vater,
ihre vier älteren Geschwister … Köpfe aus Holz, die wie auf
dem Jahrmarkt an einem unsichtbaren Band vor dem innerem Auge vorüberzogen, ganz nach Bedarf und Laune. Wer
will noch mal, wer hat noch nicht, drei Wurf 'ne Mark: Voll-
treffer! Ein Kopf nach dem anderen verschwindet in der Versenkung, bei einigen ist schon der Lack ab, doch heute ist das
einerlei, heute ist Familientag, meine Damen und Herren,
versuchen Sie Ihr Glück, drei Köpfe – eine Stange saure
Drops, vier Köpfe – eine Spielzeugpistole, fünf Köpfe – die
freie Auswahl!

Werfen war nie Rosas Stärke gewesen. Es hätte garantiert
nur für den Trostpreis gereicht. Auch ein Grund, weshalb sie
damals nicht einfach nur von zu Hause weggegangen war,
sondern gleich möglichst weit weg – ein großer Wurf ganz
anderer Art namens Amerika, dabei hatte sie gar nichts ge-
wonnen, nur etwas entschieden, und zwar über die zahlrei-
chen Köpfe der Familie hinweg. Und das als Jüngste: Ich
gehe. Plötzlich hörte sie ganz leise, aber deutlich, eine ihr
wohlbekannte Stimme – als würde sie am Senderknopf des
großen alten Radios drehen, das früher das Wohnzimmer der
Familie schmückte, und nach einigem Knacken und Rauschen einen Sender hereinbekommen. Es war die Stimme
ihres Vaters, sie klang zornig: *Wenn du gehst, dann …*

Rosa warf den Kopf herum. In all den Jahren im Ausland
hatte sie nie das Bedürfnis verspürt, Kindheit und Jugend

wachzuhalten und sorgfältig zu pflegen, sich aus den lang vergangenen achtzehneinhalb Jahren in Deutschland ein weiches Emigrantenpolster zu weben, für den Fall akuter Sehnsucht. Sie hatte sich nicht regelmäßig einmal im Monat Schwarzbrot gekauft, sich nicht um Kontakt zu einer der deutschen Cliquen bemüht. Die Gegenwart war immer stärker und dringlicher gewesen. In dieser Gegenwart gab es durchaus auch deutsche Bücher und deutsche Bekannte, aber gleichrangig mit allen anderen, den Latinos, den Schwarzen, Filippinos, Indianern, Iren, Italienern, den Schwulen, Lesben, Heteros – die Welt war bunt und das Leben für niemand ein Zuckerschlecken.

Draußen wurde es dunkel, nur noch die Notbeleuchtung gab ein wenig Licht. Wie alle anderen Passagiere versuchte Rosa, der inneren Uhr zum Trotz, zu schlafen, aber sie war müde und hellwach zugleich. Ihre Gedanken ratterten kreuz und quer durch den Kopf wie eine außer Kontrolle geratene Nähmaschine. Sie wollte nicht daran denken, aber sie konnte nicht anders, es lag in der Luft, und die Luft brauchte sie zum Atmen. Vor ihrem inneren Auge entstand die rosafarbene Leuchtschrift. Sie sah die Tür mit den beiden auf das Glas gemalten Rosen, die Tische, am Anfang noch aus Holz, später gußeisern mit Marmorplatte, hinten die rosalackierte Bar, hinter der sie stand. Die Kongruenz von Name und Farbe war Stevens Idee gewesen, auch, daß als Hommage an die Liebe stets eine einzelne Edelrose auf dem Tresen stehen mußte. Es gab einen Cocktail, den sie nach Gertrude Stein benannt hatten, *a rose is a rose is a rose is a rose*. Einen anderen tauften sie *Sleeping Beauty*, sprich Dornröschen, einen dritten *Bed of Roses*. Schon war Rosa wieder mittendrin in diesen guten Tagen des For Roses: Da waren viele Leute, da war Steven, dicht an ihrer Seite, sein ganz spezieller Geruch, der Druck seines Beins gegen das ihre und Jazzmusik, Stimmengewirr und Gelächter und immer wieder ein vielversprechender Kuß und ein sehr klares Gefühl von Glück. So lebten sie glücklich und zufrieden bis an ihr Lebensende, und wenn sie nicht gestorben sind …

Rosa fuhr hoch. Ihr Nachbar unternahm im Schlaf die Annäherungsversuche, die im Wachzustand nicht geklappt hatten. Der Druck seines Beins gegen das ihre ... Sie schob es weg, doch es rutschte immer wieder zurück. Rosa glitt zur anderen Seite, machte sich auf dem engen Raum, der den Passagieren in der Economy-Class zur Verfügung stand, noch kleiner und versetzte dem Bein schließlich einen unsanften Stoß. Das wirkte. Wenigstens ein paar Minuten lang.

Sie atmete tief durch, wie sie es mit Jane geübt hatte, schloß die Augen, versuchte, nicht immer nur an Steven zu denken. Denk an etwas Schönes, hatte Jane ihr Woche für Woche auf dem blauen Diwan suggeriert – aber es war gar nicht einfach, an etwas Schönes zu denken, wenn man nichts als einen undurchdringlichen Nebel aus Leid und Selbstmitleid um sich herum spürte und alles Schöne außerdem untrennbar mit Steven verknüpft war. Rosa hatte lange gebraucht, bis sie sich so weit in ihrem Tief zurechtgefunden hatte, daß sie wieder erste Umrisse, Schemen, Farben erkennen konnte. Wie jemand, der sich in tiefschwarzer Nacht unbeholfen durch ein ihm völlig unbekanntes Zimmer tastet.

Es war schon nach Mitternacht gewesen, als sie das *For Roses* betrat. Außerplanmäßig, denn es war ihr freier Abend. Sie hatte sich eine Show der San Francisco Mime Troupe angesehen und plötzlich Lust verspürt, sich an die Bar zu stellen und von Steven einen Drink mixen zu lassen. Die Tür mit den beiden Rosen war weit geöffnet, Kneipenlärm, Rauch, Musik drangen ihr entgegen. Im Eingang blieb sie stehen. Steven sah sie nicht, sah nicht zu ihr herüber. Zwischen ihr und ihm war die Bar, drängten sich jede Menge Nachtschwärmer. Zwischen ihr und ihm stand eine Frau namens Cindy, die erst seit einer Woche im For Roses arbeitete. Dann sah Rosa Stevens Lächeln, sein ganz spezielles Lächeln.

Sie hatte sich gesagt, es ist nichts, reg dich ab, das bildest du dir nur ein, warum soll er nicht mit einer anderen Frau reden, geh nach Hause, morgen früh sieht alles anders aus. Er hat doch mich, wir gehören doch zusammen. Steven redete ständig mit anderen Frauen, ohne daß Rosa auch nur einen einzigen Gedanken daran verschwendet hätte. Er lächelte andere Frauen an. Aber diesmal war es anders, das wußte Rosa mit einem Blick. Dieses Lächeln gehörte sonst ihr. Und nun schenkte er es einer anderen Frau.

Manchmal versuchte sie sich an einem dieser schlappen, nachträglich eingereichten Wenn-Dann-Sätze, die spurlos an den Tatsachen abperlten: *Wenn* sie nicht nach Amerika gegangen wäre, *dann* wäre sie Steven nie über den Weg gelaufen. *Wenn* sie keine Vertretung gebraucht hätten, *dann* wäre Cindy nie im For Roses aufgetaucht. *Wenn* Rosa nicht nach dem Theater ausgerechnet im For Roses hereingeschneit wäre, *dann* hätte sie Stevens Lächeln nicht gesehen, das längst fremdgegangen war. Kausalsätze dieser Art ließen sich beliebig weiterspinnen. *Wenn* Rosa und Steven nicht am Morgen desselben Tages einen handfesten Streit gehabt hätten – worüber, hatte sie längst vergessen, Ausgangspunkt war wie immer irgendeine Kleinigkeit gewesen, wer dran war mit Müllraustragen oder daß sie das Telefon nicht leise gestellt hatte, als sie morgens joggen ging und er noch schlief –, *dann* wäre Steven gar nicht empfänglich gewesen für den Charme einer anderen Frau. Und *wenn* Rosa nicht dunkelhaarig, sondern blond wäre und noch dazu über einsachtzig statt ihrer mittelmäßigen einsachtundsechzig und *wenn* sie und Steven sich in den letzten Monaten mehr Zeit füreinander genommen hätten, *dann*.

Und *wenn* sie nicht gestorben sind, *dann* leben sie noch heute, dachte Rosa mit einem Kloß im Hals. Das Märchen von den nachgetragenen Versäumnissen ließ sich beliebig variieren und war, wie Rosa selbst wußte, ausgemachter Blödsinn. Denn *wenn* es drauf ankam, *dann* konnte kein noch so promptes, gehorsames Müllausleeren die Liebe aufhalten, *dann* lief man sich auch in der größten Großstadt über den Weg, so wie es damals Rosa und Steven passiert war. Amors Pfeile kannten keine Hindernisse. Und es war alles nicht Rosas Schuld, sondern Schicksal. Irgendwann passierte das jedem. Irgendwann war immer das erste Mal. Oder es war von Anfang an das falsche Land, der falsche Job, der falsche

Mann gewesen. So ein falscher Gedanke half wenigstens kurzfristig.

Zur Verstärkung dachte Rosa zusätzlich an etwas verläßlich Schönes, eine in monatelanger Kleinarbeit auf Janes Diwan zusammengepuzzelte Ablenkungsidylle: Sandstrand, Sandkörner, Sand, der durch die Finger rieselt, Sand unter den nackten Fußsohlen, Sand bis zum Hals. Es klappte sogar hier oben über den Wolken: Steven verschwand aus ihrem Kopf, als würde er für immer im Treibsand versinken.

2

Rosa wachte auf, weil alle anderen Passagiere aufwachten und zu reden begannen und die Sonne durch die kleinen Fenster der Boeing hereinschien. Ein Frühstück wurde serviert. Ihr Magen rebellierte. Um Mitternacht trank sie normalerweise keinen Kaffee, sondern einen Tequila oder ein Glas Sekt, um noch ein paar Stunden wach zu bleiben. Aber um Mitternacht schien gewöhnlich auch nicht die Sonne. Womit endgültig alle Gewohnheiten außer Kraft gesetzt waren. Und alle Gewißheiten offenbar auch, dachte Rosa und stellte endlich ihre Armbanduhr nach. Ortszeit neun Uhr morgens, hatte der Flugkapitän soeben durchgegeben. Auch das Wetter in Hamburg: heiter, zwanzig Grad, Temperaturen steigend. Das war doch immerhin etwas.

Als sie durch den Zoll war, stellte sie erst einmal die Koffer ab, sah sich aufmerksam und ein wenig angespannt um. Ringsum lautstarkes Wiedersehen mit Umarmungen, Händeschütteln, Schulterklopfen. Die meisten Passagiere wurden von Verwandten oder Bekannten erwartet. Glück gehabt – auf Rosa wartete kein familiäres Empfangskomitee. Sie hatte niemanden benachrichtigt. Aber man konnte ja nie wissen. Einige Leute hatten womöglich ausgerechnet gestern ihren siebten Sinn aktiviert und in San Francisco angerufen, und Samantha, die Rosas Wohnung übernommen hatte, hatte gesagt: Rosa? Die ist doch auf dem Weg nach Deutschland.

»Na, wieder im Lande, altes Haus?!« dröhnte eine ihr vage bekannt klingende, sonore Männerstimme hinter ihrem Rükken. Sie fuhr herum, in der Erwartung, Ole gegenüberzustehen, dem Mann ihrer ältesten Schwester, einem Schaumschläger mit Feingefühl für maximal fünf Cent. Aber da war niemand, den sie kannte. Nur ein älterer Mann und eine ältere Frau, die sich umarmten, als würden sie es schon seit Jahrzehnten auf immer dieselbe Weise tun.

Zum zweiten Mal atmete Rosa erleichtert auf. Gelandet. Angekommen. Sie konnte, wie geplant, ihr Tempo selbst bestimmen. Und auch die Koffer alleine schleppen, denn einen Gepäckwagen hatte sie nicht mehr erwischt. Jemand fuhr ihr mit einem dieser Wagen von hinten gegen den Knöchel und schickte, als wäre das nicht genug, gleich noch ein »Können Sie denn nicht aufpassen?« hinterher. Schimpfend entfernte sich ein weiteres Ehepaar; der Mann lenkte den Wagen, die Frau zeterte ihm den Weg frei.

Back to Germany, Rose, sagte Rosa sich spöttisch. *Back to good old Germany.* Gut und alt? Oder eher neu? Seit der Maueröffnung war das Land ein ganzes Stück größer geworden, aber von Amerika aus wirkte Deutschland immer noch verschwindend klein. Ob Hamburg im Osten oder im Westen liege, hatten manche Leute wissen wollen, ob sie aus Scharbeutz habe fliehen müssen – in gewissem Sinne ja, hatte Rosa dann gesagt und versucht, zu erklären, was für eine Flucht sie meinte, die Flucht aus der Provinz, aus der Familie. Lebensgefährlich war das nicht gewesen, sie hatte keine Mauer überwinden müssen – höchstens die Mauer im eigenen Kopf, die internen Gebote und Verbote. *Back home*, dachte sie und fühlte sich dabei gleichermaßen vertraut wie fremd. Ihr fiel auf, daß es nicht nach Desinfektionsmitteln roch wie auf dem San Francisco International Airport, eher nach Metall und Glas, nach trockener Luft und einer Prise Staub, die dem Ganzen erst das glaubwürdige Aroma authentischer Sauberkeit verlieh. Noch etwas fiel ins Auge: Wie bleich die Leute trotz ihrer Sonnenbräune hier waren. Keine Schwarzen, Chinesen, Chicanos, Indianer und all die Mischformen aus den Völkern, die die Menschen im Laufe der Jahrhunderte zuwege gebracht hatten. Hier waren die Bleichgesichter an den Schaltern, hinter der Sperre, auf den Gängen in der überwältigenden Mehrzahl. Weiter vorn erblickte sie ihren Sitznachbarn: Zwei Kinder hingen an seinen Armen, eine Frau an seinem Hals. Schnell wandte Rosa sich ab.

In einer Ecke der Ankunftshalle entdeckte sie Barhokker vor einer Art Tresen. In einer Vitrine lagen unter einer Plexiglashaube belegte Brötchen, Bratklopse, saure Gurken, winzige Portionen Blechkuchen, der vermutlich nicht nur trocken aussah. Es roch nach deutschem Kaffee, heißem Würstchenwasser und Senf. Rosa bestellte, um etwas wacher zu werden, einen Tequila.

»Ham wer hier nich. Da müssen Se schon rüber in die Bar. Halle A.«

Die Bedienung hinter dem Tresen – rotweißgestreiftes Häubchen, rotweißgestreifte Schürze – sprach ein breites Hamburgisch. Sie deutete in die Richtung, aus der Rosa soeben gekommen war.

»Und was kann ich bei Ihnen bekommen?«

»An Alkoholischem? Bier, Korn, Wodka.«

»Dann bitte einen Wodka.«

»Na, na, so früh am Morgen!«

Ein Biertrinker am anderen Ende des Tresens musterte sie interessiert. »Urlaub vorbei? Schnell noch einen kippen, bevor die Mühle wieder losgeht, was?«

Er machte Anstalten, die Distanz von drei Hockern zu verringern.

Den Gegner durch Blicke zu töten war eine mögliche Kampfart. Eiskalt durch ihn hindurch zu sehen eine zweite. Rosa konnte beides. Alles eine Frage der Übung. Ein Relikt aus den Zeiten des For Roses. Laserblick gegen aufdringliche Leute. Nur bei Cindy hatte es nicht geklappt. Aber da hatte Rosa sich auch eher gefühlt wie das Kaninchen vor der Schlange.

Der Mann mußte immerhin einen Teil der Botschaft verstanden haben, denn er blieb brav auf seinem Hocker sitzen. Aber das bedeutete nicht, daß er sich so schnell geschlagen gab.

»Starke Dröhnung, was?« setzte er nach. »Hilde, gib mir auch einen von diesem Russenzeugs. Damit die hübsche junge Dame nicht so alleine trinken muß.«

Starke Dröhnung, in der Tat, dachte Rosa: dieses plumpe Auf-den-Leib-Rücken, bis man den schlechten Geruch von Atem, Achselschweiß und chronischem Stumpfsinn tagelang nicht mehr aus dem Sinn bekam. Aber solche Typen gab es auch in San Francisco, notfalls hatte Steven sie an die frische Luft befördert – schon wieder Steven, immer wieder Steven …

»Ach so, die Lädi redet nicht mit jedem!« Zunehmend aggressiver, anzüglicher Tonfall.

Rosa kippte den Wodka runter, legte wortlos einen Zehnmarkschein auf den Tresen, nahm ihre Koffer auf und ging in Richtung Taxistand. Bei großer Müdigkeit wurde sie zunehmend dünnhäutig. Empfindsam und empfindlich. Eine gefährliche Stimmung, besonders dann, wenn ihr eigenes Bett nicht in einer Reichweite von maximal drei Häuserblocks zu haben war. Außerdem hatte sie gar kein eigenes Bett mehr. Ihr Bett gehörte jetzt Samantha. Das For Roses gehörte jetzt Steven und Cindy. Aber das war Vergangenheit, die Zukunft gehörte Scharbeutz. Und in Scharbeutz würde sie im besten Hotel am Ort absteigen und den Rest des Tages nur noch schlafen, nichts als schlafen.

Die Polster im Taxi waren fast so hart wie die Parkbänke in San Francisco. Wie gern hätte sie sich auf einer dieser Parkbänke ausgestreckt und alles um sich herum vergessen, umnebelt vom Rhododendronduft und Insektengeschwirr und dem leisen Rauschen des Verkehrs – bitte einmal Golden Gate Park, einmal andere Seite des Globus …

»Wohin soll's denn gehen, junge Frau?«

»Zum Hauptbahnhof.«

3

Seit Jahren hatte Rosa keinen Bahnhof mehr betreten. Der
nächste von San Francisco aus erreichbare Bahnhof befand
sich in Oakland, auf der anderen Seite der Bay, aber Rosa war
nie von dort irgendwohin gereist und hatte auch nie jemanden dort abgeholt. Der Gedanke an Fortbewegung war in
Amerika untrennbar verbunden mit Flugzeugen, Autos,
Greyhoundbussen. Der Idee, in einem Eisenbahnwaggon zu
sitzen und Stunde um Stunde durch eine sich nur langsam
verändernde Landschaft zu rollen, haftete zwar eine gewisse
Aura von Pioniergeist und Wildwestmentalität an, viel mehr
aber noch der Fluch der Langsamkeit. Die Eisenbahn war ein
unverzichtbarer Baustein der Geschichte, aber kein ernst zu
nehmendes Verkehrsmittel. Etwas für Märchen und Anekdoten. Als Kontrast dazu der Hamburger Hauptbahnhof: eine
Mischung aus Einkaufszentrum und Markthalle, Treffpunkt
für Geschäfte aller Art.

Als Rosa ein Kind gewesen war, hatte es hier nur Fahrkartenschalter und Toiletten gegeben, einen schmucklosen War-
tesaal, ein Bahnhofsrestaurant, an Läden höchstens einen
Zeitungskiosk und einen kleinen Tabakladen. Zwischen diesen Koordinaten bewegten sich die Reisenden, und zwischen
diesen Koordinaten bewegte sich auch der zugehörige Begriff: »Wandelhalle«. Dazu die Farben Ockergelb und Staub-
grau sowie der beißende Geruch einer Zigarre, schwere Le-
derkoffer ohne Rollen. Rosa staunte. Wie war es nur möglich
gewesen, daß sie das Zugfahren so komplett aus ihrer Ge-
dankenwelt hatte streichen können ... Was nicht zum Alltag gehörte, geriet offenbar schnell in Vergessenheit. Was sie
wohl sonst noch alles vergessen hatte?

Den Weg zu den Gleisen fand sie allerdings mit beinahe
schlafwandlerischer Sicherheit: rechts um die Ecke und an
den Schließfächern entlang. Schon gelangte man wie früher
zu einer Art Galerie und stand oberhalb von Gleis dreizehn
und vierzehn, denn die Züge fuhren eine Ebene tiefer unter
der Wandelhalle hindurch. Man konnte auf das Reisegesche-

hen hinabschauen wie von einer Brücke auf einen dahinströmenden Fluß. Das hatte noch immer etwas: die wartenden Züge und die Reisenden mit ihren Koffern und Taschen, die Atmosphäre von Abschied und Ankunft, die Lautsprecherdurchsagen, die wie früher bis zur Unverständlichkeit verzerrt durch die riesige Bahnhofshalle dröhnten.

Der Hamburger Hauptbahnhof war für Rosa immer ein Versprechen gewesen: das Tor zur großen weiten Welt. Eines Tages würde sie dieses Versprechen einlösen – das hatte sie schon als Kind mit jener inneren Gewißheit gewußt, die Kindern so selbstverständlich ist und die sich nur schwer allen Widrigkeiten zum Trotz bis ins Erwachsenenalter hinüberretten läßt: Wenn ich groß bin, fahre ich weit weg. Und die Erwachsenen hören zu und nicken und lächeln ein wenig verkniffen und vielleicht auch traurig, weil sie daran denken müssen, wie lange sich ihre eigenen Träume schon verflüchtigt haben.

Zu Hause in Scharbeutz in der Pension Seerose hatte Rosa das Wegsein geprobt. Stunde um Stunde hatte sie im Keller verbracht und mit der elektrischen Eisenbahn gespielt, die Robert, der sieben Jahre älter war, ihr großzügig überlassen hatte. Sie hatte Züge fahren und rangieren lassen, Tiere aus Knetmasse geformt, Häuser auf Pappe gemalt und ausgeschnitten und in die Landschaft hineingestellt, einen Südsee-Vulkan, eine chinesische Mauer aus Pappmaché. Ein zerschnittenes Laken verwandelte sich in eine Gletscherlandschaft, eine hellblaue Tupperschüssel in einen Gebirgssee. Jeden Tag war Rosa in ein anderes Land ihrer Phantasie gereist, meistens allein. Robert hatte noch nie mit der Eisenbahn gespielt, Marina interessierte sich für Rock 'n' Roll und Jungens, Regina ließ sich nicht bis in den Keller herab, es sei denn, um nach den Vorräten zu schauen, und Achim war allenfalls aus nostalgischen Gründen an der Spielzeugeisenbahn interessiert, die er selbst sich jahrelang vergeblich gewünscht hatte.

Manchmal allerdings war Rosa mit der Mutter, mit Robert, Marina und manchmal auch Regina in eine richtige Eisenbahn gestiegen, um Tante Elsa in Hamburg zu besuchen, die ältere

Schwester der Mutter. In Scharbeutz war die Strecke eingleisig, in Lübeck mußte man in einen größeren Zug umsteigen, und im Hauptbahnhof in Hamburg ging es zu wie auf dem Rummelplatz, weshalb die Kinder ständig ermahnt wurden, nicht verlorenzugehen. Doch welches Kind geht schon gern verloren? Jedenfalls nicht Robert, den sie bei der Bahnhofspolizei abholen mußten: Er war vor einem Süßigkeitenautomaten stehengeblieben und hatte nachgezählt, ob sein Taschengeld für ein Rolo reichte. Währenddessen waren die Mutter und die Geschwister im Gedrängel verschwunden, und Robert hatte es mit der Angst zu tun bekommen, als er die vielen fremden Menschen sah. Auch die uniformierten Polizisten hatten seine Panik nicht gelindert, im Gegenteil, dabei war er schon vierzehn.

Bald darauf hatte Rosa ihrerseits versucht, auf ähnliche Weise verlorenzugehen. Natürlich mußte es unter anderen Bedingungen ablaufen als beim großen Bruder, ohne Heulen und Zähneklappern, sondern als Abenteuer. Beim nächsten Besuch in Hamburg war also Rosa einfach irgendwo vor einem Fahrplan stehengeblieben, der sie mindestens genauso faszinierte wie Robert der Süßigkeitenautomat. Sie war in der zweiten Klasse, konnte lesen und ausrechnen, wie lange ein Zug von Hamburg nach Kiel brauchte, wenn er um acht Uhr achtzehn losfuhr und um neun Uhr dreiunddreißig in Kiel ankam. Sie sah nach, in welchen Zügen es einen Speisewagen gab, welche der Endstationen sie kannte, welche sie zu Hause auf der Landkarte würde nachschlagen müssen – doch schon bei Abschnitt zehn Uhr soundsoviel wurde sie unsanft von Marina am Arm gepackt und wieder eingesammelt. Sie verstand die Aufregung nicht. Sie kannte ihre Heimatadresse auswendig und wußte, bei welcher U-Bahn-Station sie aussteigen mußte, wenn sie zu Tante Elsa in die Uferstraße wollte – leicht zu merken, ein reines Kinderspiel. Angst hatte sie auch keine gehabt. Nicht einmal verlorengehen durfte man!

Nach diesem Erlebnis war das Sich-Verlieren in der Großstadt für Rosa zum unverzichtbaren Teil des großen Versprechens geworden. Zugfahren, reisen, weit weg, als Fremde unter Fremden weitergehen, ohne die Hand der Mutter, ohne den Schutz der Geschwister – für diese Art von Abenteuer war das Ostseebad Scharbeutz eindeutig zu klein. Nicht einmal Rolltreppen gab es dort. Auch Lübeck kam in puncto Weltläufigkeit von vornherein nicht in Frage.

Die große weite Welt fing erst in Hamburg an. Die Rolltreppen hatten etwas Magisches: das Aufspringen und mühelose Fortrollen und am Ende wieder der Übergang auf festen Boden, während in den Füßen noch die Erwartung steckte, sie würden weitergerollt werden …

Als sie mit achtzehn auf und davon war, mußte daher die Reise über den großen Teich auf dem Hamburger Hauptbahnhof beginnen. Nicht auf dem Flughafen Fuhlsbüttel, nicht an der Überseebrücke im Hamburger Hafen, sondern auf Gleis vierzehn. Von dort ging es nach Frankfurt und erst ab Frankfurt mit dem Flugzeug weiter.

Begleitet hatte sie jedoch niemand. Nicht einmal die Mutter. Kein Abschiedskomitee, das Rosa hinterhergewinkt und ihr selbstverständlich nur gute Wünsche mit auf die Reise gegeben hatte, das zurückblieb, damit sie es in Gedanken mitnehmen konnte. Damals hatte Rosa keinen einzigen Gedanken daran verschwendet, reisefiebrig am Fenster gestanden, erwartungsvoll all den fremden Leuten auf dem Bahnsteig zum Abschied zugewinkt und ausschließlich nach vorn geblickt, nicht zurück.

Eine ganze Weile stand Rosa versunken an das Geländer gelehnt, starrte hinunter auf die Gleise, sah einen Zug abfahren, einen anderen einfahren, horchte auf die Lautsprecherdurchsagen und sah, wie die Menschen ausstiegen, einstiegen, vorbeihasteten, sich anrempelten, sich umarmten, winkten. Sie verspürte Fernweh. Ein längst vergessenes Ziehen unter der Haut. Oder war es eher Heimweh?

Ein paar Schritte weiter stand die Tafel mit den Ankunfts- und den Abfahrtszeiten der Züge. Wie damals als Kind begann Rosa, den Fahrplan zu studieren, Zeile für Zeile, Zug für Zug. Sie konnte sich gar nicht satt sehen an all den bekannten Namen, die sie im Laufe der Jahre nur vorübergehend vergessen hatte: Tostedt, Reinfeld, Husum, Federica, Puttgarden. Dazwischen alte neue Namen: Stralsund, Praha Holešovice, Dresden. Sie entdeckte einen Zug nach Lübeck, er ging in zehn Minuten, Gleis sieben b. Sie hatte keine Fahrkarte und war auf einmal unsicher, ob man Fahrkarten hierzulande im Zug oder an einem Automaten lösen mußte und ob es möglich war, mit Kreditkarte zu zahlen. Sie sah sich suchend um, stutzte.

Hinten am anderen Ende der Galerie war eine Frau aufgetaucht, die ihr bekannt vorkam. Die Art zu gehen, der dunkle Haartupfer, auch die Farbe des Kostüms, hellgelb, Mutters Lieblingsfarbe. Verblüffende Ähnlichkeit, dachte Rosa, auch wenn die Frau viel zu weit weg war und mitunter von anderen Reisenden verdeckt wurde. Die Figur und die Körpergröße kamen in etwa hin – nur der Mann im dunklen Jackett nicht, bei dem die Frau sich eingehakt hatte. Der Mann paßte ganz und gar nicht ins Bild. Auf gar keinen Fall war er der Vater, der die Mutter um über einen Kopf überragte, was auffiel, wenn die beiden nebeneinander gingen. Das Paar bog ab, verschwand auf der Treppe und damit aus der Sicht.

Rosa hatte sich sicherlich getäuscht. Ein wildfremdes älteres Paar. Was für Streiche einem doch die Augen spielen konnten. Sie nahm ihre Koffer auf und machte sich auf den Weg zum vorderen Teil der Bahnhofshalle. Irgendwo mußte es einen Fahrkartenschalter oder einen Automaten geben. Als sie an der Stelle vorbeiging, wo die Frau und der Mann vor wenigen Augenblicken verschwunden waren, hielt sie inne, trat erneut ans Geländer und suchte mit Blicken den Bahnsteig ab. Gleis sieben b. Netter Zufall. Der Zug nach Lübeck stand schon da. Wenn Rosa sich beeilte, würde sie ihn noch bekommen. Oder sollte sie einfach ohne Fahrkarte einsteigen? Sie zögerte. Dann sah sie das Pärchen erneut. Da! Auf der Höhe des Fahrplans! Die Frau im hellen gelben Kostüm und der Mann im dunklen Jackett. Gleich würde einer von beiden einsteigen und wegfahren. Und vorher würden sie sich zum Abschied die Hände schütteln, sich vielleicht um-

24

armen, wie man Freunde oder Verwandte umarmte, dann gute Reise, bis bald, ruf mal an. Der Mann breitete seine Arme aus. Die Frau tauchte in seine Umarmung hinein und ließ sich ganz umfangen. Sie küßten sich, leidenschaftlich und vollkommen ungeniert. Ein junges Pärchen drehte sich im Vorbeigehen nach den betagten Verliebten um. Das Mädchen machte eine Bemerkung, die vom Bahnhofslärm verschluckt wurde, der Junge lachte.

Rosa wurde flau in den Knien, was aber nicht am Wodka lag, nicht an der trunkenen Müdigkeit und der im Flug verbrachten Nacht. Es lag an dem Kuß, den sie wiedererkannt hatte, diese Art Kuß, der sie an Steven erinnerte, an die ersten trunkenen, unvergleichlichen, wie im Flug vergangenen gemeinsamen Wochen und Monate; ein Kuß unter Verliebten, gierig, selbstvergessen, zeitlos, ein Kuß, der nicht an den Lippen endete und auch nicht auf dem Höhepunkt der Lust, ein Kuß, der da war und einen begleitete und vorauseilte und schützte, auf daß kein Wasser zu tief wäre und kein Ozean zu breit. Wenn Rosa in den letzten Monaten einem verliebten Paar begegnet war, das seine Verliebtheit offen zur Schau trug, hatte sie sich stets verärgert abgewandt. Und nun das! Eine Frau in einem gelben Kostüm, ein Mann in einem dunklen Jackett, die einander umarmten – und eine übernächtigte Rosa, die fasziniert zuschaute, den Blick einfach nicht lösen konnte. Gleich mußten die beiden sich voneinander lösen – noch zwei Minuten bis zur Abfahrt des Zuges. Vielleicht konnte sie dann endlich das Gesicht der Frau sehen.

In wenigen Augenblicken würde sie Gewißheit haben: War es ihre Mutter, oder war sie es nicht? Was würde dich mehr erleichtern, Rosa, fragte sie sich mit klopfendem Herzen, oder andersherum: Was würde dich weniger verwirren? Daß die Frau dort unten auf dem Bahnsteig deine fast siebzigjährige Mutter ist, in den Armen eines Mannes, der nicht dein Vater ist? Daß du dich getäuscht hast und das beobachtete Glück zwei wildfremden Menschen gehört? Daß deine Mutter in Wirklichkeit gerade dabei ist, die gebrauchte Bettwäsche der Pensionsgäste abzuziehen?

Instinktiv kannte Rosa die Antwort schon, noch bevor die Frau im gelben Kostüm in den Zug stieg, dann im Abteil das Fenster herunterschob, sich herauslehnte und Rosa endlich ihr Gesicht zuwandte. Die Frau war ihre Mutter. Rosa spürte die Unruhe, die diese Antwort in ihr auslöste. Der Mann, der nicht Rosas Vater war, sondern offensichtlich der Liebhaber ihrer Mutter – oder wie sollte man ihn nennen, Freund, Gefährte, Ehebrecher, Lüstling, Dritter im Bunde oder, noch schlimmer: ihr *Bekannter* – drückte einen Kuß auf die Hand der Mutter. Eine Lautsprecherdurchsage erklang, der Pfiff mit der Trillerpfeife, die Türen klappten zu, der Zug setzte sich in Bewegung. Die Mutter lachte, warf dem Mann eine Kußhand zu und winkte mit einem weißen Taschentuch. So, wie sie ihrer Tochter nie zugewinkt hatte. Jedenfalls nicht am Hamburger Hauptbahnhof. Aber es war ja auch das erste Mal, daß Rosa ihre Mutter abfahren sah.

4

Irgendwann wurde Rosa wach. Um sie herum war es stockfinster. Ihr fehlte völlig die Orientierung. Sie spürte zwar, daß sich ihr Körper in einem Bett in der Horizontalen befand, aber sie konnte auf Anhieb weder die Richtung bestimmen, in der sich Tür und Fenster befinden mußten, noch die Lage des Bettes im Raum. Auch was das Zeitgefühl betraf, tappte sie völlig im dunkeln.

Mit ausgestrecktem Arm tastete sie nach dem Schalter der Lampe, die sich, wenn sie blindlings auf die Erfahrung unzähliger Nächte vertraute, links neben ihrem Futon befand – und prallte mit dem Handgelenk gegen eine Wand. Sie richtete sich halbwegs auf, versuchte es auf der anderen Seite und stieß mit dem Ellbogen gegen eine Art Kasten. Ein deutlicher Hinweis darauf, daß sie nicht zu Hause war. Bei ihr zu Hause gab es keine Nachttischschränkchen. In ihrer Wohnung stand das Bett mitten im Raum. Beinahe hätte sie auch noch ein Glas umgestoßen, das auf dem Nachttisch stand.

Dann fand sie endlich die Armbanduhr: vier Uhr siebenundzwanzig. Als hätten die Leuchtziffern dem Schattenreich der Nacht, der Träume, des Vergessens auch den Ort des Geschehens entrissen, wußte Rosa im gleichen Moment wieder, wo sie sich befand: Hotel Augustusbad, Scharbeutz, Deutschland.

Hotel Augustusbad, hatte sie am Bahnhof zum Taxifahrer gesagt und gehofft, daß er nicht die Augenbrauen hochzog, weil das Augustusbad schon vor Jahren abgerissen worden war. Doch er hatte den Taxameter eingeschaltet und sie zwei Minuten später im oberen Teil der Seestraße vor dem ehrwürdigen alten Hotel abgesetzt. Auf die Frage nach einem Zimmer mit Seeblick hatte der Mann an der Rezeption geantwortet, da hätten sie leider nur noch eins mit Naßzelle. Natürlich wollte Rosa keine Zelle mieten, schon gar keine nasse. Geduldig hatte der Portier wiederholt, nach hinten hinaus könne er ihr ein Doppelzimmer mit Badewanne und WC anbieten, nach vorne hinaus, also mit Seeblick, nur eins mit eingebauter Naßzelle. Damit hatte er anscheinend das bis unter die Zimmerdecke reichende Gebilde in der Ecke neben der Tür gemeint, das schattenhaft zu erkennen war.

Rosa schwang sich aus dem Bett, lief zum Waschbecken und ließ kaltes Wasser über ihr Gesicht laufen. Dann tappte sie in Richtung Fenster, stieß erwartungsvoll die hölzernen Läden zurück. Sternenklarer Himmel. Eine laue Nacht. Stille. Nur der gerühmte Seeblick war ein Witz: ein Traum aus alten Zeiten. Klotzige Appartementhäuser schoben sich vor die einst ungebrochene Wasserlinie am Horizont. Da hatte sich mal wieder jemand in der ersten Reihe plaziert und einen Dreck geschert um alles, was hinter ihm stand. In den schmalen Zwischenräumen zwischen den Hausklötzen glitzerte es allerdings verdächtig im Mondlicht – das mußte es sein, das Baltische Meer, von dem Rosa in San Francisco immer geschwärmt hatte. Seeblick, in Streifen. Gab es dafür vielleicht auch einen neonkalten Begriff, ein Pendant zu »Naßzelle«? Rosa spürte nun plötzlich die Sehnsucht, zum Strand hinunterzulaufen, endlich, nach so vielen Jahren – gerade weil es nur ein Ausschnitt war, den sie von der Ostsee erhaschen konnte.

Es war inzwischen Viertel vor fünf. Sie schlüpfte in die auf dem Boden verstreuten Kleider, steckte den Rest der Schokolade ein, die sie am Bahnhofskiosk gekauft hatte, und schlich sich aus dem Zimmer. Auf dem Flur und auf der Treppe hingen Schwarzweißfotos, offenbar eine Ausstellung über die Geschichte des Badeortes. Im Vorbeigehen erkannte Rosa in der schwachen Nachtbeleuchtung den Strand, der noch bis zur Straße reichte, alte Ostseehäuser, Fischerboote, Schiffe auf dem Meer, Rauch über den Schiffen, sinkende Schiffe. Rosa blieb kurz stehen, entzifferte zwei der Bildunterschriften, dritter Mai 1945, Luftangriff auf die *Cap Arcona*, die Engländer kommen, Panzerfahrzeuge in der Strandallee. Irritiert wandte sie sich ab. Vergangenheit. Leise verließ sie das Hotel.

Auf dem Weg die Seestraße hinunter ignorierte sie die aufflackernde Versuchung, im Schutz der Nacht einen Umweg zur Pension Seerose zu machen. Das konnte bis morgen warten. Das Meerwasserbad hob sich eckig und ungestalt gegen die Dünen und den nächtlichen Himmel ab. Links davon führte die Strandallee nach Haffkrug, rechts war sie in eine Fußgängerzone umgewandelt worden. Weit und breit war keine Menschenseele unterwegs. Im Schein der Straßenlaternen erkannte Rosa befremdet rote Klinkerbauten und ein rötliches Straßenpflaster, das so gar nicht in ihre Erinnerung passen wollte. Die Szenerie wirkte hart, glatt, unsinnig und billig und hatte trotzdem vermutlich Millionen gekostet. Der Bernsteinladen ihres Vaters lag nur hundert Meter entfernt, gleich neben dem Kurhaus. Rosa verzichtete darauf nachzuschauen, ob das Häuschen, in dem der Laden sich befand, seit sie zurückdenken konnte, ebenfalls der Renovierung erlegen war. Sie würde es noch früh genug erfahren. Sechzehn Jahre waren eine lange Zeit, um Schneisen zu schlagen, alte Lücken zu füllen, zu planieren, zu asphaltieren, neu zu bauen. Zum Glück konnten die Einwohner nicht auch noch den Strand abreißen und unter Stein begraben. Am Meer war immer Schluß.

An den Holzbuden der Strandkorbvermieter begannen die Bohlenwege. Die Bretter vibrierten unter ihren Schritten, ein dumpfes und vertrautes Geräusch. Die Strandkörbe standen in Reih und Glied. So ist es schon immer gewesen, dachte Rosa in einem plötzlichen Schauer von Glück. Mochte der Ort sich auch unvorteilhaft verändert haben – der Strand war gleichgeblieben. Niemand war auf die Idee gekommen, die Strandkörbe mit den gestreiften Innenbezügen, den ausziehbaren Fußstützen, den ausklappbaren Holztischchen durch irgendeine neumodischere Variante zu ersetzen oder gar völlig abzuschaffen. Rosa zog die Schuhe aus, spürte das mit feinem Sand bedeckte Holz unter den Fußsohlen, dann nur noch den weichen, etwas feuchten Sand, in den sie ein paar Zentimeter tief einsackte. Sie stapfte weiter bis zur Wasserkante und freute sich wie ein Kind. Ein einziger, durch nichts behinderter Blick auf die unspektakuläre Ostsee, die träge in ihrem riesigen Becken hin und her schwappte, und schon war Rosa erneut dem Charme der See verfallen wie einem Geliebten aus alten Tagen. Einem weiblichen Geliebten, dachte sie übermütig, *die* Ostsee war nicht *der* Atlantik oder *der* Pazifik und auch nicht *das* Mittelmeer.

Sie lief am Strand entlang bis zur Seebrücke in Timmendorfer Strand. Mit jedem Schritt über den harten, feuchten Sand gleich hinter der Wasserlinie, manchmal auch über ein weiches Bett aus Seetang und Algen, schlich sich ein Gefühl von Vertrautheit ein. Rosa kannte diesen Teil der Küste zu jeder Tages-, Nacht- und Jahreszeit: im Winter, wenn die Ostsee zuweilen bis an die Ufer zufror und man auf den knackenden Eisschollen hinausgehen konnte bis zum offenen Meer, was verdammt gefährlich war, besonders wenn es geschneit hatte und die brüchigen Nahtstellen zwischen den Eisschollen nicht mehr zu erkennen waren; oder bei Sturmflut im Herbst, wenn die Dünen überschwemmt und die nicht rechtzeitig abtransportierten Strandkörbe umgeworfen, manchmal sogar von der See mitgerissen wurden; natürlich auch im Sommer, am frühen Abend, wenn die Feriengäste, die sich tagsüber in Horden durch das seichte Wasser schoben, schon wieder in ihre Pensionen zurückgekehrt waren oder in den Restaurants beim Essen saßen. Es gab die Ostsee bei Nacht, wenn man heimlich zu zweit am Strand flanierte, mit Blick auf das Wasser und die Sterne und die vereinzelten roten Punkte in den Strandkörben, die wie Drachenaugen glühten, und in manchen Sommernächten konnte es einem passieren, daß am Strandabschnitt am Kammerwald, wo die Strandkörbe weniger dicht beieinander standen, schon jeder Korb von einem knutschenden Pärchen besetzt war. Der Ostseestrand war immer für Rosa da gewesen, verläßlich und verschwiegen. Ihm hatte sie die Empfindungen der Siebenjährigen wie die der Siebzehnjährigen anvertraut, er fing alles auf, Gedanken, Träume, Tränen. Wenn sie überhaupt irgend etwas mit dem wohligen und zugleich klebrigen Begriff »Heimat« verband, dann diese Millionen von Sandkörnern und Wassertropfen, diese völlig unspektakuläre Strandlinie ohne großartige Ausblicke oder Einsichten, die sie all die Jahre in sich getragen hatte, irgendwo unter der Haut.

Froh ging sie weiter. So unbeschwert war sie zuletzt in den guten Tagen mit Steven gewesen, aber die lagen eine Ewigkeit zurück. Steven kannte Scharbeutz nicht, er hatte die Vereinigten Staaten nie verlassen. Sein Bühnenhintergrund war immer die Großstadt gewesen: Menschengewimmel, Häuser, Straßenschluchten, Autos, Müll, Cafés, das For Roses … Wunderbar! Die Ostsee war eine stevenfreie Zone. Um so besser würde auch das Vergessen klappen.

5

Rosa streifte die Kleider ab. Sie befand sich auf dem Rückweg, auf der Höhe des Kammerwaldes. Bisher war ihr keine Menschenseele begegnet. Der erste Schein der Morgendämmerung färbte den Himmel in einem blassen Blaulila. Bald würde die Sonne aufgehen. Draußen auf dem Meer waren die Schattenumrisse zweier Fischkutter zu erkennen.

Während sie das kühle, seidige Wasser vor sich mit ruhigen

Schwimmzügen teilte, kehrten ihre Gedanken zu der Szene auf dem Hauptbahnhof zurück. Die Mutter küßte einen fremden Mann. Rosas Gefühle dazu waren höchst ambivalent. Sie registrierte Staunen, Ungläubigkeit – das hätte ich ihr nie zugetraut! Da war ein gewisses Maß an Fürsorge – hoffentlich macht sie keine Dummheiten. Dann stieg Empörung hoch, die sich ausnahm wie Adelsklatsch beim Friseur unter der Trockenhaube: Wie kann sie nur in ihrem Alter! Rosa spürte auch eine Portion Neid, gepaart mit Verlangen – das will ich auch! Und eine Welle von Melancholie, die über sie herschwappte – genau so war es am Anfang mit mir und Steven …

Halt! Die Ostsee war eine stevenfreie Zone! Rosa tauchte den Kopf unter Wasser, schwamm ein paar Meter weit. Die Welt war nichts als ein gedämpftes Glucksen und Gurgeln und Rauschen, und als Rosa wieder auftauchte, war der Gedanke an Steven auf den Meeresboden gesunken. Was sich aber hartnäckig hielt, waren die Fragen, die sich aus ihrer zufälligen Entdeckung ergaben: Wer war dieser Mann? Wie lange kannte die Mutter ihn schon und woher? Wußte der Vater Bescheid? In keinem der Briefe, in denen die Mutter Rosa regelmäßig mit Neuigkeiten und lieben Grüßen versorgte, war in den letzten Monaten die Rede gewesen von Veränderungen im Leben der Eltern. Gar von einer möglichen Scheidung. Nach über vierzig Jahren Ehe.

Rosa hatte beträchtliche Schwierigkeiten, die beobachtete Abschiedsszene mit den Bildern in Verbindung zu bringen, die sie von ihrer Mutter parat hatte. Die patente, umsichtige Hausfrau vor dem Bügelbrett, beim Abwaschen des Frühstücksgeschirrs, beim Kochen. Die leidenschaftliche Gärtnerin. Beim Zurückschneiden der Rosen im Garten, beim Unkrautjäten. Die tröstende, fürsorgliche Mutter, die das Schulbrot streicht, dem Bruder die Haare kämmt, der Schwester das Kleid für den Abtanzball absteckt, Rosa fünfzig Pfennig zusteckt, damit sie sich nach dem Schwimmen mit den Freundinnen Süßkram kaufen kann – etwas »zum Schnoopen«, fiel Rosa der lang brachgelegene Begriff wieder ein. Die aufmerksame Pensionswirtin, die sich bei den Sommergästen der Pension Seerose nach den Frühstückswünschen erkundigt – das Ei, lieber fünf Minuten oder hartgekocht? Die Mutter, am Gartenzaun bei einem Schwatz mit der Nachbarin …

Nichts als Abziehbilder. Nicht von grundauf falsch oder gefälscht, aber auch nicht richtig und schon gar nicht vollständig. Zweidimensional. Die Mutter – von außen. Geboren am, in, Mädchenname, Haarfarbe, Augenfarbe, Körpergröße, Unterschrift. Angaben aus dem Personalausweis. Wenn jemand sich erlaubt hätte, Rosa mit solchen Worten oder Bildern zu beschreiben, wäre sie fuchsteufelswild geworden. Was, und das ist alles? Mehr fällt dir nicht ein? Das Nachdenken über die Mutter war wie ein angestrengter Versuch, gegen die starke Strömung anzuschwimmen, ein Einsacken in den Verwehungen der Erinnerung.

Da mußt du dich schon ein bißchen mehr anstrengen, Rosa, sagte sie sich. Denk zurück an deine Kindheit in Scharbeutz, denk dir konkrete Situationen. Also gut. Noch drei, vier lange Schwimmzüge, dann hatte sie die hellrote Boje erreicht. Am Horizont schob sich die Sonne gemächlich aus dem Wasser. Es wurde hell. Rosa überlegte.

Kindergeburtstag für das Nesthäkchen: die Mutter mit Schürze beim Kuchenbacken in der Küche, Rosa half mit, schüttete das Mehl in die Schüssel, versuchte sich dann an den Eiern. Ein Ei zerbrach, floß über die Tischkante – macht nichts, die Mutter war geduldig. Rosa rührte eifrig den Teig, durfte dann die Schüssel ausschlecken. Nachmittags kamen die Gäste, sechs Mädchen und zwei Jungen saßen um den Tisch unter dem Apfelbaum. Es gab Limonade und Kuchen, dann die Spiele, Schokoladenessen mit Mütze, Schal, Handschuhe an einem warmen Junitag, da gerieten alle mächtig ins Schwitzen, und Eierlaufen mit hartgekochten Eiern, die unversehrt blieben und am nächsten Tag aufs Schulbrot gelegt wurden. Am frühen Abend, kurz vor dem Abholen, gab es meistens Streit, die Geburtstage endeten mit Tränen und Bauchweh.

Und wo war die Mutter in diesem Erinnerungsbild? Na ja, dachte Rosa beklommen, sie hat die Lampions aufgehängt, Spiele mit uns gespielt, Streit geschlichtet und zur Besänftigung Geschichten vorgelesen. Am Abend war sie mit Sicherheit genauso erschöpft wie ich, aber man hat es ihr nicht angemerkt. Ich habe es ihr nicht angemerkt. Ich habe nicht darauf geachtet.

Zweiter Versuch. Und wenn sie schon bei den Geburtstagen war: Der sechzigste der Mutter lag zehn Jahre zurück. Sie hatten in einem Restaurant an der Elbe gefeiert, auch Rosa war gekommen, ihr einziger Deutschlandbesuch in all den Jahren. Seltsamerweise erinnerte sie sich besser an die Menüfolge als an andere Einzelheiten: Es hatte Fisch gegeben, Hamburger Aalsuppe, zum Auflockern einen Krabbensalat, als Hauptgang zur Wahl Seezunge Müllerin oder Karpfen blau, als Nachspeise eine Eistorte. Rosa hatte zwischen Marina und Tante Elsa gesessen. Alle hatten in Feststimmung brilliert, die jüngeren Enkelkinder hatten Witze erzählt, und der Vater hatte eine launige Rede gehalten. Rosa hatte der Mutter ein wenig von ihrem Leben in San Francisco erzählt und nach Scharbeutz gefragt, wie man sich der Höflichkeit halber nach einem entfernten Verwandten erkundigt. Und sonst?

Nein, so kam sie nicht weiter. Alle Erinnerungen kreisten um Situationen wie Geburtstage, Weihnachtsfeiern, um die Tätigkeiten der Hausfrau, Pensionswirtin, Hobbygärtnerin. Bereits der Versuch, die Mutter vor dem inneren Auge als Ehefrau deutlicher in Erscheinung treten zu lassen, scheiterte.

Es war erschreckend, wie wenig Rosa ihre eigene Mutter kannte. Deine Mutter, das unbekannte Wesen. Lautete nicht so ähnlich ein Aufklärungswälzer von diesem, wie hieß er noch, richtig, Kolle, den Rosa mit vierzehn nachts unter der Bettdecke verschlungen hatte? Was wußte sie schon über die Ehe der Eltern? Mutter und Vater als Liebende? Im Bett? Nackt? Die Eltern hatten sich vor den Augen der Kinder nie nackt gezeigt. Beim Küssen? Die Eltern hatten sich auch nie vor den Augen der Kinder geküßt. Manchmal hatte der Vater seinen Arm schützend um die Mutter gelegt und ihr die Wange getätschelt. An tiefere Zärtlichkeiten konnte Rosa sich nicht erinnern. Immer war sie stillschweigend davon ausgegangen, daß die Eltern ein glückliches Paar waren.

Sie stieß sich von der Boje ab, legte sich auf den Rücken, blickte in den Morgenhimmel. In den ersten zwei Lebensjahrzehnten dachte man doch nicht großartig über die eigenen Eltern nach. Man sammelte ein paar Anekdoten aus der Kindheit und Jugend der Eltern, und mit diesen Geschichten baute man sich eine Art Plusquamperfekt, eine Vorvergangenheit, die einen fester in der Geschichte verankerte, Standpunkte ermöglichte, Fragen und Kritik. Man nahm die Eltern hin, weil man sie hinnehmen mußte. Man versuchte zurechtzukommen in dem Rahmen, den sie abgesteckt hatten, und irgendwann begann man, den Rahmen an irgendeiner Stelle anzubohren, bis er brüchig wurde und einen ersten Durchlaß gewährte, und wenn er zu eng gesteckt war, sprengte man ihn gleich und ging nach Amerika. Achtzehneinhalb Jahre Kindheit und Jugend in Scharbeutz – dagegen standen nun schon sechzehneinhalb Jahre in dem Bemühen, erwachsen zu werden. Wenn Rosa ehrlich war, mußte sie sich eingestehen, daß sie nicht ein einziges Mal ernstlich über das vermeintliche Eheglück der Eltern nachgedacht hatte. *My parents*: alles klar, immer im Doppelpack. Damit war alles gesagt – und zugleich nichts.

Die letzten Meter bis zum Ufer kraulte sie. Das Wasser war hier schon sehr flach, sie berührte mit den Händen den Grund, kroch langsam an Land. Die Sonne hing bereits eine Handbreit über dem Horizont. Rosa hatte kein Handtuch dabei. Sie zog die Jeans, die sie schon im Flugzeug getragen hatte, über die nasse Haut, begann zu laufen, um schneller zu trocknen. Sie fühlte sich erfrischt und tatendurstig. Ein Sonnenaufgang über der Ostsee war doch etwas grundlegend anderes als ein Sonnenuntergang über dem Pazifik. Die Ostsee war Rosas ganz persönliche Grundstimmung. Andere Leute mochten ähnliche Empfindungen in den Bergen haben, beim Durchwandern eines Fichtenwaldes, in der Hochebene, in einer Wüstenlandschaft. Aber Sand gab es hier ja auch. Also los: freie Bahn für Frühaufsteher, Möwen, Strandläufer.

Das Café Bastei kam in Sicht. Noch immer war der Strand menschenleer. Nur zwei Jogger waren ihr bisher begegnet, eine Frau in hautengen lila Leggings und ein junger Mann, der quer über der Brust die Aufschrift *New York City Marathon 1989* trug. Beide hatten die Ohren mit schwarzen Knöpfen verstöpselt, den Walkman am Gürtel. Sie hörten nicht das leise ans Ufer schwappende Ostseewasser, das Rosa in geradezu euphorische Stimmung versetzt hatte, jetzt aber gestört wurde vom laufenden Motor eines sich im Schrittempo nähernden Jeeps. Das Fahrzeug der Strandreinigung. Ein Mann saß am Steuer, zwei Männer gingen nebenher und schaufelten den über Nacht angeschwemmten Seetang und die Algen auf die Ladefläche. Rosa mußte ausweichen, geriet in den weichen Sand und beschloß, es mit einem abschließenden Sprint gut sein zu lassen.

Auf der Seebrücke quengelte ein Kind in einer Kinderkarre gegen die friedliche Morgenstimmung an, die Möwen auf der Brüstung flogen kreischend auf. Bei den Tretbooten, die kurz hinter der Brücke im Sand lagen, machte Rosa ein paar Dehnübungen. Sie legte das rechte Bein gestreckt auf den Bug eines Tretboots, beugte langsam den Oberkörper vor, versuchte, mit den Händen den Fuß zu umfassen, und sah dabei zum Wasser hin. Es war anstrengend, sie schwitzte. Ein älterer Mann kam in ihr Blickfeld gelaufen, hastete an ihr vorbei, ohne sie eines Blickes zu würdigen. Sein Gesicht wirkte angespannt, ja gehetzt, und Rosa dachte, vielleicht sollte er lieber in der Abendsonne Boule spielen. Draußen auf dem Wasser waren die Köpfe zweier Schwimmer zu erkennen. Vielleicht war einer von ihnen der Vater, der früher jeden Morgen von Ostern bis zu Allerheiligen schwimmen gegangen war, gleichgültig bei welchem Wetter, und Rosa überlegte, ob er das in seinem Alter wohl immer noch tat. Der Strandabschnitt, wo er seinen Strandkorb gemietet hatte, war nicht mehr weit. Der Vater hatte immer denselben Korb gemietet, immer an derselben Stelle, in der ersten Reihe auf der Höhe vom Hotel Martensen. Sie sah ihren Vater schon von weitem und erkannte ihn sofort – hier herrschte kein Menschengewimmel wie auf dem Hauptbahnhof. Noch nicht. Unverkennbar, in einem der Strandkörbe in der ersten Reihe saß der Vater in einem hellblauen Bademantel, den Blick auf die Ostsee gerichtet. Noch fünfzig Meter, dann würde Rosa in sein Blickfeld geraten.

Sie stapfte langsam durch den weichen Sand auf ihn zu. Er hatte sie noch nicht entdeckt, blickte noch immer auf das Wasser und den Horizont. Neben ihm auf dem Strandkorbsitz stand eine Thermoskanne, daneben lag eine Zeitung. Wie früher, dachte Rosa, seltsam gerührt. Sie war nur noch drei Meter von ihm entfernt und blieb stehen.

»Hallo, Papa«, sagte sie mit rauher Stimme. »Ich bin's. Rosa.«

Keine Reaktion. Keine Bewegung. Kein Zucken im Gesicht.

»Ich bin's, Rosa«, wiederholte sie mit plötzlich trockenem Mund. »Ich bin wieder da.«

Die überraschende Ankunft seine jüngsten Tochter nach all den Jahren ließ den Vater offenbar kalt. Preußisch unerbittlich: aus den Augen, aus dem Sinn. Er tat so, als wäre sie gar nicht da. Kein Ansatz für einen Waffenstillstand. Ein Mann, ein Wort, dachte sie.

Die Erinnerung traf sie heftig und unerwartet. Sie hatte nicht daran denken wollen. Sie war nicht nach Scharbeutz gekommen, um sich auf Schritt und Tritt zu erinnern. Früher ist früher, und heute ist heute, versuchte sie sich Janes Merksatz einzuhämmern. Bitterkeit stieg in ihr hoch, trieb ihr Tränen in die Augen. Wie ein Echo hörte sie seine letzten Worte: »Wenn du nach Amerika gehst, bist du für mich gestorben.«

Dann siegte der Zorn über die Trauer. Rosa trat einen weiteren Schritt auf den Vater zu. Seine Augen waren ganz starr. Der hellblaue Frotteestoff hatte sich über der Brust rötlichbraun verfärbt. Der Vater hätte sich gar nicht mehr rühren können. Sein Schweigen war endgültig.

In der rechten Hand hielt er eine Muschel. Ein Souvenir, dachte Rosa in einem plötzlichen Aufwallen von Schmerz. Eine einzige, letzte Erinnerung. Das Rauschen des Meeres, wenn man die Muschel ans Ohr hielt. Das Rauschen des Meeres in den Adern des Vaters, die Stille der Ostsee am frühen Morgen, eine letzte Gemeinsamkeit, die sich schützend über seine letzten Worte legte. Sie nahm die Muschel und vergrub sie tief in ihrer Jeanstasche. Dann machte sie sich auf die Suche nach einem Telefon.

6

In der Rosenlaube im hinteren Teil des Gartens waren sie endlich unter sich. Regina, Rosa, Achim, Eva und die Mutter sahen schweigend vor sich hin oder durch die anderen hindurch, in die eigenen Gefühle und Gedanken verstrickt. Auch Rosa war erleichtert, dem geschäftigen Treiben der ermittelnden Kriminalbeamten am Strand, den ersten Befragungen durch diesen Kommissar namens Finn, den Blicken und dem Getuschel der Schaulustigen für eine Weile entkommen zu sein.

Der Vater hatte die englische Gartenlaube Mitte der fünfziger Jahre bei einer Versteigerung günstig erstanden. Ein Geschenk für die Mutter, zur Abwechslung einmal keine Bernsteinkette aus dem Laden. Der Anlaß: Rosas Geburt. Andere Frauen bekamen einen Ring oder einen Staubsauger geschenkt – die Mutter ein schmiedeeisernes Gestell, an dem sie ringsum Rosen gepflanzt hatte. Mittlerweile waren die Verstrebungen unter all den Trieben und Blättern nur noch zu erahnen, so üppig blühten in dieser Jahreszeit die Kletterrosen: duftende Blüten in Weiß, Rosa, Dunkelrot. Fünf Rosen, fünf Kinder. Es war das erste Mal, daß Rosa darauf achtete. Sie überlegte, ob da ein Zusammenhang bestand und wenn ja, welchen Rosenstock die Mutter für welches ihrer Kinder ausgewählt hatte. Ob ihre eigene Rose unweigerlich die rosafarbene war. Sie hätte die Mutter nach dem Zusammenhang fragen können, aber jetzt war dafür nicht der richtige Moment. Jetzt war für nichts der richtige Moment.

Der Vater ist tot.

Der Vater ist nicht nur tot.

Er ist erschossen worden.

Die Fakten blitzten immer wieder Bruchteile von Sekunden auf, als handele es sich um versteckte Botschaften, und Rosa versuchte sie zu verscheuchen wie ein lästiges Insekt.

Dreiundsiebzig Jahre alt war er geworden, und von diesen dreiundsiebzig Jahren hatte Rosa ihn ganze achtzehneinhalb Jahre gekannt. Gekannt? Ein ähnlicher Zweifel hatte sie doch schon heute früh morgens am Strand beschäftigt. Jetzt noch einmal von vorn das Ganze, Hauptpersonen diesmal: der Vater. Als erstes fiel Rosa ein, daß die Mutter des Vaters Hedwig hieß und der Vater des Vaters Wilhelm und daß beide lange schon gestorben waren, als Rosa auf die Welt kam. Daß der Vater einen Bruder hatte, den er nie besuchte und dessen Namen sie vergessen hatte. Daß der Vater drei Läden sein Eigentum nannte, in denen hauptsächlich Bernsteinschmuck verkauft wurde. Daß er nicht zu den armen Leuten zählte. Und sein Charakter? Halsstarrig und herrisch, dachte sie augenblicklich. Unversöhnlich. In gewisser Hinsicht geradezu zwanghaft bieder, moralisch, in anderer wieder zwanghaft zwanglos. Entsprechend unberechenbar. Was für ihn galt, galt für andere noch lange nicht. Ein Patriarch der alten Schule. Fritz Liebmann – ein Lebemann, der für sich in Anspruch nahm, wonach sein Herz begehrte. Speziell wenn niemand damit rechnete, ließ er gern nonchalant fünf gerade sein, lud die ganze Familie zum großen Eisbecher ins Café Bastei an der Strandpromenade ein – im nächsten Augenblick sprang er auf und ließ sie allesamt vor ihren Sahnehäubchen und Früchteverzierungen sitzen, um mit einem Skatfreund eine Spritztour in dessen neuem Motorboot zu unternehmen.

Rosa war verblüfft, wie klar sie die Szene vor Augen hatte.

Auch den Versuch der Mutter, die Enttäuschung der Kinder in einer lustigen Geschichte zu versenken. Die Art der Mutter, ausgleichend zu wirken, die Wogen zu glätten, vertriebene Heiterkeit wiederherzustellen. Mußte einer erst tot sein, damit man sich klar und deutlich erinnerte? Oder hatte Rosa zum Vater eine um vieles größere Distanz, die ihr den Blick auf ihn erleichterte? Eine Distanz von über sechzehn Jahren Schweigen ...

Der Vater machte keine halben Sachen. Kinder: gleich fünf Stück, auch wenn die beiden ältesten aus der ersten Ehe der Mutter stammten. Auto: immer der neueste Daimler Benz. Trinken: wenn schon, dann aber richtig. Essen: in rauhen Mengen und ohne dick zu werden. Rauchen: nur die besten Zigarren. Körperliche Ertüchtigung: tägliches Schwimmen in der Ostsee, Dauerläufe, Sauna. Frauen: darüber hatte Rosa nie nachgedacht. Der Vater und andere Frauen? Sie wußte es nicht. So etwas wußten Kinder doch nicht. Das Liebesleben der Eltern? Schon wieder diese ungebetene Frage. Ein Seitensprung? Mehrere? Blockade, komplette Erinnerungsblockade.

Er war ein Charmeur, räumte Rosa ein. Was für ein Wortschmeichler: *Charmeur* zerging doch geradezu auf der Zunge. Zart, prickelnd, anregend. Vor einem Charmeur mußte man sich in acht nehmen. Auch Steven war ein Charmeur gewesen.

Ihr Blick wanderte zur Mutter. Die Mutter hatte nicht mit den Männern geflirtet, nicht mit dem Postboten und nicht mit dem männlichen Teil der Pensionsgäste. Nie. Wie hätte das denn ausgesehen?! Solche Frauen gab es im Film, die Grenze zum *leichten Mädchen* war schnell überschritten. Das ging ruckzuck, schon war die flirtende Frau ein »Flirtchen«, ein »Flittchen«, das mit jedem »ging« ... Aus Männersicht, aus der Sicht des Vaters, die sich Rosa jetzt im Garten aufdrängte, als gäbe es nichts außer ihn, als wäre er der Mittelpunkt, das Zentrum, um das alle Gedanken, alle Erinnerungen, alle Familienmitglieder kreisten ...

Ich habe ihn gefunden, aber ich habe nicht geweint.

Regina hat nicht geweint.
Ole hat nicht geweint.
Achim hat nicht geweint.
Eva hat geweint.
Mama hat nicht geweint.

War das Weinen das einzige Maß für Schmerz? Hatte Rosa etwa erwartet, die Mutter würde ohnmächtig in den Sand sinken oder sich schreiend an den toten Vater klammern? Hysterische Reaktionen waren noch nie ihre Art gewesen. Ebensowenig ein nicht versiegender Tränenfluß. Sie kam anders mit dem Leben zurecht, mit den fünf Kindern, der Pension Seerose, dem Vater, und genau so reagierte sie auch auf seinen Tod: unbeirrt. Als sie vor dem Strandkorb stand, in dem der erschossene Vater saß, hatte sie nichts weiter gesagt als: *So, so.* Dazu hatte sie genickt, in einem fort genickt, als wollte sie die Tatsache mit jedem Nicken ein Stück weit mehr zum Bestandteil ihrer Wirklichkeit machen. Mehr als vierzig Jahre war Camilla mit dem alten Fritz verheiratet gewesen. Und nun war er tot: *So, so.* Ihre graugrünen Augen flackerten wie ein Irrlicht, die Falten an ihren Wangen und um den Mund traten deutlicher hervor. Dennoch, dachte Rosa, sah die Mutter erstaunlich jung aus. Abgesehen von den Spuren der Trauer war ihre Haut beneidenswert glatt, ihr Gesicht rund und voll, ihre Mundpartie freundlich. Keine sichtbare Hinterlassenschaft von Alltagssorgen, fünf Kindern, keine Hinweise auf lebenslange Enttäuschungen. Wenn man die Mutter so sah, konnte man denken, sie throne auf einem erfüllten Leben. Aber was hatte ein fremder Mann darin zu suchen?

Der Liebmann ist tot.
Die Liebmannfrau hat eine Liebschaft.
Wußte der Liebmann von der Liebschaft der Liebmannfrau?
Hatte der Liebmann selbst eine Liebschaft?
Wußte die Liebmannfrau davon?
Wie ist es bestellt um die Liebe, wenn ein Schuß mitten ins Herz geht, wie beim Vater ...

Rosa sah sich verwirrt um. Achims Krawatte drängte sich

als Gedankenfänger geradezu auf, schwarz und mittig und pietätvoll: Da gab es keinen Zweifel, sondern einen Trauerfall in der Familie. Achim war als einziger angemessen gekleidet. Schon als er und Eva morgens aus Lübeck eintrafen, hatte ihr Bruder diese schwarze Krawatte getragen. Ein Anruf: Vater ist erschossen worden – und als erstes der Griff in den Schrank zu den Krawatten. Hatte jeder Mann so etwas im Schrank hängen, für den Fall der Fälle? Oder hatte Achim sich die schwarze Krawatte vielleicht rasch bei einem Freund ausgeliehen, um von Anfang an dem Anlaß entsprechend korrekt aufzutreten? Immerhin hatte er mittlerweile sein Jackett abgelegt. Er schwitzte heftig, Schweißperlen bedeckten seine Stirn, seine Oberlippe.

Es war kurz nach elf. Das Thermometer bewegte sich auf die Dreißig-Grad-Marke zu, und selbst im Halbschatten der Rosenlaube war die Hitze deutlich zu spüren. Kein Windhauch regte sich. Die Flagge hing schlaff am Fahnenmast. Achim war es gewesen, der sie auf Halbmast gesetzt hatte. Achim hatte auch Marina in München informiert und mehrmals versucht, Robert zu erreichen. Er dachte offenbar an alles. Er war der große Bruder. Wenn die Zeit dafür reif war, würde er sich auch um die Beerdigungsformalitäten kümmern.

Auch an ihren großen Bruder hatte Rosa keine klare Erinnerung, außer daß er in doppeltem Sinne groß war. Er war schon ein Riese gewesen, als sie noch in der Wiege lag: vierzehn Jahre älter und mindestens einen Meter größer, jedenfalls damals. Regulär war er ihr Halbbruder, so wie Regina ihre Halbschwester war. Mutters erster Mann war in Stalingrad gefallen. Ob Geschwister oder Halbgeschwister – für Rosa, die Jüngste von allen, machte es keinen Unterschied. Als sie zur Welt kam, waren sowieso schon alle da, Regina, Achim, Marina und Robert. Welcher Vater jeweils dahintersteckte, hatte für sie nie eine Rolle gespielt.

Sie begann, die Altersunterschiede nachzurechnen, eine Hilfe beim Vergegenwärtigen der Distanzen: als Rosa fünf war (der erste Kuß mit dem Nachbarsjungen), war Achim neunzehn und machte eine Buchhalterlehre bei irgendeinem

Geschäftsfreund des Vaters. Als Rosa vierzehn war (erster Besuch in der Kirchendisco), war Achim neunundzwanzig, seit Jahren mit Eva verheiratet, Vater zweier Kinder und arbeitete als Buchhalter in Vaters Bernsteinläden. Als Rosa achtzehn war (Aufbruch in die USA) war er zweiunddreißig. Die Vorzeichen in seinem Leben hatten sich seither vermutlich kaum verändert. Immer noch mit Eva verheiratet, immer noch angestellt in Vaters Läden ... Sie selbst war vor zwei Wochen fünfunddreißig geworden, Achim war jetzt neunundvierzig. Das war aber schon fast alles, was sie über sein Leben wußte. Ernüchternd wenig. Er kam ihr zugleich vertraut und sehr fremd vor. Ein fremder Mann, der sich über den großen Bruder gestülpt hatte. Der große Bruder, der sich als fremder Mann verkleidet hatte. Mit schwarzer Krawatte zum Vertreiben lästiger Gedanken.

Aus dem Augenwinkel beobachtete Rosa ihn, wie er neben Eva saß, die tonlos vor sich hin weinte, als würde alles Leben aus ihr herauslaufen, Träne für Träne. Ab und zu tätschelte er ihr tröstend und doch hilflos die Hand. Dabei war es doch gar nicht ihr Vater, dessen Leiche im Strandkorb gefunden worden war, sondern seiner, wenigstens halb, der einzige Vater, den er gekannt hatte, der ihn erzogen hatte, dessen Nachfolger in den Bernsteinläden er eines Tages zu werden hoffte. Der große Bruder tröstet immer die anderen, dachte Rosa. Aber wer tröstet ihn? Links neben Achim saß Regina, die große Schwester. Kam sie als Trösterin in Frage?

Die Mutter stand auf, ging ins Haus und kehrte mit einem flachen Zigarettenetui und Streichhölzern zurück. Achim war immerhin geistesgegenwärtig genug, ihr Feuer zu geben. Rosa war verblüfft. Die Mutter rauchte? Die Mutter hatte doch noch nie geraucht. Weder Achim noch Regina wirkten erstaunt. Rosa wunderte sich auch darüber, daß bis jetzt noch kein einziger Pensionsgast aufgetaucht war.

Als sie ihre Schwester jetzt zum ersten Mal seit Jahren ausgiebiger beobachtete, bekam Rosa eine Gänsehaut. Regina hatte sich noch nie in die Karten schauen lassen. Sie hatte schon immer unnahbar gewirkt. Ein Eisblock, dachte sie.

Doch woran lag das eigentlich? Regina war drei Jahre älter als Achim, somit siebzehn Jahre älter als Rosa. Regina war nicht unattraktiv. Im Gegenteil. Von ihrem leiblichen Vater mußte sie die blauen Augen, die blonden Haare geerbt haben, von der Mutter die vollen Gesichtszüge. Auch ihre Haut war weich und glatt, als wäre sie erst Mitte Dreißig. Die Feststellung versetzte Rosa einen feinen Stich. Sie selbst würde mit über fünfzig nicht mehr so frisch aussehen. Der Rauch der Jahre hatte seine Spuren hinterlassen. Die Falten waren da, stumme Zeugen, selbst mit den teuersten Vitamincremes nicht mehr zu tilgen. Nun, lieber alt als kalt, dachte Rosa, und daß es idiotisch war, sich plötzlich mit der großen Schwester zu vergleichen, die ihr früher nie ein Vorbild gewesen war.

Vielleicht war seit jeher die unsägliche Frisur daran schuld. Rosa hatte auch morgens am Strand kaum den Blick von dieser Frisur lösen können, die schon damals schockierend unverändert gewesen war, so unangreifbar, so tausendjährig. Seit Rosa zurückdenken konnte, hatte Regina diese Frisur getragen, unabhängig von jeder Mode, zeitlos: von unten leicht auftoupiert, Ohren frei, Nacken frei, Stirn frei, unverändert und unverwüstlich. Jedes aschblonde Härchen saß an seinem Platz, und kein Herbststurm hatte je etwas daran geändert, auch der gewaltsame Tod des Vaters nicht. Unbeweglich hatte Regina am Strandkorb gestanden – oder eher unbewegt? Hatte die Mutter untergehakt, kein Wort gesagt, starr auf den Vater geblickt, den Stiefvater, die Lippen aufeinander gepreßt, daß nichts entweichen konnte.

Rosa überlegte, ob Regina nachts wohl im Stehen schlief oder den Kopf statt auf ein Kissen auf ein Kopfgestell bettete. Sie sah aus, als würde sie nie schwitzen, nie schwimmen gehen, nie im Ostseewind radfahren, oder aber der Wind konnte der Frisur ebensowenig anhaben wie das Wasser, der Schlaf, die Zeit, die Liebe. Sie sah aus, als würde niemand es wagen, sie zu umarmen, um die Frisur nicht zu zerstören. Oder es war umgekehrt, die Frisur, die verhinderte, daß jemand Regina umarmte. Rosa hatte nicht die geringste Ahnung, wie es um das Leben ihrer Schwester bestellt sein mochte. Schwager Ole war ihr morgens kurz am Strand begegnet. Deutlich übergewichtig, braungebrannt, taktlos wie eh und je. Sie versuchte, sich Regina und Ole im Bett vorzustellen – und brach den Versuch erfolglos ab. Das Sexualleben ihrer Familienangehörigen war nie Gegenstand ihrer Überlegungen gewesen. Vielleicht lag es am ermordeten Vater, daß plötzlich alles Mögliche denkbar wurde. Da war etwas Ungehöriges passiert, ein Mordfall, nicht in der Zeitung oder im Fernsehen, sondern in der eigenen Familie ...

Der Schuß ist irgendwann zwischen Morgengrauen und Fundzeit abgefeuert worden, hat der Kommissar gesagt.

Als ich am Strand spazierenging.

Als ich gerade im Wasser war.

Als die Sonne aufging.

Wäre ich nicht schwimmen gegangen.

Wäre ich nicht bis nach Timmendorfer Strand gelaufen. Lieber in die andere Richtung, nach Haffkrug.

Wäre ich überhaupt früher aufgewacht und früher losgegangen, dann ...

Da war es wieder, dieses Spielchen des Was-Wäre-Wenn und Hätte-Ich-Doch aus der Nach-Steven-Zeit, das in Gang gesetzt wurde, um sich das Unfaßbare vom Leibe zu halten, die Zeit zurückzudrehen, sich über den Konjunktiv herauszukatapultieren aus der unbarmherzigen Wirklichkeit. Als sie heute morgen buchstäblich auf den Vater zugegangen war, hätte sich das Blatt noch einmal wenden können. *Wenn ...* *Dann* hätte sie die Chance gehabt, noch einmal mit ihm zu reden. *Wenn* sie nur eine halbe Stunde früher gekommen wäre, *dann*, vielleicht ...

Noch immer sagte keiner der Anwesenden ein Wort. Das Schweigen und die Hitze wurden immer drückender. Auch der Vater war nie ein Mann vieler Worte gewesen. Das hatte ihm immer eine gewisse Autorität verliehen. Er brauchte nur in der Tür zu stehen und mit Blicken Blitze in den Raum zu schleudern, schon waren alle mucksmäuschenstill. Schon fühlten sich alle buchstäblich getroffen, dachte Rosa. Der Vater brauchte nur beim Sonntagsessen am Tisch zu sitzen und zu schweigen, und schon schwiegen auch die anderen. Es wäre keinem in den Sinn gekommen, sich über dieses Schweigen hinwegzusetzen, mit Worten, mit einem Lachen, irgendeiner banalen Geschichte – nicht einmal der Mutter. Bereits das Klappern der Löffel gegen die Suppenteller klang widerspenstig, und alle hatten sich stets bemüht, so leise wie möglich zu klappern. Wenn der Vater dann irgendwann doch etwas sagte, gegen Ende des Essens zumeist, dann bekam dieser Satz sogleich ein erdrückendes Gewicht. Die wenigen Worte wogen doppelt und dreifach, brannten sich unerbittlich in das Gedächtnis ein.

Rosa war damals gegangen, Anfang Januar, nur wenige Tage, nachdem die Volljährigkeit auf achtzehn herabgesetzt worden war. Sie hatte sich mit diesem Schritt über ihn hinweggesetzt. Und er hatte seine Konsequenzen gezogen. Er war kein Mann der Zwischentöne, kein Mann der Kompromisse. Sein letztes Wort – *Wenn du gehst, dann bist du für mich gestorben.*

Bin ich nicht, dachte Rosa aufbegehrend:
Ich bin lebendig, aber du bist tot.

Seit damals hatte er nie mehr mit ihr gesprochen. Sie waren sich ja auch nur ein einziges Mal begegnet, bei Mutters sechzigstem Geburtstag, und da waren immer viele Leute im Raum gewesen, so daß kaum auffiel, daß der Vater nie das Wort an seine jüngste Tochter richtete, durch sie hindurchsah, als wäre sie gar nicht da. Die Schüssel mit den Kartoffeln stand direkt vor Rosas Teller, aber er bat Marina, die neben Rosa saß, sie ihm zu reichen. Wenn Rosa Weihnachten zu Hause anrief und er zufällig den Hörer abnahm und »Liebmann« sagte, fügte er, bevor er die Mutter holte, noch mit unpersönlicher Stimme hinzu: »Einen Moment bitte«. Wie im Laden, wenn er einen Kunden bediente. Die Worte waren wie eine Ohrfeige, die Rosa sich jedes Jahr am vierundzwanzigsten Dezember einfing wie ein unausweichliches, alle Jahre wiederkehrendes Weihnachtsgeschenk, verpackt als Kurzmitteilung an eine Fremde.

Im Laufe der Zeit war Rosa gleichgültiger geworden. Selbst

ihre Hoffnung, der Vater möge ein paar, wenn auch nur un-
verbindliche Sätze mit ihr wechseln, hatte sich nach und nach
verbraucht. Wenn sie ehrlich war, war sie gar nicht untröstlich
über die Tatsache, daß der Vater tot war. Was sie traurig
machte, war der Vater von damals, der in ihm steckte – vielmehr in ihr steckte. Der endgültige Verzicht auf den letzten klitzekleinen Rest Hoffnung, der heute morgen am
Strand noch einmal aufgeblüht war. Rosas Trauer war ein leises Echo auf jemand, den sie vor vielen Jahren einmal gekannt
hatte.

Sie vernahm wieder die Stille, und in die Stille hinein das
Summen der Bienen, die von Blüte zu Blüte flogen.

Irgend jemand hat ihn gehaßt, ihn tödlich gehaßt.

Dieser Gedanke war unversehens da, klar umrissen und
nicht mehr wegzudenken. Kein schöner Gedanke. Aber wer
sagte denn, daß die Welt aus schönen Gedanken bestand?

7

Bis auf die leere Stelle im Sand deutete nichts mehr darauf
hin, daß hier heute früh ein Mord geschehen war. Der Strandkorb war in Plastikplanen gehüllt und abtransportiert worden, um auf etwaige Spuren hin untersucht zu werden. Das
Leben rundherum ging weiter, genauso, wie es auch in der
Nach-Steven-Zeit weitergegangen war. Die Urlauber hockten in ihren Strandkörben, spielten Beachball oder Boccia. An
der Wasserkante herrschte dichtes Gedränge, Horden braun-
gebrannter Ostseeurlauber spazierten in Richtung Timmendorfer Strand oder nach Haffkrug. Es war jetzt nicht mehr so
unerträglich heiß. Am frühen Nachmittag war Wind aufgekommen und damit auch leichter Wellengang. Rosa hörte die
Stimmen der Leute, das Gekreische von Kindern. Sie saß im
Sand, höchstens zehn Meter entfernt von der Stelle, wo sie
am Morgen den toten Vater gefunden hatte.

Wichtig war vor allem, sich in den kommenden Tagen nicht
verrückt machen zu lassen. Weder von der Familie noch von

diesem Kommissar namens Finn, der eine irritierende Ähnlichkeit mit Steven hatte – soweit das zwischen einem bleichgesichtigen Norddeutschen und einem milchkaffeebraunen Mischling mit einem Vater aus New Orleans und einer Mutter polnischer Abstammung überhaupt möglich war. Von der Körpergröße kam es in etwa hin: an die einsfünfundachtzig, schätzte Rosa. Aber es ging nicht um Äußerliches. In der Liebe ging es nie um Äußerliches. Nicht um Hautfarbe, Haarfarbe, Augenfarbe, Schuhgröße, Brustbehaarung, Schwanzlänge. In der Liebe war immer etwas Rätselhaftes mit im Spiel, das sich nicht programmieren, einstudieren, geschweige denn definieren ließ. Ein bestimmter Geruch, das Gefühl beim zufälligen Berühren einer Hand, der Klang einer Stimme, ein Blick, der durchdringender, irritierender, aufwühlender war als andere Blicke, die man tagtäglich mit Hunderten von Menschen wechselte.

Schon als der Kommissar am Morgen mit seinen auf Hochglanz polierten Großstadtschuhen durch den weichen Sand auf den Strandkorb zugestapft kam, hatte Rosa registriert, wie die Grundspannung in ihr sich veränderte: sie war wachsamer geworden und zugleich dünnhäutiger, kampflustiger, auch ohnmächtiger. Augenblicklich kam der Gedanke zu fliehen, sich ins Wasser zu stürzen und ohne Zwischenstop bis nach Amerika zu schwimmen. Und gleichzeitig der Reflex anzugreifen, die Bedrohung unverzüglich zu beseitigen, den Feind zu vernichten. Dieser Kommissar rührte an die Tigerin in ihr, und das war um so alarmierender, als es ihr zuletzt mit Steven so ergangen war. Flucht oder Angriff – das Gefühl war so ambivalent und explosiv, daß es kurzfristig alles andere hinweggefegt hatte: den Strandkorb mit dem erschossenen Vater, die Polizeibeamten, den Notarzt, die sprachlose Mutter, die starre Regina, erste Schaulustige, den Pressefotografen.

Rosa war schwindelig geworden. Sie hatte sich ein paar Meter vom Tatort entfernt in den Sand setzen müssen und die Füße in den Boden gebohrt, wieder einmal auf der Suche nach einem Halt, Sandkörner unter den nackten Fußsohlen,

Sand, der durch die Finger rieselte, Janes Ablenkungsidyll. Aber es hatte nicht geklappt, die Bilder wollten einfach nicht im Sand versinken, dabei ging am Strand doch sonst alles mögliche verloren, Feuerzeuge, Ohrringe, Taschenmesser. Rosa hatte angestrengt auf die Ostsee gestarrt. Der Horizont war auch hier weit und keine einsame Insel in Sicht. Statt dessen nur die glatte, graublaue Wasserfläche und diese rauhe Stimme im Hintergrund, die Anweisungen gab, knappe Fragen stellte, Rosa komplett verwirrte und sich einfach nicht ausblenden ließ.

Plötzlich hatte sie an jenen Tag denken müssen, der nun schon bald ein Jahr zurücklag, jener Tag nach der Nacht, in der Steven nicht nach Hause gekommen war: Sein Bett war leer, als Rosa loslief, um ihre übliche Runde durch den Golden Gate Park zu drehen, wieder hatte sie einen freien Abend gehabt, wieder hatte Cindy sie vertreten. Als Steven damals gegen Mittag heimgekehrt war, stand Rosa am Herd, um sich Ham and Eggs zu machen. Sie hörte ihn in sein Zimmer gehen, hörte die Schranktüren klappen, dann stand er in der Küchentür, mit einem Ausdruck im Gesicht, der von einschneidenden Veränderungen sprach, noch bevor Worte dafür gefunden waren. Da war etwas Neues in seinem Blick, das sie, Rosa, nicht mit einschloß. Sie hatte sofort gewußt: Sie würde auf der Strecke bleiben. Aber daß es so schnell passieren würde, hatte sie nicht erwartet. Er trug seine Reisetasche über der Schulter, stand im Türrahmen und sagte wie nebenbei, er werde ausziehen, er habe sich verliebt.

Im ersten Moment hatte sie erwogen, Steven die gußeiserne Pfanne auf den Schädel zu knallen oder aber das Bratenmesser in den Bauch zu rammen. Den nächsten Moment hatte der Reflex beherrscht, augenblicklich die gemeinsame Wohnung zu verlassen und zu fliehen. Ganz weit weg zu laufen, bis an einen Ort, wo niemand sie kannte und wo sie niemanden kannte, wo die Uhren andersherum liefen und andere Realitäten zählten.

In Wirklichkeit hatte sie weder das eine noch das andere getan. Vielleicht weil sie viel zu erschrocken gewesen war über die Gewalt, mit der diese Gefühle auf sie einstürmten. Sie war nicht weggelaufen, hatte nicht geschrien, nicht um sich geschlagen, und überhaupt immer nur dann geweint, wenn Steven es nicht sah. Er sollte nicht wissen, daß sie seinetwegen litt. Sie wollte nichts mehr mit ihm teilen, ihre Schwäche schon gar nicht. So hatte die Trennung von außen ganz locker gewirkt, fast spielerisch, wie vor Jahren die Scheidung von Alan.

Ach so, ihr lebt nicht mehr zusammen. Und das For Roses? Du bist nicht mehr mit von der Partie? Darum sieht man dich so selten. Und wie geht es sonst?

In ihr hatte es ganz anders ausgesehen. Da hatte die Tigerin getobt, die Zähne gefletscht und die Klauen eingesetzt und schließlich Rosa k. o. geschlagen statt Steven – so etwas nannte sich dann Depression. Man war niedergeschlagen, lag regelrecht am Boden und brauchte einen Menschen wie Jane, die einem von Woche zu Woche dabei half, die Scherben zusammenzufegen und wieder zusammenzusetzen, ohne sich zu schneiden.

Dieser Kommissar war gefährlich. Er hatte in ihrer Seele eine Tür geöffnet, nur einen winzigen Spalt breit, und dieser Millimeter schmerzte sehr.

Rosa bohrte die Füße in den Sand, wie sie es morgens schon getan hatte, doch diesmal ohne Panik. Der Sand war warm. Nach fünf, sechs Zentimetern stieß sie auf kühlere Schichten. Sie ließ einen feinen Strahl Körner aus den geöffneten Händen auf ihre Knie rieseln, fing dann an, mit den Händen Sand auf die Beine zu laden, bis nur noch die Zehen herausschauten. Sie schaufelte sich ein Becken aus Sand, klopfte ihn fest. Es fühlte sich angenehm kühl an. Ein Laken aus Sand, eine Decke aus Sandkörnern.

»Die Dame ohne Unterleib«, sagte die schon bekannte rauhe Stimme hinter ihr. Sofort bekam sie weiche Knie, was in ihrer Lage zum Glück nicht auffiel.

Der Kommissar ließ sich neben ihr in den Sand fallen. »Ihre Schwester hat mir gesagt, daß ich Sie hier unten finde.«

Er zog Jackett, Schuhe und Socken aus, krempelte die Leinenhose bis über die Knie hoch. Seine Beine waren dunkel behaart und trotzdem ziemlich bleich. Jedenfalls im Vergleich zu Stevens Beinen.

Hüte dich vor diesen ständigen Vergleichen, Rosa. Die bringen dich nur um den Verstand. Und den brauchst du, wenn du mit Finn zu tun hast.

Der Kommissar begann ebenfalls, hellen Ostseesand auf seine Beine rieseln zu lassen. »Das habe ich als Kind auch immer gemacht«, sagte er. »Wir haben uns hingelegt und uns gegenseitig eingebuddelt. Zum Schluß hat nur noch der Kopf herausgeschaut.«

Rosa entgegnete nichts. Sie blickte auf das Wasser und wartete ab.

»Einmal haben wir ein tiefes Loch gegraben, bis zum Grundwasser«, fuhr er fort. »Wenn das Loch erstmal mit Sand aufgefüllt war, kam man allein nicht mehr raus. Ich war der jüngste. Ich war daher als letzter an der Reihe. Kinder sind gnadenlos.«

Sie hatte eine Gänsehaut bekommen. Weniger wegen der Situation, die sie sich anschaulich vorstellen konnte, als vielmehr wegen seiner Stimme, die ihr wie eine dunkle, samtig behaarte Raupe über den Körper kroch. Sie schloß kurz die Augen und dachte, jetzt will er, daß ich ihn frage, wie er wieder herausgekommen ist. Aber den Gefallen tue ich ihm nicht. Außerdem kenne ich solche Geschichten aus meiner eigenen Kindheit. Damit kann er mich nicht beeindrucken.

Ihr Schweigen schien den Kommissar in keiner Weise zu irritieren. »Drei Stunden später wurde ich aus der mißlichen Lage befreit«, fuhr er unbeirrt fort. »Von einem Liebespaar, das am Strand nach einem lauschigen Plätzchen suchte. Ende Oktober kann es schon ziemlich kalt sein. Ich bekam eine Lungenentzündung, die anderen Kinder mußten sich entschuldigen und ihr Taschengeld zusammenlegen. Endlich bekam ich die ersehnte Taucherbrille. Als ich wieder gesund war, lag leider schon der erste Schnee. Ein früher Winterein-

50

bruch, und es wurde auch ein langer, harter Winter. Die Ostsee fror einen Kilometer weit zu. Das Liebespaar wird es
nicht leicht gehabt haben.«

Rosa hatte plötzlich Eisschollen vor Augen, die sich über-
einanderschoben, die zugefrorene Ostsee, Schneeverwehun-
gen über Sandverwehungen, die alte Seebrücke wie unter
einer dicken Schicht aus Zuckerguß.

»Die Taucherbrille hatte ich mir schon zwei Jahre lang
sehnlichst zum Geburtstag gewünscht und nie bekommen.
Mein Vater sagte immer, in der Ostsee gibt es sowieso nichts
zu sehen.« Finn lachte in sich hinein. »Am Grund, da findest
du nur Sand, bestenfalls ein paar Steine und Muscheln. Und
die gibt es am Strand zur Genüge, hat er immer gesagt.« Er
sah Rosa plötzlich an. »Dabei war ich selbstverständlich auf
einen Schatz aus. Mir schwebte ein gesunkenes Schiff vor. Etwas in der Art.«

Rosa konnte sich nun doch nicht zurückhalten. Seine Art
zu erzählen war allzu entwaffnend. »Und, haben Sie eins entdeckt?«

Finn schüttelte den Kopf. »Natürlich nicht. In der Ostsee
liegen genügend Wracks herum, aber nicht so nah am Strand.
Das hier ist kein Ort für Schnorcheln und Taucherromantik.
Da muß man schon ans Mittelmeer reisen oder in die Kari-
bik.«

Ein unbeteiligter Beobachter hätte denken können, da sä-
ßen zwei Urlauber am späten Nachmittag entspannt und genießerisch im Sand. Und hätte Rosa nicht gewußt, daß der
Kommissar aus einem ganz anderen Grund gekommen war,
hätte sie selbst ohne weiteres auf diese naive Strandimpres-
sion hereinfallen können.

»Weshalb erzählen Sie mir das alles?«

Finn zuckte mit den Schultern. »Ich wühle den ganzen Tag
in den trübseligen Geschichten anderer Leute. Da muß ich
mir zwischendurch auch mal eine eigene gönnen.« Er fischte
ein Päckchen Kaugummi aus seiner Jackettasche. »Mögen Sie
auch eins?«

»Ich hasse Kaugummis.«

Der erste Satz ihm gegenüber, der in ihren Ohren überzeugend klang. Steven hatte ständig Kaugummi gekaut. Dieses rhythmische Mahlen seiner Kiefer hatte Rosa schon immer unerträglich gefunden. Kleinigkeiten aus dem Alltag eines Liebespaares. Marginalien, die im großen, alles umfassenden Trennungsschmerz nicht weiter ins Gewicht gefallen waren. Jetzt aber hatten die Wogen sich ein wenig geglättet, und all diese Kleinigkeiten – Kleinlichkeiten, dachte Rosa – tauchten wieder auf.

Finn grinste sie an. »Ich eigentlich auch. Jedenfalls bei anderen.« Er zuckte mit den Schultern, wickelte das Kaugummi aus, schob es in den Mund. »Ich habe vor drei Monaten aufgehört zu rauchen. Seitdem muß ich ständig irgendwas im Mund haben. Rauchen Sie?«

»Nein.«

»Letzte Woche war ich auf der Vernissage eines befreundeten Malers. Es war ziemlich voll, deshalb flüchtete ich auf die Treppe, die in den oberen Ausstellungsraum führt. Von dort konnte ich zwar den Künstler nicht sehen, der eine Rede hielt, dafür aber das Publikum um so besser. Sowieso das spannendere Schauspiel. In der zweiten Reihe standen zwei Frauen, die vermutlich einiges an Zeit und noch mehr Geld in ihre Aufmachung gesteckt hatten. Beide hatten ein Kaugummi im Mund. Das wurde laufend von einem Mundwinkel in den anderen geschoben. Selten so etwas Deplaziertes gesehen.« Er nahm das Kaugummi wieder aus dem Mund und wickelte es in das Papier ein, das er noch in der Hand hielt. »Vielleicht geht es ja doch ohne.«

Natürlich hätte Rosa in Finns unverbindlichen Small talk einsteigen und ihrerseits erzählen können, daß auch sie vor nicht allzu langer Zeit das Rauchen aufgegeben hatte und daß sie es ohne Kaugummi hinbekommen hatte. So ging doch das Einmaleins des Flirtens: Gemeinsamkeiten schaffen, über den unsinnigsten Quatsch reden, vor allem lächeln, diskrete Signale aussenden, das Gegenüber im Auge behalten. Nein, unwillig schüttelte sie den Sand von den Beinen. Falscher Zeitpunkt, falscher Ort.

»Was wollen Sie von mir?«

Er sah sie erstaunt an. »Will ich etwas von Ihnen?«

Wütend schob sie den Sand von ihren Beinen und sprang auf. »Sie sind doch nicht gekommen, um mir Anekdoten aus Ihrem Leben zu erzählen.«

Der Kommissar musterte sie von unten. Sein Blick wirkte dabei seltsam scheu, als sei ihm die Situation plötzlich peinlich, dann stand auch er auf und klopfte sich den Sand ab.

»Sie haben recht. Deshalb bin ich nicht gekommen. Aber als ich Sie da so sitzen sah, halb im Sand vergraben, da ist mir meine Kindheit wieder eingefallen.« Er lächelte entwaffnend. »Da mußte ich mich einfach auch einbuddeln. Ein kleiner Ausflug in die Vergangenheit. Immer wenn ich etwas mache, das lange her ist, kommen gleichzeitig solche Geschichten ans Licht. Das ist genau das, wovor mein Vater immer Angst hatte. So daß er seinem Sohn sogar die Taucherbrille vorenthalten wollte. Wie viele Überredungskünste meine Mutter zum Einsatz bringen mußte, damit ich endlich schwimmen lernen durfte. Alle anderen konnten schon schwimmen, nur ich nicht.« Er breitete ratlos die Arme aus. »Aber das ist wieder eine andere Geschichte.«

Rosa dachte an Steven und die alten Geschichten, die sie seit ihrem Abflug verfolgten. Und das war erst der Anfang, das spürte sie deutlich. Schließlich war der Vater ermordet worden. Man wurde nicht einfach so ermordet. Dahinter steckten immer andere Geschichten. Schlimme Geschichten, von denen sie nicht den blassen Schimmer hatte.

»Gehen wir ein Stück am Wasser entlang?« schlug der Kommissar vor.

»Haben Sie das etwa auch lange nicht mehr gemacht?« Ihr Ton klang patziger, als es ihre Absicht war.

Finn aber nahm es nicht persönlich. Er lachte leise. »Ja, ich war lange nicht mehr hier. Nicht ganz so lange wie Sie, aber immerhin.«

Schweigend gingen sie nebeneinander her, bis sie den Kurabschnitt mit den Strandkörben hinter sich gelassen hatten und nicht alle paar Schritte einer Sandburg oder Beachball-spielern ausweichen mußten.

Finn war einen Kopf größer als Rosa. Dunkle, sehr kurze Haare, kräftiger Bartwuchs, was sich jetzt, am Nachmittag, deutlicher bemerkbar machte, kräftig gebaut, noch ohne Ansatz zu einem Bauch. Rosa schätzte ihn auf Anfang Vierzig. Seine Arme waren brauner als die Beine. Er hatte schöne Hände. Er trug keinen Ehering. An der rechten Hand fehlte ihm die Kuppe des kleinen Fingers.

Als ersten Impuls wollte Rosa ihn danach fragen, fand die Frage dann aber zu persönlich. Er würde ihr auch nur wieder mit einer Anekdote antworten. Und insgeheim fürchtete sie bereits jetzt über diese Geschichten in Finns Leben hineingezogen zu werden – wie damals bei Steven, der sie nachhaltig beeindruckt hatte mit den aufregendsten Stories, die entweder er selbst oder Freunde von ihm erlebt hatten. Wahrheit und Phantasie verschmolzen dabei zu einem flirrenden, nie abreißenden Film, in dem auch Rosa eine Rolle zukam, weil sie als Zuhörerin mit dazugehörte. Als ihre Aufmerksamkeit im Laufe der Jahre irgendwann nachgelassen hatte, weil die Geschichten sich allzu oft wiederholten, weil sie den echten Steven zu diesen Geschichten kannte, Wahrheit und Fälschung besser auseinanderhalten konnte, da hatte der Film einen ersten Riß bekommen. Nein, noch einmal würde ihr das nicht passieren. Sie mußte auf der Hut sein: Was auch immer Finn aus ihrem Leben wissen wollte, er würde nicht sie meinen. Er meinte schon von Berufs wegen immer nur den Fall. Den Fall Liebmann.

»Sie hatten Ihren Vater jahrelang nicht mehr gesehen«, nahm Finn das Gespräch auf, als habe er ihre Gedanken erraten.

»Seit zehn Jahren.«

»Standen Sie brieflich mit ihm in Kontakt?«

Rosa mußte lächeln, so absurd kam ihr die Frage vor. »Nein.«

»Dann wissen Sie so gut wie nichts aus den letzten Jahren Ihres Vaters.«

»Weniger als nichts«, sagte Rosa.

»Und vorher?«

»Was vorher?«

»Was für ein Mann war Ihr Vater?«

O je, dachte Rosa. Sie versuchte, allgemein gehalten zusammenzufassen, was sie in der Rosenlaube über ihren Vater gedacht hatte. Das seit sechzehn Jahren andauernde Schweigen ließ sie aus. Finn brauchte nicht alles zu wissen. »Aber ich war, wie gesagt, lange weg«, schloß sie. »Fragen Sie lieber meine Geschwister.«

»Sie und Ihre Geschwister liegen vom Alter her weit auseinander«, sagte Finn. »Wenn ich richtig gerechnet habe, macht das siebzehn Jahre zwischen Ihnen und Ihrer Halbschwester Regina. Sie ist über fünfzig, Sie sind Mitte Dreißig.«

Es irritierte Rosa, daß Finn ihr Alter kannte und gedanklich so ungeniert damit hantierte.

»Das ist ein Zeitraum, der ein halbes Jahrhundert umfaßt«, fuhr er indessen fort. »Krieg, Nachkriegszeit, Wiederaufbau, fünfziger Jahre, Wohlstandsland, schließlich die Wiedervereinigung. Sie alle haben Ihren Vater zu unterschiedlichen Zeiten erlebt. Darüber hinaus erlebt sowieso jeder den anderen anders. Aber alles zusammen ergibt ein zutreffendes Bild. Zum Beispiel weiß ich mittlerweile, daß Ihr Vater autoritär, halsstarrig und tyrannisch war, vor allem den weiblichen Mitgliedern der Familie gegenüber. Aber ich weiß auch, daß er morgens am Strand friedliebend und nachgiebig war. Das war die Zeit, in der man mit ihm sprechen konnte. Also frage ich mich natürlich, ob heute früh auch so eine morgendliche Sprechstunde stattgefunden hat.« Er sah Rosa prüfend von der Seite an.

Sie wich seinem Blick aus. »Ich habe jedenfalls nicht mit ihm gesprochen«, erwiderte sie kühl. »Als ich kam, war er schon tot. Und ich habe auch sonst niemanden beobachtet«, fügte sie nach einer Weile hinzu.

»Ist Ihnen am Strand irgend etwas Außergewöhnliches aufgefallen?«

»Das haben Sie mich doch heute morgen schon gefragt«, entgegnete sie barsch. Als er nicht reagierte, setzte sie etwas freundlicher hinzu: »Außer mir waren ein paar Jogger unterwegs. Und die Männer von der Strandreinigung.«

Er fing einen Ball auf, der direkt auf ihn zuflog, warf ihn zurück zu der Gruppe Jugendlicher, die auf einem freien Stück Strand Volleyball spielte. »Wann sind Sie nach Amerika gegangen?«

»1975.«

»Wie oft waren Sie seither in Deutschland?«

»Einmal.«

»Einmal ist selten.«

»Einmal ist besser als keinmal«, gab Rosa zurück. »Und in Scharbeutz war ich kein einziges Mal.«

»Keine Sehnsucht gehabt?«

»Selten.«

»Und was ist der Grund dafür, daß Sie jetzt hier sind?«

Rosa hatte die ganze Zeit auf diese Frage gewartet, die von Anfang an hinter Finns Geplapper gelauert hatte, hinter diesen unverfänglichen Alltagsgeschichten und dem unverbindlichen Strandspaziergang: Was für ein Zufall, daß Rosa Liebmann ausgerechnet an dem Tag in Scharbeutz auftaucht, als ihr Vater im Strandkorb erschossen wird. Daß sie morgens am Strand spazierengeht und ihn als erste findet.

Alles wegen Steven, dachte sie – aber das werde ich Finn nicht auf die Nase binden.

»Zufall«, sagte sie kühl. »Notwendiger Tapetenwechsel. Heimaturlaub. Nennen Sie es, wie Sie wollen.«

»Wußten Ihre Eltern, daß Sie kommen würden?«

»Niemand wußte Bescheid. Ich bin inkognito angereist. Heimlich. Und ich habe kein Alibi«, fügte sie spöttisch hinzu.

»Wer hat schon ein Alibi«, sagte Finn. »Die Menschen pflegen nachts zu schlafen. Viel interessanter sind die Motive.«

»Welche Motive?«

»Die Motive für einen Mord.«

Er bückte sich, hob eine große weiße Herzmuschel auf.

Aus dem Augenwinkel beobachtete sie, wie er in kreisenden Bewegungen mit dem Zeigefinger den Sand von der hellen Schale rieb, zugleich mit dem Daumen ins Innere der Muschelwölbung fuhr. Ein Schauer lief ihr über den Rücken. Schnell vergrößerte sie den Abstand zu ihm, bückte sich ihrerseits nach einem angeschwemmten Stück Holz. Ihr fiel die Muschel ein, die der Vater in der Hand gehalten hatte. Ein letztes Andenken.

Rosa blieb stehen und sah den Kommissar mit festem Blick an. »Ich war viel zu lange weg. Für mich war heute morgen am Strand alles außergewöhnlich, verstehen Sie? Der Sonnenaufgang über dem Meer – der feine Ostseesand unter den Füßen – wieder einmal weit hinauszuschwimmen ... Alles war ungewöhnlich, jede Möwe, jeder Jogger, jede Muschel, jedes Sandkorn.«

Er erwiderte ihren Blick, nickte nach einer Weile. »Ja«, sagte er nachdenklich. »Genau so muß man einen Fall angehen. Alles ist außergewöhnlich. Alles kann ein Hinweis sein.« Er sah auf die Uhr. »Kehren wir um?«

Nach ein paar Metern fragte er: »Weshalb wohnen Sie im Hotel?«

»Weil ich nicht zu Hause wohnen will.«

Weil ich es mir leisten kann und will, fuhr sie in Gedanken fort. Weil ich Abstand brauche. Weil ich nicht sofort mit hineingezogen werden will in die Angelegenheiten der Familie. Dabei stecke ich schon bis zum Hals mit drin.

Sie blieb erneut stehen, funkelte Finn herausfordernd an. »Sonst noch etwas, was Sie wissen wollen, Herr Kommissar?«

Auch er war stehengeblieben und sah sie mit einem eigenartigen Lächeln an, amüsiert, traurig, ironisch, ein bißchen von allem. »Haben Sie die Absicht, diesmal länger zu bleiben?«

Wäre er kein Kommissar und ich nicht die Tochter des Ermordeten, könnte die Frage direkt romantisch klingen, dachte Rosa. In einem alten Film würde ich vielsagend schweigen, und er würde hinzufügen: »Es wäre mir ein Vergnügen, Sie wiederzusehen«.

Sie lächelte undurchdringlich zurück. »Vielleicht. Keine

Ahnung. Wahrscheinlich bleibt mir im Moment gar nichts anderes übrig.«

»Wer weiß, wozu es gut ist«, sagte Finn. Seine Stimme klang rauh und doch sehr weich.

Ein Mann, der Widersprüche in sich vereint, dachte Rosa. Jedenfalls in der Stimme. Sie mußte auf der Hut sein. Auch vor sich selbst.

8

Am Abend saßen nur noch Regina, Rosa und die Mutter zusammen. Achim und Eva waren zurück nach Lübeck gefahren, Schwager Ole war noch immer geschäftlich unterwegs. Die drei Frauen saßen um den ovalen Wohnzimmertisch, die Terrassentür war weit geöffnet. Die Luft im Zimmer, das nach Süden lag, war stickig. Rosa hätte lieber im Garten gesessen, aber Regina fand das unschicklich. Was sollten denn die Leute denken? Wer trauerte, zog sich in die eigenen vier Wände zurück.

Rosa fügte sich. Nach diesem aufwühlenden Tag war Streit die falsche Lösung. Aber wahrscheinlich zerrissen die Leute sich so oder so das Maul: ein Mord in der Familie Liebmann, ein Trauerfall. Trauern wir denn wirklich? dachte Rosa leicht verärgert. Ein ketzerischer Gedanke. Natürlich trauern wir. Und selbst wenn wir nicht trauern, dann tun wir wenigstens so, damit alles seine Ordnung hat. Damit alle sehen, daß die Regeln eingehalten werden: Rückzug ins Haus, leise Gespräche, gedämpfte Schritte, verhaltene Gesten, dunkle Farben, schwarze Krawatten. Reginas undurchdringliche, strenge Miene paßte gut dazu. Kein Härchen war aus der Form. Wenn Regina geweint hatte, dann mußten die Tränen nach innen gelaufen sein.

Der perfekte Mord, der nie vor Gericht verhandelt wird, dachte Rosa. Wenn jemand ein zweites Mal stirbt: durch Tilgen aller Spuren auf den Gesichtern der Hinterbliebenen.

Die Mutter wirkte wesentlich gelöster als am Morgen. Rosa sah ihre geröteten Augen, rote Flecken auf den Wangen, zwischendurch ein Lächeln, dann wieder Schatten, die über das Gesicht jagten wie Wolken an einem sonnigen, aber windigen Tag.

War die Mutter so gelöst, weil sie plötzlich nicht nur allein war, sondern zugleich auch befreit und frei? Nicht nur Witwe, sondern auch Freifrau, ganz unadelig und untadelig? Gelöst – aus ehelichen Verstrickungen? Hatte sie womöglich selbst zur Entfaltung dieser Möglichkeiten beigetragen? Ketzergedanke Nummer zwei. Mach dich nicht unglücklich, Rosa. Zügele gefälligst deine Phantasie! Bring die Geschichten nicht durcheinander! Du hast bei Steven nicht nach dem Bratenmesser gegriffen und die Mutter nicht nach der Pistole.

Jeder Gedanke schien wie ein Balanceakt auf einem schmalen Grat nahe am Abgrund. Es war Mord! Seit dem frühen Morgen hing die Frage im Raum, wer Friedrich Liebmann erschossen hatte, diesen vitalen, allseits geschätzten Scharbeutzer Bürger, den fünffachen Vater und Ehemann, den wohlhabenden Ladenbesitzer. War er rein zufällig das Opfer irgendeines Verrückten geworden? Wollte ihn jemand aus dem Weg räumen? Wer waren seine Feinde? Und wer seine Freunde? Nicht auszudenken, daß es jemand aus dem Ort getan haben sollte. Und völlig undenkbar, daß es jemand aus der Familie gewesen war.

Geschäftigkeit, hatte auch Jane gesagt, war allzeit ein gutes Mittel gegen alles Unfaßbare: Nimm irgend etwas in die Hand, putze meinetwegen die Fenster, schäle zehn Pfund Kartoffeln, grabe den Garten um, aber tue etwas! Sie hatten etwas getan – gegen den Schock, gegen die unausgesprochenen Verdächtigungen. In der größten Mittagshitze hatten sie gemeinsam den Versuch unternommen, die Todesanzeige zu formulieren: *Unser geliebter Ehemann, Bruder, Vater, Großvater, Urgroßvater.* Immerhin hatten sie sich schnell darüber verständigt, den *Stiefvater* auszulassen. Doch schon im weiteren Text gab es Probleme: *sanft entschlafen* oder *von uns gegangen* entsprach nicht der Realität, *gewaltsam ins Jenseits befördert* nicht den Gepflogenheiten. Sie waren schließlich

59

übereingekommen, auf jede Umschreibung zu verzichten. *Friedrich Liebmann ist tot.* Das war neutral und schnörkellos. *Es trauern* – und dann namentlich alle Angehörigen und kein *auf Gottes geheimnisvollen Ratschluß* oder ein: *Er hat gegeben, Er hat auch wieder genommen.* Friedrich Liebmann hatte der evangelischen Kirche zwar stets am Ende der Saison eine Spende zukommen lassen, aber er war nie in die Kirche gegangen, auch nicht zu Weihnachten.

Regina und die Mutter waren damit beschäftigt, eine Liste mit den Namen derjenigen zusammenzustellen, die zur Beerdigung gebeten wurden, eine zweite, weitaus längere Liste mit den Namen all derer, die eine Traueranzeige erhalten sollten. Rosa konnte nichts dazu beitragen und saß untätig daneben. Sie war zu lange weg gewesen. Die meisten der Namen, die Regina alphabetisch aus dem Adreßbuch vorlas, sagten ihr nichts. Es ging schleppend voran.

»Bernstein, Harald – unser langjähriger Strandkorbvermieter. Den *müssen* wir einfach zur Beerdigung einladen«, sagte die Mutter. »Schließlich hat er uns damals nach der Sturmflut einen neuen, fast identischen Korb besorgt, als der alte völlig in die Binsen ging.«

Regina zog die Augenbrauen hoch. »Ob er diesen Strandkorb überhaupt noch vermieten kann? Also ich für meine Person würde die Ferien um nichts in der Welt in einem Korb verbringen wollen, in dem ein Mord geschehen ist. Mich womöglich im Badeanzug genau auf die Stelle setzen, wo ein Toter gesessen hat …«

»Was weiß man denn schon über die Vorgeschichte der Strandkörbe«, wandte Rosa ein, weil sie an die Geschichte dachte, die Finn am Nachmittag erzählt hatte. »Vielleicht hat der Korb vorher einem Liebespaar als Nest gedient …«

Ihre Schwester kniff nur die Lippen zusammen.

»Bitte, laßt uns weitermachen«, bat die Mutter.

»Heinrich von Bocksfeld, Travemünde, Bernsteinlieferant –«

»– Traueranzeige.«

»Bugenhagen, Irene.«

»Eine langjährige Kundin aus Hamburg. Anzeige.«

»Gibt es nicht eine spezielle Kundenkartei?« fragte Rosa. Im For Roses hatten sie Kartei geführt über Stammgäste, die zu speziellen Events eingeladen wurden.

Die Mutter nickte. »Die Kartei ist im Laden. Ole wollte sie mitbringen, aber er ist noch nicht da.«

»Bei C habe ich hier Christiansen, Wilhelm, Eutin«, sagte Regina. »Einer seiner alten Skatbrüder. Ist der nicht längst tot?«

Die Mutter nickte. »Seit drei oder vier Jahren.«

Regina blätterte im Adreßbuch. »Vaters Bruder dürfen wir auf keinen Fall vergessen«, sagte sie. »Aber hier steht keine Adresse. Weit und breit kein Karl Liebmann. Der lebte doch drüben. Hatte Vater denn nicht mal seine Adresse?«

»Sind wir schon bei L?«

»Nein, das fiel mir gerade ein.«

»Sie hatten keinen Kontakt«, sagte die Mutter. »Das weißt du doch. Ich kümmere mich schon darum. Immer der Reihe nach. Wo waren wir stehengeblieben?«

»Bei D. Dr. Dietrichsen, Zahnarzt, kein Vorname.«

Endlich kam Rosa einmal ein Name bekannt vor. »Ist das nicht dieser Einäugige, der mit der schwarzen Augenklappe?«

Die Mutter und die Schwester nickten.

»Nie werde ich vergessen, wie der mir damals auf den Nerv gebohrt hat, ohne Vorwarnung und ohne Betäubung.« Es schüttelte sie noch nachträglich. Auch die Mutter und die Schwester konnten von einschlägigen, unerfreulichen Erfahrungen mit dem Zahnarzt berichten.

»Aber Fritz war jahrzehntelang sein Patient, anstandshalber müssen wir ihm eine Anzeige schicken«, schloß die Mutter das Thema.

»Ist das jetzt nicht egal?« begehrte Rosa plötzlich auf. »Dieser Dietrichsen war doch ein alter Nazi. Müssen wir denn immer noch alles machen, was Papa wollte?«

Die Mutter sah auf, lächelte. »Du hast dich doch zur Wehr gesetzt. Du bist doch nach Amerika gegangen.«

Einen Augenblick war es still im Raum. Man hörte nur das Kratzen des Füllfederhalters auf dem Papier.

»Hast du ihn etwa nicht wiedererkannt?« fragte Regina in die Stille hinein und sah Rosa kurz von der Seite an.

»Wen hätte ich wiedererkennen sollen?« fragte Rosa mißtrauisch, aber Regina hatte sich schon wieder dem Adreßbuch zugewandt, als habe sie nichts gefragt und als erwarte sie auch keine Antwort. Den Zahnarzt jedenfalls konnte Regina nicht gemeint haben. Aber es mußte irgend etwas anderes, Unangenehmes sein.

Rosa hatte ein ausgeprägtes Gespür für Stimmungen und Stimmlagen. Sie hatte das von klein auf gelernt, als jüngste von fünf Geschwistern, dieses Beobachten, Horchen, Kombinieren, Begreifen, wenn sie in irgendeiner Ecke saß, mit dem Anziehen einer Puppe beschäftigt war und die anderen, die Großen, sie gar nicht wahrnahmen und redeten und stritten. In der Stimme ihrer Schwester hatte etwas Anzügliches mitgeschwungen, eine gewisse Genugtuung. Die Frage war eindeutig ein Seitenhieb, aber aus welcher Richtung?

Regina hatte sich schon immer darin hervorgetan, die anderen an Unliebsames zu erinnern: an die noch nicht erledigten Hausaufgaben, die zu putzenden Schuhe, die ausstehende Dankeskarte für die Weihnachtsgeschenke. Regina war das wandelnde Gedächtnis der Familie, die Mahnerin, die unerbittliche Befürworterin dessen, was man am liebsten so schnell wie möglich hinter sich lassen oder gar nicht erst zur Kenntnis nehmen wollte. Sie verstand sich bestens darauf, Dinge in Erfahrung zu bringen, die keiner wußte, um dann Andeutungen fallen zu lassen und mit der Neugier der Betreffenden zu spielen, zu locken, die Neugier auszureizen bis kurz vor den Punkt, wo sie endgültig in Wut umschlug.

»Wen hätte ich wiedererkennen sollen?« fragte Rosa noch einmal mit betont gleichgültiger Stimme.

»Ebersbach, Karl und Christine, Neustadt –«

»– Beerdigung.«

»Eilers, Heinz und Susanne, ebenfalls Neustadt –«, fuhr Regina ungerührt fort, als habe sie Rosas zweimaliges Nachfragen überhört.

»– Anzeige.«

»Estermann, Lieselotte«, Regina setzte sich kerzengerade auf. »Das ist doch die Frau aus Travemünde …«

»Beerdigung«, schnitt die Mutter ihr das Wort ab.

Regina schnappte nach Luft. »*Die* lädst du ein?«

»Natürlich«, sagte die Mutter seelenruhig.

»Und was sollen die Leute sagen?«

Die Mutter zuckte die Achseln.

»Aber …«

»Wovon redet ihr eigentlich?« mischte Rosa sich ein. »Weshalb soll diese Frau Esterhazy …«

»Estermann!«

» … nicht eingeladen werden?«

Die Mutter warf Regina einen scharfen Blick zu.

Regina lächelte wissend. »Da mußt du unsere Mama fragen.«

Die Mutter griff nach einer Zigarette. »Ich lade alle Freunde eures Vaters ein, ohne Unterschied.« Ihre Stimme klang bestimmt, ließ keinen weiteren Einwand zu.

Rosa horchte verwundert auf: Nanu, war die Mutter in die Rolle des Vaters geschlüpft?

»Aber …«

»Mach weiter, Regina, sonst werden wir nie fertig.« Die Mutter stieß den Rauch aus, sagte eine Nuance weicher zu Rosa: »Das erkläre ich dir ein andermal. Jetzt ist dafür nicht der richtige Moment.«

Natürlich, so ging es ja schon den ganzen Tag, nichts als eine Aneinanderreihung falscher Momente. In denen man sich nichts als falsche Gedanken machte. Regina und die Mutter wußten wieder einmal mehr, und sie, die kleine Rosa, wurde ferngehalten von allen falschen Gedanken, die sich am Ende doch als richtig erweisen würden.

Regina stieß hörbar die Luft aus. »Rosa hat ihn wirklich nicht wiedererkannt.« Listiger Tonfall, herausfordernder Blick zu Rosa, die in die dritte Person abgeschoben wurde. »Dabei hat er sich doch gar nicht so sehr verändert.«

Die Mutter reagierte nicht. Sie war damit beschäftigt, die Namen zu notieren.

Rosa begann unruhig auf ihrem Stuhl hin und her zu rutschen. Wer zum Teufel hatte sich nicht verändert? Dieses Spielchen kannte sie doch zu gut von früher: Rosa kommt zur Tür herein, Regina wartet schon auf sie, ihr ironisch-wissendes Grinsen im Gesicht: »Jemand hat für dich angerufen!«, und Rosa, die gerade vierzehn geworden ist und einmal in der Woche zur Tanzstunde nach Lübeck fährt, brennt darauf zu erfahren, ob der Anrufer ein Junge gewesen ist, und wenn ja, welcher, und was er gesagt hat – aber da steht die große Schwester, die ganz in der Nähe wohnt und zu Rosas Verdruß jeden Tag einmal kurz vorbeischaut, und kostet ihre Macht aus.

Damals hatte Rosa alles durchprobiert: naives Nachfragen, betontes Desinteresse, tätliche Wut, Bestechung, Petzen, Gegenangriffe, aber immer war Regina Siegerin geblieben. Auch jetzt müßte Rosa anfangen zu bitten und zu betteln: »Sag schon, wen habe ich nicht wiedererkannt? Wer hat sich nicht verändert?« – und Regina könnte sich eine Weile zieren und die Neugier weiter schüren und ihren Wissensvorsprung genießen.

Kindereien! Rosa spürte Wut in sich aufsteigen. Eine halbe Weltumrundung und fast zwei Jahrzehnte Abstand zur Familie schienen mit einem Schlag, mit einem Satz wie ausgelöscht. Das Spiel war nicht aus. Es ging immer weiter.

»Feldmann, Waldemar –«

»– Anzeige.«

Auch das war es, weshalb sie damals abgehauen war, und jetzt sollte sie, Rosa Liebmann, in der langen Zeit in Amerika nichts anderes gelernt haben, als wieder wie früher in die Falle zu tappen, wieder dazusitzen wie das Kaninchen vor der Schlange und sich von den Großen austricksen zu lassen? Sie hatte es satt. Sie war versucht, im Gegenzug eine böse Bemerkung über Reginas Jahrhundertfrisur zu machen, aber im selben Moment schon kam ihr das kindisch vor. Sollte Regina doch an ihrem Wissensvorsprung ersticken – Rosa war es gleichgültig. Sie war mit den besten Vorsätzen nach Scharbeutz gekommen, sie hatte den ganzen Tag zur Verfügung gestanden, war sogar nach dem Abendessen noch bei der Mutter geblieben, weil sie sich verpflichtet gefühlt hatte, ihren Anteil zu leisten und wenigstens Briefumschläge auszufüllen, wenn sie schon nichts beitragen konnte zum aktuellen Stand der Adressenliste oder zur Entscheidung, welches Holz man für den Sarg wählen sollte und ob Zahnarzt Dietrichsen oder Frau Esterhazy, nein Estermann, zur Beisetzung eingeladen wurden oder nicht. Aber alles hatte seine Grenzen! Sie schob geräuschvoll den Stuhl zurück.

»Wen hast du bei F noch, Regina?« fragte die Mutter arglos.

»Bis morgen früh«, sagte Rosa mit fester Stimme, stand auf und ging zur Tür.

»Aber Rosa?« hörte sie die Stimme der Mutter im Rücken. »Willst du schon gehen?«

Dann hörte sie Regina, die triumphierend sagte: »Du hast Finn also wirklich nicht wiedererkannt?« Pause. Dann: »Ich meine ja nur, weil ich gerade bei F bin.«

Rosa blieb wie angewurzelt stehen. Hatte sie sich da gerade verhört? Oder hatte Regina tatsächlich *Finn* gesagt?

Sie drehte sich langsam um, versuchte ihre Aufregung zu verbergen. »Sollte ich das?«

Ihr Gehirn lief auf Hochtouren. Der Kommissar hieß Finn, und jetzt sollte das auf einmal ein Name von früher sein, aus dem Adreßbuch der Eltern, jemand, den Rosa wiedererkennen sollte ... Unmöglich! Es mußte sich um eine zufällige Namensgleichheit handeln. Weiter dachte sie: Finn, der Kommissar, ist älter als ich, der vergessene Klassenkamerad fällt damit flach, auch als früherer Tanzstundenpartner kommt er nicht in Frage, als verkannter Verehrer der großen Schwester ist er wiederum zu jung. Finn, Finn, Finn – vielleicht eher ein Junge aus der Nachbarschaft? Jetzt hatte sie's! Finn war vermutlich der Sohn irgendwelcher Feriengäste.

Rosa starrte ihre Schwester an.

Und Regina starrte mit leisem Triumph in den Augen zurück.

Alles wie früher.

Die Mutter sah erstaunt von einer Tochter zur anderen, sagte dann mit begütigender Stimme: »Wenn ich es richtig verstanden habe, heißt der Kommissar, der sich um den Fall kümmert, Finn. Und dann gibt es da noch die Finns aus Timmendorf, die mit dem Bekleidungsgeschäft. Aber das weißt du wahrscheinlich gar nicht mehr, Rosa, ist ja auch so lange her. Robert und Hanno haben zusammen Abitur gemacht, Hanno war damals ein paarmal bei uns, wahrscheinlich hast du ihn bei der Gelegenheit gesehen. Du warst ja erst elf oder zwölf.«

Rosa wurde schwindelig. Sie mußte sich am Türrahmen festhalten. Regina verzog leicht die Mundwinkel.

»Ich weiß noch, wie oft ich mit Hannos Mutter über die Jungens geredet habe«, erinnerte sich die Mutter. »Ich in der Umkleidekabine und sie auf der anderen Seite des Vorhangs. Was wohl mal aus ihnen wird. Was sie aus ihrem Leben machen. Ob sie in die Fußstapfen der Väter treten. Da hatten wir dieselben Sorgen. Hanno Finn sollte das Geschäft in Timmendorf weiterführen, und Vater wollte unbedingt, daß Robert später einmal die Schmuckläden übernimmt.« Sie lächelte. »Was die Väter sich immer so einbilden. Ich weiß es noch wie heute, Hanno wollte Archäologie studieren und Robert Soziologie, und im Frühjahr 1968 ist er dann nach Berlin. Das war dem alten Fritz gar nicht recht, daß sein Sohn sich politisch engagiert und ein Lotterleben führt.« Sie lächelte in sich hinein. »Und du meinst, dieser Kommissar ist derselbe? Hanno Finn aus Timmendorf?«

Regina nickte.

»Ja, so ein Zufall! Ein netter Junge, schon damals. Aber wiedererkannt hätte ich ihn wirklich nicht.« Sie sah zu Rosa, die immer noch in der Tür stand. »Aber du ja auch nicht, Röschen. Da kann ich wenigstens beruhigt sein, daß es nicht an meinem altersschwachen Gedächtnis liegt.«

Rosa löste sich aus ihrer Erstarrung. Sie ging langsam zum Tisch zurück und setzte sich. Hanno Finn, pochte es in ihren Schläfen. Sie könnte sich ohrfeigen! Warum nur hatte sie ihn nicht erkannt?

»Da wird Robert sich aber freuen«, sinnierte während-dessen die Mutter. »Die beiden müssen sich während des Studiums aus den Augen verloren haben, Robby hat nie mehr von ihm erzählt. Aber auch von den Finns habe ich seit zwei, drei Jahren nichts mehr gehört. Ich weiß nur, daß sie irgend-wann das Geschäft verkauft haben, es hat sich wohl nicht mehr gelohnt, bei der Konkurrenz durch die Kaufhäuser. Na ja, sie haben ja auch eher Mode für Frauen meiner Genera-tion geführt, nichts für junge Leute –«

»Mein Kleid für den Abschlußball stammte von den Mode-Finns«, unterbrach Regina sie mit gepreßter Stimme. »Nichts für junge Leute. Ein Kleid für Frauen um die Vier-zig.«

»– stimmt, das hatte ich ganz vergessen. Dein Ballkleid haben wir ja auch da gekauft!« Die Mutter sah Regina schwärmerisch an. »Ein ausgesprochen hübsches Kleid, ich mußte es nur ein wenig enger nähen.«

Der Triumph war aus Reginas Gesicht verschwunden. Ihre Augen waren jetzt stumpf. »So ausgesprochen hübsch und so ausgesprochen modern, daß keiner mit mir getanzt hat.«

»Du sahst doch so hübsch aus, Reginchen, wie eine kleine Königin«, wandte die Mutter verwundert ein. »Und du hat-test doch einen Tanzpartner, der Sohn vom Hinze, dieser dünne Große, wie heißt er noch, genau, Erik. Sieh dir mal die alten Fotos an, da ist er mit drauf.«

»Pickel-Erik«, stieß Regina hervor. »Ich weiß noch genau, wie er damals aussah. Rotblond, dürr, Pusteln im Gesicht, Fliege um den Hals. Seine Hände waren immer schweiß-naß.«

»Aber dafür konnte er doch nichts.«

»Keiner hat mit mir getanzt!« Reginas Stimme überschlug sich.

Rosa hatte sie noch nie so außer sich erlebt. Oder vielmehr: bei sich. Noch nie hatte Rosa sie so verletzlich gesehen.

»Papa hat mir dir getanzt«, versuchte die Mutter zu trö-sten.

»Und das Kleid war scheußlich!«

»Das tut mir leid«, murmelte die Mutter bestürzt. »Aber ich dachte immer, es hätte dir gefallen ...«

»Ich habe nie den bekommen, den ich wollte!« Regina fing laut an zu schluchzen.

»Wer bekommt schon den, den er will«, seufzte die Mutter und streichelte Reginas Hand.

Du vielleicht, dachte Rosa. Lieber spät als gar nicht.

Es war das allererste Mal überhaupt, daß sie ihre große Schwester weinen sah. Über eine Blamage, die mehr als dreißig Jahre zurücklag. Der Tod des Vaters hatte also auch Regina aus dem Gleichgewicht gebracht. Ein Schritt in die falsche Richtung, und schon brach eine alte Wunde auf. Rosa verspürte Mitleid, aber auch Genugtuung: Das hast du dir selbst eingebrockt, große Schwester, dachte sie. Du wolltest mich mit dem Thema Hanno Finn aus der Reserve locken, das ist dir auch gelungen, aber dich hat es dabei auch erwischt.

Finn – das lag doch auf der Hand. Nur weil Rosa so lange weg gewesen war, hatte sie die Verbindung nicht knüpfen können. Aus den Augen, aus dem Sinn ... Während er umgekehrt von Anfang an gewußt haben mußte, daß Rosa Liebmann die kleine Schwester seines alten Schulfreunds Robert Liebmann war. Warum zum Teufel hatte er nichts gesagt? Warum hatte er sich nicht unverbindlich nach ihrem Bruder erkundigt? Sie waren schließlich lange genug spazierengegangen ...

»Woher weißt du überhaupt, daß ich damals in Finn verknallt war?« Ihre Stimme war belegt und zitterte ein wenig.

Regina hörte auf zu schluchzen, griff nach einem Taschentuch, schneuzte sich. »Also, das hast jetzt du gesagt, nicht ich.« Ihr gelang ein vorsichtiges Lächeln. Der erneute Themenwechsel war ihr Rettungsanker. »Das wußten doch alle.«

»Wieso? Woher denn das?« Auch Rosas Beine begannen zu zittern.

»Jetzt tu bloß nicht so, als wäre das nicht deine Absicht gewesen. Du selbst hattest seine Initialen doch groß und deutlich in deinem Zimmer an die Wand gemalt, und drumherum ein rotes Herz: H. F. Direkt über deinem Bett.«

»Huckleberry Finn«, murmelte Rosa und wünschte sich im gleichen Moment nichts sehnlicher, als sich selber in eine Romanfigur zu verwandeln.

»Wie niedlich! Die kleine Rosa, verknallt in den Bücherhelden«, sagte Regina. Ihre Augen blitzten spöttisch, sie hatte die Lage wieder unter Kontrolle. »Das hast du uns weismachen wollen, aber jeder hat das durchschaut.«

»Also ich nicht«, protestierte die Mutter.

»Robert auch?«

»Robert auch.«

»Dann wußte Hanno es also auch?«

»Na klar. Was denkst du denn?«

Rosa wäre am liebsten nachträglich vor Scham im Erdboden versunken. Sie sah sich wieder bei Hanno Finn auf den Knien sitzen, harmlos, die kleine Schwester des Klassenkameraden, die manchmal mitdurfte, wenn Robert und seine Freunde zum Tennis gingen. Sie hatte dann stolz auf dem Barhocker gesessen, aus einem Strohhalm Limonade geschlürft, dem Gerede der Neunzehnjährigen zugehört und an Hannos Lippen gehangen, der die lustigsten Geschichten erzählen konnte. Manchmal hatte sie auch vom Bier nippen dürfen. Der erste große Schwarm. Die erste klammheimliche Verliebtheit. Im nachhinein schoß ihr das Blut in den Kopf.

»*Fuck it*«, stieß sie hervor. »Er hat es die ganze Zeit gewußt. Und ich bin ahnungslos neben ihm hergetappt. Ich habe mich völlig lächerlich gemacht!«

»Vielleicht hat er die Sache längst vergessen«, sagte die Mutter besänftigend. »Genauso wie du.« Und mit einem strafenden Seitenblick zu Regina: »Nicht alle Leute haben so ein messerscharfes Gedächtnis wie deine Schwester.«

Finn hat es nicht vergessen, dachte Rosa. Nicht er, mit seinem Faible für Geschichten. Sie spürte einen Kloß im Hals, als sie fragte: »Habt ihr Bier im Haus?«

»Im Keller«, sagte die Mutter. »Nimm das aus dem Kühlschrank. Und bring mir auch eins mit.«

»Seit wann trinkst du Bier?«

Die Mutter sah sie überrascht an. »Seit … Ach, ist ja egal. Ich bin auf den Geschmack gekommen. Lieber spät als gar nicht.«

9

Lieber spät als gar nicht. Als Rosa mit zwei Flaschen kaltem Pils in der Hand die steile Kellertreppe wieder heraufstieg, klang dieser Satz in ihr nach. Der Vater hatte ungefähr einen Kasten Bier pro Woche geleert, aber die Mutter war stets eisern geblieben: Alkohol nicht im Alltag, nur an Festtagen, und dann alles mögliche, ein Glas Wein, einen Likör, auch mal einen Schnaps, aber doch kein Bier! Bier war der Mutter immer zu bitter gewesen. Und jetzt war sie auf einmal auf den Geschmack gekommen: trank Bier, rauchte, hatte einen Liebhaber.

Als Rosa schon fast oben war, kehrte sie noch einmal um und holte eine dritte Flasche. *Ich habe nie den bekommen, den ich wollte*, hörte sie wieder Reginas Stimme. Regina kann auch ein Bier gebrauchen, dachte sie versöhnlich. Ein wenig auf den Geschmack zu kommen würde auch ihr nicht schaden. Beispielsweise ein Mann, der sie dazu bringt, jahrzehntelang eingespielte Gewohnheiten über Bord zu werfen, von der Frisur bis hin zu innerfamiliären Sticheleien. Ein Mann, den auch sie will. Erste Wahl. Vielleicht war dieser Satz rein zufällig aus Regina herausgeplatzt, als Anhängsel der Erinnerung. Noch wahrscheinlicher aber war er ein Hinweis auf Reginas gegenwärtige Situation. Dann war Ole eindeutig nicht der Mann, den sie gewollt hatte. Mauerblümchen beim Abschlußball … Es war häßlich, an die erotischen Niederlagen der Jugend erinnert zu werden.

»Wo stehen die Gläser?« fragte sie, als sie wieder im Wohnzimmer stand. »Immer noch im Küchenschrank links neben der Tür?«

»Wir trinken aus der Flasche«, entschied die Mutter mit einer Bestimmtheit, der keine ihrer Töchter sich widersetzen mochte. »Auf unser Wohl.«

Das wäre schon ein seltsamer Anblick, wenn jetzt jemand hereinkäme und uns drei Weiber hier sitzen sähe, dachte Rosa: um den alten Familientisch, beim Sortieren der Trauergäste, die Bierflasche an den Lippen. Offenbar hatten Regina und die Mutter ähnliche Gedanken, denn plötzlich sahen alle drei sich an, prusteten los und lachten, bis Rosa die Tränen kamen und die Mutter husten mußte und Regina, ganz entgegen ihrer kontrollierten Art, herausplatzte: »Scheiß auf das Abendkleid!« Wieder prusteten sie los. So vulgär und zugleich überzeugend klang es, daß Rosa noch eins drauf setzte und sagte: »Scheiß auf die Männer!« Dabei dachte sie gar nicht an Steven, sondern eher an Finn, und sofort wurde ihr heiß, denn sie wußte, daß es nur ein blöder Spruch war, aber die Mutter und Regina stimmten erneutes Gelächter an. Rosa dachte, um die Absurdität auf die Spitze zu treiben, fehlte nur noch, daß die Mutter sagen würde: Scheiß auf den alten Fritz ...

»Was sind denn das für Trinksprüche?« dröhnte in dem Moment eine Stimme aus dem Flur – unverkennbar Reginas Mann. »Ich dachte, hier wird getrauert.«

Oles raumfüllende Art begann bei seinem Stimmorgan und endete bei seiner Statur. Auch er hatte inzwischen eine schwarze Krawatte angelegt, die seinen Bauch flacher erscheinen ließ, als er in Wirklichkeit war. Er kam von einem Geschäftsessen mit einem Großkunden, ein Termin, den zu verschieben unklug gewesen wäre, trotz der gebotenen Trauer.

Rosa war dankbar, daß er erst jetzt auftauchte. Die Schweigestunde in der Rosenlaube hätte Ole sowieso nicht ausgehalten. Er war ein Mann, der sich selbst gern im Mittelpunkt sah, immer einen Spruch, einen Witz parat hatte und die Leute bei Laune hielt. All das hätte heute vormittag reichlich deplaziert gewirkt. Doch Rosa fand Ole Hinrichsen insgesamt deplaziert. Als sie ein Teenager war, hatte Ole anzügliche Bemerkungen über ihren sich entwickelnden Busen gemacht und dazu augenzwinkernd gefragt, ob sie auch schon einen kleinen Freund habe. Er hatte das witzig gefunden. In ihren Augen war es schon damals nicht nur eine Frage des unterschiedlichen Humors gewesen, sondern eine von Respekt und Achtung. Sie war ihrem Schwager, so gut es ging, immer aus dem Weg gegangen.

Der Vater aber hatte von Anfang an viel von seinem einzigen Schwiegersohn gehalten. Er hatte auf ihn gesetzt. Wie auf ein Pferd, dachte Rosa, und das Pferd war willig und erfolgreich gewesen, im Gegensatz zum störrischen Hengst namens Robert, der lieber querfeldein davongaloppiert war, anders auch als der brave Klepper Achim, der den ganzen Tag im Bürostall stand und schrieb und rechnete. Vor Reginas Zeit war Ole Vertreter gewesen. Nach der Heirat hatte der Vater ihn in das Bernsteingeschäft eingearbeitet. Während Achim über die Buchhaltung wachte, hielt Ole den Kontakt zu den Quellen, war viel unterwegs, kümmerte sich um Ankauf von Bernstein, Transport, Lieferung, Fertigung im Ausland.

Schwager Ole war mit wenigen Schritten am Tisch, verneigte sich ernst vor seiner Schwiegermutter, wandte sich dann Rosa zu, ergriff ihre Hand und hatte ihr, noch bevor sie reagieren konnte, einen feuchten Handkuß verpaßt. Ehefrau Regina bedachte er nur mit einem kurzen Nicken. Die verstümmelte Begrüßung schien sie kein bißchen zu irritieren. Wahrscheinlich war sie nichts anderes gewohnt. Na prächtig, dachte Rosa grimmig und wischte sich den Handrücken an der Hose ab. Ob das nach langen Ehejahren immer so endete? Vielleicht wäre Regina mit diesem Pickel-Erik glücklicher geworden.

Der ausgelassene, einträchtige Moment unter den drei Frauen war vorbei. Ein Auftritt Oles, und schon veränderten sich die Vorzeichen der Atmosphäre im Wohnzimmer. Rosa staunte wieder darüber, wie einzelne Menschen es schafften, Stimmung zu machen oder kaputtzumachen. Ihrer Erfahrung nach waren es meistens Männer, die sich entsprechend ausbreiteten mit ihren Themen, Meinungen, Launen. Vor allem glaubten sie offenbar, dies tun zu müssen, wenn sie zu einer Gruppe von Frauen stießen. Als hätten diese sich eigentlich nichts zu sagen und nur darauf gewartet, daß endlich ein Exemplar des so anderen Geschlechts sich zu ihnen gesellte und ihnen zeigte, was eine Harke war.

Ole ließ sich in den freien Sessel fallen, lockerte seine Krawatte. Rosa beobachtete die Situation wie ein Luchs; ihre Lockerheit war verflogen. Regina setzte erneut die Bierflasche an den Mund, die Geste wirkte jedoch nicht übermütig, sondern provozierend.

»War das ein Tag ... Immerhin ist der Auftrag im Kasten. Jetzt ein kaltes Bier.« Ole sah Regina aus seinen wasserblauen Augen an, hob schlaff die Hand. »Häschen, wärst du so lieb ...«

»Das Bier ist im Keller«, sagte die Mutter und sah ihren Schwiegersohn auffordernd an.

Ole machte keine Anstalten aufzustehen. Er blickte irritiert in die Frauenrunde. »Nanu, was sind denn das für neue Sitten ...« Er nahm Rosa ins Visier, kniff die Augen zusammen. »Hast du die etwa aus Amerika mitgebracht?« Sein Gesicht lachte, aber seine Augen lachten nicht. »Wirklich ein Zufall, daß du ausgerechnet gestern zurückgekommen bist.«

»Was soll das heißen?«

»Nichts, gar nichts.« Er lehnte sich zurück und klappte die Beine auseinander wie Rosas Sitznachbar im Flugzeug.

»Das Leben besteht nun einmal aus seltsamen Zufällen.« Während Ole das sagte, fixierte er auf eigenartige Weise die Mutter, die ihn soeben in den Keller hatte schicken wollen.

»Da dürftest du sogar einmal recht haben«, erklärte Regina. »Kommissar Finn zum Beispiel ist ein alter Freund von Robert. Auch einer dieser Zufälle. Aber das war lange vor deiner Zeit«, fügte sie von oben herab hinzu. Dann stand sie auf und verließ das Zimmer, um neues Bier aus dem Keller zu holen.

Jetzt ist sie wieder in ihre alte Rolle geschlüpft, dachte Rosa bedauernd. Als Regina kurz darauf ihrem Ehemann eine Flasche hinhielt, grunzte er wohlig. »Danke, Häschen.« Der Blick, den sie ihm jedoch zuwarf, als er die Flasche an den

Mund setzte, ließ Rosa einen Kälteschauer über den Rücken laufen. Die Häsin und der alte Fuchs. Sie verachtet ihn, und er verachtet sie. Eine sogenannte intakte Ehe, die es wie Sand am Meer gibt.

»Hat die Kriminalpolizei inzwischen wenigstens eine konkrete Spur?«

»Uns hat man darüber nicht informiert«, sagte die Mutter.

»Finn hat sich heute doch lange mit dir unterhalten.«

Ole machte eine wegwerfende Handbewegung. »Er wollte natürlich alles ganz genau wissen. Die übliche Palette an Fragen, die sie in so einem Fall abtesten. Über die drei Läden, wie das Geschäft läuft, die Namen der Angestellten, Freunde, Feinde, ob es in letzter Zeit Probleme gab. Ich hab ihm gesagt, daß alle immer gut mit dem alten Fritz klargekommen sind, die Kunden, die Angestellten, die Geschäftspartner. Er hat mich auch gefragt, wo ich heute früh zur Tatzeit gewesen bin.« Er warf erst Regina einen abschätzigen Blick zu, dann Rosa. »Zu Hause im Bett natürlich, habe ich zu ihm gesagt. Tief und fest geschlafen. Was denn sonst?«

Die Mutter seufzte. »Hast du irgendeinen Verdacht, wer es getan haben könnte?«

»Ausgerechnet ich?« Ole tat empört. »Das Geschäft läuft wie geschmiert. Gute Saison. Vielversprechende neue Quellen in Litauen, Pläne für neue Läden im Osten. Könnte gar nicht besser sein.« Er schüttelte den Kopf. »Nein, auch der alte Fritz war eigentlich wie immer. Höchstens, daß …«

»Was?« fragten Rosa, Regina und die Mutter gleichzeitig.

»Ach, nichts.« Ole war wieder im Mittelpunkt und sonnte sich entsprechend. »Vor ein paar Wochen hat er etwas Seltsames gesagt.« Er drehte langsam die Bierflasche in seinen Händen und fixierte das Etikett, als wäre die Antwort darauf abgedruckt. »Daß er Angst hat, allein zu sterben, hat er gesagt. Aus heiterem Himmel, als wir gerade die Entwürfe für den Umbau des Ladens in Boltenhagen bekommen hatten. Ich habe natürlich gelacht und gesagt, du bist doch kerngesund, du überlebst uns noch alle, was man eben in so einer Situation sagt.« Er blickte hoch, nahm die Mutter ins

Visier. »Aber er meinte nicht das Sterben. Er meinte das Alleinsein.«

»Und was willst du damit sagen?« fragte Rosa mißtrauisch. Bisher hatte nichts darauf hingedeutet, daß irgendwer aus der Familie Bescheid wußte über die Liebschaft der Mutter – jedenfalls nicht Achim oder Regina, die beide in der Nähe wohnten und die Lage am besten im Blick haben mußten. Aber was war mit Ole? War diese Anspielung auf ein einsames Sterben ein ahnungsloses Zitat oder eine Finte? Sie warf einen Blick zur Mutter, aber die zuckte nicht mit der Wimper.

Ole lachte auf. »Das hättest du lieber den alten Fritz fragen sollen. Aber dazu ist es ja jetzt zu spät ...«

»Er hat in letzter Zeit häufiger solche Fragen aufgeworfen«, sagte Regina in belehrendem Ton. »Er ist älter geworden, lebenserfahrener. Da denkt man eben über das eine oder andere nach.«

»Woher willst ausgerechnet du das wissen?« fuhr Ole sie an.

Rosa grinste. »Regina weiß doch alles, Ole. Wußtest du das nicht?«

Vor allem schien Ole nicht zu wissen, was plötzlich gespielt wurde. Irritiert sah er von seiner Frau zu seiner Schwägerin und zurück.

Regina warf den Kopf in den Nacken. »Wir haben uns manchmal unterhalten. Morgens, am Strand.« Sie funkelte ihn verächtlich an. »Richtig unterhalten. Über das Leben, über die Kunst. Über ernste Dinge.«

Ole brach in wieherndes Gelächter aus und bekam dabei einen hochroten Kopf. »So, über die Kunst des Lebens. Meine Frau und mein Schwiegervater.« Er entschied sich für die Gegenattacke. »Da hast du ihm sicherlich eine Menge Tips geben können«, höhnte er. »Über den Ernst des Lebens. Und er ...«

»Regina, Ole, bitte hört auf!« Die Stimme der Mutter klang aufgebracht und hilflos zugleich. Es erinnerte Rosa an früher, wenn die Mutter versucht hatte, Streit zu schlichten: Regina, Marina, aufhören! Robert, Rosa, bitte, seid friedlich! Gehen wir lieber an den Strand. Der Strand war gut zum Versöhnen. Am Strand kam Sand auf die Haut, kam Sand in das Getriebe des Geschwisterzwists. Sie liefen dann schweigend in einigem Abstand nebeneinander her, wühlten mit den Zehen Miniaturgeschosse aus Sand auf, die als Blindgänger ins Wasser klatschten, doch spätestens nach fünf Minuten gingen sie wieder einträchtig nebeneinander her, machten ein Wettrennen, rannten ins Wasser …

Ole verzog seinen Mund zu einem anzüglichen Grinsen. »… und er über die Kunst des Liebens.«

»Ole!« Regina sah ihn haßerfüllt an.

Er schlug sich wie ertappt die Hand vor den Mund. »Oh, ich vergaß, das Thema ist in diesem Hause tabu. Aber Mord verändert ja vielleicht die Vorzeichen.«

»Was meinst du mit *tabu*?« fragte Rosa. »Was sollen diese dauernden Anspielungen?«

»Vater hatte jahrelang eine Geliebte«, sagte in dem Moment die Mutter.

Rosa starrte sie fassungslos an. »Vater hatte was?«

»Eine Frau, die er regelmäßig besucht hat.« Sie drückte ihre Zigarette aus. »Aber ich möchte heute abend nicht darüber reden, bitte.«

Ole wollte etwas sagen, Regina schnitt ihm jedoch mit scharfer Stimme das Wort ab. »Hast du die Kundenkartei mitgebracht?«

»Die ist draußen im Auto.«

»Und Rosas Gepäck?«

»Hab ich auch gleich im Auto gelassen.«

»Du bekommst natürlich unser schönstes Gästezimmer, mit Wennsee-Blick.« Regina sah Rosa auf seltsame Weise an, ihr Blick war abweisend und werbend zugleich.

Rosa runzelte die Stirn. »Wovon redet ihr?«

»Du schläfst selbstverständlich bei uns. Deshalb habe ich Ole gebeten, auf dem Rückweg gleich dein Gepäck abzuholen, sonst mußt du noch eine Nacht in diesem alten Hotel verbringen. Nach so einem schrecklichen Tag ist man doch lieber im Kreis der Familie.«

Rosa starrte sie an. Das war zuviel. Erst die Mutter und ihr Liebhaber, dann der tote Vater, dann Finn, der Angebetete aus Kindheitstagen, die Geschwister, plötzlich wie aus heiterem Himmel eine Geliebte des Vaters – und schließlich auch noch die Zwangseinweisung in das Einfamilienhaus der großen Schwester.

Es war, als würden die Fäden um Rosa sich enger zuziehen, immer enger, und bald wäre sie rundum eingeschnürt und würde nie wieder aufstehen können. Sie schnappte nach Luft, fand keine Worte, in ihrem Kopf hämmerte es unentwegt nein-nein-nein, aber sie war nicht in der Lage, den Einsilber in einen klaren ablehnenden Satz zu verwandeln, wie im Traum, wenn die Zunge versagt.

»*But* ...«, begann sie.

»Mach dir keine Gedanken wegen der Rechnung. Die hat Ole schon beglichen.«

»Aber ihr könnt doch nicht einfach ...«

Sie verstummte. Da stand sie nun also wieder, die kleine Rosa, über die alle bestimmten, für die alles geregelt wurde, vom Bezahlen der Rechnungen und Abholen der Koffer bis zum Erinnern an die erste heimliche Verliebtheit. Das Wasser stieg bedrohlich schnell, es reichte ihr schon bis zum Hals, bald würden die Wogen über ihr zusammenschlagen, und sie müßte wieder wie damals um ihr Leben schwimmen, bis nach Amerika.

Ole stand neben ihr, legte ihr seine große Hand auf die Schulter. Ich bin verhaftet, dachte Rosa. Ab in die Wennsee-Zelle, und wenn ich brav bin, bekomme ich jeden Tag ein paar Erinnerungen zum Frühstück, und wenn ich nicht brav bin, verzaubern sie mich wieder in die kleine Rosa, die auf Hanno Finns Knien reitet ...

»Wir sind doch eine Familie. Da muß man doch zusammenhalten, kleine Schwägerin.«

Und ohne eine Miene zu verziehen, fügte Regina spöttisch hinzu: »Herrenbesuche sind bei uns kein Problem.«

In dem Moment ertönte die Stimme der Mutter mit einer entwaffnenden Bestimmtheit, die jede Widerrede überflüssig machte: »Ich möchte, daß Rosa hier im Haus schläft. Ich möchte heute nacht nicht allein sein.« Und an Rosa gewandt, fügte sie hinzu: »Du hast die freie Auswahl. Platz ist ja genug.«

Rosa nickte und spürte, wie die Fäden sich wieder ein wenig lockerten.

10

Draußen war es noch dunkel. Die ersten Vögel im Garten regten sich, sie spürten den nahenden Morgen. Rosa war keine Frühaufsteherin und trotzdem hellwach, wie schon in der Nacht zuvor. Sie ging zum Fenster und klappte die Läden zurück. Es war heiß hier oben unter dem Dach.

Die Hitzewelle dauere schon seit drei Wochen an, hatte die Mutter gesagt, ein vielversprechender Saisonauftakt, denn im letzten Jahr hatte es im Juni geregnet. Die Gäste waren ausgeblieben, alle hatten über den Regen geklagt, sogar die Landwirte. Nun klagten alle über die Hitze.

Wie gut, daß mir das jetzt egal sein kann, hatte die Mutter hinzugefügt. Daß sie jetzt nicht mehr abhängig davon sei, ob es nun ein guter oder ein schlechter Sommer werde. Sie hatte in diesem Frühjahr beschlossen, die Zimmervermietung aufzugeben: Mit fast siebzig dürfe man wohl endlich auch einmal in Pension gehen. Rosa hatte die Wahl gehabt zwischen zwölf Gästezimmern. Ohne zu zögern, hatte sie die Dachkammer gewählt, ihr altes Jugendzimmer, das längst in ein Fremdenzimmer umfunktioniert worden war.

Jeden Sommer, wenn unten alle Zimmer vermietet waren, mußten die Kinder früher unters Dach ziehen. Die größere der beiden Dachkammern hatten sich die drei Mädchen geteilt, die kleinere die beiden Jungen. Als Achim heiratete, hatte Robert ein Zimmer für sich allein gehabt, während Rosa die Dachkammer weiterhin mit den beiden großen Schwestern teilen mußte, die sich unaufhörlich in den Haaren lagen. Regina war schon erwachsen, acht Jahre älter als Marina, hatte aber nur ein Achtel so viel Erfolg beim männlichen Geschlecht. Bei den Streitigkeiten zwischen den Schwestern war es meistens nur darum gegangen: um die Jungens, denen Marina scharenweise den Kopf verdrehte, ohne sich besonders in Zeug zu legen. Dabei sah Marina gar nicht besser aus, aber sie hatte eine ganz besondere Ausstrahlung.

Bei ihr mußten die Männer nie Angst haben, eingefangen zu werden, dachte Rosa aus dem Abstand der Jahre. Marina hatte sich ihre Unabhängigkeit bis heute bewahrt. Damals war Rosa noch ein Kind gewesen und hatte die ganze Aufregung nicht verstanden. In ihren Augen waren Jungs sowieso blöd. Hätte ich mir das nur deutlicher gemerkt, dachte sie.

Als Teenager hatte Rosa nächtelang auf der Fensterbank gesessen, zum Horizont geblickt und heimlich geraucht und ganz leise, damit niemand aufwachte, Musik gehört und nachgedacht, wie man als Teenager nachdachte: nicht über die kleinen Dinge, sondern immer gleich über die großen Zusammenhänge, Gott und die Welt und ob und wie man sie verändern konnte, über Politik und den Krieg und die Liebe, über die mögliche Weite jenseits des Horizonts und die Enge, in der man selbst steckte.

Die Zigarettenstummel waren im Blumenkasten verschwunden. Er hing noch da, war sogar wie damals mit Hängepetunien bepflanzt.

Rosa hatte alles noch genau vor Augen: den zerschlissenen Sessel mit dem Palästinensertuch darüber, den selbstgebauten Wandschirm, der das Waschbecken verdeckte, ihre alte Schaumstoffmatratze unter einer Decke aus einem Indienladen in Hamburg, über dem Bett das besagte Herz aus Pappe, mit rotem Wachsstift ausgemalt, dazu die verräterischen Initialen H. F., die Räucherstäbchen, die Poster wechselnder Popstars. Die Zeiten glitten ineinander und übereinander. Das rotlackierte Kinderregal wich den Obstkisten, in denen der Plattenspieler und die LPs standen, die Stones, Janis Joplin und Jimi Hendrix, Ten Years After und Pink Floyd und die anderen, Bücher, jede Menge Krimskrams, statt strapazierfähiger Auslegeware der unverzichtbare Flokati, in dessen Zotteln so manches Haarband, so mancher Weinfleck verschwunden waren. Wo waren eigentlich all ihre Sachen abgeblieben? Hatten die Eltern sie schlichterdings entsorgt oder wenigstens einen Teil der Habseligkeiten aufbewahrt?

Sie fröstelte – ein kurzer Anflug von Sentimentalität. Wäre es dir etwa lieber gewesen, statt in einem nüchternen Fremdenzimmer wieder in deinem Mädchenzimmer zu übernachten, museales Relikt deiner Jugend, alles originalgetreu erhalten, vom Teddybär bis zur psychedelischen Tapete, so, wie du es vor über sechzehn Jahren verlassen hast?

Nicht auszuhalten. Vergiß es. Erinnerungen waren eine Sache, eingefrorene Wirklichkeit eine andere.

Geräuschlos öffnete Rosa die Zimmertür, machte kein Licht. Sie wollte vermeiden, daß die Mutter aufwachte.

Die Pension Seerose hatte sich in all den Jahren kaum verändert: ein weiß gestrichenes zweistöckiges Haus aus der Jahrhundertwende, hellrote Dachschindeln, Eingang von der Straße durch einen schmiedeeisernen Rosenbogen, geschwungener Treppenaufgang, hinter dem Haus dann die Terrasse mit den Holzbalustraden, der Garten mit dem Schuppen, den Beeten, den Obstbäumen, der Rosenlaube. Rosa tastete sich die Holztreppe hinunter. Die drittletzte Stufe knarrte vernehmlich. Rosa fuhr zusammen. Dann fiel ihr ein, daß sie früher, mit fünfzehn oder sechzehn, wenn sie nachts aus dem Haus geschlichen war, bei genau dieser Treppenstufe jedesmal einen großen Schritt über zwei Stufen hinweg hatte machen müssen, um das Knarren zu vermeiden. Damit niemand aufwachte und ihren unerlaubten Nachtausflug vereitelte.

Vorsichtig ging sie weiter, Achtung – ihr Fuß setzte automatisch zu einem großen Schritt an, da kam schon die nächste dieser knarrenden Stufen. Ihr Körper hatte sich das Haus offenbar bestens eingeprägt, er erinnerte sich gut.

Die Gästezimmer im ersten Stock waren verschlossen, aber die Schlüssel steckten. Rosa drehte behutsam den Schlüssel zu Zimmer sieben herum, öffnete die Tür. Ein sauberes, unberührtes Gästezimmer, das etwas muffig roch. Betten nicht bezogen, Schrank und Schubladen leer, keine Handtücher neben dem Waschbecken, keine Blumen in der kleinen Vase auf dem Tisch. An der Wand gegenüber vom Fenster hing eins von Reginas Aquarellen, Dünenlandschaft mit Möwen.

Die anderen Zimmer in diesem Stockwerk boten ein ähnliches Bild, auch wenn sie alle verschieden möbliert waren. In Zimmer fünf stand die alte Schlafzimmereinrichtung der Eltern aus den späten fünfziger Jahren: Nachttisch, Bett, Schrank mit ehemals hellgrünen, mittlerweile graugrün verblichenen Vorhängen in den Glastüren, in der Ecke eine Frisierkommode, langer Spiegel, niedriger Tisch, alles aus demselben glänzend lackierten Birkenholz, davor ein mit hellrotem Kunstleder bezogener Puff. Zwei Cocktailsessel, die früher einmal das Wohnzimmer geschmückt hatten, befanden sich nun in Zimmer acht. In Zimmer sechs entdeckte Rosa zu ihrer Verblüffung den selbstgezimmerten Wandschirm aus ihrer alten Dachkammer. Er schirmte das Waschbecken vom Fenster ab und paßte farblich gut zu den Nachttischlämpchen, die jedoch neueren Datums zu sein schienen. Neugierig machte sie sich daran, auch die anderen Zimmer im Erdgeschoß zu inspizieren. Sie konnte allerdings keine weiteren Relikte aus ihrem Jugendzimmer entdecken.

Die Bilder, die an den Wände hingen, stammten ausnahmslos von Regina: die Ostsee bei Sturm, der Hafen in Niendorf, der Pönitzer See, das Brodtener Ufer, das Café Bastei, die Seebrücke, die Pension Seerose, von der Straße aus gesehen, die Rosenlaube im Sommer und immer wieder Dünen und Fischerboote, Meer und Himmel. Gefällige Landschaftsbilder, keine hohe Kunst, aber auch kein Kitsch. Vermutlich ließen sie sich gut verkaufen. Feriengäste nahmen immer gern ein persönliches Andenken mit. Rosa erinnerte sich daran, daß sie der großen Schwester stets voller Bewunderung zugesehen hatte, wenn diese auf dem Zeichenblock mit wenigen Strichen eine Gruppe Pferde entwarf, ein Segelboot oder die Mutter bei den Rosen im Garten oder den Vater beim Zeitunglesen. Rosa hatte nie gut zeichnen können.

Am Ende des Flurs befand sich das Badezimmer, daneben

ein kleines Zimmer, nicht viel größer als eine Kammer, in dem Bügelwäsche und sonstiger Hausrat aufbewahrt wurden. Rosa warf einen Blick hinein – vor der linken Wand das Bügelbrett, am Fenster die Nähmaschine, an der rechten Wand ein Regal mit allerlei Krimskrams: aufeinandergestapelte Schuhkartons und Schachteln, in denen Knöpfe, Stoffreste, Reißverschlüsse aufbewahrt wurden, daneben Fotoalben, ausrangierte Kochbücher, eine Reihe von Gartenbüchern, ein Bildband über Rosen. Sie entdeckte auch Roberts altes Transistorradio, das offenbar noch immer funktionierte.

Rosa hätte gar nicht sagen können, wonach sie eigentlich Ausschau hielt. Nach Erinnerungen? Nach Spuren des Lebens in den vergangenen sechzehneinhalb Jahren? Nach Hinweisen auf den Liebhaber der Mutter, womöglich ein hübsch gerahmtes Foto ihres Lovers, damit alle es sehen konnten, vor allem der Vater – der diesen Raum allerdings selten bis nie betreten haben dürfte. Welche Beweise ihrer Liebe schickten sich Leute, die auf die Siebzig zugingen? Die unverwüstlichen roten Rosen? Briefe in Geheimtinte? Ein Parfüm, das nie benutzt, ein Schmuckstück, das nie getragen werden durfte? Der Aschenbecher auf dem Fensterbrett – Ostseebad irgendwas, darunter eine Seejungfrau – war der einzige Gegenstand im Raum, der überhaupt darauf hinwies, daß sich im Leben der Mutter etwas verändert hatte.

Zu Vaters »Büro«, wie er es immer genannt hatte, gelangte man durch den Garten. Rosa öffnete lautlos die Terrassentür und schlich sich leise hinaus. Plötzlich mußte sie mehrfach niesen. Wie ertappt drückte sie sich an die Hauswand, beobachtete das Schlafzimmerfenster, das zum Garten hin lag. Sie wartete eine Weile, doch nichts regte sich.

An der linken Seite des Grundstücks, hinter den Beerensträuchern, lag der Schuppen, in dem nun Werkzeug, Fahrräder, Gartenmöbel aufbewahrt wurden. Im ersten Jahr nach dem Krieg hatte die Mutter mit Regina und Achim ein Jahr lang in diesem Schuppen gewohnt. Regina war damals sechs gewesen, Achim drei. Scharbeutz war von der britischen Armee besetzt. Im Haupthaus bezogen zunächst englische Offiziere Quartier, später wurde die Pension Seerose Bestandteil des englischen Rest Camp No. 2. Den englischen Armee-angehörigen und Feriengästen stand der ganze Hauptstrand zwischen Badeweg und Bergstraße zur Verfügung, wußte Rosa aus den Erzählungen der Mutter. Erzähl-was-von-früher war an den langen Winterabenden ein beliebter Zeit-vertreib gewesen. Die Mutter mußte dann aus der Zeit vor Rosas Geburt erzählen. Wie Achim von einem englischen Soldaten Kekse geschenkt bekam. Wie die Nachbarin fast im Gefängnis gelandet wäre, weil sie den Strand der Engländer betreten hatte. Wie die Mutter und der Vater in Neustadt ge-heiratet hatten. Fragen über Fragen. Nein, es sind keine Bomben auf Scharbeutz gefallen. Ja, der Ort war nach dem Krieg voll mit Flüchtlingen. Wo haben die alle gewohnt? Wo habt ihr gewohnt? Das sei Vater zu verdanken, hieß es dann. Und seinen guten Englischkenntnissen. Viele Familien hat-ten ihre Häuser im Sommer für die englischen Urlauber räu-men müssen, die Liebmanns aber bekamen die Genehmi-gung, im Garten anzubauen, gleich hinter dem Schuppen, einen einfachen Bungalow mit zwei Zimmern, das soge-nannte »Sommerhaus«. Für die seit Marinas Geburt fünfköp-fige Familie war es eng gewesen, aber andere Scharbeutzer hatte es schlimmer getroffen. Immerhin blieben das Haus und die Möbel intakt, und als 1949 Robert zur Welt kam, wurde den Liebmanns zusätzlich das jetzige Schlafzimmer neben der Küche überlassen. Als Rosa geboren wurde, waren die Engländer längst wieder in ihrem eigenen Land, und mit der Pension Seerose ging es bergauf.

Durch den Einbau einer Heizung war das Sommerhaus seit Ende der fünfziger Jahre winterfest. Seither hieß es »Vaters Büro« und war für die Kinder tabu. Vater zog sich dorthin zurück, wenn er »ernste« Dinge zu erledigen hatte, und nie-mand wagte es, ihn dort zu stören. Wenn Rosa am Sonntag-mittag geschickt wurde, um den Vater zum Essen zu holen, hörte sie von draußen klassische Musik. Er öffnete die Tür meist nur einen Spalt weit: Heraus schwappten beißender Zi-garrenrauch und die geheimnisvolle Aura des Verbotenen.

Vor allem Robert hatte sich in den Kopf gesetzt, das »geheimnisvolle Zimmer« zu erkunden. Eines Sonntags hatte er sich beim Mittagessen unter dem Vorwand, ihm sei schlecht, hinübergeschlichen. Der Ertrag des Abenteuers war enttäuschend gewesen. Ein Zimmer wie jedes andere, hatte er Rosa berichtet: nur Zeitungen, Zigarren, ein Radio, eine Flasche Cognac, ein paar Bücher. Keine überraschenden Funde von Pornoheften oder kiloschweren Bernsteinklumpen. Keine Funkanlage eines Geheimagenten. Keine Fotos der Geliebten ...

Immer wieder glitten die Zeiten übereinander. Vater hatte jahrelang eine Geliebte, hatte die Mutter gesagt. Offenbar waren auch Schwester und Schwager informiert. Rosa wußte mal wieder von nichts, vielleicht handelte es sich um eine Geschichte aus der Zeit vor ihrer Geburt? Ein Tabuthema, hatte Ole gesagt. Es gab also nicht nur ein Tabu-Sommerhaus, sondern auch eine Tabu-Geliebte des Vaters. Aber wer war diese große Unbekannte? War sie vielleicht identisch mit dieser Frau Estermann aus Travemünde, die trotz allem zur Beerdigung eingeladen wurde?

Die Tür zum »Büro« war nicht verschlossen. Rosa sah sich um: Schreibtisch, schwarze Ledercouch, Fernseher, Videogerät. Im Teakholzregal, das über dem Schreibtisch hing, standen drei gerahmte Fotos. In der Mitte ein Familienbild, das aus den fünfziger Jahren stammen mußte. Regina war darauf ein Teenager, Rosa noch ein Kleinkind, Marina sah in der Lederhose aus wie ein Junge. Der Vater hatte den etwa achtjährigen Robert auf den Schultern. Achim und Regina standen neben der Mutter. Das zweite Foto war eine alte Schwarzweißaufnahme aus der Zeit vor dem Krieg: ein Mann, eine Frau, im Vordergrund zwei Jungen. Rosa kannte das Foto. Sie kannte auch das Jahr, in dem es gemacht worden war: 1926, stand im Familienalbum, wo ein zweiter Abzug dieser Aufnahme eingeklebt war. Der ältere der beiden Jungen war der Vater, der kleinere offenbar sein Bruder. Sie sahen sich ähnlich, obwohl der ältere ein eher rundes Gesicht hatte, der jüngere ein längliches. Es war das einzige Foto, das dem

Vater von seiner Familie geblieben war. Er sprach insgesamt selten von der Vergangenheit. Sein Bruder tauchte höchstens in weiter Ferne auf, in der Urzeit, die vor dem zweiten Weltkrieg lag. Das dritte Foto, in Farbe, war das Porträt einer Frau, das hatte Rosa sofort gesehen und sofort wieder weggeschaut. Absichtlich lange hatte sie die beiden Familienfotos studiert, die Kleidung, die in den zwanziger und in den fünfziger Jahren getragen wurde, die Schuhe, die Haarmode. Wie die Leute guckten. Was sonst noch in ihren Blicken lag außer der Steifheit des Augenblicks. Dann hatte sie sich einen Ruck gegeben. Die Frau war blond und braungebrannt und lachte auf dem Foto. Kurze Haare, Grübchen.

Rosa drehte den Bilderrahmen um, öffnete ihn, nahm das Foto heraus. *Für Fritz von Lilo* stand dort. *November 1980.* Die Tabu-Geliebte des Vaters. Das offene Geheimnis.

Sie schloß die Sommerhaustür, lief über den Rasen zurück zur Terrasse, dann in die Küche. Die Tür war nur angelehnt. Auf Zehenspitzen tappte sie hinein, versuchte jedes Geräusch zu vermeiden. Das Schlafzimmer, in dem die Mutter nun allein schlief, lag direkt neben der Küche. Es mußte ein eigenartiges Gefühl sein, die erste Nacht allein, und das nach über vierzig Jahren. Aber wahrscheinlich war es gar nicht die erste Nacht, die die Mutter allein verbrachte. Vielleicht war es für sie längst zur Gewohnheit geworden, wenn der Vater zu dieser Lilo ging.

Im Kühlschrank fand Rosa eine Flasche Orangensaft und eine angebrochene Tafel Schokolade. Sie schloß vorsichtig die Kühlschranktür, stieß aber beim Zurücktappen durch die halbdunkle Küche gegen einen Hocker.

Sie erstarrte, horchte aufmerksam, hörte aber nur die Vögel im Garten, die den Tag mit vernehmlichem Gezwitscher begrüßten. Während ihr eine längst vergessene Anspannung unter die Haut kroch, wurde ihr gleichzeitig bewußt, wie lächerlich es war, fast so, als wäre sie noch siebzehn und fürchtete, bei einem ihrer heimlichen nächtlichen Ausflüge überrascht zu werden.

Herumtreiberin. Flittchen – Vaters Stimme aus dem Off.

Ausgerechnet er, dachte Rosa mit wachsender Empörung. Beim ersten Mal, als er sie erwischt hatte, hatte sie vier Wochen kein Taschengeld bekommen. Beim zweiten Mal hatte er eine Woche lang jeden Abend ihre Zimmertür von außen abgesperrt. Er hatte ihr nicht glauben wollen, daß sie gar nicht die Absicht hatte, sich heimlich mit einem Jungen zu treffen, sondern nur einen Strandspaziergang machen wollte, ganz allein und im Schutz der Nacht, weil man die Nacht dann besser hören konnte, das leise Anpirschen der Wellen, das Lecken der Wasserzungen am nassen Sand. Doch das hatte sie ihm gar nicht erst zu erklären versucht. Er hätte es nicht verstanden. Er war fixiert auf die Idee, ein junges Mädchen könne nichts anderes im Sinn haben als das andere Geschlecht. Als sich nachts herumzutreiben und es miteinander zu *treiben*. In seinem Strandkorb womöglich. *Flittchen!*

Ihre Hand umklammerte die Schokolade. Sie verspürte eine bodenlose Wut, die Wut von damals, die sie Nachmittag für Nachmittag in ihrer Dachkammer geschürt hatte. Das Zimmer war mittlerweile ein Fremdenzimmer mit fremden, unpersönlichen Möbeln. Aber diese Wut hatte auf sie gewartet, das lange Schweigen überstanden, war auf keinem Sperrmüll gelandet, in keiner dunklen Kellerecke.

Rosa blieb wie angewurzelt stehen und ließ es zu, daß die alten Gefühle sie überwältigten. Sie hatte es ja schon im Flugzeug geahnt, daß die Vergangenheit sie wieder anspringen würde.

Als draußen eine Kirchenglocke läutete, fiel Rosas Blick auf die Küchenuhr. Daneben hing das obligatorische Regina-Bild: Szene am Strand, ein Strandkorb, darin ein Mann mit einer Zeitung. Vermutlich sollte es der Vater sein, während seiner morgendlichen Audienzstunde, in der man ihn am ehesten behelligen konnte – mit einem Wunsch oder dem Beichten einer schlechten Schulnote oder »ernsten« Gesprächen. Rosas Gesprächswunsch aber mußte zu ernst, zu groß gewesen sein, selbst für die morgendliche Großzügigkeit des Vaters. *Was willst du? Nach Amerika? Bist du jetzt komplett*

*übergeschnappt? Fast volljährig? Eine dumme Göre, das bist du.
Wenn du das machst, dann bist du für mich gestorben.*

War er auch zu den Geschwistern so streng gewesen wie zu
Rosa? Immerhin hielt Achim es seit dreißig Jahren fast tagtäglich mit ihm aus. Und Regina pries die »ernsten« Gespräche morgens am Strand. Aber Marina hatte das Elternhaus mit achtzehn verlassen, weil sie schwanger gewesen war.
Und Robert war mit neunzehn gegangen und hatte sich geweigert, in Vaters Fußstapfen zu treten. Seltsam, dachte Rosa.
Man könnte doch meinen, daß die Jüngsten es am leichtesten
haben, weil die älteren Geschwister ihnen den Weg gebahnt,
die Kämpfe schon ausgefochten haben. Jedenfalls war das in
den Familien ihrer Freundinnen der Fall gewesen. Und bei
den Liebmanns – umgekehrt. Wenn Rosa zur Jugenddisco
ging, die im Gemeindehaus stattfand, stand der Vater um
zehn vor der Tür, um seine Tochter abzuholen. Als ihre beste
Freundin in den Herbstferien zu einer Patentante nach Köln
fuhr, durfte Rosa nicht mit. Sie hätte es ja *ausnutzen* können.
Hatte der Vater seine jüngste Tochter vor dem Übel dieser
Welt bewahren wollen, das in Gestalt der Liebe lauerte? Damit Rosa nicht wie Marina von irgendeinem Kerl schwanger
wurde und sich am Ende auch noch mit dem Vater überwarf?

Du denkst immer nur an das eine, vernahm sie ein weiteres
Echo aus ihrer Jugend. Sie warf den Kopf zurück. Nein, sagte
sie leise, aber entschieden zur Schattenstimme ihres Vaters:
Du bist derjenige, der immer nur an das eine denkt. Du bist
eifersüchtig, besitzergreifend, tyrannisch. Und um das Maß
vollzumachen, hast du auch noch eine Geliebte. Eine Zweitfrau.

Sie hörte Geräusche aus dem Schlafzimmer der Mutter. So
schnell das auf Zehenspitzen möglich war, tappte sie aus der
Küche und verließ das Haus durch die kleine Tür im Garten.
Sofort begann der Nachbarhund zu bellen. Zwei andere
Hunde schlossen sich an. Rosa begann zu laufen und rannte
barfuß weiter, bis sie am Strand angekommen war und das
Ostseewasser ihre Füße bis zum Knöchel umspielte. All-
mählich wurde sie ruhiger. Die Turnschuhe in der Hand,

stand sie lange da, sah auf die graue Wasserfläche und dachte: Wie oft im Leben man wohl an so eine Grenze stößt – diese Grenze zwischen mordsmäßiger Wut und der Tat, die im Handumdrehen in den Bereich des Möglichen rückt. Und was passierte, wenn man den Weg zurück nicht mehr fand. Wenn das Gummiband, das bis zum Äußersten gedehnt war, plötzlich riß. Weil es im Laufe der Jahre, im Laufe eines Lebens ausgeleiert, dünn und brüchig geworden war. Die Antwort auf diese Frage hatte jemand gegeben: vor ziemlich genau vierundzwanzig Stunden.

11

Die Geschäfte an der Strandstraße hatten noch geschlossen. Nur die Springbrunnen plätscherten bereits vor sich hin. Rosa machte einen Abstecher zum Laden ihres Vaters. In der ersten Zeit hatte Friedrich Liebmann ausschließlich Bernstein verkauft: Armbänder, Ketten, Ringe, Ohrringe, Schmuckkästchen, Manschettenknöpfe, Pfeifen, Mundstücke, Serviettenringe, Bilderrahmen – schlichtweg alles, was sich auch nur aus Bernstein fertigen ließ. Jedes Jahr bekam die Mutter zu ihrem Geburtstag ein Geschenk aus seinem Laden. Das kostete den Vater keine Zeit und nur den Einkaufspreis. Auch Rosa besaß einige Anhänger und winzige Tiere aus Bernstein. Die Dankbarkeit, die der Vater erwartete, wenn die Kinder ihre Geschenke auspackten, stand in keinem Verhältnis zu dem Aufwand, den er getrieben hatte, um die Geschenke auszusuchen. In der Familie Liebmann hatte Bernstein in etwa den Wert, der einem Stück Kuchen in der Familie eines Konditors zukam. Die Mutter mußte mittlerweile eine ganze Schatzkiste voll Bernsteinschmuck besitzen. Und die Zweitfrau vermutlich auch, dachte Rosa verdrossen.

Aus irgendeinem Grund störte die Existenz dieser Frau sie wesentlich mehr als die Tatsache, daß die Mutter einen Liebhaber hatte. War Rosas alter Groll auf den Vater daran schuld? Oder gönnte sie der Mutter in ihren späten Jahren ein Abenteuer eher als dem Vater? Rosa war verstimmt. Denn plötzlich stimmte alles mögliche nicht mehr. Die vermeintlich glückliche Ehe der Eltern, über die sie gar nichts wußte, hatte einen Riß, und das offensichtlich schon seit vielen Jahren. Das Foto stammte aus dem Jahr 1980. Der Vater hatte also mindestens seit elf Jahren eine Freundin gehabt. Eine *Bekannte*, dachte Rosa verärgert. Und die Mutter? Es wurde Zeit, daß Marina und Robert kamen. Vielleicht saß bei denen nicht ein stumpf gewordenes Fünfmarkstück an der Stelle der Erinnerung.

Als Rosa um die Ecke bog, sah sie die Mutter, die mit schnellen Schritten am Wellenbad vorbei auf die Bohlenwege zusteuerte, dann aus der Sicht verschwand. Wahrscheinlich ging sie zum Strand hinunter, zu der Stelle, wo Rosa den toten Vater gefunden hatte. Sie spürte einen kurzen Impuls, der Mutter nachzulaufen, sie einzuholen. Nein, wenn die Mutter trauern wollte, dann war es ihr gutes Recht, dies allein zu tun.

Der Besitzer des Zeitungsladens war gerade dabei, die Zeitungsstapel hereinzuholen. Rosa folgte ihm in den Laden. Sie hatte plötzlich Lust, es wie der Vater zu machen: eine Zeitung zu kaufen, sich in einen der Strandkörbe zu setzen, zu lesen, aufs Meer zu schauen.

»Wir haben noch nicht auf«, brummte der Mann unwirsch und machte sich daran, die einzelnen Bündel aufzuschneiden. Rosa würdigte er keines Blickes.

Sie sah sich um: Zeitschriften, Taschenbücher, Spielzeug, Strandutensilien, Haushaltsgegenstände, Filme, Fliegenklatschen und vieles mehr. Auch dieser Laden hatte es geschafft, hatte all die Jahre überlebt. Der Verkaufstresen stand noch haargenau an derselben Stelle, und rechts neben der Tür der Postkartenständer und links, genau wie damals, das Regal mit den Sonnenhüten. Nur daß alles viel beengter war als früher, und das lag nicht nur daran, daß Rosa kein Kind mehr war: Die Warenmenge hatte sich vervielfacht, die Größe des Ladens war gleich geblieben.

Aber der Besitzer war neu. Rosa hatte ihn noch nie gesehen. Der rotblonde Mann richtete sich auf. Als er sah, daß

Rosa noch immer da stand, wollte er gerade zu einem ver-
schärften Gemecker ansetzen, doch dann stutzte er, fuhr sich
mit der Hand über den spärlich wachsenden Bart und murmelte: »Ach so. Tut mir leid. Tut mir wirklich sehr leid!«

Mit zerknirschter Miene kam er um den Ladentisch herum
auf Rosa zu. Er ergriff ihre Hand, schüttelte sie, plötzlich die
Freundlichkeit in Person. »So ein Ende hatte Ihr Vater wirklich nicht verdient. Am Strand erschossen. An unserem
Strand! Unfaßbar!«

»Woher wissen Sie, wer ich bin?« fragte Rosa perplex.

Der Ladenbesitzer runzelte die Stirn. »Sie sind doch die
jüngste Tochter vom alten Fritz, oder hab ich mich da jetzt
vertan? Das Mädel, das damals nach Amerika gegangen ist?«

»Stimmt, aber wieso …?«

»So was spricht sich rum«, sagte er. »Vor allem jetzt. Wo
diese Sache mit Ihrem Vater passiert ist …«

Soviel zum Thema »Rückkehr inkognito«, dachte Rosa: in
einem Hochgefühl von Vertrautsein und Fremdheit uner-
kannt durch den Ort streifen. Nur weil mir alles und jeder
fremd ist, ist das umgekehrt noch lange nicht so. Jeder weiß,
wer ich bin, jeder weiß, daß ich wieder da bin: die jüngste
Tochter von Fritz Liebmann. Sie verspürte wachsendes Unbehagen und mußte an einen französischen Film denken, in
dem eine Frau ihr Gedächtnis verloren hatte und in ihre Hei-
matstadt zurückkehrte. Sie wurde freundlich empfangen, erkannte aber nichts und niemanden. Im Laufe des Films
schlug die unerwiderte Vertrautheit in Feindseligkeit um. Am
Ende kam die Frau in eine psychiatrische Anstalt, weil ihr die
Erinnerung abhanden gekommen war …

»Außerdem ist die Ähnlichkeit nicht zu übersehen –«

Jetzt sag nur noch, der Apfel fällt nicht weit vom Stamm,
dachte Rosa und lächelte angestrengt. »Als Schülerin war ich
oft hier im Laden.«

Sie trat einen Schritt zurück, stieß mit dem Rücken gegen
ein Gestell mit Sonnenbrillen, kniff die Augen zusammen, als
könne sie sich doch vage an den Mann erinnern. »Aber Sie
waren damals noch nicht hier, oder?«

»Und ob ich da war!« Der Mann lachte. »Der Laden ge-
hörte schon meinen Eltern.« Er wies auf ein verstaubtes
Schwarzweißfoto an der Wand hinter dem Tresen. »Ist fast
schon ein Museumsstück, der Laden. Hat alles überstanden:
Nazizeit und Krieg und Besatzung und Wirtschaftswunder.
Sogar die Modernisierung der Strandpromenade.«

Er sprach ein breites Norddeutsch, ein Küstendeutsch,
sagte: »S-trandpromenade« und »Museums-s-tück«. S-teven,
dachte Rosa belustigt. Es war das erste Mal, daß der Gedanke
an Steven sie amüsierte – nun ja, zumindest der Gedanke an
seinen Namen aus dem Munde eines Schleswig-Hols-teiners.

»Aber ich bin erst ein paar Jahre zur See gefahren, bevor
ich mich niedergelassen habe«, fuhr der Mann redselig fort.
»Man muß doch was sehen von der Welt, sonst hat man zu
Hause ein Brett vor dem Kopf, sag ich immer. Sonst weiß
man gar nicht, wie schön es zu Hause ist. Sie haben das ja genauso gemacht ...«

»Moin Erik ...« Ein Kunde trat ein, warf Rosa einen kurzen
Blick von der Seite zu. Der Tausch von Zeitung und Geld
ging wortlos vonstatten.

Rosa betrachtete den Mann, der das Geld in die Kasse warf,
aufmerksamer. Rotblonde Haare, unebene, teilweise ver-
narbte Haut. Natürlich, Pickel-Erik, dachte Rosa, Reginas
Verehrer aus Tanzschulzeiten.

»Sind Sie Erik Hinze?« fragte sie, als der Kunde den Laden
verlassen hatte.

Er nickte freundlich. »Klar. Wer denn sonst?«

Ja, dachte sie: wer denn sonst. Die Hinzes. Ich geh schnell
mal zu Hinz und Kunz 'ne Zeitung holen, hatte es früher immer geheißen. Als Schülerin hatte sie Woche für Woche bei
Hinz und Kunz die BRAVO gelesen, die damals hinten
rechts am Fenster auslag, halb verdeckt vom Ständer mit den
Fotoromanen und den Kreuzworträtselheften. Man konnte
ungestört in der neuesten Ausgabe blättern, ein paar Artikel
lesen, nachschauen, welcher Teil vom Starfoto von Barry
Ryan in dieser Woche abgedruckt war, das linke Knie oder die
rechte Schuhferse.

Ihr Blick wanderte zu seinen Fingern. Erleichtert und, wenn sie an Regina dachte, auch ein wenig schadenfroh entdeckte sie einen Ehering. So schlecht sah Erik Hinze doch gar nicht aus. Also, wenn sie selbst die Wahl gehabt hätte zwischen Schwager Ole und diesem Mann …

»Herr Liebmann, also Ihr Vater, war ja auch Stammkunde bei uns«, nahm der rotblonde Ladenbesitzer das Gespräch wieder auf, nachdem er zwei weitere Kunden bedient hatte. »Im Sommer kam er jeden Morgen kurz nach sechs vorbei und hat die Zeitung abgeholt. Da konnte man die Uhr nach stellen – für meine Stammkunden ist der Laden auch schon vor sieben offen«, fügte er schmunzelnd hinzu, als er Rosas Blick auf die Armbanduhr sah. »Und dann ist er mit der Zeitung runter an die See, ist erst 'ne Runde rausgeschwommen und hat sich dann gemütlich in den Strandkorb –« Er brach den Satz ab.

»Und vorgestern?«

»Alles wie immer. Ganz normal.« Er schluckte, sah verlegen auf seine Schuhe. »Na ja, nicht ganz so normal. Schrecklich, wenn man sich vorstellt, da sitzt man nichtsahnend im Strandkorb und guckt auf die See und trinkt seinen Morgenkaffee und will gerade die Zeitung aufschlagen, und da kommt irgendeiner daher und schießt, und schon ist man mausetot.« Er schüttelte den Kopf. »Also, wenn Sie mich fragen«, fuhr er nach einer Weile fort, »das war keiner von hier. Das war ein Fremder. So was riech ich doch zehn Meilen gegen den Wind. So was tut hier keiner.«

»Aber weshalb sollte ein Fremder ausgerechnet meinen Vater …?«

Er musterte sie nachdenklich. »Sie waren lange weg. Die Zeiten haben sich verändert. Die Wiedervereinigung, die Öffnung zum Osten … Seit die Mauer auf ist, geht es auch mit der Kriminalität bergauf.« Er schlug mit der flachen Hand auf die vor ihm gestapelten Zeitungen. »Da steht's drin. Tag für Tag. Mord, Totschlag, Überfälle am laufenden Meter. Vor allem in den Großstädten. Drogenhandel und Waffenschmuggel und Autoschiebereien und Handel mit radioaktiven Stoffen ... Da ist doch ein Menschenleben gar nichts mehr wert! Erst letzte Woche ist in Hamburg wieder ein Pole auf offener Straße erstochen worden, von irgendwelchen Russen oder Albanern. Da kommt die Polizei gar nicht mehr hinterher.«

Er machte eine wegwerfende Handbewegung, und Rosa fragte sich, was da soeben weggeworfen wurde, der Glaube an den Rechtsstaat oder an den Nutzen der Wiedervereinigung.

»Sie wollen doch nicht etwa sagen, daß mein Vater in kriminelle Machenschaften verwickelt war ...«

Erik Hinze hob beschwichtigend die Hände. »Aber nein, um Himmels willen, so hab ich das auch wieder nicht gemeint. Ihr Vater war ein von Grund auf ehrlicher Bürger. Aber – die Zeiten haben sich geändert. Das Leben ist rauher geworden.«

Er beugte sich zu ihr vor, senkte die Stimme. »Mal im Vertrauen – die Badeorte an der Ostseeküste im Osten werden das Rennen machen. Da haben wir nichts mehr zu melden. Das dauert vielleicht noch ein paar Jährchen, aber dann ... dann graben die uns das Wasser ab.«

Rosa versuchte sich vorzustellen, wie die Ostdeutschen sich mit Spaten und Schaufel an der Küste zu schaffen machten. Gleichzeitig sank in Scharbeutz der Wasserstand wie bei Ebbe an der Nordsee. Landgewinnung, einmal auf andere Art.

»Wie meinen Sie das?«

Erik Hinze lachte. »Man merkt, daß Sie erst ganz frisch wieder da sind aus dem großen Land der Träume. Waren Sie schon drüben? Hab ich's mir doch gleich gedacht. Dann fahren Sie mal hin. Da werden Sie sehen, was das für schnuckelige Orte sind in Mecklenburg und weiter Richtung Osten.«

»Und was hat das mit meinem Vater zu tun?«

»Nichts, gar nichts. Ihr Vater ist doch gut raus mit seinen Läden. Neulich hat er mir erst erzählt, daß er auch im Osten seine Fühler ausstrecken will. In Boltenhagen. Gut, hab ich zu ihm gesagt. Wat mutt, dat mutt. Auch unsereiner muß sehen, wo er bleibt. Aber da sind auch viele, die drüben jetzt den großen Reibach machen wollen. Die denken, wir kaufen alles für 'n Appel und 'n Ei. Da geht's ruppig zu, sag ich Ihnen. Für mich ist das nichts. An dem Ausverkauf mach ich mir nicht die Finger schmutzig.«

Er nahm ein paar Zeitungen von den verschiedenen Stapeln und hielt ihr den Packen hin. »Hier. Damit Sie mal wieder 'n Überblick kriegen.«

Rosa wandte ein, sie habe leider gar kein Geld eingesteckt.

»Ach was, das geht doch auf Kosten des Hauses!« Erik Hinze winkte ab. »Ist doch selbstverständlich, bei den Sorgen, die Sie im Moment am Hals haben. Und grüßen Sie mir Ihre Schwester!«

12

Als Rosa kurz nach neun die Terrasse betrat, hörte sie durch die halboffene Terrassentür die Stimme der Mutter, die mit jemandem sprach.

»Nein, auf gar keinen Fall«, sagte die Mutter. »Ich weiß, es ist schwierig, aber ich kann doch jetzt nicht …«

Rosa drückte sich an die Hauswand, schlich auf Zehenspitzen näher heran.

»Ja, Lieber. – Nein, mach dir keine Sorgen. Du wirst schon sehen, alles wird gut. – Was? – Nein. – Warten wir lieber noch ein paar Tage. – Ja, ich dich auch, das weißt du doch …«

In dem Moment mußte Rosa erneut niesen, mehrmals hintereinander.

»Wart mal, ich glaube, ich hab da was gehört …« Die Mutter senkte die Stimme.

Rosa, die ihre Anwesenheit nun nicht mehr verbergen konnte, betrat mit festen Schritten das Wohnzimmer.

Die Mutter hatte aufgelegt, ihre Hand aber lag noch auf dem Hörer. »Hanno Finn … der Kommissar hat angerufen«, sagte sie hastig. »Er bittet um Rückruf.« Sie nahm einen Zettel vom Telefontisch. »Hier ist die Nummer. Hast du dich gestern früh erkältet? Ich hol dir Taschentücher.«

Rosa starrte ihr hinterher: Am Telefon war doch nicht Finn gewesen! Das konnte die Mutter ihr nicht weismachen. Die wenigen Sätze, die Rosa zufällig aufgeschnappt hatte, hatten viel zu vertraulich geklungen, fast verschwörerisch. *Ja, Lieber, mach dir keine Sorgen ...*

Die Mutter kam wieder herein, sah den Stapel Zeitungen, den Rosa auf den Wohnzimmertisch gelegt hatte. »Wo hast du die denn alle her?«

»Hat der Zeitungshändler mir geschenkt.«

»Und, steht was drin?«

»Nur eine kurze Notiz in den *Lübecker Nachrichten*.« Die Zeitung lag zuoberst. Rosa suchte den Ostholstein-Teil heraus. »Hier.«

Die Mutter überflog die einspaltige Nachricht, ließ die Zeitung dann sinken. »Vielleicht sollten wir heute den Telefonhörer danebenlegen«, sagte sie. Dann schüttelte sie den Kopf. »Ach, das wird schon nicht so wild. Hast du schon gefrühstückt?«

Rosa folgte der Mutter in die Küche.

»Wie ist eigentlich das Wetter?« erkundigte sich die Mutter mit munterer Stimme, während sie Butter und Marmelade aus dem Kühlschrank nahm. »Ich war noch gar nicht draußen, nur kurz auf der Terrasse ...«

Das ist doch glatt gelogen, dachte Rosa empört. Ich habe dich gesehen, als du zum Strand gegangen bist. Was verschwieg die Mutter ihr? Warum diese Heimlichtuerei?

»Über dem Meer ist es diesig«, erfand Rosa nun ihrerseits. In Wahrheit war der Himmel von einem unbestechlichen Blau.

»Ach ja?« Die Mutter sah Rosa aufmerksam an. »Warst du am Strand?«

»Nein, ich habe mich ein bißchen im Ort umgesehen«, log Rosa weiter. »Was wollte Finn?«

»Das hat er mir nicht gesagt. Willst du ihn nicht gleich zurückrufen?«

»Das kann warten.«

Die nächste Begegnung mit Hanno Finn konnte gerne

noch ein Weilchen aufgeschoben werden. Nachdem Rosa eine Nacht darüber geschlafen hatte, war sie sich gar nicht mehr so sicher, ob Finn sich wirklich über sie hatte lustig machen wollen. Vielleicht hatte er eher aus Taktgefühl geschwiegen. Wie auch immer – schön schaurige Verabredungen mußte man im voraus auskosten. Es schadete außerdem nichts, wenn man die Männer ein wenig schmoren ließ.

»Kann ich dir helfen?«

»Laß nur. Ich mach das schon. Trinkst du Tee oder Kaffee?«

Die Mutter benutzte nicht die Kaffeemaschine, sondern sie füllte das Pulver in den leicht abgestoßenen Kaffeefilter aus Porzellan. Im For Roses war europäischer Kaffee das Nonplusultra gewesen. Sie hatten eine ganze Palette zur Auswahl gehabt: französischen Milchkaffee, italienischen Cappuccino, deutschen Filterkaffee, türkischen Espresso. Alles, aber nicht diese braune Brühe, die man überall in Amerika bis zum Abwinken nachgeschenkt bekam.

»Habe ich dich heute morgen eigentlich geweckt? Wegen dem Jetlag bin ich mit den Tageszeiten ganz durcheinander.«

»Aber nein, ich habe bis kurz vor neun geschlafen. Bis der Kommissar anrief«, entgegnete die Mutter. »Ich war ja völlig erschöpft. Außerdem hatte ich eine Schlaftablette genommen, weil ich Angst hatte, ich könnte kein Auge zutun.«

Sie schwindelt am laufenden Band, dachte Rosa zunehmend irritiert. Sie fragt mich nach dem Wetter, dabei war sie selbst unten am Strand. Sie sagt, sie habe lange geschlafen, dabei muß sie kurz nach mir aufgestanden sein. Dann bietet sie mir Finn als Anrufer an, dabei war es sicherlich der große Unbekannte vom Bahnhof. Als *mein Lieber* kam höchstens noch Robert in Frage. Aber weshalb sollte er *ein paar Tage warten*? Und womit? Außerdem gab es keinen Grund, weshalb die Mutter Rosa Roberts Anruf verschweigen sollte.

»Hat Robert sich gemeldet?«

»Robby? Nein. Immer noch nicht. Dabei hat Achim ihm mehrfach auf den Anrufbeantworter gesprochen und sogar auf La Palma angerufen. Du weißt doch, Robert ist mehrere

Monate im Jahr da unten. Aber ich glaube, er wollte jetzt zwei Wochen segeln gehen.«

»Vielleicht hat er jemand, der seine Post leert und die Anrufe abhört und sitzt längst im Flugzeug«, entgegnete Rosa, nur um etwas zu sagen.

Warum gab die Mutter nicht zu, daß sie unten bei den Strandkörben gewesen war? Es war doch ihr gutes Recht zu trauern, an den Ort zurückzukehren, an dem ihr Ehemann einen Tag zuvor ermordet worden ist. *Täter kehren immer an den Ort des Verbrechens zurück*, dröhnte dumpf ein Satz in ihrem Hinterkopf. Ärgerlich versuchte Rosa ihn zu vertreiben. Blödsinn. Tausende von Menschen tummelten sich tagsüber am Strand, und niemand kam auf die Idee, ihnen auch nur rein theoretisch einen Mord anzudichten. Gut, die Mutter hatte einen Liebhaber. Darüber hinaus war sie über Nacht zur Witwe geworden. Unvorteilhafter formuliert: Sie war über Nacht ihren Mann los geworden. Rosa dachte tatsächlich *ihren Mann* und nicht *meinen Vater*, was die Angelegenheit versachlichte und ein Stück weit von ihr abrückte. Nein, dachte Rosa dann, wie als Gegengift: Es gibt da keine Verbindung. Mutter hat einen Liebhaber, und Vater ist ermordet worden – zwei völlig verschiedene Sachverhalte.

Sie gab sich einen Ruck. »Was glaubst du, wer ihn ermordet hat?«

Die Mutter goß gerade kochendes Wasser auf.

»Ich weiß es nicht.«

»Denkst du denn nicht ständig darüber nach?«

»Wenn jemand den Mörder findet, dann die Polizei. Und das macht ihn auch nicht wieder lebendig.«

»Wer ist diese Frau, Mama?« Eigentlich hätte Rosa lieber gefragt: *Wer ist dieser Mann?* aber sie traute sich nicht.

»Welche Frau, Röschen?«

Das weißt du genau, dachte Rosa. »Vaters Geliebte.« Und sie dachte: *dein Liebhaber*.

Die Mutter drehte sich zu ihr um. »Ach, Rosa ...«

»Wie lange ging das schon zwischen Vater und ihr?«

Die Mutter überlegte. »Seit etwa dreißig Jahren.«

Rosa mußte sich am Kühlschrank festhalten. »Du willst sagen, seit Anfang der sechziger Jahre hatte Vater eine …«

»Eine Zweitfrau«, sagte die Mutter genauso ruhig wie am Abend zuvor. Sie drehte sich wieder um und goß heißes Wasser in den Filter. »Er hat sie einmal in der Woche getroffen. Sie wohnt in Travemünde.«

»Diese Lilo Estermann?« fragte Rosa mit rauher Stimme. Die Mutter nickte.

»Wie hast du das ausgehalten, all die Jahre?«

»Ich weiß es auch nicht«, sagte die Mutter achselzuckend. »Wie es am Anfang war, daran mag ich gar nicht mehr denken, aber irgendwann hat es mir nichts mehr ausgemacht. Er kam ja immer zurück. Er hat mich nicht verlassen.«

Ganz im Gegensatz zu Steven, dachte Rosa, und daß sie sich nie an eine Zweitfrau hätte gewöhnen können. Das Wissen um eine Nebenbuhlerin hätte so lange an ihr genagt, bis nichts mehr übrig geblieben wäre von der einstigen Liebe. Aber vielleicht war das bei der Mutter ähnlich gewesen.

»Warum hast du ihn nicht verlassen?«

»Und ihr?« gab die Mutter zurück.

Rosa schwieg beschämt. Natürlich, fünf Kinder. Anfang der sechziger Jahre war sie selbst gerade eingeschult worden, Robert war zwölf, Marina in der Pubertät, Regina noch nicht verheiratet.

»Eigentlich hat er mir ja nichts weggenommen«, fuhr die Mutter fort. »Nur daß er einmal pro Woche nach Travemünde fuhr.«

»Aber nach uns? Als wir alle aus dem Haus waren?«

Die Mutter lächelte wieder. »Da hatte ich mich längst an den Zustand gewöhnt.« Sie nahm den Filter von der Kanne, stellte ihn in den Abguß, sagte mit entschiedener Stimme: »So, und jetzt reden wir über was anderes. Das ist ja nun vorbei.«

»Und daß diese Frau etwas mit dem Mord an Vater zu tun haben könnte …?« unternahm Rosa einen letzten Vorstoß.

»Rosa, da geht aber deine Phantasie mit dir durch! Nimm du das Tablett, ich nehme die Kaffeekanne.«

Sie deckten den Tisch auf der Terrasse. Im Nu kamen die ersten Wespen und umkreisten interessiert die Marmeladengläser.

»Die hier ist vom letzten Jahr«, sagte die Mutter. »Stachelbeer-Erdbeer. Und das da ist Sauerkirsch. Ganz neu.« Sie versuchte, das Marmeladenglas zu öffnen, schaffte es nicht und reichte es Rosa.

Mit einem vernehmlichen Klacken ging der Deckel auf. Rosas Blick fiel auf das Etikett: *Kirschen aus Nachbars Garten*, stand da in etwas krakeliger Schreibschrift, und darunter *Gruß aus Boltenhagen*.

»Hat Vater die Marmelade mitgebracht?« erkundigte sie sich arglos.

»Wie bitte?« Die Mutter ließ das Messer sinken und starrte sie an.

»Boltenhagen. So heißt doch dieses Ostseebad in Mecklenburg, wo Vater einen neuen Laden eröffnen wollte, oder täusche ich mich?«

»Ja, richtig. Ja, die hat er wohl von dort mitgebracht.«

»Erik Hinze hat gesagt, daß die Ostseeküste drüben viel schöner ist als hier.«

Die Augen der Mutter leuchteten auf. »Vor allem nicht so dicht besiedelt. Nicht all diese Hochhäuser. Weißt du, viel eher so, wie es früher war. Ja, sehr schön ist es da.«

»Dann bist du also auch schon in Boltenhagen gewesen?«

»Ich? Nein!« Die Mutter schrak hoch, wedelte mit der Hand, um eine Wespe zu verscheuchen, und stieß dabei gegen die Kaffeetasse, die umkippte. Der Kaffee floß über den leicht schräg stehenden Tisch auf Rosa zu, direkt auf ihre Hose.

»Du liebe Zeit, wie ungeschickt ich bin!«

Die Mutter eilte in die Küche, um einen Lappen zu holen, Rosa lief hinauf ins Dachzimmer, um etwas anderes anzuziehen.

»Nein, das mußt du falsch verstanden haben«, nahm die Mutter ihr Gespräch wieder auf, als Rosa im Kleid herunterkam. »Aber Marina war schon mal im Osten, mit Isabel, im letzten Herbst. Warte mal –« sie stand erneut auf, ging ins

Wohnzimmer, kam mit einer Postkarte in der Hand zurück –,
»hier ist sie, Kühlungsborn. Sieht doch schön aus, oder? Marina war jedenfalls begeistert. Sie haben sogar ein kleines Stück Bernstein gefunden!« Die Mutter schlug die Hände zusammen. »Wie oft seid ihr als Kinder vom Strand mit hellgelben Steinen nach Hause gekommen. Und jedesmal die Enttäuschung, weil es doch kein Bernstein war.«

Auch Rosa lächelte bei der Erinnerung. Ja, ein selbstgefundener Bernstein wäre etwas ganz Besonderes gewesen. Viel schöner als alle polierten Steine aus Vaters Laden.

»Marina hat übrigens vorhin angerufen«, sagte die Mutter und sah auf die Uhr. »Vom Hamburger Hauptbahnhof aus. Sie hat den Nachtzug von München genommen und kommt in einer halben Stunde an. Vielleicht hast du ja Lust, sie abzuholen. Sie freut sich bestimmt.«

»Und du?«

»Ich bleibe lieber hier.«

13

Rosa war rechtzeitig auf dem kleinen Scharbeutzer Bahnhof: einem graffitiverschmierten Backsteinhäuschen. Damals das Tor zur großen weiten Welt, dachte sie ein wenig sentimental. Auf der eingleisigen Strecke fuhr soeben der Zug aus Puttgarden ein. Kurzfristig flammte die Versuchung auf, einzusteigen und wegzufahren, diesmal ohne Gepäck, ohne Last und familiären Ballast, Scharbeutz erneut hinter sich zu lassen – und alles, was noch kommen würde. Denn daß dies erst der Anfang war, daß noch einiges auf sie zukam, spürte Rosa so sicher wie die Mutter den bevorstehenden Wetterumschwung. In zwei Tagen war Siebenschläfer. Ach, könnte ich doch sieben Wochen schlafen, dachte Rosa, dann wäre alles gut. Und wenn sie dann aufwachte, wäre Steven vergessen und der Mörder des Vaters gefaßt und Hanno Finn wieder aus ihrem Leben verschwunden, und alle lebten sie glücklich und zufrieden bis an ihr Lebensende …

Ein paar Minuten später fuhr der Zug aus Lübeck ein. Nur wenige Leute stiegen aus. Marina war nicht dabei. Sie mußte den Zug verpaßt haben. Rosa wollte sich gerade enttäuscht abwenden und wieder gehen, als eine Frau in einem auffälligen Kostüm winkte und auf sie zueilte: Marina! Rosa hatte sie ganz anders in Erinnerung – mit feuerrotem Lokkenkopf statt einer pechschwarzen Streichholzfrisur. Klar, eine Modedesignerin trug nicht zehn Jahre lang die gleiche Frisur, geschweige denn dreißig Jahre wie Regina. Marinas Gesicht aber war sich gleichgeblieben: derselbe unternehmungslustige, wache Blick, der jede Situation schnell erfaßte, sofort sah, was Sache war, wo es zuzupacken galt, welche Farben zu welchem Typus paßten. Das violette Kostüm mit den großen gelben Blumen, das Marina trug, sprach dafür, daß sie nach wie vor Wert auf Extravaganz legte. Sie war auch die Pragmatikerin der Familie – eine Frau zum Anfassen, die aber jedem auf die Finger schlug, der das zu wörtlich nahm. Auch wenn das bei drei unehelichen Kindern nicht jedem Mann sogleich einleuchten wollte.

Mit Marina verband Rosa eine Reihe sehr konkreter Erinnerungen – als habe die neun Jahre ältere Schwester aufgrund ihrer spürbaren Klarheit markantere Abdrücke in ihrem Gedächtnis hinterlassen als Achim oder Regina. Außerdem gab es eine große Gemeinsamkeit: Auch Marina hatte Scharbeutz mit achtzehn verlassen, vielleicht war sie in gewisser Weise sogar ein Vorbild gewesen für Rosa. Marina war damals eindeutig geflohen: mit achtzehn schwanger, noch dazu von einem Mann, den sie nicht im Traum zu heiraten gedachte, ja, den sie der Familie nicht einmal vorstellte. Sie hatte sich strikt geweigert, seinen Namen herauszurücken.

Die spezielle Stimmung bei den damaligen allabendlichen Szenen im Wohnzimmer würde Rosa nie vergessen: der Vater wie ein nicht enden wollendes, zwischen den eigenen vier Wänden wie zwischen Bergkämmen hin und hergeworfenes Unwetter; die Mutter, die vergeblich versucht, bei Orkanböen die gewaschenen Bettlaken von der Leine zu nehmen und zusammenzulegen; der sechzehnjährige Robert und die neunjährige Rosa, Statisten am Rande; und mittendrin Marina, mittelgroß, mittelbraune Haare, Mittelschulabgängerin mit einer Schneiderlehre im dritten Lehrjahr, als mittleres der fünf Kinder nie groß aufgefallen. Zum Erstaunen aller stand sie nun plötzlich im Mittelpunkt, unerschüttert wie ein Fels, den es zu umschiffen galt, den Namen des Kindserzeugers verschweigend, was die Wut des Vaters letztlich mehr zu schüren schien als die Tatsache, daß seine Tochter schwanger war.

»Sag endlich, wer es war!«

Schweigen.

»Willst du mir jetzt endlich sagen, wer dieser gewissenlose Kerl ist, oder soll ich dir Beine machen?«

»Aber Fritz …«, rief die Mutter in dem hilflosen Versuch zu schlichten, wo es nichts zu schlichten gab, weil einer nachgeben mußte, der Redensart nach der Ältere, der Klügere, aber was wurde nicht alles geredet. Der Vater wollte einen Namen und eine Ehe und vor allem seine Ehre retten – Marina wollte das Kind, und zwar allein, und der Ehrverlust des Vaters war ihr vollkommen egal. Beine hatte sie sich schließlich selbst gemacht: Eines Morgens war sie verschwunden, hatte nichts als einen Brief an die Mutter hinterlassen.

Die beiden Schwestern gingen zu Fuß zurück zur Pension Seerose. Marina hatte wenig Gepäck dabei, nur eine Reisetasche, die sie gemeinsam trugen.

»Hat sich ganz schön verändert, unser altes Scharbeutz, was?«

Sie zeigte die Straße hinauf zu dem ehemaligen Bauernhof (»jetzt Töpferladen«), der zwischen einem riesigen Gästeparkplatz (»die ehemaligen Felder«) und einem Videogeschäft (»die Stallungen«) eingekeilt war. Daneben schloß sich ein Supermarkt an.

»Da drüben war früher ein Kaufmann und daneben die Bäckerei«, ergänzte Marina. »Aber nichts gegen *Aldi*. Damit die Feriengäste auch in den Ferien die Angebote nicht verpassen. Ich geh ja auch zweimal pro Woche hin.«

102

»Früher hätten dich keine zehn Pferde in einen Supermarkt gebracht«, sagte Rosa.

»Tja, die Zeiten ändern sich eben überall. Jetzt fahr ich mit dem Auto vor und lade tonnenweise Konserven ein. Was glaubst du, was für Unmengen ein Neunzehnjähriger und eine Elfjährige an einem einzigen Tag verschlingen.«

»Nähst du dir deine Kleider immer noch selbst?«

Marina nickte. »Wenn ich Zeit habe. Zwischen zwölf und Mitternacht.«

An der Kreuzung mußten sie an der Ampel warten. Rosa erkundigte sich nach Alice. Wie alt war sie inzwischen? Moment, wenn Rosa damals neun gewesen war, dann war Marinas älteste Tochter jetzt –

»– fünfundzwanzig. Alice lebt in Köln und schlägt sich als Musikerin durch, sie unterrichtet Trompete und spielt in ein paar Bands. Muß sie wohl von ihrem Vater geerbt haben, dieses Talent. Ich bin völlig unmusikalisch.«

»Hast du Kontakt zu ihm?«

Marina schüttelte den Kopf.

»Und Alice?«

»Sie hat ihn einmal getroffen, als sie zwanzig war, das hat ihr wohl gereicht. Erinnerst du dich noch an den Spielzeugladen, der früher da drüben war?« Marina wechselte abrupt das Thema. »Da haben wir uns als Kinder jeden Tag am Schaufenster die Nasen platt gedrückt.«

»Du vielleicht«, sagte Rosa. »Zu meiner Zeit gab es da nicht mehr zu sehen als ausgeschaltete Fernsehgeräte. In Teak verkleidet, als Schrankgerät, ganz nach Geschmack und Geldbeutel.«

»Fernseh-Möller holt die Welt ins Haus«, rief Marina. »Haben die Eltern da nicht den ersten Fernseher gekauft?«

»Grundig schwarzweiß. Ich war sieben und durfte jeden Abend das Sandmännchen sehen. In meiner Klasse war das damals eine Attraktion.«

»Und ich war sechzehn ...«, sinnierte Marina. »1963. Wahrscheinlich hätten mich keine zehn Pferde dazu gebracht, mich zusammen mit Mama und Papa vor die Glotze zu setzen.« Sie blieb stehen, strahlte Rosa an. »Ach, Schwesterlein, ist das schön, daß wir uns mal wieder sehen! Wozu so ein toter Vater doch gut ist ...«

Nach ein paar Schritten fragte sie: »Und du, was hat dich überhaupt hierher zurückgetrieben? Aus dem goldenen San Francisco an die Ostsee? Nach so langer Zeit? Sehnsucht nach der Heimat? Geldnöte? Beziehungskrise?« Fröhlich redete sie weiter: »Das ist schon eine Leistung: pünktlich zur Ermordung des alten Fritz ... Weiß man übrigens schon, wer es war?«

Rosa lächelte. »Welche Frage soll ich dir denn nun zuerst beantworten?«

»Wie geht es Mama?«

Sie raucht und trinkt und vermietet nicht mehr, wollte Rosa erst sagen, doch das würde Marina bald selbst feststellen. »Sie scheint es mit Fassung zu tragen.«

»Wenn du mich fragst: Sie soll froh sein, daß sie ihn endlich los ist.«

Rosa blieb abrupt stehen. »Was weißt du über diese Frau in Travemünde, Marina?«

»Die kesse Lola? Nein, so hieß sie nicht ... ?« Marina schnippte mit den Fingern. »Lilo. Genau. Was ich über sie weiß? So gut wie nichts. Das ist schon so lange her. Warum? Hat sie etwa jetzt bei Mama angerufen?«

»Also wußtest du, daß er ein Verhältnis hatte.«

»Klar. Dieser alte Doppelmoralist! Seinen Töchtern nichts gönnen und selbst auf den Putz hauen. Du willst doch wohl nicht sagen, daß du davon nichts gewußt hast?«

»Sonst würde ich dich nicht fragen.« Ungewohnte Schärfe lag in Rosas Stimme, die selbst Marina aufhorchen ließ. »Offenbar hören die Unterschiede nicht bei Spielzeugläden und Fernseh-Möllers auf. Ich war immer die Kleine. Ich war nicht eingeweiht.«

»Du warst damals wirklich noch sehr klein«, sagte Marina beschwichtigend. »Außerdem wurde die Geschichte unter den Teppich gekehrt. Alle wußten Bescheid, also Achim, Regina, ich, bei Robert bin ich mir nicht sicher, aber zu Hause

wurde nie ein Wort darüber verloren. Oder hast du jemals erlebt, daß er und Mama sich in Gegenwart der Kinder gestrit-
ten hätten, egal worüber? Da hat sich bei unserer guten
Mama sicherlich so einiges angestaut.«

»Und Mama?« fragte Rosa nach einer Weile.

»Sie hat es mit Fassung getragen«, nahm Marina Rosas
Wortwahl auf.

»Ich meine, hat sie auch einen Liebhaber gehabt?«

Marina blieb stehen, sah Rosa fassungslos an, brach dann in
amüsiertes Gelächter aus. »Unsere Mutter? Einen Liebhaber?
Wo denkst du hin! Niemals!«

»Woher weißt du das so genau?«

»Das hätte ich schon irgendwie erfahren.«

Hast du eine Ahnung, dachte Rosa mit einer gewissen Genugtuung, denn sie begann sich allmählich über Marinas sou-
veränes Gehabe zu ärgern.

Sie gingen am Hotel Augustusbad vorbei. Mit einem
Anflug von Sehnsucht spähte Rosa zu dem kleinen Fen-
ster im ersten Stock, das zu dem Zimmer gehörte, das eine
Nacht lang ihr Refugium gewesen war. Die Nacht vor dem
Mord.

»Die meisten Verbrechen werden im Kreis der Lieben
begangen«, sagte Marina so unbekümmert, als würde sie
keine andere Aussage machen als etwa: Mamas Apfelku-
chen schmeckt immer noch am besten. Sie gähnte. »Ich
habe heute Nacht im Schlafwagen mal wieder kein Auge
zugetan. Dreierabteil. Die eine Frau hat sich ständig von
einer Seite auf die andere gewälzt, die andere hat geschnarcht.
Ich habe die ganze Nacht lang darüber nachgedacht, wer alles
ein Motiv gehabt haben könnte, unseren Vater ins Jenseits zu
befördern. Ehrlich gesagt, sind mir auf Anhieb diverse Leute
eingefallen. Der Haß, den der alte Fritz über Jahre hinweg ge-
sät hat, nicht nur bei mir, sondern bei uns allen, könnte durch
irgend etwas ans Tageslicht gekommen sein. Ganz zufällig, durch eine Begegnung, einen Brief, einen Streit, was weiß
ich ... Manchmal braucht es nur einen klitzekleinen Auslöser,
und: puff, fliegt alles in die Luft. In einem Bericht habe ich

gelesen, daß die Ursachen vieler Straftaten weit in die Vergangenheit zurückreichen. Mir ist das auch erst im Laufe der Jahre klargeworden.«

»Was?«

»Na, mein Haß auf den alten Fritz. Jahrelang anmutig verbuddelt, aber irgendwann kommt alles wieder ans Licht. Der hat uns doch alle tyrannisiert, vor allem uns Mädchen. Diese Panik vor jedem, der Hosen anhatte. Am liebsten hätte er uns einen Keuschheitsgürtel verpaßt. Jetzt sag bloß, du hast das alles vergessen.«

»In Amerika war alles so weit weg.«

»Wieso bist du jetzt eigentlich hier?«

»Ach, das ist eine zu lange Geschichte … Lieber ein andermal …«, sagte Rosa ausweichend. Hatte sie in den ersten Minuten ihres Wiedersehens mit Marina sogar in Erwägung gezogen, ihr von sich und Steven zu erzählen, dann war ihr die Lust dazu inzwischen vergangen. Zu schnell hatte sich Marina gegenüber eine Vertrautheit eingestellt, die eben doch kein Vertrauen war. Auch früher hatte Marina viel lieber die eigene Stimme gehört als die der anderen, hatte ständig das Wort geführt und die anderen damit überrannt.

»Als ich damals abgehauen bin, hat er sogar polizeilich nach mir suchen lassen«, nahm Marina ihren Gedankengang wieder auf.

Rosa machte große Augen. »Tatsächlich! Ich hatte ja keine Ahnung.«

»Du warst auch erst neun. Außerdem hat Mama das natürlich nicht an die große Glocke gehängt. Es war ihr peinlich genug, aber gegen den Alten hatte sie keine Chance. Ich hatte eine Postfachadresse in Frankfurt, Freunde von mir haben den Kasten ab und zu geleert und mir die Briefe postlagernd nach Frankreich nachgeschickt. Trotzdem hatte ich die ganze Zeit Angst, daß er mich findet. Ich hätte ihm glatt zugetraut, daß er einen Privatdetektiv engagiert, nur um mich aufzuspüren. Irgendwann, Alice war damals schon drei oder vier, kam dann ein Brief von Mama, daß er es aufgegeben hat, daß er sich ganz auf dich konzentriert. Damit aus dir nicht so eine

Schlampe wird wie deine beiden Schwestern.« Sie grinste. »Immerhin hast du ihm kein fremdes Ei ins Nest gelegt. Oder etwa doch?«

»Seit wann ist denn Regina eine Schlampe?« fragte Rosa forschend.

»Seit wann, weiß ich nicht.« Marina kicherte. »Schließlich war ich erst acht, als sie schwanger war.

»Regina, schwanger?« Rosa fiel aus allen Wolken. Wann sollte denn das gewesen sein?

»Das war noch vor deiner Zeit, ein Jahr, bevor du geboren wurdest. Regina war schwanger, von irgendeinem englischen Besatzungssoldaten, der aber noch schnell die Kurve gekratzt hat und zurück ist in sein schottisches Hochland. Meine Geschichte hat also einen Vorläufer, wie du siehst. Nur mit drei kleinen Unterschieden. Erstens war Regina todunglücklich. Sie dachte offenbar, es ist Liebe, nur weil der Kerl sie einmal am Strand gevögelt hat.«

Marina machte eine genüßliche Pause, und Rosa verstand jetzt immerhin, weshalb der Vater auf ihre eigenen nächtlichen Ausflüge an den Strand so panisch reagiert hatte. Ihr fiel die Ohrfeige ein, die sie sich mit siebzehn an einem Samstagabend eingefangen hatte. Sie sah sich mit ihrem ersten Knutschfleck, den sie nicht mit einem Halstuch verdeckt hatte, denn es war November, und der Vater machte wie jedes Jahr Urlaub auf Teneriffa – allein, oder mit dieser Frau? dachte sie jetzt –, und auf einmal hörte sie aus dem Off Reginas Stimme, die zum Abendessen vorbeigekommen war und sagte: *Sei froh, daß Papa das nicht sieht.*

»Zweitens«, fuhr Marina fort, »ist Regina dageblieben, und ich bin abgehauen. Und drittens habe ich im Gegensatz zu ihr das Kind bekommen.«

»Hatte sie eine Fehlgeburt?«

»Vater kannte noch aus dem Krieg einen Arzt, der Abtreibungen machte. Leider nicht besonders gut.«

»Was heißt das?«

»Sie konnte seitdem keine Kinder mehr bekommen.«

Rosa schluckte. Noch nie hatte sie aus dem Mund ihrer

ältesten Schwester ein Wort des Bedauerns darüber gehört, daß sie keine Kinder hatte. Daher war sie immer davon ausgegangen, daß Regina und Ole das so wollten.

»Wieso hat mir das nie jemand erzählt? Später, als ich älter war ...«

»Alte Wunden«, sagte Marina. »Du weißt doch, wie man bei uns in der Familie mit Unbotmäßigkeiten umgeht. Außerdem sollte bei dir alles anders werden. Du warst doch seine letzte Chance. Und dann hast auch du ihm einen Strich durch die Rechnung gemacht und bist auf und davon. Armer alter Fritz!«

»Dafür hat er nie wieder mit mir geredet«, sagte Rosa.

»Sei froh«, erwiderte Marina leichthin, was Rosa einen Stich gab. Oder war es genau das? Sollte sie einfach nur froh sein? Nein, das war zu einfach. Auch Marina log sich in die Tasche, wenn sie so etwas sagte.

Sie hätten nach links abbiegen müssen, aber Marina überredete Rosa, schnell noch einen Abstecher zum Strand zu machen. »Wenn ich jetzt gleich in der Pension Seerose auftauche, komme ich womöglich vor heute abend nicht wieder raus«, sagte Marina launig. »Dabei ist die Ostsee unumstritten das einzig Schöne, was Scharbeutz zu bieten hat. Guck dir allein mal diese Gästehäuser an: wie lieblos in ein Regal gestellte Legosteine. Und weiße Sperrholzmöwen an den Balkonen. An einer Verfeinerung der Geschmäcker haben die hier nicht gefeilt.«

Rosa mußte grinsen. Marina redete zwar unglaublich viel, aber immer wieder traf sie den Nagel auf den Kopf.

Während die beiden Schwestern zum Strand hinuntergingen, erzählte Marina aus den Jahren, an die Rosa sich nicht erinnern konnte. Daß Regina jahrelang keinen Mann mehr angesehen, sich wie eine alte Jungfer zurückgezogen hatte, auch von den Freundinnen, weil es nichts mehr gab, worüber sie gemeinsam kichern und gackern konnten. Daß sie statt dessen die Rolle der Familiengouvernante übernommen hatte, mit völligem Unverständnis für Marinas Sturm-und-Drang-Zeit.

»Sie schleppt das alles mit sich herum, den ehrlosen Schotten, die verpatzte Abtreibung und den nicht erfüllbaren Kinderwunsch. Und damit sie nicht vor Gram platzt, muß sie sich immer ganz hoheitlich geben. Apropos, trägt sie eigentlich immer noch diese unmögliche Frisur?«

Die Analyse war bestechend klar, aber Marinas Kaltschnäuzigkeit ging Rosa zunehmend auf die Nerven. »Wie lange bleibst du eigentlich?« fragte sie, aber Marina schien ihren verärgerten Unterton nicht zu hören.

»Nur ein, zwei Tage. Isabel kann solange bei einer Schulfreundin wohnen.«

»Warum hast du sie nicht mitgebracht?«

»Mitten im Schuljahr? Außerdem hatte sie zu ihrem Opa keinen Draht. Wußtest du, daß der alte Fritz seinen anderen beiden Enkeln all die Jahre jeden Monat regelmäßig hundert Mark überwiesen hat? Alice, Ruben und Isabel haben nie einen Pfennig bekommen. Nicht daß Geld glücklich macht, aber kleine Geschenke erhalten die Freundschaft. Na ja, andererseits, was gab es da schon zu erhalten.« Sie seufzte. »Die Welt ist ungerecht.« Dann straffte sie den Rücken. »Und in dem Sinne dachte ich heute nacht, daß Regina auf jeden Fall Grund genug hätte, dem alten Fritz eins überzubraten. Genauso wie du und ich.«

»Du warst zur Tatzeit aber am anderen Ende der Republik.«

»Ich rede ja nur von *Möglichkeiten*. Von dem, was *denkbar* wäre! Natürlich *habe* ich es nicht getan. Aber ich *hätte* allen Grund dazu gehabt.«

Natürlich, auch jetzt würdest du gern im Mittelpunkt stehen, mittlere Schwester, dachte Rosa spöttisch und sagte: »Ich war ganz in der Nähe des Tatorts. Und ich habe kein Alibi.«

»Aber ein Motiv!« Marina hob Daumen, Zeigefinger, Mittelfinger. »Nimm nur mal uns drei Schwestern. Die Dramen mit den Schwangerschaften, auch wenn das alles lange zurückliegt. Mich hat er polizeilich suchen lassen, dich hat er mit seinem Schweigen verfolgt. Regina hat im Gegensatz zu dir und mir den Fehler gemacht, sich nie abzuseilen von die-

109

ser herzigen Familie und diesem hübschen Familienseebad. Sie ist außerdem seine Stieftochter, auf der Suche nach einer Nähe, die sie nie bekommen hat. Und wir beide: zwei leibliche Töchter auf der Flucht vor einer Nähe, die uns erstickt hätte.« Marina seufzte theatralisch.

Die Analyse kam Rosa vor wie ein Wettbewerb der verstoßenen Töchter. Welche von uns hat am meisten gelitten? Welche hat die meisten seelischen Prügel eingesteckt? Welche hat das beste Motiv?

»Und wie geht die Reihe deiner potentiellen Täter weiter?« erkundigte Rosa sich kühl.

»Achim, der ungeliebte Stiefsohn. Sein Leben lang hat er um die Liebe des Vaters gebuhlt. Und im Gegenzug hat Vater ihn immer links liegen gelassen und nicht geachtet, weder als Mann noch als loyalen, tüchtigen Buchhalter ...« Sie brach ab, stieß einen Freudenschrei aus, ließ den Griff der Reisetasche los und rannte durch den Sand zum Meer.

»Herrlich, Rosa! Herrlich! Ich bin so selten hier.« Marina hatte Tränen in den Augen. »Die Berge sind dagegen wirklich kalter Kaffee. Ach, würde München doch auch am Meer liegen ...«

Nachdem Marina ihrer Begeisterung deutlich Ausdruck gegeben und lange genug die lackierten Fußnägel ins Wasser gehalten hatte, machten die Schwestern sich auf den Weg zum Elternhaus. Marina kam sofort zielstrebig auf ihre nächtliche Täterliste zurück. Da gab es keinen Fluchtweg und kein Halten: Wenn sie etwas begonnen hatte, dann führte sie es auch zu Ende. Das hatte sie schon mit achtzehn bewiesen.

»Der nächste im Bunde ist sein unbotmäßiger Sohn Robert, zwar leiblich, aber nicht in jeder Hinsicht lieblich, weil er sich noch nie die Bohne für die Bernsteinläden und eine Zukunft als mittelständischer Scharbeutzer Unternehmer interessiert hat. Das hat den alten Fritz zutiefst gekränkt.« Marina sah Rosa von der Seite an. »Nicht daß ich hier eine Rangliste aufstellen will, aber daß Robert nicht in seine Fußstapfen treten wollte, hat Vater am allermeisten verletzt. Sein einziger leiblicher Sohn. Der alte Fritz war zwar gewillt, ihm das Studium zu zahlen, aber dann wollte er auch darüber bestimmen, was da studiert wurde, nämlich BWL oder Jura. Keine Soziologie-Vorlesungen, schon gar keine Sit-ins oder Teach-ins und wie das Zeug alles hieß, Kaderschulung und Solidarität mit Nicaragua, geschweige denn das Verteilen von Flugblättern vor Fabriktoren. Und für Robert war der Alte ein verhaßter Kapitalist, der nutzlosen Schmuck unter die Urlauber brachte, aber trotzdem die Kohle fürs Studium rüberschieben durfte.« Sie sah Rosa stirnrunzelnd von der Seite an. »Das wenigstens wirst du ja wohl mitbekommen haben, oder?«

Rosa bemühte sich, den herablassenden Ton zu ignorieren. Sie war damals fünfzehn oder sechzehn gewesen. Durch einen Zufall hatte der Vater herausgefunden, was Robert in Berlin wirklich trieb und daß sein Sohn nicht das geringste Interesse hatte, jemals Seite an Seite mit ihm zu arbeiten. Das führte zum großen Knall. Ihr war vor allem in Erinnerung geblieben, daß Robert danach nur noch selten nach Scharbeutz gekommen war.

»Immerhin haben sie auch nach dem großen Krach noch miteinander geredet«, wandte Rosa ein.

»Wenn auch in Form von ständigem Streit«, bemerkte Marina grinsend.

»Besser als gar nichts. Und womit begründest du, bitte schön, deinen Verdacht?«

Marina verzog das Gesicht. »Unser Altkommunist hat doch vor ein paar Jahren angefangen, Häuser auf La Palma zu renovieren und dann zu verscherbeln. Dafür brauchte er Geld. Startkapital. Und da ist er plötzlich wieder beim alten Fritz aufgetaucht, um sich was zu leihen.«

»Und mit welchem Ergebnis?«

»Dreimal darfst du raten.«

»Er hat ihm keine müde Mark geliehen.«

»Die Kandidatin hat hundert Punkte. Der Alte hatte eben seine Prinzipien. Sie hätten sich fast geprügelt.«

»Woher weißt du das?«

»Robert war letzten Herbst ein Wochenende in München, da hat er davon erzählt.«

»Bist du jetzt fertig?«

Marina schnalzte mit der Zunge. »Fehlt noch Ole, der Lieblingsschwiegersohn – ist ja auch der einzige. Wahrscheinlich hat er ihn mehr geschätzt als alle seine mißratenen Kinder zusammen.«

»Und weshalb sollte Ole ihn umgebracht haben?« fragte Rosa ungeduldig.

»Vielleicht wollte Ole gerne Bernsteinkönig werden. Keine Ahnung. Um Geld oder um Liebe geht es doch immer. Oder ist Ole dir etwa sympathisch?«

»Nein, aber ich halte nicht alle, die mir unsympathisch sind, für die Mörder meines Vaters«, versetzte Rosa genervt.

»Ich rede doch nur von *Möglichkeiten*, kleine Schwester«, sagte Marina ironisch und verdrehte die Augen. »Nimm es als Nachtmahr einer Frau in den Wechseljahren. Mit irgendwas mußte ich mir ja im Zug die Zeit vertreiben – ehrlich gesagt, ist mir das Schäfchenzählen allmählich zu langweilig. Aber *last but not least* muß ich noch unsere betrogene Mama erwähnen, die das häufigste und abgegriffenste aller Motive gehabt hätte, den alten Fritz umzubringen. Sieben Tatverdächtige – das dürfte dem Kommissar vorerst genügen, oder?«

»Damit macht man keine Witze«, protestierte Rosa.

Marina sah Rosa an, als sei sie drauf und dran, ihr den Spaß zu verderben. »Was soll man denn sonst damit machen? Sich gramerfüllt in Trauerkleidung hüllen? Und erzähl mir jetzt nicht, daß wir alle Unschuldslämmer sind und fortan nur noch ganz in Weiß rumlaufen. Was haben sie denn in Amerika mit dir gemacht? Die große Basisausbildung im Schwarz-Weiß-Sehen? Oder haben die lieben Scharbeutzer Verwandten dich in den letzten Tagen tüchtig in die Mangel genommen?«

Rosa wurde allmählich wütend. Arrogantes Stück. Was bildete diese dumme Ziege sich eigentlich ein? Daß sie die Weisheit mit Löffeln gefressen hatte?

Am ärgerlichsten war jedoch, daß in dem, was Marina sagte, durchaus ein Körnchen Wahrheit stecken könnte: Vermutlich *hätte* tatsächlich jeder von ihnen einen triftigen Grund gehabt, Friedrich Liebmann ins Jenseits zu befördern. *Theoretisch.* Als *Möglichkeit.* Trotzdem – wer gab Marina eigentlich das Recht ...

»Ganz schön auf dem hohen Roß, Schwester«, platzte es aus Rosa heraus. »Das konntest du schon früher ausgezeichnet. Immer von oben herab Spott aufs Fußvolk streuen und sich im Notfall aus dem Staub machen.«

»Und entsprechend tief fallen, weil der Gaul doch lahmer ist als erwartet«, ergänzte Marina, und ihr Blick verlor alle Verspieltheit. »Drei uneheliche Kinder. Und kein einziger Mann dazu und kein Pfennig Geld. Hätte der Alte mir damals erlaubt, den ersehnten Reitunterricht zu nehmen, wäre das mit Sicherheit nicht passiert. Dann hätte ich mich immer schön im Sattel gehalten. Und wäre auf Pferden geritten statt auf Männern ...« Sie ballte die Fäuste. »Was weißt du denn schon von meinem Leben!«

Der Satz kam Rosa bekannt vor. Böse starrten die Schwestern sich an.

Eine stumme Versammlung von Gartenzwergen hinter dem Zaun eines Hauses aus den fünfziger Jahren hörte ihnen zu. Am Fenster bewegte sich eine Gardine. Fast gleichzeitig nahmen Rosa und Marina die Reisetasche wieder auf und gingen schweigend die Seestraße hoch, dann um die Ecke auf die Pension Seerose zu.

14

Als Treffpunkt hatte Finn das Ende der Seebrücke vorgeschlagen und ließ sie nun schon fast eine Viertelstunde warten. Auch Steven war regelmäßig zu spät gekommen, und auch bei ihm hatte Rosa das als Zumutung empfunden. Umgekehrt hatte Steven Rosas Pünktlichkeit stets als »typisch deutsch« abgetan, dabei hatte er keine Ahnung von den »Krauts«, war nie in Deutschland gewesen.

113

Das Wasser unter der Brücke war durchsichtig. Rosa konnte die Steine und Muscheln auf dem Grund erkennen, den geriffelten Sandboden. Die neue Seebrücke war ein Bollwerk aus Stahl und Beton, kein Vergleich zu der alten Seebrücke aus Holz, die ein Jahr nach Rosas Geburt gebaut worden war. Die Kinder hatten sie im Sommer als Sprungturm benutzt, im Herbst hatte sie keinen Sturm unbeschadet überstanden. Rosa trauerte ihr ebenso nach wie all den alten, abgerissenen Häusern und Hotels. Scharbeutz war sturmfester geworden. Ein Ort wie Reginas Frisur. Aber sympathischer?

Von der Seebrücke aus war Rosa damals gestartet, um den Fahrtenschwimmer zu machen. Die Ostsee war an jenem Tag nicht klar gewesen, sondern aufgewühlt und unruhig und von derselben dunklen Farbe wie der Himmel. Der Donner grollte noch in der Ferne, als die Kinder gerade einmal fünf Minuten im Wasser waren, aber dann war das angekündigte Gewitter schneller herangezogen als erwartet. Nach einer Viertelstunde – gerade einmal Freischwimmerzeit – die ersten Blitze, nach zwanzig Minuten einsetzender warmer Regen. Die Gruppe von Kindern folgte einem kleinen Motorboot wie ein Schwarm Delphine dem Überseedampfer. Rosa erinnerte sich genau daran, wie warm das Wasser gewesen war. Wie geborgen sie sich gefühlt hatte. Keine Spur von Angst. Wenn die Schwimmprüfer nichts unternahmen, konnte es nur halb so wild sein. Sie hätte um keinen Preis umkehren und die Prüfung so kurz vor dem Ziel abbrechen wollen. Außerdem hielt man sich mit acht Jahren aus irgendeinem wunderbaren Grunde noch für unverletzlich. Man wußte, daß nichts passieren würde.

Es war auch nichts passiert. Die Mütter und Väter, in erster Linie Feriengäste, die den Zug schwimmender Kinder von der Seebrücke aus verfolgten, hatten die Angst erst im nachhinein geschürt, hatten Zeter und Mordio geschrien, den Verantwortlichen heftige Vorwürfe gemacht. Rosa erinnerte sich, daß ihr Vater leichenblaß geworden war, als sie ihm am Abend stolz das Abzeichen gezeigt hatte. Wortlos war er aus dem Zimmer gegangen, knallende Türen, die Luft auf einmal sehr dünn, eine eiskalte Hand, die nachträglich nach Rosa packte – da hatte die Mutter den Arm um ihre jüngste Tochter gelegt: »Es ist doch nur, weil er einen großen Schreck bekommen hat«, hatte sie gesagt. – »Aber er geht doch auch jeden Tag schwimmen, sogar wenn es regnet«, hatte Rosa protestiert. »Neulich früh hat es sogar gedonnert und geblitzt, und da war er auch unten am Strand!« Sie verstand nicht, weshalb Regeln, die für den Vater galten, nicht auch für sie gelten sollten. Die Mutter hatte nicht geantwortet, sondern sich unter die Lampe gesetzt und das Abzeichen an Rosas Badeanzug genäht. Den blauen mit dem roten Streifen über der Brust.

Glücklicherweise hatte Rosa heute, bevor sie zur Seebrücke ging, schnell noch den gelben Badeanzug untergezogen, und als Kommissar Finn auch nach zwanzig Minuten noch nicht aufgetaucht war, beschloß sie, nicht länger auf ihn zu warten. Sie schwamm mit langen, regelmäßigen Zügen. Es war fast so erholsam wie ein entspannter Schlaf. Als sie sich kurz einmal umdrehte, sah sie, wie ein Mann mit einem gekonnten Kopfsprung vom Ende der Seebrücke ins Wasser hechtete, nach ein paar Metern auftauchte und kraulend Kurs auf sie nahm.

Ja, er war es wirklich. Wie hatte sie gestern nur so blind sein können? Auch mit nassen Haaren sah er verdammt reizvoll aus: fast so jung wie damals, als er noch der Freund ihres Bruders war und Rosa ihn heimlich verehrte – und gleichzeitig um fünfundzwanzig Jahre gealtert, mit Falten um die Augen und einem wachen Blick.

»Schön, daß Sie gekommen sind«, rief Hanno Finn prustend, als er nur noch ein paar Meter entfernt war.

»Es ist verboten, von der Seebrücke zu springen«, rief sie. »Haben Sie das Schild nicht gesehen?«

»Doch.« Er grinste. »Das ist ja gerade das Reizvolle.«

»Spricht so ein Hüter des Gesetzes?«

»Ich hatte einen weisen Ausbilder. Hüte dich vor allen, die sich immer an die Regeln halten, war sein liebster Merkspruch. Erstens kommen die nicht weit, denn zweitens blok-

115

kieren sie sich ständig selbst.« Er schwamm beim Reden auf der Stelle, schnappte zwischendurch nach Luft. »Drittens ist ihr Horizont zu eng, um weitsichtig zu sein. Und viertens kommen sie dem Verbrechen nicht auf die Spur. Weil man fünftens oft genug improvisieren muß. Wie beispielsweise jetzt.« Er grinste wieder. »Wie hätte ich Sie denn anders besänftigen sollen als durch einen Sprung ins kalte Wasser?«

»So kalt ist es aber gar nicht, Herr Kommissar. Ein bißchen mehr Einsatz«, rief Rosa herausfordernd. »Wer zuerst an der Boje ist.«

Sie war als erste da. Finn folgte mit nur einem halben Meter Rückstand. Immerhin kann er wenigstens schwimmen, dachte sie. Im Gegensatz zu Steven, der es als Kind nie gelernt hatte und sich als Erwachsener nicht die Blöße geben wollte, daher von vornherein am Strand liegenblieb, Kopfhörer vom Walkman im Ohr, Sonnenbrille auf der Nase, Zigarette zwischen den Lippen, während Rosa im meist kalten Pazifischen Ozean untertauchte. Seltsamerweise tat diese Erinnerung nicht weh und verschwamm nicht vor ihrem innerem Auge, gab sich statt dessen klar und deutlich zu erkennen – eine der ersten schmerzfreien Zonen, stellte Rosa erstaunt und mit leiser Genugtuung fest.

Nach einer kurzen Verschnaufpause schwammen Finn und Rosa mit gleichmäßigen Zügen nebeneinander zurück zum Ende der Seebrücke. Sie setzten sich auf die neue Stahltreppe, an der die Schiffe anlegten, ließen ihre Körper in der Sonne trocknen und blickten auf das Wasser.

Keiner von beiden sagte etwas. Rosa hütete sich diesmal, Finn zu fragen, was er von ihr wolle. Ihr war klar, daß er früher oder später auf den Mordfall zurückkommen würde. Daß dies – und nur dies – der gemeinsame Rahmen ihrer Geschichte war: der ermordete Vater. Dennoch empfand sie das Schweigen als angenehm. Nicht als Fehlen von Worten, Mangel an Interesse. Und schon gar nicht als Ausdruck von Mißstimmung oder lebenslanger Strafe.

Finn schirmte die Augen mit der Hand gegen die Sonne ab und blickte zum Horizont. »Sehen Sie sie?«

»Wen?«

»Die Küste im Osten. Man kann schon die Umrisse erkennen.«

Rosa folgte seinem Blick mit zusammengekniffenen Augen. Jetzt erkannte auch sie undeutlich den Küstenstreifen am Horizont – hinter einem durchsichtigen Vorhang aus weißgrauer Seide. In der Phantasie ihrer Kindheit war dieser Schemen, der sich je nach Wetterlage und Blickwinkel am Horizont abzeichnete, eine Art Schatzinsel gewesen, unerreichbar und allein deshalb schon magisch, geheimnisumwoben, Projektionsfläche für Abenteuerspiele, imaginäre Schiffsreisen auf Luftmatratzen, Eroberungsfahrten in fremde, unbekannte Länder. Die ferne, östliche Ostseeküste. Manchmal hatte Rosa versucht sich vorzustellen, wie die Küste drüben aussehen mochte: ob die Steilküsten steiler waren als hier, die Sandkörner gröber. Ob man Bernstein finden konnte. Ob es drüben überhaupt Strandkörbe gab. Ob auch dort Leute am Strand entlanggingen und hinüberguckten und ähnliche Gedanken hegten. Dabei war dort Sperrgebiet gewesen. Die Ostzone. Die DDR, was die Erwachsenen damals nur ungerne sagten. Das Land auf der anderen Seite der Lübecker Bucht war immer ein verbotenes Land gewesen, das man *drüben* nannte, als habe es keinen eigenen Namen verdient, als existiere es überhaupt nur aus der Perspektive des Westens – ein Unland, das man wie Unpersonen mit einem Unnamen abqualifizierte.

»Bühne frei für den Osten«, sagte Finn. »Zeichen für einen Wetterumschwung. Waren Sie seit der Grenzöffnung schon einmal drüben?«

»Ich bin doch erst vorgestern gelandet.« Rosa seufzte. »Auch wenn es mir manchmal wie eine Ewigkeit vorkommt.«

Er kramte eine Sonnenbrille aus der Innentasche seines Leinenjacketts, das er mit den übrigen Kleidern in sicherer Entfernung vom Wasser deponiert hatte. »Richtig. Das hätte ich fast vergessen. Auch mir kam es gerade so vor, als würden wir uns schon ewig kennen.«

So ist es ja auch, dachte sie und fragte schnell:

»Und Sie? Waren Sie schon drüben?«

Finn nickte.

»Lohnt es sich?«

»Kommt ganz drauf an, was Sie dort suchen«, sagte Finn. »Verwandte, Grundstücke, Rotkäppchensekt, Strände, Schlaglöcher, Kindheitserinnerungen … Für jeden ist etwas dabei. Ein großer Selbstbedienungsladen. Jedenfalls sehen das hierzulande viele Leute so. Aber schließlich sehen die meisten Leute das ganze Leben so.«

Der zynische Unterton, den Finn angeschlagen hatte, irritierte Rosa.

»Die ehemalige DDR bietet perfekte Bedingungen für Schnäppchenjäger aller Art«, fuhr Finn fort.

»Ist das – ungesetzlich?« fragte Rosa vorsichtig.

Finn lachte leise. »Nein. Im Gegenteil. Es wird sogar teilweise vom Staat subventioniert. Aber ich würde es als – unmoralisch bezeichnen. Die Ausplünderung der Betrogenen. Statt ihnen unter die Arme zu greifen.«

»Für einen Kommissar haben Sie ziemlich kritische Ansichten.«

»Vielleicht sind umgekehrt Ihre Ansichten von dem, was ein Kommissar tut und läßt, etwas unkritisch.«

»Sie sind der erste Kommissar, den ich kennenlerne«, verteidigte sie sich.

»Dann bin ich hoffentlich in Zukunft richtungsweisend«, sagte er lächelnd.

Sie zog es vor, nicht darauf einzugehen.

Nach einer Weile fragte er: »Gefällt es Ihnen, wieder hier zu sein?«

»Die Größenverhältnisse haben sich verändert.«

Er lachte. »Ja, das ist ernüchternd. Wenn man endlich so groß ist, wie man es als Kind immer sein wollte. Und die Dinge und die Menschen sind geschrumpft. Da tun sich Abgründe auf, in denen all der Charme und die Magie verschwinden.« Er drehte sich halb um und zeigte auf den Ort. »Und diese Skyline kann man nicht gerade als architektonisches Meisterwerk bezeichnen.«

»Es ist fast leichter wegzufahren als zurückzukommen«, sagte sie. »Man läßt etwas hinter sich.«

»Und wenn man wiederkommt?«

»Dann liegt wieder alles vor einem.«

»Noch dazu ein Mordfall«, nickte Finn.

Aha, dachte Rosa, hat er den Bogen doch wieder hinbekommen.

»Ich versuche immer, mir die Situation so anschaulich wie möglich vorzustellen«, begann er. »Regelmäßig von Mai bis Oktober steht Ihr Vater morgens kurz vor sechs auf, zieht sich seinen Jogginganzug an, nimmt den Bademantel und die Thermoskanne voll Kaffee mit, die Ihre Mutter am Abend für ihn bereitgestellt hat, holt sich beim Zeitungshändler eine Tageszeitung und geht hinunter zum Strand. Kurz nach sechs trifft er dort ein, zieht sich aus, geht schwimmen. So auch gestern. Laut Aussage Ihrer Mutter schwimmt er jeden Tag dieselbe Strecke, bis zur Boje und wieder zurück. Das dauert je nach Tempo etwa zwanzig Minuten bis eine halbe Stunde. Gegen halb sieben kommt er also aus dem Wasser, trocknet sich ab, zieht den Bademantel an, setzt sich in seinen Strandkorb, gießt sich einen Becher Kaffee ein, öffnet die Zeitung. Normalerweise geht er gegen halb acht wieder hoch in die Pension zum Frühstück. Gestern früh hat er das nicht getan. Er hatte sich abgetrocknet, aber die Badehose war noch feucht. Er hatte sich einen Becher Kaffee eingegossen, ihn aber nicht angerührt. Er hatte die Zeitung noch nicht geöffnet.«

Er sah Rosa von der Seite an. Sie tat, als bemerke sie es nicht.

»Ich kenne die Stille morgens am Strand«, fuhr Finn nach einer Weile fort und blickte ebenfalls aufs Wasser. »Man hört den Schrei einer Möwe, das ferne Tuckern eines Kutters. Das Wasser schwappt leise ans Ufer. Eine friedliche Stimmung. Ein großes morgendliches Schweigen. Sie waren doch gestern morgen auch am Strand unterwegs. Haben Sie einen Schuß gehört?«

»Nur die Möwen, das Wasser und den Lärm des Jeeps«, sagte Rosa. Sie fragte sich, ob sie Finn vielleicht nur deshalb

119

so attraktiv fand, weil da diese unerfüllte Schwärmerei in der Luft hing, dieser alte Wunsch einer Elfjährigen – und einmal erfüllt, würde sich alles wie eine große Luftblase in nichts auflösen …

»Richtig, die Männer von der Strandreinigung. Auch sie haben nichts Außergewöhnliches gehört oder gesehen.«

»Drei Jogger, zwei Schwimmer und ein schreiendes Kind mit Vater«, fuhr Rosa fort.

»Wo?«

»Die Jogger am Strand. Die Schwimmer im Wasser. Die Kinderkarre auf der Seebrücke.«

»Könnten Sie sie beschreiben?«

Rosa schüttelte den Kopf.

»Wie alt war das Kind?«

»Eins, anderthalb vielleicht.«

»Und der Vater?«

»Keine Ahnung.«

»Ist eigentlich Ihr Bruder inzwischen eingetroffen?«

»Robert? Nein. Aber vorhin ist Marina angekommen.«

»Die Testamentseröffnung ist für morgen angesetzt. Was glauben Sie, wer das Erbe der Bernsteinläden antritt?«

»Ich mit Sicherheit nicht«, sagte Rosa spöttisch und zunehmend wachsam.

Finn suchte in seiner Jackettasche nach einem Kaugummi, wickelte es aus.

»Verstehen Ihr Schwager und Ihr ältester Bruder sich eigentlich gut?«

Achim und Ole, der Buchhalter und der Vertreter, der eine so grau wie der andere grell, der eine so unscheinbar wie der andere aufdringlich – unterschiedlicher ging es kaum. Sie waren beide nicht Rosas Typ. Aber Achim war ihr Bruder, und das machte einen großen Unterschied, doch das ging Finn, verdammt noch mal, nichts an.

»Keine Ahnung.«

»Haben Sie jemals Geld von Ihrem Vater bekommen?«

»Ich? Keinen Pfennig.«

»Und Ihre anderen Geschwister?«

»Keine Ahnung«, wiederholte sie einsilbig. Sie hatte nicht die Absicht, Finn von ihrem Gespräch mit Marina zu erzählen.

»Natürlich.« Finn nickte. Er klang ein wenig spöttisch. »Sie waren zu lange weg.« Dann wurde seine Stimme ernst. »Aber eine Frage können Sie mir vielleicht doch beantworten. Gerade, weil Sie die nötige Distanz haben. Haben Ihre Eltern eine gute Ehe geführt?«

»Was ist denn eine gute Ehe?« fragte Rosa herausfordernd und warf einen verstohlenen Blick auf seine Hände.

Er sah die Bewegung ihrer Augen. »Ich bin seit zwei Jahren geschieden«, sagte er schroff.

Aha, dachte Rosa: Glatteis. Er ist auf die Schnauze gefallen und hat sich weh getan. In einem melodramatischen Film hätte sie jetzt gesagt: *Das tut mir aber leid.* Und er hätte ihr kurz nur, ganz kurz, treuherzig und dankbar für dieses immense Einfühlungsvermögen in die Augen geschaut, und jeder hätte gewußt, aha, da tut sich was, Vorboten für das Happy End. Rosa verzichtete aber auf die Floskel des Bedauerns, sie wollte auch nichts über seine Ehe wissen. Das ging sie erstens nichts an. Und zweitens wollte sie nicht riskieren, daß er ihr womöglich doch sein Herz ausschüttete. War das Herz einmal ausgeschüttet, war es leer, und bei dem anderen, der es auffing, war das Herz auf einmal übervoll. Nein, das Herzausschütten war eine schlechte Basis für einen Anfang – von was auch immer.

»Ich bin eine schlechte Informantin«, sagte sie. »Ich war zu lange weg. Ich kenne meine Eltern kaum.«

»Und früher?«

»Früher? Früher war ich ein Kind. Was weiß ein Kind schon von den Erwachsenen? Außerdem ist mein Vater nicht vor dreißig Jahren umgebracht worden, sondern gestern.«

»So mancher Mord braucht seine Zeit«, sinnierte er. »Ihr Vater hatte eine langjährige Freundin in Travemünde.«

»Wenn Sie das schon wissen, wieso fragen Sie mich dann eigentlich?«

Er nahm die Sonnenbrille ab und sah sie an. »Routine.«

Seine Augen waren grüngrau. Sein Blick hatte etwas von einem Magneten. Sie konnte nur schwer wieder wegsehen. Aber sie wollte gar nicht wegsehen. Jetzt erst recht nicht. Sie wollte standhalten.

»Frau Liebmann, wir suchen nach einem Mörder. Nach einem Motiv. Es ist alles offen. Wir haben keine konkrete Spur. Wir haben noch nicht einmal die Tatwaffe. Ich muß jede Möglichkeit in Betracht ziehen.«

»Und da ist Ihnen jede schmutzige Wäsche recht?« sagte Rosa entrüstet.

»Ist sie denn so schmutzig?«

Verdammt, dachte sie, jedes verdammte Wort mußt du dir bei diesem Kerl überlegen.

Er setzte die Sonnenbrille wieder auf und sah auf das Wasser. »Ihr Vater hat Ihre Mutter in all den Jahren regelmäßig mit einer anderen Frau betrogen. Unter diesem Gesichtspunkt ist Ihre Mutter nicht unverdächtig.«

Eine kalte Hand legte sich auf Rosas Brust. Hoffentlich weiß er es nicht, dachte sie hektisch. Hoffentlich weiß er nichts von Mutters Liebschaft. Denn dann bekäme er ein zweites Motiv an die Hand, das sich gut in sein Puzzle einpaßt.

Sie funkelte ihn an. »Ich wiederhole: Ich weiß nichts darüber. Ich habe gestern zum ersten Mal in meinem Leben überhaupt von der Existenz dieser Frau gehört. Ich kenne sie nicht, ich habe sie nie gesehen. Meine Mutter hat das offenbar jahrelang mitgemacht. Wenn sie gewollt hätte, hätte sie ihn längst umbringen können. Sie hätte ihm jeden Morgen Gift in seinen Kaffee schütten können! Haben Sie die Thermoskanne überhaupt schon untersucht? Und? Nichts gefunden?« Ihre Stimme war zu schrill. Sie rang um ihre Beherrschung.

»Nichts.« Er verzog keine Miene.

»Das ist doch absurd! Eine Siebzigjährige, die ihren gleichaltrigen Ehemann nach vierzig Jahren Ehe erschießt.«

Finn lächelte bedauernd. »Was glauben Sie, was für absurde Fälle mir in meiner Laufbahn schon begegnet sind.«

122

Rosa brauchte ein Auto: ein Fluchtauto, dachte sie grimmig. Das Ergebnis ihrer Gespräche mit Marina und Finn war das dringende Bedürfnis, Scharbeutz den Rücken zuzukehren, und sei es nur für ein paar Stunden.

Der Mordfall begann wie eine riesige Krake, seine Fangarme in Bewegung zu setzen. Natürlich: Wo ein Opfer war, war auch ein Täter. Diese Tatsache war im Schock der ersten vierundzwanzig Stunden in den Hintergrund getreten. Aber Marina hatte gleich eine ganze Liste parat gehabt, und Finn hatte ein bißchen kreuz und quer gefragt, um dann auf die Mutter zuzusteuern. Er war Kommissar. Er mußte jeder Information nachspüren und sortieren, die Lücken mit Logik, Intuition und Erfahrung füllen, bis er eine ganze trübselige Geschichte vor sich hatte, mit Anfang und Höhepunkt und tragischem Ende. Die Täter kamen hinter Schloß und Riegel. Das war's. Das war seine Aufgabe.

Was hingegen sicherlich nicht zu seinen Aufgaben gehörte, waren Handküsse für die Angehörigen der Opfer, gar das Verweilen der Lippen auf der nackten Haut. Rosa war seltsam berührt gewesen – und wie gelähmt. Der Schauer, der ihr über den Körper lief, hatte sie daran gehindert, die Hand sofort wieder wegzuziehen. Der Augenblick hatte etwas Hypnotisches gehabt: Das waren gar nicht sie und Finn auf der Seebrücke, einen Tag nach dem gewaltsamen Tod des Vaters. Dann, als sie schweigend nebeneinander zurück zur Promenade gingen, hatte Rosa sich gefragt, ob Finn sich mit diesen altmodischen Methoden womöglich über sie lustig machte.

Ein Auto mußte her. Bewegung hilft immer, hatte Jane gesagt. Beweg dich, tu was, unternimm was, einen Tapetenwechsel, eine andere Umgebung, neue Eindrücke, fremde Straßen. Beweg dich und dann denk nach. Nicht umgekehrt.

Im ersten Moment erwog Rosa, bei Regina anzufragen, ob sie ihr ein Auto leihen könnte. Die Hinrichsens besaßen mindestens zwei Autos. Doch schon bei der detaillierteren Vorstellung, Anleihen bei der großen Schwester zu machen, nahm Rosa Abstand von dieser Idee: Womöglich waren hinterher Haare auf der Kopfstütze, oder sie müßte das Auto vor der Rückgabe durch eine Waschanlage schleusen. Zu großer Aufwand für eine kleine Flucht. Sie hörte Reginas Stimme: Kommst du denn überhaupt mit dem Verkehr in Deutschland zurecht? In Amerika sind die Straßen doch viel breiter, die Autos fahren langsamer als hier …

Rosa scheute sich aber auch, die Mutter nach dem Autoschlüssel zu fragen und einen Tag nach Vaters Tod in seinem Mercedes durch die Gegend zu kutschieren, als wäre nichts geschehen. Der Vater hatte seinen Mercedes stets gewienert und poliert und ebenso in Schwung gehalten wie seinen Körper. Sein Auto war für ihn mehr gewesen als nur ein Gebrauchsgegenstand und ein Statussymbol – der Inbegriff von Mobilität und Fortschritt, eine Art Fetisch. Soweit Rosa zurückdenken konnte, hatte nie jemand anderer am Steuer gesessen als der Vater. Er hätte ihr sein Auto zu Lebzeiten niemals geliehen. Das hätte ja bedeutet, daß sie ihn hätte fragen und daß er hätte antworten müssen. So weit war es zwischen ihnen nicht mehr gekommen. Lieber wäre Rosa meilenweit zu Fuß gegangen. Lieber hätte er das Auto auf den Schrottplatz gefahren.

An der Umgehungsstraße fand Rosa eine Tankstelle, die auch Mietwagen anbot: Sie nahm für eine Woche einen Fiat. Es war halb vier, als sie gemächlich am Strand entlang in Richtung Travemünde losfuhr. Am Niendorfer Hafen hielt sie an und kaufte ein Makrelenbrötchen. Hinter Niendorf schlug sie den Weg zwischen den Feldern ein – einen Abstecher zum Brodtener Ufer konnte sie sich nicht verkneifen.

Die Steilküste hatte sichtlich unter den Herbststürmen der letzten Jahre gelitten. Die Bruchkante war dem Pfad, der am Rand der Klippen entlangführte, gefährlich nahe gerückt. Rosa beugte sich vor: fünfzehn bis zwanzig Meter tiefer nichts als Steine, Strandgut, angeschwemmtes Holz, herabgestürzte Erdmassen. Während der Woche waren dort kaum Leute unterwegs. Eher noch oben auf dem Steilhang, Spaziergänger, meistens ältere Leute, die zu einem Ausflugslokal wanderten. Aber unten, an der Wasserkante? Da standen keine Strandkörbe. Man kam nicht, um sein Handtuch aufzuschlagen und Badeleben zu inszenieren. Der Weg am Fuß der Steilküste von Niendorf nach Travemünde war steinig. Einsamkeit hatte hier etwas Würdevolles. Rosa war immer dann hierher gekommen, wenn sie allein sein wollte – länger und intensiver allein als beim Strandlaufen in Scharbeutz. Die abenteuerlichsten Gedanken konnten dabei ungestört Gestalt annehmen: *Ich gehe nach Amerika* war einer davon gewesen – vielleicht inspiriert durch die Fähre nach Gedser, die tagtäglich am Horizont in Richtung Schweden den Blicken entschwand. Vielleicht auch angeregt durch das andere Ufer im Osten, das von hier aus deutlicher zu sehen war.

Ein wilder Küstenstrich, unberührt, unbegradigt. Keine Strandreinigung verirrte sich hierher. Ein perfekter Platz für einen Mord, dachte Rosa plötzlich. Der Gedanke ließ sie weniger erschaudern als der Handkuß des Kommissars. Dennoch trat sie einen Schritt von der Bruchkante zurück.

In Travemünde parkte sie auf einem der großen Touristenparkplätze, machte sich dann auf die Suche nach der nächsten Telefonzelle. Im Telefonbuch fand sie immerhin sogleich L. Estermann, aber nur die Telefonnummer, keine Adresse. Rosa zögerte: Sollte sie sich als Botin eines Blumengeschäfts ausgeben, die die Handschrift der Chefin nicht lesen konnte, oder lieber gleich mit der Wahrheit herausrücken? Das hing davon ab, wie aufgeschlossen diese »kesse Lilo« war. Rosa entschied sich für die Lüge. Jeder bekam gern einen Strauß Blumen geschenkt. Aber nicht jeder bekam gern Besuch von der Tochter des soeben ermordeten Dauergeliebten.

Es war ganz einfach. Frau Estermann nannte ihre Adresse, Rosa ließ sich von einem Taxifahrer den Weg beschreiben. Dann stand sie vor einer stattlichen Villa am Strand, nicht weit von der Stelle, wo die Steilküste begann. Rosa betätigte die Messingklingel. Die schwere Holztür öffnete sich. Eine braungebrannte, sportlich gekleidete Frau mit kurzen blondierten Haaren sah Rosa fragend an. Sie war inzwischen zehn Jahre älter als auf dem Foto, das Rosa im Sommerhaus gefunden hatte.

»Ja, bitte? Oh, die Blumen, wie nett.« Sie streckte die Hand mit dem Fünfmarkstück aus, das sie der vermeintlichen Botin als Trinkgeld geben wollte.

Rosa räusperte sich. »Frau Estermann? Mein Name ist Rosa Liebmann. Wenn es Ihnen nichts ausmacht, würde ich gerne einen Augenblick …«

»Kommen Sie herein.« Der Ton war zwar nicht unfreundlich, aber so, als wollte Lilo Estermann eigentlich sagen: Bringen wir es hinter uns.

Rosa folgte ihr durch einen hellen, breiten Flur in einen ebenso hellen Salon – denn Wohnzimmer konnte man das nicht mehr nennen: ein mindestens sechzig Quadratmeter großer Raum, spärlich, aber geschmackvoll eingerichtet. Dicke Orientteppiche, Kamin, in der Mitte eine großzügige hellgelbe Sitzgarnitur, in der Ecke ein schwarzer Flügel. *Steinway* las Rosa im Vorbeigehen. Auf dem Fensterbrett saß eine bernsteinfarbene Katze. Vor dem einen Fenster stand eine überlebensgroße Holzplastik, an der Wand daneben hing ein mindestens drei mal zwei Meter großes abstraktes Gemälde, hauptsächlich in Grün und Orange gehalten. Marina würde vermutlich die Farbzusammensetzung in diesem Zimmer sofort ins Auge springen, dachte Rosa. Was hingegen ihr sofort auffiel, war ein kleiner runder Tisch, der zwischen Sofa und Sessel stand: Die Platte war eine kunstvolle Intarsienarbeit aus verschiedenfarbigem Bernstein.

Lieselotte Estermann mußte Rosas Blick bemerkt haben, denn sie sagte: »Ihr Vater hatte Kontakte zu einem Kunsthändler in Stockholm, der ihm manchmal ausgefallene Bernsteinarbeiten anbot.« Sie strich mit der Hand über die Bernsteinplatte. Die zarte Geste stand in einem deutlichen Kontrast zu ihrem schroffen Tonfall. »So habe ich Fritz kennengelernt: Ich hatte mich schon lange nach einer bestimmten Brosche aus Bernstein umgesehen, er hatte genau das, was ich suchte. Reiner Zufall.«

Sie griff nach der Schachtel Benson & Hedges, steckte die Zigarette in eine elfenbeinerne Zigarettenspitze und sah Rosa aus zusammengekniffenen Augen an.

»Sie sind sicherlich nicht gekommen, um mir Ihr Beileid auszusprechen. Was wollen Sie? – Oh, wie unhöflich von mir, rauchen Sie?«

Als Rosa verneinte, bot Frau Estermann ihr einen Cognac an, den Rosa dankend annahm. Ein Glas zum Festhalten war jetzt nicht schlecht. Sie atmete einmal tief durch und hoffte, ihre Stimme würde nicht zu zittern beginnen. »Ich wollte die Frau sehen, mit der mein Vater seit dreißig Jahren ein Verhältnis hatte.«

»Und?« fragte ihre Gastgeberin leicht amüsiert. »Entspreche ich Ihren Vorstellungen?«

»Nein«, sagte Rosa schlicht. »Ich wußte gar nichts davon.«

Die ruppige Art der Frau war geradezu beruhigend. Eine in Tränen aufgelöste ältere Dame hätte Rosa jetzt nicht ertragen. Und auch kein süßliches Umgarnen der Tochter des langjährigen Geliebten. Lieselotte Estermann machte einen handfesten Eindruck, als könne man geradeheraus mit ihr reden und müsse kein Blatt vor den Mund nehmen.

»Sie sind jünger als meine Mutter«, fuhr Rosa fort. »Aber Sie haben mehr Falten.« Sie sah sich im Salon um. »Und Sie haben Geschmack und viel Geld.«

Lieselotte Estermann zog die Augenbrauen hoch. »Ich bin Kunstsammlerin. Auf das Geld Ihres Vaters bin ich nicht angewiesen, falls es das ist, worauf Sie anspielen.« Dann lächelte sie verhalten. »Sie sind sehr direkt. Sie sind die erste aus seiner Familie, die ich kennenlerne. Nach dreißig Jahren.«

»Was für eine Beziehung hatten Sie zu meinem Vater?«

Die Frau brach in ein rauhes Lachen aus. »Was glauben Sie? Daß wir zusammen ins Museum gegangen sind und uns über Kunst unterhalten haben?« Sie trank einen großen Schluck Cognac. »Entschuldigen Sie bitte, nehmen Sie das nicht so ernst, was ich sage. Ich bin etwas durcheinander. Die Sache – hat mich doch mehr mitgenommen, als ich dachte ...« Sie zog ein Taschentuch aus der Hosentasche, wischte sich über die Augen. »Wissen Sie, Fritz ... Ihr Vater und ich, wir sind, wir waren uns sehr ähnlich.« Sie streckte die Schultern nach hinten. »Wir hätten es niemals öfter als einmal in der Woche miteinander ausgehalten.«

»Und bei meiner Mutter hat er dann wieder aufgetankt«, sagte Rosa verächtlich.

Ihr Gegenüber zuckte mit den Schultern. »Jeder ist so, wie er ist. Und jeder sucht sich den, den er braucht. Ihr Vater brauchte Ihre Mutter, und sie brauchte ihn. Während ich ihn umgekehrt nicht brauchte und er mich auch nicht. Das hätte Mord und Todschlag gegeben. Ach, was rede ich da ...« Sie sah Rosa direkt an und fuhr so ruppig wie am Anfang fort: »Die Kriminalpolizei war übrigens schon hier. Zur Tatzeit war ich im Kempinski in Berlin. Damit wir den Punkt gleich abhaken können.« Wieder strich sie zärtlich über den Bernsteintisch. »Wir hatten ein paar gemeinsame Interessen. Edle Steine, gutes Essen, gute Musik.« Sie verstummte, fügte dann rauher hinzu: »Guten Sex. Und einmal im Jahr eine Woche Urlaub auf Teneriffa.« Dann griff sie wieder zu dem Taschentuch.

Rosa wußte plötzlich nicht, was sie noch fragen oder sagen sollte. Lieselotte Estermann hatte ihr den Wind aus den Segeln genommen. Sie war reich genug, um sich Unabhängigkeit leisten zu können, und unabhängig genug, um sich Fritz Liebmann leisten zu können. Der wiederum hatte es sich einmal pro Woche geleistet, zu ihr zu gehen. Andere Männer gingen zu Prostituierten. Lilo Estermann hatte kein Geld genommen. Sie hatte nie mehr vom Vater gewollt. Dann dachte Rosa plötzlich: Aber vielleicht hat sie alles über uns gewußt. Vielleicht ist sie die heimliche Seelentrösterin für sämtliche Probleme in der Familie Liebmann gewesen – die unliebsamen Schwangerschaften der Töchter, die Sorgen um die Zukunft des Geschäfts, all die Streitigkeiten, die Entfremdung, das sich ausbreitende Schweigen ... Das hätte Rosa am allerwenigsten ausgehalten – daß der Vater sein Leben einmal pro Woche zu einer fremden Frau getragen hätte. Daß sie alles wüßte über Familieninterna und Familiendramen. Schon beim Gedanken daran verspürte sie stillen Zorn.

»Hat er Ihnen von uns erzählt?« fragte sie mit belegter Stimme.

Lieselotte Estermann sah sie lange nachdenklich an. Ihr Blick war jetzt weicher als zu Beginn. »Nein«, sagte sie schließlich. »Wir haben nie über unseren Alltag geredet. Nicht über seinen und nicht über meinen. Das war die stillschweigende Übereinkunft. Sonst hätte es nicht so lange gehalten«, fügte sie hinzu. »Das war gut so. Das war mehr als genug. Weniger ist manchmal mehr.« Sie trank den Cognac aus. »Was rede ich da: Weniger ist immer mehr.«

Nach dem Besuch bei Lilo Estermann ging Rosa auf die Mole hinaus. Lange blickte sie aufs Wasser, sah den großen Schiffen zu, die in der Travemündung aus– und einliefen, den Segelschiffen, die in der Bucht kreuzten, den Möwen, die auf den Bojen hockten und immer wieder kreischend aufflogen. Später ging sie zurück zu den Piers, kaufte sich ein Eis, setzte sich auf eine Bank und blickte auf die Trave, auf die flanierenden Urlauber am Kai. Auf einmal mußte sie an die Piers in der Bucht von San Francisco denken, den Touristenrummel in Fisherman's Wharf, Alcatraz, die glitzernde Bay, die Golden Gate Bridge, die Market Street, das For Roses – und dann konnte sie sich nicht mehr beherrschen: Der Vorrat an Tränen, den sie angelegt hatte, schien unerschöpflich zu sein.

Doch als sie später von der Bank aufstand, war eine Last von ihr abgefallen, der sie nicht einmal einen klaren Namen hätte geben können. Da war dieses ganze Durcheinander aus totem Vater und lebendigem Finn und immer wieder kurz aufleuchtendem, dennoch zunehmend verblassendem Steven. Da waren die Mutter und die Geschwister und all die alten und die neue Entdeckungen und das Haus und Scharbeutz. Da war ihre Auswanderung und ihre Rückkehr, der Pazifik und die Ostsee, der Handkuß und der tödliche Schuß – so vieles, das Rosa seit zwei Tagen unentwegt bedrängte, ihr beinahe die Luft abgeschnürt hätte. Eine große Flutwelle hatte all das wenigstens für kurze Zeit weggeschwemmt. Rosa war traurig und gleichzeitig erleichtert und wußte nun auch, was sie tun würde: der Sache auf den Grund gehen. Nicht fliehen, bleiben.

16

Schon im Flur hörte Rosa laute Stimmen. Als sie sich der angelehnten Wohnzimmertür näherte, rief Achim empört: »Der hält es wohl nicht für nötig!«

Dann die Mutter, beschwichtigend: »Bis zur Beerdigung sind doch noch ein paar Tage Zeit.«

Marina: »Habt ihr keine anderen Sorgen?«

Achim und Eva saßen auf dem Sofa, Regina und Marina in den Sesseln rechts und links vom niedrigen Couchtisch, die Mutter hatte für sich den Fernsehsessel herangerückt. Die Atmosphäre war alles andere als entspannt.

»Du kommst gerade rechtzeitig zu einem unserer beliebten Familiendramen«, sagte Regina spitz, als Rosa in die Tür trat.

Marina grinste. »Welche Farbe hättest du denn gern? Schwarz? Rot? Gold? Oder lieber Rosa?«

»Was ist denn noch frei?« fragte Rosa, die über den Sarkasmus beider Schwestern lächeln mußte.

»Die Rolle der undankbaren Tochter«, sagte Marina. »Im Moment sind gerade die ungeliebten Söhne an der Reihe. Wer von den beiden wohl das Rennen macht?«

»Ich finde das überhaupt nicht komisch.« Achim hatte ein hochrotes Gesicht. »Ich finde, es gehört sich so. Sogar Marina ist schon da.«

Seine Stimme klang aufgewühlter als sonst. Die Anzugjacke hatte er ausgezogen, sein weißes Hemd war unter den Achseln feucht. Rosa sah die Träger seines Unterhemds, die schwarze Krawatte, die Schweißperlen auf seiner Stirn, eine geschwollene Ader an den Schläfen. Ein Vulkan kurz vor dem Ausbruch, dachte sie – explosiv oder implosiv? Toben oder Herzinfarkt? So hatte sie ihren Bruder noch nie erlebt. Achim war doch früher immer so besonnen gewesen. Kein lautes

Wort, keine unbedachte Geste. Ein Mann, der im Hintergrund agierte, der sich nicht aufdrängte. Der Tod des Vaters schien auch ihn aus seinen gewohnten Bahnen zu werfen.

»Was soll das heißen: *Sogar Marina ist schon da*? Soll das etwa ein Vorwurf sein? Daß ich erst jetzt komme? Daß ich in München lebe und nicht hier?« Marina zog die Augenbrauen hoch. »Wenigstens ist die Luft da unten nicht so dick wie hier«, fügte sie nach einer Pause süffisant hinzu.

»Ich finde, Achim hat recht«, meldete sich Eva zu Wort – ein scheues Reh, das sich aus dem Dickicht des Waldes auf die Lichtung hinauswagte. »In schweren Zeiten muß die Familie zusammenhalten.«

Marina verdrehte die Augen. »Dafür ist ja speziell unsere Familie berühmt.«

»Er hat ja gar nicht gesagt, daß er nicht kommt«, ging die Mutter dazwischen. »Er hat doch nur gesagt, er weiß nicht, ob er heute noch einen Flug bekommt.«

Darauf schien Achim nur gewartet zu haben. »Genau! Du bist wie immer auf Roberts Seite!« brach es aus ihm heraus.

Aha, darum ging es also: Streit um die Anwesenheit von Abwesenden. Robert war abwesend, der Vater war abwesend. Der eine vorübergehend, der andere endgültig. Wenn Robert hier wäre, dachte Rosa, würde Achim es nicht wagen, so zu reden ... Auch in Vaters Gegenwart hätte er sich das nie getraut, aber jetzt wird nachgerechnet, wer im Laufe der Jahre zu wem gehalten hat. Die große Abrechnung. Der große gegen den kleinen Bruder. Der Stiefsohn gegen den leiblichen Sohn.

Bin mal gespannt, wann ich dran bin, dachte Rosa. Immerhin konnte ihr diesmal niemand vorwerfen, daß sie nicht gekommen war. Diesmal war sie von Anfang dabei. Wenn auch aus ganz anderen Gründen. Sie überlegte, ob sie unter anderen Umständen überhaupt gekommen wäre. Hätte sie nach Erhalt der Todesnachricht sofort den nächsten Flug nach Deutschland gebucht?

»Von den Kanaren aus gibt es beinahe stündlich Flüge«, bemerkte Marina lakonisch.

»Eben«, schrie Achim jetzt. »Und warum ist er dann noch nicht da? Interessiert sein Vater ihn so wenig? Geld rausrücken, das soll er, aber ihm die letzte Ehre erweisen …« Er zog ein riesiges schwarz umrandetes Taschentuch aus der Hosentasche und wischte sich damit über die Stirn.

»Er weiß ja, daß du ihn würdig vertrittst«, sagte Marina, nun mit deutlichem Spott in der Stimme. »Und unsere kleine Rosa hat das Drama offenbar im Urin gehabt und ist sogar schon einen Tag vorher eingetroffen. Präventiv sozusagen. Das macht doch einiges wett.«

»Was willst du damit sagen?« fauchte Rosa.

»Kinder, Kinder«, bat die Mutter und hob beschwichtigend die Hände.

»Wieso, ist doch lustig«, sagte Marina ungerührt. »Jetzt kommen die Sachen wenigstens mal auf den Tisch.«

»Na, wohl bekomm's«, ließ Regina sich vernehmen.

Die Mutter stand auf, zündete sich eine Zigarette an, ging in die Küche und kam mit einem Aschenbecher zurück. Rosa sah, daß es der Aschenbecher mit der Seejungfrau war, der in der kleinen Kammer auf dem Fensterbrett gestanden hatte. *Ostseebad Boltenhagen*, entzifferte sie.

»Ich habe fünf Kinder. Und ich habe mich immer bemüht, meine Liebe gerecht zu verteilen«, sagte die Mutter und sah ratlos in die Runde. »Aber wahrscheinlich ist das ein Ding der Unmöglichkeit. Wahrscheinlich fühlt sich immer irgendeiner von euch zurückgesetzt.«

»Laß dir keine grauen Haare wachsen, Mama«, sagte Marina fürsorglich und legte ihre Hand auf den Arm der Mutter. »Liebe läßt sich nicht aufs Gramm genau abwiegen. Das sehe ich an meinen eigenen Kindern. Alice, Ruben und Isabel haben mich in ganz verschiedenen Lebensphasen erlebt. Bei Alice war ich selbst fast noch ein Kind, als Ruben zur Welt kam, war ich in den goldenen Zwanzigern und bei Isabel eher abgeklärt und gesettled. Guck uns doch an! Jeder von uns ist in einer anderen Zeit auf die Welt gekommen: Regina und Achim im Krieg, Robert und ich in der Besatzungszeit, Rosa im Wirtschaftswunderland – da ist doch völlig klar, daß jeder was anderes abbekommen hat. Von dir, vom alten Fritz, von unserem Umfeld. Das läßt sich nicht vergleichen.« Sie stand auf, drückte ihrer Mutter einen Kuß auf die Wange: »Mach dir nichts draus: Wir sind alle egoistisch bis zum Abwinken. Ich zum Beispiel brauche jetzt frische Luft. Kommt jemand mit?«

Die Mutter stand auf. »Ich zeig dir die Rosen«, sagte sie. Dann gingen sie hinaus.

Von den anderen rührte sich keiner. Eine Weile war es im Wohnzimmer still. Jeder schien über Marinas Worte nachzudenken. Sicherlich liebte die Mutter jedes ihrer fünf Kinder mit derselben Intensität – aber jede Liebe ist anders, dachte Rosa. Hatte sie sich den anderen gegenüber zurückgesetzt gefühlt? Hatte sie je das Gefühl gehabt, die Mutter würde Regina oder Robert mehr lieben? Ihr persönliches Echo auf früher, das hin- und hergeworfen wurde zwischen den vier Wänden ihrer Kindheit, war ein ganz anderes, es hieß: *Du bist noch zu klein, das kannst du noch gar nicht verstehen, nicht verstehen, nicht verstehen, noch zu klein, zu klein, zu klein ...* Die Großen saßen um den Tisch und redeten über wichtige Dinge, über vermeintlich wichtige Dinge. Die kleine Rosa verstand nicht, worum es ging, aber es erklärte ihr auch niemand, alle waren zu sehr mit sich selbst beschäftigt, mit dem Halten der Position wie in einem Stellungskrieg, und wenn sie nachfragte, bekam sie immer wieder nur dieses Echo zu hören ...

Regina brach das Schweigen als erste. »Da hat sie mal wieder fein ausgeteilt. Ein Löffel Bosheit, ein Löffel Weisheit, das Ganze gezuckert mit einer Glasur Münchener Freiheit ...«

»Wußte ich's doch, daß du es nicht lassen kannst«, ließ sich Achim vernehmen. »Die Königin der spitzen Zunge. Du mußt ja immer allem die Krone aufsetzen. Welcher der Söhne macht wohl das Rennen?« äffte er sie nach. »Tu bloß nicht so, als ob ihr Schwestern außer Konkurrenz gelaufen wärt.«

Eva legte ihrem Mann beschwichtigend ihre Hand auf den Arm, aber er schüttelte sie unwillig ab.

Seine Stimme war lauter geworden, seine Stirnader schwoll erneut an. »Als ob du das nicht kennst! Die Ältesten werden die Letzten sein, nämlich das Schlußlicht, hinter Marina, der Tüchtigen, und Rosa, der Kleinen. Wie oft bist du zu mir gekommen mit deiner Stieftochter-Arie!« Er imitierte Reginas Stimme: »*Keiner mag mich. Keiner hat mich lieb. Papa zieht immer Rosa vor. Alle Jungens mögen Marina. Mich mag keiner.*«

Eva sah ihn erschrocken an, offenbar hatte sie ihren Ritter so noch nie erlebt. Sie machte keine Anstalten mehr, Achim zu besänftigen oder zu bremsen, und rückte deutlich ein wenig von ihm ab.

Regina saß kerzengerade da, wie aus Wachs, damit die Worte an ihr abperlen konnten, dabei hatten sie sie sichtlich getroffen, sich an der empfindlichsten Stelle in ihren Leib gebohrt, dort, wo zufällig das Lindenblatt gelandet war, als sie gerade in Drachenblut badete.

»Aber ich«, begann sie, und ihr Gesicht war sehr bleich geworden, »... ich bin ihm wenigstens nicht nachgelaufen.«

»Nein, du immer nur erhobenen Hauptes: Regina, die heimliche Königin, die sich von nichts erschüttern läßt«, höhnte Achim. »Ein Haupt wie eine Krone. Unter Füßeküssen geht da gar nichts.«

Achim und Regina fuhren fort, sich gegenseitig anzugiften. Rosa kam sich vor wie im Theater. Alle waren Zuschauer und Akteure zugleich. Den Text des Stückes, das gespielt wurde, hatte Rosa vergessen. Die Heftigkeit von Worten und Tonfall deutete darauf hin, daß die Akteure erst wieder hineinfinden mußten in das Stück, das seit Jahren nicht mehr gespielt worden war, an Aktualität jedoch nichts eingebüßt zu haben schien.

Regina bemerkte verächtlich: »Du hast ihm doch immer alle Wünsche von den Augen abgelesen. Du bist dauernd um ihn rumgeschlichen und hast gehofft, daß er einen Liebesknochen für dich fallen läßt. Hat er aber nicht. Für dich nicht und für mich nicht. Mit dem *kleinen* Unterschied, daß ich nicht darum gebettelt habe. Nie!« Sie warf den Kopf in den Nacken, kein Härchen war verrutscht.

»Guck dich doch mal im Spiegel an«, schrie Achim, außer sich vor Wut. Im selben Augenblick kamen die Mutter und Marina wieder herein. »Im Vergleich zu dir ist Aschenputtel doch eine Schönheitskönigin!«

Nun stürzte Marina sich ebenfalls mit Feuereifer in ihre Rolle: »Du hast wohl zu viele Märchen gelesen, du Märchenprinz in Gestalt eines Frosches!« sagte sie zu Achim und fuhr mit einem süffisanten Lächeln fort: »Ich frage mich nur, wieso Eva dich nicht erlöst hat. Oder gibt es bei euch etwa keine Küsse?«

Eva begann zu schluchzen.

»Das sagst ausgerechnet du, du aufgedonnerte Schickse! Faß dir doch unter den eigenen Rock!« giftete Achim zurück. »Mit dir hat es doch keiner ausgehalten! Drei Kinder und kein Mann! Dir war doch nie einer gut genug.«

»Stimmt.« Marina grinste ungerührt. »Bevor ich mich mit einem Langweiler abfinde, bleibe ich lieber allein.«

»Spinnt ihr eigentlich komplett?« rief Rosa, aber niemand hörte auf sie. Auch sie war eingetaucht in das für andere Menschen unsichtbare Zauberreich, das seinen Bann ausstrahlte – befand man sich einmal innerhalb des familiären Bannkreises, galten auch wieder die alten Regeln. Die Kleinsten hatten keine Stimme. Sie hatten nichts zu sagen, und wenn sie etwas sagten, dann war es entweder nicht zu hören oder nicht ernst zu nehmen. Das war Rosa zwar in all den Jahren in Amerika nicht mehr passiert – aber hier in Scharbeutz waren die in der Fremde gemachten Erfahrungen anscheinend außer Kraft gesetzt. Streit um die Liebe der Eltern – hörte das denn nie auf? Vom ersten Bauklotz bis zum letzten Atemzug?

»Alles ist besser als« – Regina senkte die Stimme, spitzte die Zunge – »in-den-Arschkriechen!« Sie genoß dieses Wort, das so gar nicht zu ihrer Picobello-Frisur paßte. »Du bist doch immer hinter ihm her, Papa hier und Papa da, wie ein Hündchen. Soll ich dir die Zeitung bringen, kann ich dir beim Autowaschen helfen« – Reginas Stimme begann sich zu überschlagen – »darf ich dir den Arsch abwischen?«

Achim sprang auf. Es fehlte nicht viel, und er hätte Regina

eine satte Ohrfeige verpaßt. Auch Regina sprang auf. Zwischen ihnen stand nur der niedrige Glastisch und auf dem Tisch eine schlanke schwarze Vase mit einer einzelnen roten Rose. Ein Wunder, daß sie nicht auf der Stelle verblühte, bei so viel Gift in der Luft alle Blätter abwarf.

»Habe ich nicht!«

»Hast du doch!«

»Und deine sogenannten Kunstwerke? Papa im Strandkorb, Papa als Farbklecks auf der Seebrücke ... Tu doch nicht so, als hättest du dich damit nicht einschmeicheln wollen.«

»Und du, hast du vergessen, wie du ihn nach deiner Lehre bearbeiten mußtest, damit er dich überhaupt in seinem Laden arbeiten läßt?«

Achim starrte sie an, sagte aber nichts mehr.

»Und daß Papa unbedingt wollte, daß Robert in das Geschäft einsteigt? Nicht du, sondern Robert!«

Der Zeitpunkt für die Ohrfeige, für das Zersplittern der schwarzen Vase an der Wohnzimmerwand, war längst verpaßt.

Achim ballte noch die Fäuste, sackte dann zurück auf das Sofa, von der Erinnerung wie betäubt. Jetzt war er wieder der Mann, den Eva kannte, den Rosa kannte: der große Bruder, der rechtzeitig zur Vernunft kam und sich unter Kontrolle hatte.

Die Rachegöttin hatte das letzte Wort gehabt und konnte sich wieder in die Schwester zurückverwandeln. Nicht ohne Achims Ohnmacht wie einen triumphalen Sieg zu genießen.

Meine großen Geschwister, dachte Rosa mit einer Mischung aus Widerwillen und Mitleid: zwei Hungernde, die sich verbal die Köpfe einschlagen, statt sich zusammenzutun. Da sitzt sie nun, die vermeintliche Siegerin, die große Regina, und ist so einsam wie zuvor. Während der große Achim in sich zusammengesunken vor sich hin starrt. Selbstmitleid und Selbsthaß waren deutlich auf seinem Gesicht abzulesen. Augen wie ein geprügelter Hund. Er hätte ihr lieber eine scheuern sollen, dachte Rosa entschieden. Vielleicht hätten sie sich beide lieber aufeinanderstürzen und an den Haaren

reißen und in die Waden treten sollen, wie Kinder es endlos
täten, würde man es ihnen nicht frühzeitig aberziehen. Das
hätte beiden gut getan. Und endlich einmal Reginas Frisur in
Unordnung gebracht.

Wie schon im Flugzeug hatte Rosa plötzlich wieder die
alte Jahrmarktbude mit den vorbeiziehenden Holzköpfen vor
Augen, und ohne zu überlegen, sagte sie laut und deutlich:
»Wer will noch mal, wer hat noch nicht, drei Wurf 'ne Mark,
heute ist Familientag!

Kaum hatte sie diese magische Formel ausgesprochen,
wußte sie wieder, welches die Rolle war, die ihr in diesem alt-
vertrauten Familienstück zukam: nicht mitzureden, sondern
die anderen herauszureden. Mit einer unschuldigen Kinder-
bemerkung, einem unfreiwillig komischen Kommentar, einem
gezielten Witz – Hauptsache, sie gab den entscheidenden An-
stoß, um den Karren wieder aus dem Dreck zu ziehen. Achim
reagierte als erster. Er verzog einen Mundwinkel zu einem
traurigen Lächeln.

»Drei Köpfe – eine Stange saure Drops ...«

»... vier Köpfe – eine Spielzeugpistole ...«

»... fünf Köpfe – die freie Auswahl!« vollendete Marina.

Und die Mutter sah kopfschüttelnd und doch erleichtert
in die Runde.

So hatte jeder seinen Platz innerhalb der Familie behauptet:
Regina mit ihrem hochmütigen Gehabe, Achim mit seinem
Hundeblick, Marina mit ihren Wortkaskaden – und Rosa, das
Nesthäkchen, brauchte nichts weiter zu sagen als im richtigen
Moment das Zauberwort für familiäre Entspannung und Hei-
terkeit. Fehlte nur noch Robert, der undankbare Lieblings-
sohn des Vaters.

17

Gleich nach der Testamentseröffnung fuhr Rosa im Auto aus
Lübeck zurück nach Scharbeutz, während der Rest der Familie gemeinsam ein Restaurant aufsuchte. Rosa wollte nicht
dabeisein. Das mußte sie sich nicht auch noch antun: ein

ungeheuerliches Vermächtnis mit Brathering und Bratkartoffeln wegdrücken. Noch dazu im Kreise der Lieben, die einem womöglich nichts anderes wünschten, als eine Gräte in die falsche Kehle zu bekommen. Zuvor dieses hilflose Herumstehen im Flur des Gerichtsgebäudes, die angespannte Atmosphäre. Keiner hatte dem anderen in die Augen schauen mögen. Das Risiko, sich dabei einen tödlichen Blick einzufangen, war zu groß gewesen. Leicht hätten unverhohlene Genugtuung, schlecht verborgene Freude auf bittere Enttäuschung, nagende Wut treffen können. Es war Rosa in etwa vorgekommen wie nach einem wichtigen Baseballspiel: wenn die Fans der Siegermannschaft und die der Verlierer sich am besten aus dem Weg gingen.

Rosa stellte den Fiat auf dem teuren überwachten Parkplatz am Badeweg ab, schlurfte gedankenverloren hinunter zum Strand. Sie hatte nicht einmal Lust, die Schuhe auszuziehen, den Sand zwischen den Zehen zu spüren. Statt dessen zerquetschte sie eine Reihe von Muscheln unter den Sohlen und genoß das Geräusch zerbrechender Schalen. Dabei fiel ihr die Muschel ein, die der Vater in der Hand gehabt hatte und die sich jetzt, ganz oder in vielen kleinen Splittern, in der Tasche ihrer Jeans befand, die zum Trocknen im Wäschekeller hing. Sogleich stapfte sie zielstrebig auf die nächste Muschelhalde zu – an manchen Stellen lagen die Schalen und Schalenteilchen dicht an dicht. Es knirschte unter ihren Sohlen, ein Massaker, das kraft des eigenen Körpergewichts leicht zu bewerkstelligen war.

Kurz vor der Seebrücke verspürte sie Hunger, Hunger auf etwas Deftiges – in keinem Fall einen weichen Amerikaner, auch keine Pizza. Vielleicht ein T-Bone-Steak? Hinter dem Wellenbad entdeckte sie einen Fisch-Imbiß: eine angemessene Alternative zum Restaurantbesuch der Restfamilie.

Unentschlossen studierte sie die Liste mit dem Angebot frisch belegter Brötchen, konnte sich nicht entscheiden: Aal, Krabben, Seelachs, Schillerlocken, Rollmops, Matjes. Es gab auch Seelachsfilet mit Kartoffelsalat, Fischbouletten, Brathering mit Bratkartoffeln ... Außer Rosa waren keine anderen Kunden im Laden. Die Verkäuferin wartete mit verschränkten Armen, nachdem sie bereits vergeblich gefragt hatte: »Was soll's denn sein?« und die Kundin keine Antwort gegeben hatte. Im Hintergrund hörte man nur das Brummen der Tiefkühltruhe, das Surren des Ventilators. Rosa bestellte schließlich ein Brötchen mit Schillerlocken.

Sie hatte sich keine Illusionen gemacht. Zu keinem Zeitpunkt ihres Lebens hatte sie in Gedanken mit einer Liebmann-Erbschaft geflirtet. Als sie mit achtzehn fort war von zu Hause, hatte eines für sie unmißverständlich festgestanden: daß sie von nun an für sich selbst sorgen mußte, denn erstens war sie erwachsen, und zweitens war ihr Vater bekanntermaßen kein Anhänger von Harmonie und Versöhnung. Dafür hatte er einen langen Atem gehabt, der ihm auch über Jahrzehnte nicht ausgegangen war und den sie Jahr für Jahr am Telefon zu spüren bekam. Das Zerwürfnis mit Rosa wurde nicht ausgeweitet, aber auch nicht beigelegt. Schon gar nicht mit Geld. Das hätte sie auch nicht akzeptiert.

»Bitte keine Zwiebeln«, sagte sie, weil sie sah, daß die Verkäuferin soeben in eine Plastikschüssel mit bereits geschnittenen frischen Zwiebeln griff und eine dicke Schicht Zwiebelringe auf die durchgeschnittene Schillerlocke beförderte.

»Das müssen Sie eher sagen. Unsere Brötchen sind alle mit Zwiebeln.« Die Antwort klang patzig. Die Verkäuferin machte keine Anstalten, die Zwiebeln wieder herunterzunehmen.

Rosa verengte ein wenig die Augen. »Ich möchte aber keine Zwiebeln auf dem Brötchen.«

»Das müssen Sie eher sagen«, wiederholte die Frau. Entweder sie war stur, oder ihr Vorrat an Antworten war damit erschöpft. Als Rosa sich ihrerseits nicht sofort geschlagen gab und ihre Bitte wiederholte, zog sie noch eine Antwort aus dem Hut, die schnippische Variante: »Dann müssen Sie die Zwiebeln hinterher eben selbst runtertun.«

»Aber es ist doch viel einfacher, wenn *Sie* das jetzt gleich machen, als wenn ich die Zwiebeln draußen in den Abfall werfe«, machte Rosa einen Versuch zur Güte.

139

Die Verkäuferin deckte die Zwiebelschicht ungerührt mit der oberen Brötchenhälfte zu.

Rosa dachte: Ich war zwar lange nicht mehr im Lande, aber ein bißchen kenne ich mich noch aus – diese Art, anderen erst mal eins vor den Bug zu knallen, rein prophylaktisch, damit die Verhältnisse von vornherein klar sind, das Ganze gewürzt mit einem breiten norddeutschen Tonfall, der einem ins Gesicht blasen kann wie ein eiskalter Nordost. Friß oder stirb, sagte dieser Tonfall. Nimm's oder laß es bleiben. Da half nur strammes Gegen-den-Wind-Stemmen, notfalls mit dem Rücken gegen den Wind.

»Entweder Sie nehmen die Zwiebeln jetzt wieder runter, oder Sie können Ihr Brötchen selber essen.«

Die beiden Frauen starrten sich an. Wer zuerst zwinkert oder wegguckt, hat verloren, dachte Rosa kampflustig.

Die Verkäuferin zuckte mit den Achseln, legte das Brötchen, so wie es war, zur Seite, nahm ein neues Brötchen aus dem Korb, schnitt es auf, legte eine zerteilte Schillerlocke darauf, klappte es zu, reichte es Rosa und lächelte sogar zurückhaltend.

»Na denn, guten Appetit.«

»Danke.« Rosa lächelte ihrerseits und ging.

Das hätten wir einfacher haben können, dachte sie, als sie vor dem Fischimbiß an einem Stehtisch stand und in das Brötchen biß. Sie bekam auf einmal Sehnsucht nach dem schwarzen Busfahrer in ihrem Viertel in San Francisco, der für alle Fahrgäste stets einen aufmunternden Kommentar übrig hatte, gleichgültig, ob er sie kannte oder nicht, einen Satz über das Wetter oder den Tag, einen Gruß, der die Leute willkommen hieß und ihnen zeigte, daß man nicht ganz allein auf der Welt war, zumindest nicht, wenn man in einem von Mr. Leroy gesteuerten Bus saß.

Ganz schön bitter, mit zweien seiner Töchter entzweit, dachte Rosa und sah einem Vater nach, der mit einer quengelnden Fünfjährigen und einer mit Strandutensilien beladenen Kinderkarre, in der ein zweites Kind schlief, die Straße überquerte und in Richtung Strand zog. Das Mädchen schwenkte einen blauen Plastikeimer hin und her, um zu testen, wann die Förmchen und Schaufeln herausfielen. Als es soweit war, blieb es stehen und fing an zu plärren. Der Vater ging weiter, drehte sich nach zehn Metern um, wartete, ging geduldig zurück und hob die Förmchen auf. Männer von heute, Bilder von heute. Rosa suchte nach den Bildern von gestern und fand keine. Der alte Fritz war nie mit seinen Kindern zum Strand gegangen, um mit ihnen zu *spielen*. *Wenn* man mit ihm zum Strand ging, dann weil *er* dort sein wollte und man sich ihm *anschließen* durfte. Auch sonst fiel Rosa keine einzige Situation ein, in der ihr Vater mit ihr oder einem ihrer Geschwister *gespielt* hätte. Er wäre gar nicht auf die Idee gekommen. Die Beziehung zu seinen Kindern hatte daher auch nichts Spielerisches, auf das man in Krisenzeiten hätte zurückgreifen können, diese Spielform des Lebens, die Kinder und Erwachsene verbindet, weil dort jeder Sieger oder Verlierer sein kann und man am Ende gemeinsam darüber lacht. Natürlich, Fritz Liebmann entstammte noch einer Generation von Vätern, die die Kinder den Müttern überließen und gleichzeitig erwarteten, daß sie den Vätern gehorchten. Aber das mußte doch nicht zwangsläufig dazu führen, daß man sich mit ihnen überwarf.

Wenn ich einmal sterben sollte, dachte Rosa, würde ich alles daran setzen, mich vorher auszusöhnen: Streit beilegen, den Feinden die Hand reichen, schließlich noch eine letzte gute Tat, Ende gut, alles gut. Und dann mit gutem Gewissen vor die Himmelspforte treten und in Frieden ruhen.

Ein Gedanke, der hinten und vorne nicht stimmte, angefangen bei der Himmelspforte bis hin zum Happy End. Hast du noch mehr Gesülze auf Lager, Rosa? Ausgerechnet du? Also doch der Griff in die Moralkiste, wie Marina gesagt hatte? Weshalb sollte jemand in allerletzter Minute alles daran setzen, die totgeschwiegenen Töchter wieder in das eigene Leben zurückzurufen? Das hätte er wirklich eher haben können. Nein, das Testament des Vaters war so konsequent wie sein ganzes Leben. Wenn die Funkstille zu den Töchtern wirklich so bitter für ihn gewesen wäre, dann hätte er etwas daran ändern können. Bitter war es umgekehrt vor allem für die, die nichts abbekommen hatten. Seine Liebe nicht – und sein Geld auch nicht.

Rosa hatte nicht wirklich gehofft, vom Geld des Vaters etwas abzubekommen. Es ging nicht um Geld. Das Geld stand heute stellvertretend für etwas anderes. Für die Achtung, für die Liebe. Dennoch – diese Testamentseröffnung war wie eine allerletzte Ohrfeige gewesen. Der alte Fritz hatte in seinem Testament alle Männer bedacht, Stiefsohn, Sohn, Schwiegersohn, sogar seinen Bruder, den er seit dem Krieg nicht mehr wiedergesehen hatte. Aber von den Frauen seines Lebens: keine. Nicht Marina und Rosa, die ihn verlassen hatten, nicht Regina, die dageblieben war. Nicht die Mutter und nicht einmal die Zweitfrau aus Travemünde. Ein ärmliches Vermächtnis.

Rosa ging zurück in den Laden, bestellte eine Cola und ein Krabbenbrötchen.

»Da kommen sowieso keine Zwiebeln drauf«, sagte die Verkäuferin freundlich.

»Müssen Sie die alle selbst schneiden?« erkundigte sich Rosa, weil ihr nichts Besseres einfiel und sie keine dumme Bemerkung über das Wetter machen wollte.

»Da gewöhnt man sich dran. Die Tränen sollen außerdem gut sein für die Augen.«

Mit dem Brötchen in der einen, der Coladose in der anderen Hand ging Rosa bis ans Ende der Seebrücke, setzte sich auf die Treppe, wo sie am Tag zuvor mit Finn gesessen hatte, und starrte auf das Wasser. Tränen des Zorns stiegen nun doch in ihr hoch. Der Abschied vom Vater fand offenbar mehrfach statt. Immer wieder. Seit zwanzig Jahren. Und sie hatte gedacht, die räumliche Entfernung würde helfen. Die Zeit könnte heilen. Ein Rest unerfüllter Sehnsucht und die dazugehörige Wut waren zwar immer kleiner geworden, mit der Zeit auf Null zugegangen, aber nie restlos verschwunden. Etwas würde immer übrigbleiben, auch noch in zwanzig, dreißig Jahren, solange Rosa lebte: ein kleiner Schmerz, der von Zeit zu Zeit zu spüren war wie eine längst verheilte Narbe.

Natürlich machte Geld nicht glücklich, auch nachgetragenes nicht. Aber kein Geld zu haben machte nicht glücklicher. Rosa war nicht angewiesen auf ein verlogenes Erbe von Aktien, ein paar Grundstücken und dem Geschäft mit dem Bernstein – der Verkauf ihres Anteils des For Roses hatte ihr ein finanzielles Polster verschafft –, aber die anderen?

Marina hatte drei Kinder alleine großgezogen, Alice war zwar aus dem Haus, aber Ruben machte gerade erst Abitur und wollte studieren, und Isabel war erst elf. Eine Geldspritze hätte Marina sicherlich gut getan.

Regina hingegen brauchte Vaters Geld am wenigsten von allen, aber sie hatte ja auch nichts bekommen, was sie mit unbewegter Miene zur Kenntnis genommen hatte. Vielleicht stand sie über dem schnöden Mammon. Außerdem hatte sie durch Ole indirekt Anteil am Erbe des Vaters.

Allerdings hatte Ole nicht übermäßig begeistert gewirkt. Er war zwar im Testament bedacht, allen Frauen und zwei leiblichen Geschwistern gegenüber bevorzugt worden und mußte deshalb gute Miene zum bösen Spiel machen, aber offenbar hatte er sich insgeheim mehr versprochen. Vielleicht hatte er erwartet, der Vater würde zumindest das gesamte Bernsteingeschäft auf ihn und Achim übertragen. Vielleicht hatte er nicht erwartet, daß Robert etwas bekommen würde. Und mit dem Bruder des Vaters hatte er sicherlich am allerwenigsten gerechnet.

Darüber zerreißen sie sich jetzt das Maul, dachte Rosa: über diesen unbekannten Mann aus der fernen Vergangenheit des Vaters, den keiner von ihnen jemals zu Gesicht bekommen hatte. Jetzt überlegen sie, was den Vater veranlaßt haben könnte, ausgerechnet den kleinen Bruder zu bedenken – und nicht die Frau, die ihr Leben an der Seite des Vaters verbracht hatte.

Der einzige, der sich sichtlich gefreut hatte, war Achim gewesen. Er hatte gleichermaßen erschrocken wie überwältigt gewirkt: als habe er unerwartet eine Prüfung bestanden, bei der er hundertprozentig durchzufallen glaubte. Rosa hatte ihm angesehen, wie er seine Beglückung zu unterdrücken versuchte, um die drei Schwestern und die Mutter nicht zusätzlich zu kränken. Zugleich war da auch insgeheim der eine oder andere triumphierende Blick in Richtung Regina gewesen, der besagte: Siehst du, meine Loyalität hat sich ausgezahlt. Deutlich spürbar war seine Genugtuung Schwager Ole gegenüber. Auch wenn Ole in den Läden der Mann im Vordergrund war, der die Geschäfte einfädelte, dann war er, Achim, der Buchhalter, der bescheidene Stiefsohn im Hintergrund, dennoch mit von der Partie: Er hatte sich im Vater nicht getäuscht, und er würde umgekehrt den Vater nicht enttäuschen, auch posthum nicht.

Blieben immerhin noch die Pflichtanteile und das, was man darüber hinaus erstreiten konnte. Noch im Flur des Gerichtsgebäudes hatte Marina unverzüglich klargestellt, daß sie sich auf jeden Fall einen Anwalt nehmen und das Testament anfechten würde. Die Mutter hatte die ganze Zeit über nur dagestanden und den Kopf geschüttelt.

Als hätte der Vater genau das beabsichtigt, dachte Rosa nachdenklich: alle noch einmal gründlich aufzumischen. Ein letzter Spaß nach seinem Tod, den er beim Aufsetzen des Testaments im voraus genossen haben mußte: viel Spaß dann noch, ihr Lieben. Späte Rache. Aber wofür?

18

Es gab nur eine Erklärung: Er muß es gewußt haben, dachte Rosa, während sie neben Finn am Strand entlangging. Der Vater mußte von der Liebschaft der Mutter gewußt haben. Das war schon immer seine Art von Rache gewesen: schweigen und den Geldhahn zudrehen. Auch posthum, sozusagen in rächender Voraussicht. Seine typische Doppelmoral: Was ich darf, darfst du noch lange nicht.

Sie gingen barfuß von Neustadt in Richtung Pelzerhaken. Beide hatten die Hosen hochgekrempelt, die Hände in den Hosentaschen, die Augen hinter Sonnenbrillen versteckt. Es war eine frische Brise aufgekommen, die Niveafähnchen flatterten im Wind, viele Windsurfer waren unterwegs.

Diesmal war Rosa diejenige gewesen, die Finn angerufen hatte, aus einer der Telefonzellen hinter dem Wellenbad. Als sie von der Seebrücke aus auf die Ostsee gestarrt hatte und sich wie am Tag zuvor die Küste im Osten aus dem Dunst abzuzeichnen begann, hatte sie plötzlich dringlich den Wunsch verspürt, mit Hanno Finn zu reden. Kaum aber hatte sie den Hörer eingehängt, hatte sie den Wunsch schon wieder bereut – nichts als ein Anfall von Familienwahn, dieser uralten Krankheit, die einem den Geist umnebelte ... Welcher Teufel hatte sie da nur geritten, ausgerechnet Finn um Hilfe zu bitten.

Was heißt hier um Hilfe? Um ein Treffen. Auf neutralem Boden: Ostseesand. Nicht mehr und nicht weniger. Finn kannte das Testament. Auch er würde aus dem Testament seine Schlüsse ziehen. Vielleicht konnte Rosa den Spieß umdrehen und zur Abwechslung einmal den Kommissar ein wenig aushorchen. Zumal einen Kommissar, der Handküsse verteilte, die es in sich hatten.

Der Vater muß es herausbekommen haben, dachte Rosa hartnäckig. Er hat es gewußt, und er hat sich an ihr gerächt. Die Ehefrau zu enterben, ihr nichts zu hinterlassen als den Pflichtanteil! Das war wie eine allerletzte Ohrfeige! Allein der Begriff! Nach über vierzig gemeinsamen Jahren: nichts als die Pflicht. War seine Ehe mit der Mutter nicht mehr gewesen als eine Pflichtübung – und die Kür hatte einmal wöchentlich bei Lilo in Travemünde stattgefunden? Was hatte die Mutter ihm nur getan? Rosa kam zu keinem anderen Schluß: Es konnte sich nur um diesen ominösen Liebhaber handeln. Um eine Art Bestrafung. Du betrügst mich? Dann mußt du eben die Konsequenzen tragen. Und die Mutter hatte sich von allen am wenigsten beeindruckt gezeigt von diesem Testament, war keinen Deut erschrocken, verletzt oder verärgert gewesen. Als habe sie es schon gewußt.

Rosa hatte am Telefon zu Finn gesagt: Ich muß Sie dringend sehen. Irgendwo, aber nicht in Scharbeutz. Und nicht dienstlich, hatte sie hinzugefügt, aber da hatte er schon aufgelegt.

Zwei Stunden später war sie an der Kreuzung Strandallee, Hamburger Straße in seinen Wagen gestiegen, und sobald sie neben ihm saß, war die zuvor verspürte Unruhe von ihr abgefallen. Sie hatten sich kurz in die Augen gesehen, dann beide ihre Sonnenbrillen aufgesetzt und nicht wieder abgenommen. Finn hatte sie nicht gefragt, weshalb sie ihn so dringend sehen mußte – und sich damit einen überdimensionalen Pluspunkt verschafft. Sie hatten überhaupt nicht viel geredet. Nichts Dienstliches. Nichts Peinliches oder Überflüssiges. Eine gute Art, gemeinsam allein zu sein.

Als sie durch Neustadt fuhren, kamen sie auch am Bernsteinladen des Vaters vorbei. Ein Geschäft nach dem anderen hatte der Vater in den fünfziger Jahren eröffnet. Zuerst in Scharbeutz, dann in Travemünde und das dritte in Neustadt. Und jetzt nach der Öffnung der Mauer wollte er an der Küste im Osten einen weiteren Laden aufmachen. Rosa erwartete, daß Finn zumindest irgendeine Bemerkung dazu machen würde. Aber statt dessen fragte er: »Kennen Sie eigentlich die Geschichte der *Cap Arcona*?«

Nein, Rosa kannte sie nicht. Und sie wußte auch nicht, was das sein sollte: Kap Arkona. Hörte sich nach einer Landspitze an, Kap der guten Hoffnung, Kap Hoorn.

»Die *Cap Arcona* war ein Luxusdampfer, der Ende der zwanziger Jahre von Hamburg nach Südamerika fuhr. Ab 1939 wurde das Schiff in der Ostsee eingesetzt, als Lazarettschiff, später dann zur Evakuierung von Flüchtlingen, hauptsächlich aus Ostpreußen. Im April fünfundvierzig wurden an die zehntausend Häftlinge aus dem KZ Neuengamme in Travemünde auf Schiffe getrieben, die *Thielbek* und die *Cap Arcona*. Am dritten Mai haben dann die Engländer die Schiffe mit den KZ-Häftlingen in der Lübecker Bucht aus der Luft angegriffen. Dabei kamen mehr als achttausend Menschen ums Leben. Nur wenige haben die Katastrophe überlebt.« Nach einer längeren Pause fügte er hinzu: »Mein Vater war einer dieser Glücklichen.«

»Weshalb war Ihr Vater ins KZ gekommen?«

Finn schob das Kinn vor. Leise sagte er: »Er gehörte zur

Wachmannschaft. Er hatte Glück. Als die Schiffe bombardiert wurden, befand er sich zufällig auf dem Oberdeck, deshalb ist er nicht verbrannt oder erstickt und wurde auch nicht von den anderen Häftlingen zertrampelt, die nach oben drängten. Er konnte ins Wasser springen. Irgendwann wurde er völlig entkräftet von einem Fischerboot aufgefischt. Einen kriegsgefangenen Russen, der neben ihm schwamm, haben sie nicht mitgenommen.«

»Im Hotel Augustusbad hängt ein Foto von den brennenden Schiffen«, sagte Rosa mit belegter Stimme. »Aber ich kannte den Hintergrund nicht.«

»Ich bis vor kurzem auch nicht. Die ganze Geschichte ist übrigens nie restlos aufgeklärt worden. Drumherum gibt es zig Gerüchte. Daß die Nazis die Schiffe mit den Häftlingen sowieso in der Ostsee versenken wollten. Daß die Engländer glaubten, an Bord befänden sich hohe Offiziere, die sich nach Schweden absetzen wollten. Einige der Leute, die fliehen konnten, wurden hinterher am Strand von der SS erschossen. Auch die Einwohner Neustadts haben sich nicht mit Ruhm bekleckert.« Er machte eine Pause. »Aber wie immer« gab es auch Ausnahmen.«

Er sah sich suchend nach einem Parkplatz um, steuerte das Auto schließlich an den Straßenrand.

»Noch Wochen danach wurden überall an der Küste Leichen angeschwemmt. Mein Vater hat zeit seines Lebens nie wieder auch nur den kleinen Zeh in die Ostsee getaucht. Für ihn war das Wasser immer noch voller Leichen.« Er sah Rosa von der Seite an. »Mein Vater hat in vierzig Jahren nicht einmal eine halbe Stunde im Strandkorb gesessen und auf das Meer geschaut. Am Anfang lagen da die ausgebrannten Wracks. Später unsichtbare Geisterschiffe.«

»Warum ist er nicht weggezogen? Irgendwohin, wo er kein Meer sehen mußte?« fragte Rosa, während sie durch den Sand bis zur Wasserkante stapften.

Finn lachte lautlos. »Weil er sich in meine Mutter verliebt hatte. Sie arbeitete als Krankenschwester in Neustadt im Lazarett. Ihrem Vater, also meinem Großvater, gehörte ein

Bekleidungsgeschäft in Timmendorf.« Er zuckte mit den Schultern. »Mein Vater und meine Mutter heirateten, es war die Zeit nach dem Krieg, man war froh, wenn man ein Dach über dem Kopf und ein Auskommen hatte. Aber Sie haben völlig recht. Vor ein paar Jahren haben meine Eltern den Laden endlich verkauft und sind nach Süddeutschland gezogen, in ein Seniorenwohnheim am Bodensee.«

»Geht es Ihrem Vater dort besser?«

Finn schüttelte den Kopf. »Die Erinnerungen wird er nicht mehr los.«

»Und Ihre Mutter?«

»Ist vor zwei Jahren gestorben.«

»Fahren Sie ihn besuchen?«

»Manchmal. Selten.«

»Haben Sie … ein gutes Verhältnis zu ihm?«

»Er war immer sehr schweigsam. Daß er zur Wachmannschaft gehörte, hat er mir erst erzählt, als meine Mutter tot war. Ihr hatte er immer gesagt, er sei Steward gewesen.« Finn kickte mit dem Fuß eine kleine Qualle zur Seite.

»Macht das für Sie einen Unterschied?«

Er zuckte die Achseln. »Ich weiß nicht. Vielleicht hätte meine Mutter ihn nicht geheiratet, wenn sie gewußt hätte, daß er Aufseher im KZ gewesen war. Nun, sie hat es nicht gewußt und eine für ihre Ansprüche glückliche Ehe geführt. Und mein Vater hat alles, was vorher war, was er im KZ gesehen, gehört, getan hat, in sich verschlossen. Wie in einer Kapsel.« Er blieb stehen, bohrte seine Hände in die Hosentaschen, sah aufs Meer. »Ich glaube, es hat ihn ein ganzes Stück erleichtert, daß er es mir endlich sagen konnte. Keine großen Gefühle, nur diese eine Information aus seiner internen Zeitkapsel.«

Sie schwiegen eine Weile.

»Und Sie?«

»Ich? Ich muß damit leben. Hier in der Nähe ist der Cap-Arcona-Friedhof. Manchmal fahre ich hin und setze mich eine halbe Stunde auf eine Bank. Wenn ich nachdenken will. Das Leben ist ungerecht, brutal, verlogen. Und diesen Brutalitäten, Ungerechtigkeiten, Verlogenheiten verdanke ich wiederum mein Leben.« Er räusperte sich. »Manchmal bringe ich das einfach nicht zusammen.«

»Sie vergessen die Liebe«, sagte Rosa scheu. »Auch der verdanken Sie Ihr Leben.«

Finn sah lange reglos aufs Meer, dann nickte er unmerklich.

Sein Bericht hatte Rosa seltsam berührt. Niemand hatte ihn gezwungen, ihr von der damaligen Katastrophe zu erzählen, von seinem Vater, dem Eingeständnis von Ratlosigkeit. Es war kein Bericht zum Mitleidheischen, eher eine private Mitteilung, allgemein gehalten, aber für sie ganz persönlich bestimmt. Nicht für die Tochter des Ermordeten, sondern für Rosa Liebmann.

Auch Rosa war ratlos, konnte aber im Gegenzug Finn, den Kommissar, nicht in ihre Gedanken einweihen.

Immer wieder klang dieser Satz in ihr nach: *Er hat es gewußt, er hat es gewußt.* Wenn Finn herausbekam, daß die Mutter einen Liebhaber hatte, würde sie für ihn zur Hauptverdächtigen werden. Sie war gewissermaßen enterbt worden. Sie hatte kein Alibi. Hatte Finn nicht gesagt, er suche in erster Linie nach Motiven? Hier waren sie. Aber was sollte Rosa damit anfangen? Sie konnte doch nicht ernstlich ihre eigene Mutter verdächtigen – und diesen Verdacht auch noch dem Kommissar mitteilen!

Schweigend gingen sie weiter den Strand entlang. Auf dem Meer war mittlerweile eine ansehnliche Dünung aufgekommen. Weiße Schaumkronen tanzten auf den Wellen, die Badenden schrien und juchzten. An den überwachten Strandabschnitten war die gelbe Fahne gehißt. Trotz allem bekam Rosa auch Lust zu baden, sich gegen die Wellen zu werfen, unterzutauchen, aber heute hatte sie keinen Badeanzug an, und Nacktbaden kam in Finns Begleitung nicht in Frage. Außerdem verabscheute sie FKK-Strände, verordnete Nacktheit, die legitimierte Schaulust.

»Recht ungerecht das Testament«, sagte Finn plötzlich zu ihrer Verblüffung. »Ein kompletter Sieg für die Männer. Und die Frauen haben wie so oft das Nachsehen. Ich frage mich, wieso Ihr Vater das getan hat. Vielleicht hat auch er etwas verschwiegen. Ähnlich wie meiner ...«

»Was soll das mit dem Mord zu tun haben?« fragte Rosa argwöhnisch. Hatte er ihr etwa deshalb seine *Cap-Arcona*-Geschichte aufgetischt?

»Keine Ahnung. Vergessen Sie's.« Finn machte eine wegwerfende Handbewegung. »Ich kam nur auf die Idee, weil wir gerade die großen Lügen am Wickel hatten.«

»Alle Befragten«, fuhr Finn nach einer Weile fort, »sind sich darin einig, daß er ein Patriarch und ein Macho war, aber doch auch ein Liebhaber der Frauen – ein Liebmann eben«, fügte er lächelnd hinzu. »Auch das bekomme ich einfach nicht zusammen.«

»Aber das heißt noch lange nicht, daß er ein Freund der Frauen war«, entgegnete Rosa. »Marina und ich waren längst für ihn gestorben.« Kurz schilderte sie Finn die Geschichte von Marinas erster Schwangerschaft. »Und mit mir hatte er kein Wort mehr gesprochen, seit ich nach Amerika gegangen war«, fügte sie hinzu. Notfalls war es besser, den Verdacht auf sich selbst zu lenken als auf die Mutter. »Wollen Sie mehr darüber hören?«

Er schüttelte den Kopf. »Ich glaube, ich kann es mir in etwa vorstellen.«

»Leiden Sie manchmal eigentlich ein wenig an Selbstüberschätzung?«

Jetzt mußte Finn lachen. »Leiden würde ich das nicht nennen. Und auch nicht Selbstüberschätzung. Eher gesunden Menschenverstand.« Er ließ sich nicht vom Thema abbringen, war aber wieder ganz Kommissar, aufmerksam, hellhörig, am Fall Liebmann interessiert. »Was ist mit Ihrer ältesten Schwester?«

»Sie war seine Stieftochter.«

»Das muß nichts heißen. Er hat ja auch seinem Stiefsohn etwas vererbt.«

Rosa biß sich auf die Lippen. Der gesunde Menschenverstand ... Sie hatte keine Erklärung dafür, weshalb Regina im

Testament übergangen worden war. Aber schließlich war sie ja nicht dazu verpflichtet, Finn alle Argumente zu liefern.

»Sie haben Regina ja selbst kennengelernt. Sie ist manchmal etwas unzugänglich.«

»Freundlich ausgedrückt«, sagte Finn. »Und Ihre Mutter?«

Da war sie, die Frage. »Immerhin gehört ihr das Haus«, sagte Rosa ausweichend. »Sie hat es von ihrem ersten Mann geerbt. Außerdem bekommt sie ja wohl einen Pflichtanteil, wenn ich das richtig verstanden habe.« Ihre Stimme klang betont munter, jedenfalls in ihren eigenen Ohren.

Finn blieb erneut stehen und sah Rosa an. »Ich weiß nicht, ob Sie das wissen, aber das Testament wurde erst vor drei Monaten geändert.« Auch durch die Sonnenbrille hindurch spürte sie seinen forschenden Blick. »Hat es da irgendein besonderes Vorkommnis in Ihrer Familie gegeben?«

Rosa schluckte. »Nicht daß ich wüßte, ich war ja nicht hier.« Ihr Standardsatz, mit dem sie sich notfalls aus der Affäre ziehen konnte.

Sie drehte sich weg, ging ein paar Schritte. Vor drei Monaten, dachte sie, da wird er wahrscheinlich die Sache mit der Mutter und ihrem Liebhaber herausbekommen haben. Vielleicht gab es Streit, vielleicht hat er sie bedroht, und dann ist sie ihm schließlich zuvorgekommen …

Finn hatte sie eingeholt. »Es muß nicht unbedingt ein Ereignis im Umkreis der Familie gewesen sein«, sagte er. »Es kann genausogut etwas mit seinen Geschäften zu tun haben. In jedem Fall ist es auffällig. Es gibt zwar Leute, die ihr Testament alle vier Wochen ändern. Aber Ihr Vater gehörte nicht dazu.«

»Und wie hat die große Geldverteilung vorher ausgesehen?«

»Das erste Testament stammte aus den fünfziger Jahren. Da waren die Frauen noch mit von der Partie. Dafür waren sowohl Ihr Schwager als auch der Bruder des Vaters nicht mit dabei.«

Rosa zuckte die Achseln. »Was Ole angeht – Regina war damals ja noch nicht verheiratet, Ole ist erst in den sechziger Jahren in der Familie aufgetaucht.«

151

Der Kommissar nickte. »Deshalb ist das alte Testament auch nicht besonders aussagekräftig.«

»Und zu seinem Bruder hatte er keinen Kontakt«, fuhr Rosa fort. »Er lebt irgendwo im Osten. Vielleicht haben die zwei nach der Maueröffnung miteinander telefoniert. Eine sentimentale Entscheidung.«

»Denkbar ist es. Übrigens stammt auch die Tatwaffe aus dem Osten. Das heißt natürlich gar nichts, so etwas läßt sich heutzutage problemlos beschaffen.« Dennoch schien das Thema für Finn damit noch nicht abgeschlossen zu sein. »Aber ich frage mich doch«, sagte er nach ein paar Schritten zögernd, »weshalb Robert nicht enterbt wurde. Auch er war kein Sohn nach dem Gusto seines Vaters.«

Sie hatten bisher kaum über Robert, das ursprüngliche Bindeglied zwischen ihnen, gesprochen.

»Er war sein einziger leiblicher Sohn.«

Das Argument schien auch Finn einzuleuchten. Dennoch hakte er nach. »Ich habe bisher vergeblich versucht, Ihren Bruder zu erreichen. Ich würde mich gerne mal ausführlich mit ihm unterhalten. Sie wissen nicht zufällig, wo er ist?«

»Wahrscheinlich schon im Flugzeug.«

»Wir haben uns seit mindestens zwanzig Jahren nicht mehr gesehen«, sinnierte Finn. »Hat er sein Studium eigentlich jemals beendet?«

Rosa nickte.

»Und was macht er jetzt?«

Sie zögerte. »Soweit ich weiß, verbringt er einen Teil des Jahres auf den Kanarischen Inseln. Er hat da offenbar ein paar Häuser instand gesetzt und verkauft.«

Finn sah sie ungläubig an. »Sie machen Witze. Robert als Kapitalist? Dabei wollten wir doch damals zusammen nach Nicaragua. Na, immerhin hat es ihm etwas genützt, daß er Spanisch gelernt hat ...«

Finn blieb stehen, bückte sich, hob eine Herzmuschel-schale auf, putzte mit den Fingern den Sand heraus und bot sie Rosa auf der offenen Handfläche an.

»Für mich?«

Er lachte verlegen. »Rosen wachsen hier nicht.«

»Danke.«

Na, so eine Überraschung. Ziemlich sprunghaft, der Mann, dachte sie mit einem Frösteln. Leider eine weitere Ähnlichkeit mit Steven, die sie bei Männern seit jeher attraktiver fand als den steten Weg zum geraden Ende. Allerdings wäre Steven nie im Leben auf die Idee gekommen, eine Muschel aufzuheben und ihr zu schenken, wo doch Abertausende von Muscheln im Sand lagen und Rosa sich nur selbst zu bücken brauchte.

Finn kniete mittlerweile im Sand und hob mit den Händen eine Vertiefung aus.

»Was machen Sie da?« fragte sie neugierig und ließ sich ihm gegenüber auf die Knie fallen.

Er lächelte. »Keine Angst, ich will Sie nicht einbuddeln. Aber ich finde, wir sollten den Fall Liebmann für heute hier begraben.« Er schob seine Sonnenbrille hoch, sah Rosa an. »Am Anfang dachte ich, wir machen einen kleinen Spaziergang am Meer, dann ist mir erst mein Vater dazwischengekommen und dann der Kommissar in mir. Tut mir leid. Manchmal bringe ich das aus Versehen durcheinander.«

Sie nickte. »Das geht mir ähnlich.«

»Und so ein kleiner symbolischer Akt ...«

Er nahm eine Handvoll Sand und ließ sie in die Kuhle rieseln. Rosa tat dasselbe. Dann schoben beide von den Seiten Sand darüber, bis nichts mehr zu sehen war.

Finn rieb vergnügt den Sand von den Handflächen. »So. Und nun versuchen wir es gleich noch einmal mit einem kleinen Spaziergang am Meer.«

19

Sie mußten einer riesigen Sandburg ausweichen, die Kinder direkt am Wasser gebaut hatten. Ein Junge baggerte unermüdlich den immer wieder nachrutschenden Sand aus den Gräben rings um die Burg, ein anderer klopfte die Mauern fest. Ein Mädchen verzierte die Zinnen mit kleinen Muscheln. Ein Vater lag auf den Knien und höhlte beinahe schon andächtig einen Tunnel aus.

»Der Strand ist doch eine riesige Sandkiste, in der auch die Erwachsenen sich einmal im Jahr in Kinder zurückverwandeln dürfen – und dann spielen sie nach Herzenslust mit Wasser, graben Löcher, bauen Burgen und zerstören sie wieder ...«

»Gilt das auch für Sie?«

Finn lachte. »Ich bin auch so schon kindisch genug. Und wie steht es mit Ihnen?«

»In Kalifornien bauen die Leute am Strand keine Burgen«, sagte Rosa. »Keine Ritterburgen und keine Schutzwälle. Jeder legt sich einfach dahin, wo es ihm paßt.«

Sie erinnerte sich an den Ehrgeiz der Feriengäste aus der Pension Seerose, ihre Strandburgen preisverdächtig auszuschmücken. Seegras für grüne Seejungfrauhaare, Herzmuscheln für die Schwanzschuppen, Miesmuscheln als Brustwarzen. Fast alle Urlauber waren vom ersten Ferientag an diesem Fieber verfallen, die Sandwälle um den Strandkorb zu gießen und zu glätten und aus Muscheln und Kieseln Muster, Wappen, Sprüche, Symbole zu legen. Mein eigen Heim. Meine Burg. Mein Zuhause.

Rosa hatte keinen Pullover dabei und begann allmählich zu frieren, bemühte sich aber, es nicht zu zeigen. Sie dachte: Hoffentlich nimmt er mich jetzt nicht in den Arm! Alles, nur nicht das! Sie dachte auch: Wenn er das spürt, wird alles gut. Als Kind hatte sie dieses Spiel manchmal gespielt, Wetten abgeschlossen: Wenn die Sandburg am Strand morgen früh noch steht, dann bekomme ich zum Geburtstag ein Fahrrad – eine in diesem Fall aussichtslose Wette gegen den sich immer verändernden Wasserstand, achtlose Spaziergänger, die Lust, das zu zerstören, was andere gebaut hatten. Im Vergleich dazu standen die Chancen heute doch relativ gut. Wenn er mich bis zum Zeltplatz da hinten nicht in den Arm nimmt, hat er eine Chance, dachte Rosa mit einem Ziehen in allen Gliedern. Als wäre es gefahrloser, sich zu erkälten.

»Als Kind habe ich mir immer gewünscht zu zelten«, sagte Finn, als sie auf der Höhe des Zeltplatzes waren und noch immer in großzügigem Abstand nebeneinander hergingen. »Das war für mich das Abenteuer schlechthin. Überhaupt der Wunsch, auch nur ein einziges Mal im Sommer in den Urlaub zu fahren.«

Rosa nickte. »Den ganzen Sommer am Strand, das ganze Jahr am Meer – darum haben die Pensionsgäste uns immer beneidet. Als hätten wir immer Ferien. Mein Vater ist zwar regelmäßig einmal im Jahr verreist, aber meine Mutter war, glaube ich, nie weiter weg als bis Hamburg. Vielleicht hatte sie nicht das Bedürfnis zu reisen, etwas von der Welt zu sehen. Ich weiß es nicht.« Sie sah Finn an. »Ehrlich gesagt, war mir das bisher nie aufgefallen. Meine Schwester hat völlig recht: Kinder sind wirklich egoistische Leute.« Ungläubig schüttelte sie den Kopf. »Aber ich wollte immer weg. Schon als ich ganz klein war. Mein allergrößter Wunsch: von Hamburg aus in die große weite Welt.«

Sie streckte die Arme aus wie Flügel, lief ein paar Meter gegen den Wind, als wollte sie ihn umarmen, einen immer wieder entwischenden Liebhaber. Dann drehte sie sich um und wartete auf Finn.

»Ich habe mit sechzehn zum ersten Mal gezeltet«, erzählte Finn, als er wieder auf gleicher Höhe mit ihr war. »Mit der Basketballmannschaft, bei einem Turnier in Berlin. Es hat das ganze Wochenende geregnet, das Zelt war undicht, aber das war egal.« Er lächelte in sich hinein. »In dem Zelt habe ich zum ersten Mal ein Mädchen geküßt. Sie hieß Angela und war aus der gegnerischen Mannschaft.«

Einen Moment lang packte Rosa der heftige Wunsch, jetzt sofort mit Hanno Finn in einem Zelt zu verschwinden, das wie von Zauberhand speziell für sie beide aufgestellt worden war und nur noch auf sie wartete. Ein ganz einfaches Steilwandzelt. Sie würden den Reißverschluß herunterziehen und im Zeitlupentempo auf die Schlafsäcke sinken und sich leidenschaftlich lieben. Gegen den Wind würde niemand ihr Stöhnen, ihre Lust hören, und hinterher würden sie nackt aus dem Zelt direkt zum Wasser hinunterlaufen und bis nach Amerika schwimmen ...

»Drehen wir lieber um«, sagte sie abrupt.

Jetzt hatten sie den Wind im Rücken. Und Finn hatte sie nicht in den Arm genommen.

»Mein erster Freund hieß Emil«, sagte Rosa, ohne zu wissen, weshalb. Vielleicht um mitzuhalten, um seinem ersten Kuß etwas entgegenzusetzen. Einen anderen ersten, eher unromantischen Kuß in einem unaufgeräumten Jungenzimmer, das tagelang nicht gelüftet worden war. Jeden Augenblick konnte die Mutter hereinkommen, während Emil und sie versuchten, den im *Kleinen roten Schülerbuch* beschriebenen Zungenkuß in die Tat umzusetzen. Rosas damals beste Freundin Susanne lag währenddessen demonstrativ unbeteiligt neben ihnen auf dem Fußboden und las Micky-Maus-Hefte. Eine Woche später hatte Rosa Emil mit Susanne auf einer Parkbank gesehen. Rosa war es recht gewesen.

Sie beobachtete eine anbrandende Welle, von weißem Schaum gesäumt, der im Sand liegenblieb und nach und nach, Bläschen für Bläschen, zerplatzte. Der Schaum der Träume, der Schaum der Tage. Jetzt ließ er sich nicht mehr zurückschicken ins Meer der Gedanken, würde bei jeder Welle Gestalt annehmen: »Als ich zwölf war, war ich in dich verknallt.«

Schon war der Satz heraus, ein wenig unbeteiligt, hart, aber immerhin – mit einem *Du*. Ein *Sie* hätte den Unernst der Sache unterstrichen und die Gefühle der Zwölfjährigen ins Lächerliche gezogen. Das *Du* war die Untiefe, in die Rosa sich begab, ohne es zu merken. Und als sie es merkte, war es zu spät; der Satz ausgesprochen. Rosa war erleichtert. Es war kein Geständnis und kein Anknüpfen, sondern ein Klarstellen.

Finn entgegnete nichts. Er hätte lachen können, um der Situation die Leichtigkeit zurückzugeben und ihrer bisherigen Beziehung den tragenden dienstlichen Boden, aber er tat es nicht. Am Anfang erwartete Rosa noch irgendeine Reaktion, und dann, als keine kam, keine peinliche Antwort, kein joviales Lachen, kein »ja, ich weiß« oder »das habe ich ja gar nicht gemerkt«, wurden ihre Schritte leichter. Fast hätte sie nun ihrerseits gelacht. Es war so einfach gewesen, und es hatte für die Gegenwart keine Bedeutung mehr. Keine andere Bedeutung, als Erinnerung zu sein. Was zwischen ihr und Finn entstehen würde, war völlig unabhängig von damals.

»Als ich zwölf war, habe ich noch mit der Eisenbahn gespielt«, sagte Finn schließlich und lächelte sie scheu an.

»Manche Männer tun das auch noch, wenn sie erwachsen sind.«

»Inzwischen habe ich es mehr mit dem Verlieben«, erwiderte Finn und nahm seine Sonnenbrille ab.

20

Als Rosa kurz vor Mitternacht in der Dachkammer erschöpft ins Bett fiel, stand eines für sie fest: Am nächsten Tag mußte sie weg. Scharbeutz war schon wieder viel zu klein geworden – ein restlos verfilzter Wollpullover, den jemand bei fünfundneunzig Grad gekocht hatte, und darin eingezwängt: Rosa und die ganze Familie. Man mußte dringend Löcher hineinschneiden, um Luft zu bekommen, das kratzige Material, aus dem er bestand, zerstören. Man mußte die Koffer packen und fliehen, das war ein Trick, der funktionierte, Rosa hatte ihn schon einmal ausprobiert.

Aber er würde nicht wieder funktionieren. Wissen ließ sich nicht zurückverwandeln in Ahnungslosigkeit. Nichts ließ sich wiederholen, nicht die Pubertät, nicht die Zeit mit Steven, nicht die Flucht aus Scharbeutz. Sie mußte sich etwas anderes einfallen lassen. Außerdem war es nicht Scharbeutz, das diesmal zu eng war. Scharbeutz war nur ein Sinnbild für die Familie Liebmann.

Nach dem langen Spaziergang mit Finn hätte Rosa den Abend am liebsten allein verbracht, vom Fenster der Dachkammer aus das Hereinbrechen der Nacht beobachtet – obwohl es eigentlich eher ein sanftes Hinübergleiten des Tages war. Das Wort »Hereinbrechen« schien eher etwas Unerwartetes zu meinen, etwas Gewalttätiges – ein Gewitter, den Mord am Vater, das ungerechte Testament, all das, was seit Rosas Ankunft in der Familie Liebmann passierte.

An den Geschwistern war Rosa jedoch nicht unbemerkt vorbeigekommen. Als sie nur kurz ins Wohnzimmer geschaut hatte, um gute Nacht zu sagen, hatten sie sich regelrecht auf sie gestürzt, die sich ja gleich nach der Testamentseröffnung abgeseilt hatte und daher nicht auf dem laufenden war über die seither geführten Diskussionen. Sie hatten Rosa hineingezogen in die Kontroverse um das Testament, die mit zunehmendem Alkoholpegel immer ungenierter und lautstarker geriet. Am friedfertigsten von allen war noch Achim gewesen, der sich in seinem unverhofften Segen von Geld und vermeintlicher Liebe sonnte – und in der genüßlichen Annahme, Arschkriechen sei auf Dauer eben doch einträglicher als das Verschwinden der beiden Schwestern.

Marina, nach wie vor cool und scheinbar ungerührt, hatte von Zeit zu Zeit ihre »rein theoretischen« Mordmotive für jedes der Familienmitglieder, sie selbst inbegriffen, ins Gespräch einfließen lassen – das dann jedesmal aufloderte, als habe sie Öl ins Feuer gegossen. Allseits Empörung, beleidigte Mienen, offen oder versteckt geballte Fäuste. Zwischendrin hatte Robert aus La Palma angerufen und definitiv sein schon im Vorfeld heiß diskutiertes Kommen angekündigt. Seine Anwesenheit würde dem Familienzwist die ultimative Würze geben. Ole, der sich schon als neuer Patriarch versuchte, hatte die Frage in den Raum geworfen, wieso eigentlich dieser unbekannte Bruder des Vaters auf einmal am Erbe beteiligt werden sollte, was schließlich doch Achim aus der Reserve gelockt und dazu gebracht hatte, ihm Raffgier vorzuwerfen. Die beiden Hauptakteure der Bernsteinläden wären beinahe handgreiflich geworden, doch dann hatte die Mutter eingegriffen: Es sei schon spät; sie fühle sich schrecklich müde, und jetzt sollten sie alle erst einmal in Ruhe über die Sache schlafen. Morgen sehe die Welt schon ganz anders aus.

Was nicht nur Rosa bezweifelte, denn seit dem gewaltsamen Tod des Vaters waren sie alle eng zusammengerückt um den riesigen Topf, den Familieneintopf, in dem die alten Geschichten brodelten: Feindseligkeiten, Eifersüchteleien, Neid, Mißgunst, Verdächtigungen, Schuldzuweisungen, Vorwürfe, Verletzungen – jeder warf hinein, was er oder sie schon immer hatte loswerden wollen, all das alte Zeug, das man viel zu lange mit sich herumgeschleppt hatte. Ein hochgiftiges Gemisch, daran hatte Rosa keinen Zweifel.

War nur die Frage, wer den ersten Löffel zum Munde führen würde. Sie jedenfalls nicht. Sie würde vorher abhauen. Wenn da nicht Finn wäre ...

Rosa schlief nicht besonderes gut, und als sie dann aufwachte, schrak sie abrupt auf und hatte die Ereignisse klar vor Augen und im Magen ein Gefühl, als hätte man sie gezwungen, einen Riesenteller aus dem Familieneintopf auszulöffeln. Es war kurz nach sieben.

Plötzlich wußte sie, wohin sie verschwinden würde, wenn auch nur für einen Tag: nach Boltenhagen. Am Aufgang zur Seebrücke hingen doch diese Veranstaltungshinweise für Ausflugsfahrten auf der Ostsee: Sieben-Bäder-Tour mit der *MS Seemöwe*, romantischer Dämmertörn am Abend, Tagesausflüge in die Travemündung, nach Fehmarn – und nach Boltenhagen. Wenn es ihr dort gefiel, dann würde sie gleich über Nacht bleiben. Hatte es in der ehemaligen DDR überhaupt so etwas wie Hotels gegeben, nicht nur in Ost-Berlin, sondern auch an der Ost-See? Oder nur Erholungsheime für Arbeiter und Bauern? Rosa wußte es nicht. Aber mit neuem Elan packte sie Zahnbürste und Zahnpasta in ihren Stadtrucksack, dann ein frisches T-Shirt, einen Slip, den Badeanzug, ein Handtuch. Sie beschloß, gleich außer Haus zu frühstücken, um niemandem aus der Familie auch nur über den Weg zu laufen. Nicht reden und nicht schweigen. Nur weg sein.

In der Seestraße traten zwei Frauen mit schlaftrunkenen, gesenkten Blicken in die Pedale, die leichte Anhöhe hinauf in Richtung Bahnhof. Vor dem kleinen Kino, das nicht mehr »Strandlichtspiele« hieß, sondern »beach club«, begegnete ihr ein älterer Mann mit einem Rauhhaardackel, der sich an sein Hosenbein drängte. Der Mann lüftete stumm den Hut, als würde er Rosa kennen, und murmelte, als sie auf gleicher Höhe waren, »Beileid«. In einer Bäckerei mit Stehcafé in der Fußgängerzone trank sie einen Kaffee, aß ein Croissant und kaufte für unterwegs eine Quarktasche, eine Kümmelstange und eine Tüte Sunkist mit Strohhalm. Damals, als Rosa nach Amerika ging, hatte genau an dieser Stelle noch das altehrwürdige Hotel Berliner Hof gestanden, jetzt ersetzt durch eine Appartementanlage gleichen Namens.

Rosa fragte die Verkäuferin, ob noch immer so viele Berliner Feriengäste nach Scharbeutz kämen.

»Warum sollten sie die weite Fahrt auf sich nehmen«, sagte die Frau, »jetzt, wo die Grenzen offen sind und Rügen beinahe vor ihrer Haustür liegt?«

Auf dem Weg zur Seebrücke begegnete Rosa ein müde aussehender Vater mit einer Kinderkarre. Das Kind war hellwach und unternahm mit den Möwen einen Wettbewerb im Kreischen. Rosa nickte dem Mann freundlich zu, versuchte sich mit einem *Moinmoin*. Er sah sie aus abwesenden Augen an, entgegnete aber nichts. Wortkarge Norddeutsche, dachte Rosa und überlegte, daß es derselbe Vater sein könnte, den sie am Morgen nach dem Mord auf der Seebrücke gesehen hatte. Vielleicht sollte sie ihn ansprechen und fragen – aber dann kackte eine Möwe im Flug direkt auf die Kinderhose, das Kind plärrte los.

Die Tafel mit den Ausflugsfahrten der *MS Seelöwe* stand am Aufgang zur Seebrücke: viele Zettel in leuchtend-grellen Farben. Man kam gar nicht daran vorbei, ohne hinzuschauen. Rosa hatte angenommen, das Ausflugsschiff würde um acht, spätestens um neun Uhr ablegen, so daß sie den ganzen Tag für Boltenhagen Zeit hätte. Zu ihrer Enttäuschung mußte sie einem orangefarbenen Zettel jedoch entnehmen, daß das Schiff erst um halb zwölf losfuhr – außerdem nicht heute, sondern erst wieder am nächsten Montag. Für heute stand eine Fahrt zu den anderen Bädern der Lübecker Bucht auf dem Programm: Kellenhusen, Grömitz,

Dahme. Doch Rosa hatte sich in den Kopf gesetzt, in ein Ostseebad im Osten zu fahren. Vielleicht gab es ja wenigstens eine Busverbindung.

Sie überquerte den Platz mit den Springbrunnen, betrat den Zeitungsladen, plauderte eine Weile mit Erik Hinze, kaufte eine Tageszeitung und machte sich dann auf den Weg zum Bahnhof. Es wäre schöner gewesen, mit dem Schiff zu fahren. Wenn es überhaupt eine Möglichkeit gab, dann mit der Bahn, hatte er gesagt, in Lübeck umsteigen, in Grevesmühlen wieder umsteigen, aber die Abfahrtzeiten kannte er nicht.

Als sie kurz vor dem Bahnhof um die Kurve bog, blieb sie mit einem Mal stehen, wich dann instinktiv ein paar Schritte zurück und ging hinter einem parkenden Auto in Deckung. Vorsichtig spähte sie über den Kotflügel hinweg – und sah ihre Mutter vor dem Fahrkartenautomaten stehen: beigefarbene Sommerhose, helle Bluse, darüber eine hellgrüne Jacke. Die Mutter fütterte den Automaten mit Geldstücken und hatte ihre Tochter bisher nicht bemerkt. Mit der Fahrkarte in der Hand ging sie dann den Bahnsteig hinunter und entschwand aus Rosas Blickfeld.

Kaum war sie außer Sicht, rannte Rosa an den parkenden Autos entlang zum Bahnhofshäuschen, schob sich behutsam um die Ecke, sah die Mutter weit vorne auf dem Bahnsteig stehen und warten. Das Geräusch eines nahenden Zuges machte eine rasche Entscheidung notwendig. Die Chancen, der Mutter unentdeckt zu folgen, hingen vor allem vom Durcheinander beim Ein- und Aussteigen ab, denn auf dem Provinzbahnhof Scharbeutz mußte man erst das vordere Gleis überqueren, um zum Perron zu gelangen. Der Zug nach Lübeck lief ein und kam mit kreischenden Bremsen zum Stehen. Rosa hatte Glück. Die Mutter steuerte schnellen Schrittes auf den vordersten Wagen zu. Kaum war sie darin verschwunden, rannte Rosa über das Gleis zum letzten Waggon und stieg ihrerseits in den Zug.

Bei dem schönen Sommerwetter fuhren nicht viele Leute in die Stadt, und wer zur Arbeit mußte, war längst dort. Der Zug ähnelte den Zügen in Rosas Kindheit: Vierer-Sitzbänke zu beiden Seiten des Gangs, überzogen mit ehemals dunkelrotem Kunststoff. Die Fenster ließen sich herunterschieben. Als der Zug am Bahnsteig von Timmendorfer Strand hielt, beugte Rosa sich vorsichtig hinaus, um zu sehen, ob die Mutter womöglich hier ausstieg. Doch das war recht unwahrscheinlich. Nach Timmendorf gelangte man leichter per Fahrrad oder zu Fuß. Auch in Bad Schwartau verließ die Mutter den Zug nicht.

Als der Schaffner ihr Abteil betrat, wußte Rosa im ersten Moment gar nicht, wohin sie die Fahrkarte eigentlich lösen sollte. Boltenhagen? Lübeck? Hamburg? Wenn die Mutter unterwegs war, um sich mit diesem Mann zu treffen, dann würde sie vermutlich nach Hamburg fahren, wo Rosa die zwei vor wenigen Tagen schon beobachtet hatte. Also einmal große weite Welt, bitte.

»In Lübeck müssen Sie umsteigen, nächster Zug nach Hamburg dann vom selben Bahnsteig, Gleis acht«, instruierte der Schaffner sie.

In Lübeck angekommen ließ Rosa zuerst eine Handvoll Mitreisender aussteigen, beugte sich vorsichtig aus der Tür und spähte in Richtung Lok, um sicherzugehen, daß die Mutter sie nicht zufällig entdeckte. Aber auf dem Bahnsteig herrschte ein dichtes Gedränge. Viele Leute warteten auf den Zug nach Hamburg. Rosa ging wachsamen Auges zum ersten Treppenaufgang, dann zum zweiten, an den Fahrplanstellagen und Werbetafeln vorbei, sah aber keine Farbkombination helle Hose, hellgrüne Jacke.

Das war doch nicht möglich! Sie wußte doch ganz genau, daß die Mutter bis Lübeck im Zug gesessen hatte – es sei denn, sie war, um die Verfolgerin, die sie längst entdeckt hatte, zu täuschen, auf der anderen Seite des Zuges ausgestiegen und über die Gleise verschwunden ... Aber sie befanden sich doch nicht in einem Film, die Mutter war keine Spionin.

Auf dem Bahnsteig war sie nicht. Rosa beeilte sich, die Treppe hochzukommen, nahm immer zwei Stufen gleichzeitig. Oben wandte sie sich nach rechts in Richtung Schalterhalle, unentschlossen, ob sie laufen oder eher langsam gehen

sollte. Es war ja denkbar, daß die Mutter in einem der Bahn-
hofsläden verschwunden war, um schnell noch etwas Reiseproviant einzukaufen, was am Scharbeutzer Bahnhof nicht
möglich war – ein Buch, eine Zeitschrift, vielleicht Blumen,
ein kleines Geschenk. Oder aber – die Möglichkeit mußte
Rosa ebenfalls in Betracht ziehen – sie fuhr gar nicht nach
Hamburg, sondern woanders hin und hatte nur den Bahnsteig gewechselt.

Wenn Rosa alle Möglichkeiten gründlich prüfen wollte,
würde sie die Mutter ebenso gründlich aus den Augen verlieren, das war ihr in Sekundenschnelle klar. Schnell denken
konnte sie schon immer, wenn auch nicht durchweg praxis-
orientiert wie Marina, und auch die Gründlichkeit ihres
großen Bruders war Rosa fremd. Als Kind hatte man sie eher
als *flüchtig* bezeichnet, was negativ gemeint war; immer diese
Flüchtigkeitsfehler in den Rechenarbeiten und Diktaten, die
Flucht vor der Gründlichkeit.

So schnell wie möglich bahnte Rosa sich zwischen den
Reisenden den Weg zur Eingangshalle, rannte auf den Bahn-
hofsvorplatz und sah gerade noch, wie die Frau mit der hellgrünen Jacke in einen Bus stieg.

Und da tat Rosa etwas, was sie noch nie in ihrem Leben getan hatte – sie lief zum Taxistand, warf sich in das Taxi und
sagte: »Folgen Sie diesem Bus.«

Der Bus fuhr am Holstentor vorbei in Richtung Altstadt,
bog hinter der Travebrücke links ab. An der Haltestelle vor
einem ehemaligen Lagerhaus aus dunkelrotem Backstein, in
dem nun Orientteppiche verkauft wurden, stieg die Mutter
aus. Die Taxifahrerin kommentierte den Auftrag mit keinem
Wort. Rosa gab ihr ein gutes Trinkgeld.

Sie folgte der Mutter, die in die nächste Querstraße einge-
bogen war, im Abstand von etwa fünfzig Metern, wechselte
dann, weil nur wenige Passanten auf der Straße waren, auf
den gegenüberliegenden Gehweg. An der nächsten Straßenecke verschwand die Mutter in einem Geschäft. Rosa schlich
sich im Schutz der parkenden Autos an und mußte zu ihrem
Erstaunen feststellen, daß es sich bei dem Geschäft um eine

Fahrschule handelte. War dieser geheime Liebhaber etwa ein Fahrlehrer?

Nach wenigen Minuten verließ die Mutter in Begleitung eines Mannes um die Fünfzig die Fahrschule und stieg an der Fahrerseite in einen VW Golf. Rosa beobachtete, wie ihre Mutter das Fenster herunterkurbelte, den Seitenspiegel einstellte, dann vorwärts aus der großräumigen Parklücke heraussteuerte und in der kaum befahrenen Nebenstraße davonrollte.

Rosa überquerte die Straße, inspizierte das Schaufenster der Fahrschule: alle Führerscheinklassen, Stunde 60 DM. Jeder gründliche Detektiv hatte eine flüchtige Kaffeepause verdient.

Am Ende der Straße begann die Einkaufszone. Rosas Mißmut wuchs mit jedem Schritt. Wie lächerlich das alles war. Sich der Mutter auf dem Weg zur Fahrstunde an die Fersen zu heften und dafür auf die Boltenhagen-Fahrt zu verzichten. Ebensogut hätte sie Regina zum Friseur in Timmendorf folgen können oder Achim zum Bernsteinladen in Neustadt. Geschah ihr ganz recht. Was mischte sie sich auch in Dinge ein, die sie nichts angingen. Umgekehrt hätte sie sich das heftig verbeten! Angenommen, die Mutter wäre am Tag zuvor Finns Wagen unauffällig gefolgt, ihnen am Strand hinterher geschlichen, im Sichtschutz der Strandkörbe – absurd.

Vor einem Warenhaus kaufte Rosa sich ein Softeis. Es schmeckte künstlich. Wie eine Mischung aus Kaugummi und verflüssigter Barbiepuppe. Verärgert ließ sie es in den nächsten Papierkorb fallen.

Sie ging schneller, um dem Menschengewirr entkommen, und bog in eine Querstraße ein, in der nach ein paar Metern wieder Autos parkten. Kopfsteinpflaster, alte Häuser, Hinterhöfe, kleine Läden. Fußgängerzonen waren weltweit das schlimmste, was den Menschen in den letzten Jahrzehnten städtebaulich widerfahren war, dachte sie, zunehmend schlecht gelaunt. Das steckte doch schon in dem Wortteil *zone*. Eine Art Krankheit, die sich unaufhörlich ausbreitete.

Sie hatte Durst bekommen, blieb stehen, kramte das Sunkist-Päckchen aus dem Rucksack, vergaß aber, die Flüssigkeit vorher zu schütteln. Es schmeckte grauenhaft. Wieso hatte sie dieses Zeug als Kind so heiß und innig geliebt? War der Orangengeschmack früher anders gewesen, oder hatte sich ihr Geschmack verändert? In der nächsten Querstraße fuhr ein Fahrschulauto im Schrittempo an ihr vorbei. Sie schrak zusammen und sah zu ihrer Erleichterung, daß ein junges Mädchen am Steuer saß.

Daß die Mutter nicht Auto fahren konnte, hatte Rosa zwar all die Jahre gewußt – so wie sie gewußt hatte, daß jeden Sommer Feriengäste kamen, daß die Rosen im Juni blühten. Es war selbstverständlich gewesen. Die Mutter war so, wie sie war, ein Naturereignis, ein Fixstern. Niemand hätte einen Fixstern aufgefordert, seine Position zu verändern. Beim Autofahren saß der Vater am Steuer, weil die Mutter keinen Führerschein hatte. Wie wäre es aber gewesen, überlegte Rosa, wenn die Mutter das Autofahren gelernt hätte? Hätte sie sich dann überhaupt ans Steuer gesetzt? Hätte der Vater das zugelassen? Hätte sie es sich zugetraut? Erstaunlich, wie viele Dinge sich im Leben der Mutter verändert hatten: Sie vermietete nicht mehr, sie rauchte, sie trank Bier, sie lernte Auto fahren – und sie hatte einen Liebhaber.

Wieviel Mut sie plötzlich zu haben schien – Mut, den sie in all den Jahren mit dem Vater nie besessen hatte. Oder ihr hatte der Ansporn gefehlt. Als Rosa bei den verführerischen Kunstwerken aus Marzipan an der Ecke des Niederegger-Ladens erneut auf die Fußgängerzone stieß, um zurück zur Fahrschule zu gelangen, fragte sie sich, ob sonst noch jemand aus der Familie von den Ausflügen der Mutter wußte. Und ob ihre Mutter, vorsichtig ausgedrückt, möglicherweise vorausgesehen hatte, daß sie den Führerschein brauchen würde … weil der Vater bald selbst nicht mehr fahren konnte.

Pünktlich verließ die Mutter die Fahrschule, ging denselben Weg zurück zur Hauptstraße, nahm wie zuvor, nur in umgekehrter Richtung, den Bus, auf den sie jedoch einige Minuten warten mußte. Rosa hatte es diesmal schlauer angestellt und wartete bereits im Taxi. Sie hatte beschlossen, daß sie nicht wie die Mutter zurück nach Scharbeutz fahren, sondern die noch gültige Fahrkarte nach Hamburg ausnutzen würde. Ein Tag in der großen weiten Welt konnte ihr nach dieser insgesamt doch eher lächerlichen Beschattungstour nur guttun.

Am Bahnhof stiegen beide Frauen aus. Rosa folgte der Mutter in etwa zehn Metern Abstand und ging auf dem Bahnsteig vorsichtshalber hinter der Tafel mit den Fahrplänen in Deckung. Die Züge nach Hamburg und nach Scharbeutz fuhren von demselben Bahnsteig ab. Der Zug in Richtung Neustadt über Scharbeutz stand schon bereit. Zu Rosas Überraschung machte die Mutter jedoch keinerlei Anstalten einzusteigen, sondern wandte sich dem gegenüberliegenden Gleis zu. Wieder warteten viele Menschen auf den D-Zug nach Hamburg. Wieder stieg die Mutter ziemlich weit vorn ein – und Rosa in einen der hinteren Wagen.

Während sie die südlichen Ausläufer Lübecks hinter sich ließen, arbeitete Rosa sich Wagen für Wagen zur Spitze des Zuges durch, warf einen kurzen Blick in jedes Abteil, als suche sie nicht wirklich jemanden, sondern eher den Zufall. Sie malte sich aus, wie sie sagen würde: »Mama, ist das ein Zufall! Fährst du etwa auch nach Hamburg?«

Im vorletzten Wagen war es soweit: Die Mutter teilte sich das Abteil mit einem älteren Mann, der am Gang saß und eingenickt war. Sie hingegen saß in Fahrtrichtung am Fenster und schaute hinaus. Rosa zog mit klopfendem Herzen die Abteiltür auf.

21

Die Mutter hatte sich gut im Griff. Sie zeigte die richtige Mischung Freude, Überraschung und Ungläubigkeit. Rosa las keine noch so winzige Spur von Mißtrauen oder Angst in ihren Augen, so daß sie beinahe schon glaubte, sich ein zweites Mal getäuscht zu haben: nach der Fahrschule nun nach Hamburg zur Kosmetikerin?

Doch dann sagte die Mutter: »Seltsam, daß wir uns nicht

schon in Scharbeutz getroffen haben. Na ja, ich hab den Zug erst in letzter Minute erwischt.« Gekonnt gelogen und kein Wort über den Exkurs nach Lübeck. Rosa nickte und griff ihrerseits zur Notlüge, sie habe Zeitung gelesen und gar nicht auf die Mitreisenden geachtet.

Sie packte ihren Reiseproviant aus und bot der Mutter die Hälfte an. Dann erkundigte sie sich scheinheilig nach dem Anlaß für die Fahrt nach Hamburg. Tante Elsa, wegen der sie früher regelmäßig in die Hansestadt gefahren waren, war vor drei Jahren gestorben. Sie konnte also nicht der Grund sein.

Die Mutter zögerte mit der Antwort, sah wie suchend aus dem Fenster, aber da waren nur Kornfelder, Kühe auf einer Weide, in der Ferne glitzerte ein Flugzeug am Himmel.

»Ich will Robert am Flughafen abholen«, sagte sie schließlich.

Keine sehr glaubhafte Lüge. Robert flog mehrmals im Jahr zwischen den Kanarischen Inseln und Deutschland hin und her und hatte gestern abend bestimmt nicht darum gebeten, abgeholt zu werden. Aber seine Ankunft fügte sich offenbar trefflich in den Hamburg-Plan der Mutter und konnte als Ausrede dienen. Oder hatte die Mutter vor, beides zu kombinieren, zuerst ein Stelldichein mit dem großen Unbekannten und dann ein Willkomm für den heimgekehrten Sohn am Flughafen?

»Und du?«

»Ich will ein bißchen Großstadtluft schnuppern. Große weite Welt, wie früher.« Dann konnte Rosa es doch nicht lassen: »Wann soll Robert denn landen?«

»Ich weiß nicht genau, aber ich hab's mir irgendwo aufgeschrieben.« Die Mutter kramte in ihrer Handtasche, während der Zug abbremste. »Wir erreichen jetzt Reinfeld«, schnarrte es durch den Lautsprecher.

»Hier steht's, Viertel nach drei.« Schnell ließ die Mutter die Notiz wieder in den Tiefen der Tasche verschwinden.

Mit dem scheinheiligen Angebot, sie nach Fuhlsbüttel zu begleiten, hätte Rosa die Mutter in Schwierigkeiten bringen können. Sie hätte sagen können: »Um Viertel nach drei? Dann hast du ja vorher noch ein paar Stunden Zeit. Wir könnten zusammen bummeln gehen« Doch die Mutter sollte sich ja unbeschwert bewegen können, ohne den leisesten Verdacht, daß jemand sie beobachtete. Sie sollte Rosa zu ihrem Lover führen. Zum Nachfolger von Fritz Liebmann.

Etwas an der Robert-Ausrede verstimmte Rosa allerdings. Ein Kiesel, der ins Wasser gefallen war und Ringe hervorrief, immer weitere Ringe, die das Boot, in dem Rosa saß, erfaßten und ins Wanken brachten.

»Mich hast du nie abgeholt.«

Es hatte unbeteiligt klingen sollen, wie eine reine Feststellung, aber da war ein Zittern in Rosas Stimme, das ihre Erregung verriet, die sie selbst nicht verstand und auch nicht verbergen konnte.

Doch entweder bemerkte die Mutter es wirklich nicht, oder sie wollte darüber hinweggehen. »Diesmal wußte ich doch gar nicht, daß du kommst.«

»Du hast mich auch letztes Mal nicht abgeholt.«

Bei Rosas letztem und einzigem Besuch war die Mutter eingespannt gewesen in die Vorbereitungen zur Feier ihres sechzigsten Geburtstags, und es war absurd, sich plötzlich zu wünschen, sie wäre damals zum Flughafen gekommen. Auch diesmal war Rosa froh gewesen, daß niemand in Fuhlsbüttel auf sie gewartet hatte. Irgend etwas lief gerade völlig schief – schräge Gefühle, die auf eine andere Schiene gehörten, das Gleis nicht fanden, oder die Weichen waren falsch gestellt, aber Rosa konnte nichts dagegen tun, als sich auf diese Schiene zu begeben und abzuwarten, wo sie schließlich landen würde.

Der Zug ließ Reinfeld hinter sich.

»Das ist lange her«, sagte die Mutter ausweichend. Dann fügte sie hinzu: »Da war dein Vater noch am Leben.«

»Was hat das damit zu tun?«

Die Mutter schwieg und blickte erneut aus dem Fenster. »Du hast recht. Wahrscheinlich nichts.«

Der Schaffner riß die Tür auf, um die Fahrkarten zu kontrollieren. Barsch schnarrte er seinen Satz im militärischen Kommandoton herunter, als wären alle Fahrgäste potentielle Fahnenflüchtige oder zumindest Schwarzfahrer.

»Zu Befehl«, sagte Rosa.

»Wie bitte?« Der Schaffner sah sie erst verdutzt an, dann wurde er ärgerlich. Mißtrauisch inspizierte er Rosas im Zug gelöste Fahrkarte, konnte aber keinen Fehl und Tadel daran entdecken. Seinen Ärger bekam statt Rosa der ältere Mann am Gangfenster ab, der unsanft geweckt wurde und, wie sich herausstellte, den Halt in Reinfeld verschlafen hatte. Der Schaffner glaubte ihm nicht und forderte ihn auf mitzukommen, damit er den Zug an der nächsten Haltestelle auch wirklich ordnungsgemäß verließ und nicht auf Kosten des Staates widerrechtlich bis nach Hamburg mitfuhr.

»Du warst immer so selbständig«, nahm die Mutter, als sie danach zu zweit im Abteil zurückblieben, das unterbrochene Gespräch wieder auf. »Du hast immer allein deine Entscheidungen getroffen. Du hast nie jemanden gebraucht. Auch mich nicht.«

»Woher willst du das denn so genau wissen?« rief Rosa, erstaunt über die Heftigkeit der eigenen Gefühle. »Woher willst du wissen, wann ich dich gebraucht habe und wann nicht?« fuhr sie etwas weniger laut, aber nicht weniger aufgebracht fort. »Ich war immerhin die Jüngste!«

Die Mutter lächelte unerwartet. »Manchmal kamst du mir vor wie die Stärkste von allen. Die Unabhängigste. Du bist ziemlich früh alleine klargekommen. Erinnerst du dich noch an deinen ersten Schultag? Du wolltest nicht, daß ich dich begleite. Niemand sollte mitgehen. Bei allen anderen Kindern war ein Elternteil mit dabei, nur du bist ganz allein hingegangen. Die Lehrerin hat später empört bei uns angerufen.«

Rosa zog die Stirn kraus. Sie konnte sich nicht mehr daran erinnern. »Ich war doch noch ein Kind«, murmelte sie.

»Als du nach Amerika wolltest, war es ähnlich«, fuhr die Mutter fort. »Du hast erst mit mir darüber gesprochen, als die Sache für dich feststand. Ich wußte, daß es keinen Sinn hatte, mit dir darüber zu diskutieren. Es war dein einsamer

169

Entschluß.« Als sie das sagte, lag etwas wie Bewunderung in ihrer Stimme. Als habe sie Rosa insgeheim darum beneidet. So jung zu sein und so entschlossen. »Ich habe deine Entschlüsse immer respektiert.«

»Und Papa?« Es war das erste Mal seit Jahren, daß Rosa ihren Vater wieder so nannte: Papa, in Abwesenheit, post mortem.

»Er hat es nicht verstanden.«

»Er hat es nicht verstehen wollen!«

Die Mutter schien nach Worten zu suchen. »Er konnte es einfach nicht. Diesen Spielraum gab es bei ihm nicht.«

»Er hat erwartet, daß wir uns seinem Willen unterwerfen.«

»Er konnte eben auch nicht aus seiner Haut.«

»Aber er hat nie wieder mit mir gesprochen!«

Die Mutter nickte traurig. »Ja. Leider. Das war sein Entschluß. Und wenn er etwas beschlossen hatte, war daran nichts mehr zu rütteln. In der Hinsicht ähnelt ihr beide euch sehr.«

Rosa versank in brütendes Schweigen. Daß sie dem Vater ähnlich sein sollte, paßte ihr gar nicht. Noch dazu in einem Punkt, der zu dem Zerwürfnis zwischen ihnen beiden geführt hatte.

»Er hat nicht mehr mit mir geredet, und du hast mich nie in San Francisco besucht! Hat er dir das verboten?«

Die Mutter sah überrascht aus. »Hättest du dir das denn gewünscht?«

Rosa nickte zögernd. »Du hast es eben selbst gesagt: Es war mein *einsamer* Entschluß. Bist du noch nie auf die Idee gekommen, daß man verdammt einsam sein kann als fünftes Kind? Wenn es etwas zu besprechen oder zu entscheiden gab, hieß es immer: Dafür bist du noch zu klein, davon verstehst du nichts. Mir hat nie jemand gesagt, daß Vater jahrelang eine Geliebte hatte!« Sie stieß die Luft aus. »Alle wußten es, sogar du. Nur die kleine Rosa nicht.«

»Was hättest du denn davon gehabt?« Die Stimme der Mutter klang sanft.

»Ich hätte es wenigstens gewußt!«

Rosa biß sich auf die Zunge. Was für eine pubertäre Antwort. Natürlich hätte sie nichts davon *gehabt*. Wahrscheinlich hätte sie nicht einmal gewußt, was sie mit dem Wissen anfangen soll. Schlimmstenfalls hätte es sie geängstigt und gegen den Vater eingenommen. »Also habe ich mir selbst Sachen gesucht, für die ich groß genug war, bei denen ich mitreden konnte. Die ich ganz allein entscheiden konnte.« Die Tränen, gegen die sie seit ein paar Minuten angekämpft hatte, schienen nun doch zu siegen. Wütend wischte sie sich mit dem Handrücken über die Augen.

»Bei mir war es genau umgekehrt«, sagte die Mutter nach einer Pause. Sie sah Rosa dabei nicht an, sondern blickte aus dem Zugfenster. Ihre Stimme klang klar. Als wäre da nichts, was ihr die Sicht verschleierte, keine Felder und Kühe und Bäume, die die Bahnlinie säumten, keine falsche Rücksicht, keine verklärende Nostalgie, kein Selbstmitleid.

»Ich stand immer mittendrin, im Fadenkreuz. Um mich herum fünf Kinder und ein Mann und im Sommer auch noch die Pensionsgäste. Ich sollte immer für alle da sein, zu jeder Tages- und Nachtzeit, immer verfügbar, geduldig und freundlich. Ich sollte für alle möglichen Probleme Lösungen parat haben, als könne man sie in der Apotheke kaufen wie Heftpflaster. Bei mir haben immer alle ihr Herz ausgeschüttet. Ich hab genug Sorgen und Kummer gespeichert bis an mein Lebensende. Manchmal kam ich mir vor wie eine Mülltonne, die längst hätte geleert werden müssen, aber selbst dafür war nie Zeit.« Sie löste ihren Blick vom Fenster: »Ich war nie allein. Und ich war immer allein. Aber ich habe nie Entscheidungen getroffen, die mich betrafen. Für alle anderen ja. Aber für mich: nie.« Ihre Stimme war sehr leise geworden. »Nicht einmal die Entscheidung, dich in Amerika zu besuchen.«

»Bis auf dieses Jahr«, fügte Rosa ebenfalls leise hinzu.

»Ja, bis auf dieses Jahr.« Die Mutter zündete sich eine Zigarette an und bedachte Rosa mit einem nachdenklichen Blick.

Rosa zögerte, ob jetzt der Moment gekommen war, um die Frage zu stellen, die ihr auf der Zunge brannte. Ein solch ehrliches Gespräch hatte sie mit ihrer Mutter noch nie geführt –

und das nach dem grandiosen Anfang voller Schwindeleien! Es war, als könnte auf einmal alles zur Sprache kommen, aber sie hatte Angst, die falsche Frage würde wie ein Druck auf den falschen Knopf wirken – und der Vorhang ginge wieder zu. Rosa könnte jetzt sagen, sie habe die Mutter auf dem Hamburger Hauptbahnhof mit einem anderen Mann gesehen, sie nach seinem Namen fragen, ihrer gemeinsamen Geschichte, möglichen Folgen, wo doch nun der Vater tot war – sie konnte nicht umhin zu denken: aus dem Weg geräumt. Vielleicht löste sich der böse Verdacht dann im Handumdrehen in Wohlgefallen auf. Aber vielleicht war mit diesen Fragen die Grenze der Ehrlichkeit zwischen ihnen erreicht, und die Mutter würde wieder beginnen zu lügen.

Außerdem wollte Rosa nicht genau das tun, was die Mutter früher nie getan hatte: die Tochter auszufragen.

War Rosa einmal zehn Minuten später als vereinbart nach Hause gekommen, hatte sie sich vom Vater eine Ohrfeige eingefangen, dann hatte er die Rolle des Inquisitors eingenommen, war in sie gedrungen bis zu haarsträubenden Drohungen, damit sie den Namen des Jungen preisgab, mit dem sie seiner Vermutung nach den Abend im Strandkorb zugebracht hatte, und was sie dort getrieben hatten. Als ob ein verstocktes ›Ja‹ oder ein verlogenes »Nein« zu einer Sache, über die er sowieso Bescheid zu wissen glaubte, irgend etwas erklären würde. Als ob irgendein Name auch nur ansatzweise das Erlebnis, das dahinterstand, faßbar machte: das Kribbeln im Bauch, die Form seiner Fingerkuppen, das Gefühl, einmal bis ans Ende der Welt geflogen zu sein.

Auch Regina, die nach der Heirat fast jeden Tag herüberkam, hatte dieses Ratespiel perfekt beherrscht: »Wo warst du?« – »Weg.« – »Mit wem?« – »Frank.« – »Wie war's?« – »Gut.« Nicht besonders aufschlußreich. Die große Schwester hatte gefragt, Rosa hatte mit Einsilbern geglänzt und den Rest für sich behalten.

Es gab eben jede Menge Sachen, die man nicht erzählen konnte, weil sie unteilbar waren, und sie zu erzählen hätte ja bedeutet, sie mit jemandem zu teilen. Von wegen: geteilte

Freude, doppelte Freude. Denn schon wäre ein Teil des Zaubers verflogen. Als würde das Erlebte in ein grelles Licht getaucht, und die Konturen treten deutlich, allzu deutlich hervor. Man liegt im Halbdämmer auf dem Bett und träumt – da wird die Tür aufgerissen, jemand kommt herein, schaltet die Deckenbeleuchtung ein. Eine Art Folter. Gewaltsames Eindringen in die Intimwelt.

Außerdem gab es nicht für alles Worte. Wie hätte Rosa von ihrem Ausflug nach Eutin erzählen können, zusammen mit Frank aus ihrer Klasse, der einmal sitzengeblieben und deshalb schon sechzehn war? Sie hatten den Bus genommen und seine blinde Oma besucht und auf den Friedhof geführt, wo der Großvater lag, und während die Oma sich auf der Bank ausruhte und den Kindern von früher erzählte, waren Franks Finger über Rosas Brüste gewandert, hatte er den Reißverschluß seiner Hose geöffnet, ihre Hand genommen und hineingeführt ... Und als die Oma ihrem Enkel später einen Zehnmarkschein zustecken wollte, hatte Frank nicht richtiggestellt, daß es in Wirklichkeit ein Zwanzigmarkschein war. Dann waren sie mit dem Bus zurückgefahren. »Wo warst du?« – »Weg.« – »Und wie war's?« – »Gut.«

Nur die Mutter hatte nie gefragt, und Rosa hatte es all die Jahre als Desinteresse ausgelegt. Als fehlende Zuwendung, als Gleichgültigkeit. Waren Freundinnen von Rosa vor ihren allgegenwärtigen, neugierigen Müttern geflohen, so hatte Rosas Mutter sich im Hintergrund gehalten. Sie war dagewesen, sie hatte ihre Hausfrauenpflichten, ihre Mutterpflichten getan. Und genau diesem Verhalten hatten auch die zweidimensionalen Bilder entsprochen, die Rosa beim ersten Spaziergang am Strand aus der Erinnerung hervorgekramt hatte, Bilder, die jede Tiefe vermissen ließen. Was gefehlt hatte, war die Frau, die Rosa jetzt gegenübersaß und aus dem Fenster blickte, die erst seit kurzem ihre eigenen Entscheidungen traf und gerade an wer-weiß-wen dachte.

»Ich habe Lilo Estermann getroffen«, sagte Rosa plötzlich. Die Mutter sah sie erstaunt an. »Warum?«

»Ich wollte sie sehen.«

»Und?«

Rosa zuckte mit den Achseln. »Hinterher habe ich mich gefragt, warum du dir nicht auch einen Liebhaber genommen hast.« Sie bemühte sich, die Mutter ganz normal anzuschauen.

»Ich hatte die Pension. Und die Rosen.«

»Und im Winter?«

»Habe ich Winterschlaf gehalten«, sagte die Mutter und lächelte spöttisch. »Hotel Dornröschen. Außerdem war ich doch nicht lebensmüde. Du kennst doch den alten Fritz. Der und sich Hörner aufsetzen lassen? Das hätte ihn umgebracht.«

Sie schüttelte nachdrücklich den Kopf. Dann schien ihr ein Gedanke zu kommen, der Heiterkeit hervorrief. »Außerdem, Rosa, um ehrlich zu sein, die Männer, die ich in all den Jahren kennengelernt habe, waren entweder schon vergeben, oder sie waren nicht nach meinem Geschmack. Und ein bißchen verliebt muß man schon sein, findest du nicht?«

Wie ihre Augen leuchten, dachte Rosa triumphierend: wachgeküßt.

»Warst du denn früher in Papa verliebt?«

Ohne zu zögern, sagte die Mutter: »Am Anfang ja.«

»Und später?«

»Kommt die Gewöhnung.«

»An das Verliebtsein?«

»Daran, daß man zusammen ist und daß das Verliebtsein langsam nachläßt.« Sie sah Rosa mit einem traurigen Lächeln an. »Aber das weißt du ja alles genauso gut wie ich.«

Rosa brach der Schweiß aus. Das hatte sie mit ihren Fragen nicht beabsichtigt – daß sie zu ihr zurückgeworfen wurden. Daß auch sie sich würde äußern müssen zum Verliebtsein, zum Alltag der Gefühle, zum Betrogenwerden. Sie wußte nur, daß sie es nie ertragen hätte, mit Steven unter einem Dach zu leben und zu wissen, jetzt geht er zu einer anderen Frau.

Sie platzte heraus: »Du hättest wirklich jeden Grund gehabt, ihn umzubringen.«

Die Mutter schwieg. »Hast du dir nie gewünscht, jemandem an die Gurgel zu gehen?«

»Doch«, gab Rosa leise zu.

»Und, hast du es getan?«

Rosa schluckte. »Nein.«

Die Mutter sah sie aufmerksam an. »Ist etwas mit Steven?«

Rosa nickte. »Es ist vorbei.«

Sie hatte es gesagt, ohne daß ihr die Stimme dabei zitterte. Sie hatte diesen und andere ähnliche Sätze mit Jane geübt, aber nicht die Situationen, die viel komplexer waren als so ein Aussagesatz. Schon traten ihr wieder Tränen in die Augen.

Die Mutter sah schweigend zu, stand dann auf, setzte sich dicht neben ihre Tochter, legte einen Arm um sie, und Rosa lehnte ihren Kopf an ihre Schulter.

22

Beide Frauen schraken hoch, als die Lichtverhältnisse im Abteil sich jäh veränderten und der Zug in die Bahnhofshalle des Hamburger Hauptbahnhofs einrollte. Die Mutter kramte nervös in der Handtasche nach ihrem Lippenstift. Rosa tat, als würde sie in ihrem Rucksack nach etwas suchen. Aus dem Augenwinkel beobachtete sie, wie der Kosmetikspiegel in der Hand der Mutter zitterte, als sie mit der anderen Hand den Lippenstift auftrug, was aber nicht daran lag, daß der Zug bremste.

»Ich fahre zuerst zum Hafen«, sagte Rosa mit munterer Stimme, um es der Mutter leichter zu machen und ihr von vornherein die Sorge zu nehmen, sie könnte ihre Tochter im Schlepptau haben.

Die Mutter sah hoch. »Da kannst du gleich am Hauptbahnhof in die U-Bahn umsteigen. Weiter hinten am Bahnsteig ist die Unterführung. Aber was rede ich denn, das weißt du ja alles noch von früher.«

»Und was machst du, bis Robert landet?« Es mußte sein; Rosa hätte es auffälliger gefunden, diese Frage nicht zu stellen.

»Ich geh ein bißchen am Jungfernstieg bummeln. Wann hab ich schon mal die Gelegenheit, mir die schönen Geschäfte anzusehen? Mit welchem Zug fährst du eigentlich zurück?« fragte sie wie nebenbei, als sie im Gang standen.

»Keine Ahnung. Wir sehen uns dann in Scharbeutz.« Rosa stieg als erste aus dem Zug. Sie hatte es eilig wegzukommen und mischte sich in den Strom der Reisenden, die auf die beiden Rolltreppen zusteuerten. Als sie sich kurz umdrehte, sah sie, wie die Mutter nach jemandem Ausschau hielt.

Rosa ging am ersten Treppenaufgang vorbei in Richtung U-Bahn, nur für den Fall, daß die Mutter auch ihr hinterherblickte. An der zweiten Treppe, die zur Galerie hinaufführte, machte sie kehrt und rannte die Stufen hoch. Sie mußte sich beeilen, gleichzeitig mußte sie achtgeben, daß sie den beiden nicht in die Arme lief. Im Schutz der Informationstafel suchte Rosa von der Galerie aus mit den Augen den Bahnsteig ab. Gerade war auf dem gegenüberliegenden Gleis ein Zug eingefahren. Viele Leute stiegen aus, andere ein. In dem Getümmel von Menschen und Koffern konnte Rosa die Mutter nicht entdecken. Fluchend wagte sie sich aus der Deckung, ging ein Stück am Geländer entlang, um das Geschehen besser zu überblicken.

Da war sie! Der Bahnsteigkiosk hatte die Mutter nur verdeckt, jetzt kam sie wieder in Sicht, beschwingt, lachend – und sie war nicht mehr allein. Sie ging Arm in Arm mit dem Mann, den Rosa schon bei ihrer Ankunft gesehen hatte.

Rosa folgte den beiden über den Bahnsteig bis hoch zur Wandelhalle, versuchte, sich näher heranzupirschen, um den großen Unbekannten aus der Nähe begutachten zu können, aber in dem Hin und Her von Leuten war das leichter gedacht als getan. Die Mutter und der Mann waren offensichtlich in ein lebhaftes Gespräch verwickelt. In der Wandelhalle blieben sie plötzlich stehen, und Rosa konnte gerade noch seitlich in den Gang schlüpfen, der zu den Schließfächern führte. Als sie im Schutz von zwei Männern mit prall gefüllten Plastiktüten wieder um die Ecke spähte, beobachtete sie, wie die Mutter eine Zigarette zum Mund führte und der

Mann ihr Feuer gab. Danach zündete auch er sich eine Zigarette an.

In der Öffentlichkeit raucht man nicht, hatte der Vater früher erklärt, das gehörte sich nicht, das taten nur gewisse Frauen. Natürlich hatte Rosa, kaum war sie in New York angekommen, mit Vorliebe in der Öffentlichkeit geraucht, mit Absicht sozusagen, dabei hatte der Vater sie dort gar nicht sehen können, höchstens der Vater, den sie durch all die Jahre mit sich herumschleppte. Zu Hause hatte Rosa nicht rauchen dürfen; da hatten nur der Vater geraucht, allerdings Zigarren, und die vermeintlich Erwachsenen, Schwager Ole rauchte HB, vielleicht wegen seines Blutdrucks, Bruder Ro-bert Gauloises, jedenfalls in seiner Revoluzzerphase, Regina ganz selten eine Gesellschaftszigarette. Also rauchte Rosa in der Schule im Raucherzimmer, nach der Schule auf dem Weg zum Bus, was eines Tages irgendein Freund des Vaters zufällig gesehen hatte. Rosa erinnerte sich nicht mehr an die Art der Strafe – die jedoch nicht dazu geführt hatte, daß sie das Rauchen fortan unterließ.

Das hatte noch an die zwanzig Jahre gedauert, und »aufgeben« war das falsche Wort dafür – es klang zu einfach, so, als müsse man sich nur einmal auf dem Absatz umdrehen und weggehen, und das war's. Die Versuchung war unerbittlich. Überall am Straßenrand und in den Parks Zigarettenbäume, in den Kneipen und Cafés sah man nichts als Glimmstengel. Die Luft war getränkt von verführerischem Tabakduft, alle Kassenzettel wurden zu Luftzigaretten gedreht. Die Seele der Zigarette war das unablässige Denken daran. Alle fünf Minuten hatte der innere Wekker geklingelt und sie an die nächste Zigarette erinnert, und erst im Laufe von Monaten war das Klingeln leiser geworden. Nur in Träumen kehrte die penetrante Raucherseele manchmal noch zurück wie ein nicht erlöster Geist, um Rosa zu quälen und im Traum zur Zigarette greifen zu lassen und sie dann mit dem hämischen Kommentar zu beschimpfen, jetzt habe sie alles kaputtgemacht.

Aber mit *siebzig* mit dem Rauchen anzufangen? dachte Rosa, fast ein wenig empört, als dürfe man nur in jungen

177

Jahren Dummheiten machen. Als wäre das Leben eine fortschreitende Immunisierung gegen Dummheiten jeglicher Art, gegen die ihre Mutter gewappnet sein müßte. Viel wahrscheinlicher war an Rosas These etwas faul, und es war eher umgekehrt, das Leben war ein fortschreitender Lernprozeß hin zum Blödsinn, zurück zu den Albernheiten der Kindheit.

An der roten Ampel küßten die beiden sich. Ein vorbeifahrendes Auto hupte. Wenn der Vater nur sehen könnte, was für eine liderliche Person seine Gattin ist, dachte Rosa amüsiert. Sie konnte sich nicht daran erinnern, daß ihre Eltern sich je geküßt hatten. Aber vielleicht waren solche Küsse, die Autos zum Hupen brachten, ohnehin nur etwas für Jungverliebte – beziehungsweise Altverliebte, dachte Rosa, während sie der Mutter und dem unbekannten Mann im Schutz der Bäume und Autos zur Binnenalster folgte und erstaunt feststellte, daß dieser Kuß sie nicht aus dem Gleichgewicht gebracht hatte. Kein automatischer schmerzlicher Gedanke an Steven. Hatte die Zugfahrt mit der Mutter das bewirkt? Oder eher der scheue Kuß mit Finn, mitten im Wind, ohne den Schutz der Strandkörbe, ein Kuß wie ein Meerestropfen, ein wenig salzig, darin ein Versprechen von Weite und Nähe und Meer – mehr … Obwohl sie sich nur ein einziges Mal geküßt hatten und danach mit einem Abstand von mindestens einem Meter zum Auto zurückgegangen waren.

Eines jedenfalls ließ sich nicht leugnen: Steven war in ihr geschrumpft. Von einem Riesen zurück auf Normalmaß, und mit einem Normalmaß-Steven konnte Rosa es aufnehmen, ihre Wut und Trauer an ihm messen, ohne daß sie befürchten mußte, es bliebe von ihr nichts mehr übrig. Vielleicht war es der Mutter ähnlich ergangen, dachte Rosa. Vielleicht war auch der Vater im Laufe der Jahre geschrumpft, hatte zu sehr an Einfluß verloren, um noch Tränen oder Eifersucht hervorlocken zu können. Eine Art Entwöhnung. Ein Sich-Lösen aus einer Sucht. Und nicht nur Steven war im Begriff zu verblassen – auch die scheinbar unzählbaren glücklichen Tage mit ihm, die Rosa im Schmerz der Trennung wieder und wieder heraufbeschworen hatte, waren auf einmal endlich geworden.

Rosa erinnerte sich jetzt deutlicher an den einen oder anderen Streit, der nicht in eine versöhnende Umarmung oder einen leidenschaftlichen Liebesakt gemündet war, sondern in eine anhaltende Mißstimmung, die sich in den Alltag einschlich und unter der Oberfläche weitergärte. Ein Streitpunkt beispielsweise war das For Roses gewesen. Von wegen: *für Rosa.* Eines Mittags hatte der Gedanke sie beim Gesichtwaschen aus dem Spiegel angestarrt und nicht mehr losgelassen: Ob in ihrem Leben wohl noch etwas anderes käme, als nachts in der rauchigen Kneipe zu stehen und immer dieselben Drinks an dieselben Typen auszuschenken und die Vormittage zu verschlafen und mit einem bleichen Gesicht und zunehmend mehr Falten vor den Spiegel zu treten – etwas anderes *für Rosa.* Sie war bald Mitte Dreißig. Rein statistisch gesehen, war in etwa die Hälfte des Lebens herum. Vielleicht war die For Roses-Zeit längst abgelaufen, das Haltbarkeitsdatum überschritten. Zeit, etwas anderes zu machen. Nach Jahren wieder einmal ins Kino oder ins Theater zu gehen, etwas Neues zu lernen, Computerprogrammieren oder irgendein Instrument oder eine andere Sprache, hatte sie gedacht.

Allein der Gedanke war für Steven Ketzerei gewesen: *Don't even think about it!* Schlag dir das aus dem Kopf! Steven hatte keinen Anlaß gesehen, an seinem For-Roses-Leben irgend etwas zu verändern, und was er sich nicht vorstellen konnte, konnte auch sie sich aus dem Kopf schlagen.

Wie gehabt, dachte Rosa, während sie dem Liebespaar im Schutz der dicht belaubten Kastanien in Richtung Jungfernstieg folgte, einer gibt den Ton an, einer gibt die Gedanken vor. So war es auch zwischen dem Vater und der Mutter zugegangen. Bis die Mutter sich vor nicht allzu langer Zeit ausgeklinkt hatte.

Rosa hatte zunächst kleine Veränderungen vorgenommen. Sie hatte begonnen, ihr Spanisch aufzufrischen, und war morgens, wenn Steven noch schlief, mit dem Walkman durch den Golden Gate Park gejoggt, was ihr am Anfang verdammt schwerfiel. Wenn ihr anfangs schwarze Jogger begegneten, hatte sie den Wunsch verspürt, Steven würde mit ihr laufen,

179

und es gäbe eine neue Gemeinsamkeit, Steven war früher Basketballer gewesen, es würde ihm gut tun. Aber daran war ebenfalls nicht zu denken. Jedenfalls für ihn nicht.

Dann war Rosa zur Tat geschritten und hatte sich nach einer Vertretung für das For Roses umgesehen: drei Abende pro Woche – aus Stevens Sicht eine unnötige finanzielle Mehrbelastung. Er hatte sich »hintergangen« gefühlt, von Rosa »verlassen«. Dann hatte er den Spieß umgedreht und sie mit eben dieser weiblichen Vertretung hintergangen und verlassen. Schon war Rosa draußen gewesen. Kaum hatte sie begonnen, die erprobten Spielregeln in Frage zu stellen, war das Spiel auch schon aus. Der König zog mit einer anderen Königin namens Cindy von dannen.

Das Pärchen schlenderte jetzt um die Ecke zur Anlegestelle der Alsterflotte. Die Mutter hatte sich nicht ein einziges Mal umgedreht. Offenbar hatte sie nicht den geringsten Verdacht, daß jemand ihr folgte. Trauben von Touristen drängten sich in die flachen weißen Alsterdampfer, um an einer Kanalfahrt oder einer Fleetfahrt teilzunehmen. Weiter in Richtung Alsterpavillon waren die Haltestellen für die Alsterrundfahrten. Rosa beobachtete, wie ihre Mutter und ihr Begleiter einen Fahrplan studierten. Auf dem weitläufigen Alsteranleger waren so viele Menschen unterwegs, daß Rosa sich problemlos heranschleichen konnte. Sie mischte sich unter ein Grüppchen lautstarker amerikanischer Touristen und war nur noch fünf Meter von ihnen entfernt. Die Mutter drehte ihr den Rücken zu. Der Mann stand neben ihr, Rosa sah sein Profil. Er warf einen kurzen Blick auf die Uhr, zeigte in Richtung Alsterpavillon. Die Mutter nickte freudig, hakte sich wieder bei ihm ein. Sie wollte schon losgehen, da fiel ihm offenbar etwas ein: Er zog einen Fotoapparat aus der Jackentasche, ging auf die Touristengruppe zu, gestikulierte kurz. Man verstand sich sofort, ein in vorderster Reihe befindlicher, älterer Muster-Ami in karierter, plump geschnittener Hose machte das Foto.

Mama und ihr Liebhaber beim Bummeln am Jungfernstieg, dachte Rosa, die sich schnell hinter einer ausladenden Amerikanerin geduckt hatte, zum ersten Mal in ihrem Leben dankbar für die Erfindung von Coca Cola und Weißbrot. Die Mutter hatte Rosa nicht gesehen. Aber dafür hatte Rosa sie gesehen. Und noch besser: ihren Begleiter.

In einem allerersten, wirren Moment hatte sie geglaubt, es sei ihr Vater, nur einen halben Kopf kleiner und ein wenig schlanker, ihr Vater in einem zweiten, vielleicht parallelen Leben, in dem er seine Abenteuer bei seiner eigenen Frau suchte und sie öffentlich küßte und die Töchter nicht verfluchte, sondern über Ozeane hinweg mit ihnen sprach und sie ihren Weg gehen ließ.

Natürlich war er es nicht. Die Sinnestäuschung mußte durch ein ungewöhnliches Zusammenfließen von Wasser, Licht, Menschen, Gedanken, Träumen zustande gekommen sein. Aber eine gewisse Ähnlichkeit bestand durchaus: Da waren die vollen grauweißen, zurückgekämmten Haare, die geschwungenen, dichten Augenbrauen, die Falten um die gegen die Sonne zusammengekniffenen Augen, die schiefe Nase, das prägnante Kinn. Mastroianni, dachte Rosa, weil ihr kein besserer Vergleich einfiel und um dem Fremden einen Namen zu geben. Von nun an, bis sie seinen wirklichen Namen kannte, würde sie ihn Mastroianni nennen, denn sie liebte das italienische Kino ebensosehr, wie sie das Herz-Schmerz-Geflimmer aus Hollywood verabscheute. Auch in den italienischen Filmen ging es um Herz und Schmerz, auch dort meistens mit Happy End, aber das Leben rundherum war eckig und speckig und sperrig.

Rosa wußte plötzlich, daß sie diesen Mann, *ihren* Mastroianni, schon einmal gesehen hatte – vor nicht allzu langer Zeit – hier in Deutschland – aber nicht bei der Ankunft auf dem Hauptbahnhof – woanders – frühmorgens – am Strand – kurz hinter der Seebrücke … Auf einmal hatte sie genügend Puzzleteile zusammen: Er war ihr an dem Morgen begegnet, als sie den Vater tot im Strandkorb gefunden hatte, bei den Tretbooten. Er hatte gehetzt ausgesehen, was sie seinem Alter zugeschrieben und gedacht hatte: Junge, mach mal 'ne Pause, das Laufen bekommt dir nicht. Doch jetzt dachte sie:

Alter, du bist nicht gelaufen, du bist weggelaufen. Du bist nicht Mastroianni, sondern der Liebhaber meiner Mutter. Du hast an jenem Morgen meinen Vater umgebracht. Du bist ein Mörder, und Mama liebt dich.

23

Sie stand hinter der Gruppe Amerikaner, die vertraute Sprachklänge von sich gaben. *Damn it,* flüsterte sie, während die Mutter und ihr Mastroianni in der Tür des Alsterpavillons verschwanden. Verfluchter Mist. Als wäre das Leben nicht kompliziert genug.

Laut Fahrplan der kleinen Alsterrundfahrt fuhr das nächste Schiff in fünfundzwanzig Minuten. Wenn Rosa dem Pärchen weiterhin auf dem Alsterdampfer folgen wollte, mußte sie sich gründlich verkleiden. Zum Glück hatte sie genug Geld eingesteckt. Das Alsterhaus war nur wenige Schritte entfernt.

Einen breiten schwarzen Strohhut, der ihre Haare und einen Teil des Gesichts verbarg, kaufte sie im Vorbeigehen auf einem Grabbeltisch im Erdgeschoß und setzte ihn sofort auf. Sie fuhr die Rolltreppe hoch in die Abteilung für Damenbekleidung. Zielstrebig steuerte sie auf die Ständer mit den Sommerkleidern zu, wählte ein knöchellanges geblümtes Baumwollkleid, unauffällig, Größe 38. Es würde schon passen. Marina würde die Nase rümpfen, aber jetzt war keine Zeit für modische Extravaganz. Vor der Kasse hatte sich eine lange Schlange gebildet. Aus irgendeinem Grund blockierte die Registrierkasse. Die Kassiererin mußte den Abteilungsleiter ausrufen. Rosa stand wie auf Kohlen, aber alle anderen Kassen in Sichtweite waren ebenfalls nicht besetzt. Als sie endlich an die Reihe kam, blieben nur noch sieben Minuten Zeit. Sie ließ das Preisschild entfernen, zog sich in einer Ecke des Kaufhauses das Sommerkleid einfach über und die Jeans darunter aus. Auf Sandalen mußte sie in Anbetracht der Eile verzichten, was sie aber dringend benötigte, war eine andere Sonnenbrille. Die fand sie am Souvenirkiosk an der Anlegerpromenade, ein Billigprodukt mit großen runden, halbgetönten Gläsern, die einem die Augen verdarben und häßlich waren, aber darauf kam es jetzt nicht an. Sie mußte den richtigen Namen dieses Mannes erfahren, mußte herausfinden, wo er wohnte, wer er war.

In letzter Sekunde hastete sie im Laufschritt auf den Alsterdampfer und bekam nur noch innen einen Stehplatz. Das vollbesetzte Schiff legte ab, tuckerte über die Binnenalster, gesäumt von Baumreihen, Kaufhäusern und exklusiven Geschäften, dem Hotel Vier Jahreszeiten, den Bankgebäuden mit ihren grünen Kupferdächern und Fahnen. Das Wasser glitzerte verführerisch im Sonnenlicht. Hamburg präsentierte sich von seiner allerbesten Seite. Der Alsterdampfer fuhr unter der Lombardsbrücke und der Kennedybrücke hindurch auf die Außenalster.

Erster Halt »Alte Rabenstraße«, doch nur eine Handvoll Fahrgäste stieg aus. Die Mutter und ihr Mastroianni waren nicht dabei. Sie saßen im hinteren, offenen Teil des Schiffes. Wenn Rosa sich umdrehte, konnte sie den Rücken der Mutter sehen und seine Schuhe. An der Haltestelle »Atlantik« wurde ein Sitzplatz frei. Rosa rückte ans Fenster, blickte wehmütig durch die verschmutzte Scheibe hinaus. Natürlich war es schöner, draußen zu sitzen, mit Blick auf die Außenalster. Damals, bei den Ausflügen in die große weite Welt, wenn die Mutter Tante Elsa besuchte, waren sie manchmal Alsterdampfer gefahren. Es war etwas ganz Besonderes gewesen. Aber alles in Hamburg war damals ungewohnt und besonders gewesen, der Hauptbahnhof, der Hafen, der Tierpark, das Planetarium, die Parks, im Winter der Hamburger Dom; sogar die Kirchen, die U-Bahn und die Plakatwände und Tante Elsas Wohnung hatten ihren Reiz gehabt.

Als das Schiff auf den Anleger »Mühlenkamper Fährhaus« zusteuerte, schob sich der Mastroianni-Doppelgänger mitsamt weiblicher Begleitung durch den Gang in Richtung Ausstieg. Rosa versuchte unter ihrem breiten Hut zu verschwinden, starrte durch die schmutzige Scheibe. Es gab einen leichten Ruck, als das Schiff anlegte, dann löste sich die Reihe der Wartenden nach und nach auf.

Um halb vier wartete Rosa noch immer. Sie saß auf einer Bank am Uferweg mit Blick auf den Eilbeckkanal, etwa fünfzig Meter entfernt von dem Hauseingang, in dem das Paar vor über zwei Stunden verschwunden war. Von wegen: Robert am Flughafen abholen! Warten war noch nie ihre Stärke gewesen. Weder auf einen Mann noch auf ein alterndes Liebespärchen. Außerdem hatte Rosa mittlerweile ziemlichen Hunger. Den Proviant hatte sie vor vielen Stunden schwesterlich mit der Mutter geteilt. In der Nähe gab es keinen Kiosk, keine Tankstelle, keinen Laden, wo sie irgend etwas hätte kaufen können. Weit und breit nur Häuser und Bürgersteige und parkende Autos und schmale Rasenflächen zwischen den Wohnblocks. Weit und breit nur alte Leute mit Hunden oder Mütter mit Kleinkindern auf dem Weg zum Spielplatz auf der anderen Seite des Kanals.

Eine junge Frau ohne Kind und Hund, dafür mit Sonnenbrille und einem riesigen schwarzen Hut, die seit geraumer Zeit auf einer Bank saß, stundenlang in derselben Zeitung las und nichts tat, als ab und zu auf die Uhr zu sehen, machte sich hier höchst verdächtig. Rosa war keineswegs entgangen, daß im ersten Stock des ersten Hauseingangs immer häufiger eine Frau auf den zur Straße gelegenen kleinen Balkon trat, um die Geranien zu gießen, die bereits tropften, und dabei unauffällig zu ihr hinüberschaute. Auch im vierten Stock hatten sich schon mehrmals die Gardinen bewegt. Aber weder die Mutter noch ihr Mastroianni waren bisher wieder auf der Bildfläche erschienen.

Wie schon in Lübeck hatte Rosa in einem Taxi die Verfolgung aufgenommen. Als das Paar am Mühlenkamper Fährhaus in den Bus mit der Nummer Hundertsechs in Richtung Mundsburg gestiegen war, ahnte sie schon, wohin die Fahrt gehen würde, und als die beiden wenig später bei der Kunsthochschule ausstiegen, war sie sich ganz sicher gewesen. Sie hatte sich vom Taxifahrer in die Uferstraße fahren lassen und dann nur noch warten müssen. Tatsächlich hatte es nicht lange gedauert, bis die Mutter und ihr Mastroianni Hand in Hand aufgetaucht und im vorletzten Eingang des Mietshauses verschwunden waren. Auf dem Namensschild neben dem Klingelknopf stand jetzt nicht mehr Tante Elsas Name, E. Hahnke, sondern C. Liebmann, wie Rosa kurz darauf überprüft hatte.

Die quer zur Straße gebauten Wohnhäuser in der Uferstraße, der Spielplatz, der Schlittenhang, der Eilbeckkanal, die ganze Gegend war ihr vertraut, auch wenn ihr alles viel kleiner vorkam als damals – der vermeintliche Schrumpfungsprozeß beim Wiedersehen mit der Welt, in der man als Kind wie zu Hause gewesen war. Tante Elsa hatte Rosa, Robert und Marina einmal im Jahr in den Ferien zu sich eingeladen: Sommer, Herbst, Winter, Frühling in der aufregenden staubigen Großstadt, bei einer alleinstehenden Tante, in deren Wohnung es immer nach Pfefferminztee roch, wo jeden Abend Gesellschaftsspiele gespielt wurden und vor dem Schlafengehen ein Gebet gesprochen werden mußte.

Elsa Hahnke war zwanzig Jahre älter gewesen als Rosas Mutter. In den ersten Kriegstagen hatte sie ihren Mann und in den letzten auch noch ihren Sohn verloren und nie wieder geheiratet. Sie war Lateinlehrerin gewesen und hatte immer wieder versucht, ihre Neffen und Nichten vom Nutzen dieser Sprache zu überzeugen. Rosa hatte Tante Elsa zuletzt beim sechzigsten Geburtstag der Mutter gesehen, eine rüstige, nach wie vor mit vielen Grundsätzen und lateinischen Merksprüchen ausgerüstete alte Dame. Vor drei Jahren war Tante Elsa gestorben. Die Mutter hatte Rosa geschrieben, daß Tante Elsa ihr die Eigentumswohnung vermacht habe. Daß sie noch nicht wisse, ob sie sie verkaufen oder vermieten solle. Was willst du denn mit einer Wohnung in Hamburg? hatte Rosa zurückgeschrieben.

Plötzlich wurde die Haustür geöffnet. Blitzschnell bückte Rosa sich, tat, als binde sie sich den Schuh zu. Zwischen ihren Beinen hindurch sah sie einen jungen Mann beschwingt das Haus verlassen – wenn man die Leute kopfunter beim Gehen betrachtete, schienen sie alle zu swingen. Sie richtete sich wieder auf. Er stieg in einen Ford mit verdunkelten Rück-fenstern und fuhr mit quietschenden Reifen davon. Rosa sah dem Auto nach.

Einen Augenblick nur war sie unachtsam gewesen, aber dieser Augenblick hatte genügt. Die Mutter hatte das Haus verlassen und bog mindestens so beschwingt wie der junge Mann auf den Gehweg ein, und zwar allein. Rosa sah sie aus dem Augenwinkel kommen, riß die Zeitung hoch, hatte aber das ungute Gefühl, einen Augenblick habe die Mutter zu ihr herübergesehen. Als Rosa sich wieder umzudrehen wagte, war die Mutter verschwunden. Rosa eilte im Laufschritt bis zur Straßenecke. Die immer kleiner werdende Gestalt der Mutter nahm Kurs auf die U-Bahnhaltestelle Hamburger Straße. Hinter der Hochbahnbrücke verschwand sie aus der Sicht. Vermutlich fuhr sie zum Hauptbahnhof und von da zurück nach Scharbeutz – um Robert abzuholen, war es je-denfalls viel zu spät …

Rosa hatte den Gehweg, der zum Mietshaus führte, wäh-renddessen nicht aus dem Auge gelassen. Gut möglich, daß ihr Mastroianni das Liebesnest ein paar Minuten nach der Mutter verließ, und dann wüßte sie nach wie vor weder sei-nen Namen noch seine Adresse, was ein dürftiger Ertrag die-ses langen Tages wäre. Erst die Fahrschule und dann die alte Wohnung von Tante Elsa, dazu ein paar Szenen aus der Kind-heit und ereignisloses Warten. Nein, sie mußte schon hinein in die Höhle des Löwen.

Und vorher eine kleine Verwandlung gefällig? Hinter dem Eingang Uferstraße 24 d befand sich, wie Rosa richtig in Er-innerung hatte, das Geviert für die Mülltonnen. Sie zerrte die Jeans aus dem Rucksack, schlüpfte hinein, zog dann das Kleid über den Kopf, rollte es zusammen und verstaute es wieder. Das ärmellose T-Shirt hatte sie im Kaufhaus in der Eile gleich anbehalten. Den überdimensionalen Hut deponierte sie auf einer Mülltonne. Wenn er später noch da war, um so besser, wenn nicht, dann war es auch kein großer Verlust.

Klopfenden Herzens näherte sie sich nun dem Hausein-gang: 24 c, dritter Stock, C. Liebmann stand auf dem Schild,

Camilla Liebmann. Rosa drückte auf die Klingel. Es gab keine Gegensprechanlage. Der Türöffner surrte. Sie betrat das Haus.

Drinnen war es angenehm kühl. Sie hatte ganze drei Stockwerke Zeit für die klitzekleine Frage, die sie besser während des stundenlangen Wartens auf der Bank beantwortet hätte: Was sollte sie tun, wenn sie ihm gegenüberstand? Sollte sie ihn geradeheraus fragen, was er in der Wohnung ihrer Mutter zu suchen hatte? Sollte sie sich lieber tarnen, beispielsweise als Meinungsforscherin, die gerade eine Umfrage zum Thema »Liebe mit achtzig« machte? Sollte sie ihm auf den Kopf zusagen, daß sie ihn am Strand gesehen hatte?

Da stand er schon in der Tür, sah ihr fragend, beinahe ängstlich entgegen.

Sie hielt auf halber Treppe inne. »Oh, entschuldigen Sie bitte, aber ... wohnt hier denn nicht mehr die alte Frau Hahnke?«

Jetzt lächelte er. Erleichtert. Offenherzig. Ein warmes Lächeln. Rosa verstand augenblicklich, weshalb die Mutter von diesem Lächeln betört war. So hatte der Vater nie gelächelt. Der Vater hatte überhaupt entweder laut geröhrt vor Lachen oder aber ernst die Lippen zusammengekniffen. Er kannte keine Zwischentöne, und ein Lächeln war ein Zwischenton, war ein Ausstrecken von Fühlern, ein Sich-Vortasten, ein Entgegen-Kommen. Und erst recht *dieses* Lächeln, das dem Gegenüber gleich mehrere Schritte auf einmal entgegenkam, was an den Augen lag, die eigentümlich strahlten, so daß man kaum anders konnte, als ebenfalls zu lächeln.

»Sie ist vor ein paar Jahren gestorben«, sagte er. Seine Stimme klang rauh.

»Oh, das tut mir aber leid.« Rosa machte ein betroffenes Gesicht. »Weil ... es ist so ... meine Großmutter hatte mich gebeten, bei ihrer alten Freundin Elsa vorbeizuschauen, wenn ich zufällig mal in Hamburg bin, sie sind zusammen zur Schule gegangen, aber auf die Briefe kam keine Antwort mehr, und da ...«

Er sah sie lächelnd an, ohne etwas zu sagen. Sie hatte längst zu schwitzen begonnen. Sie war keine gute Schauspielerin. Das Erfinden glaubhafter Ausreden war anstrengend. Sie mußte Zeit gewinnen, mußte irgendwie in die Wohnung kommen, ohne sich selbst in Gefahr zu bringen. Andererseits sah der Mann so freundlich aus, so harmlos.

»War sie krank? Woran ist sie denn gestorben?« fragte Rosa weiter.

Er schüttelte den Kopf. »Das weiß ich leider auch nicht. Aber vielleicht möchte Ihre Großmutter sich an die Schwester der Dame wenden, sie ist die Eigentümerin der Wohnung. Wenn Sie wollen, kann ich Ihnen die Adresse aufschreiben ...«

»Ja, das wäre sehr freundlich von Ihnen«, erwiderte Rosa.

»Möchten Sie nicht einen Augenblick hereinkommen?«

»Oh, nein danke, ich warte lieber.«

Trotz dieses hinreißenden Lächelns war ihr die Sache nicht geheuer. Während der Mann in der Wohnung verschwand, spähte sie in den Flur. Er war nicht mehr so dunkel und muffig wie zu Tante Elsas Zeiten, sondern weiß gestrichen. An der Garderobe hingen zwei Jacketts, die Rosa beide schon einmal auf dem Hauptbahnhof gesehen hatte, auch eine Damenjacke, die möglicherweise der Mutter gehörte. Auf einer Konsole unter einem Spiegel lag ein Brief. Rosa schlich auf Zehenspitzen in den Flur und warf einen Blick auf den frankierten, noch nicht abgestempelten Umschlag. Im selben Augenblick hörte sie seine Schritte und war mit einem Satz wieder draußen. Das Herz schlug ihr bis zum Hals.

Der Mann schien nichts bemerkt zu haben. Er reichte ihr den Zettel mit der ihr so bekannten Adresse. Rosa bedankte sich. Auf der Treppe drehte sie sich noch einmal um und fragte lauernd: »Wohnen Sie schon lange hier?«

»Nur vorübergehend«, sagte er und schloß schnell die Tür.

Sie lief die Uferstraße hinunter, um die Ecke in die Wagnerstraße, und ging erst kurz vor der Hochbahnunterführung langsamer. Den Empfänger des Briefes kannte sie nicht. Aber sie hatte den Absender entziffert: Carl Liebmann, stand da. Natürlich: C. Liebmann. Carl mit C. Rosa kannte nur einen

einzigen Karl Liebmann, aber der hatte sich in ihrer Vorstellung immer mit K geschrieben, und außerdem hatte sie ihn
noch nie in ihrem Leben zu Gesicht bekommen: den jüngeren Bruder ihres Vaters.

24

Drei Autos parkten hintereinander vor der Pension Seerose:
ganz vorne Achims Volvo mit dem Lübecker Kennzeichen,
dahinter der anthrazitfarbene BMW von Schwager Ole Hinrichsen mit dem bezeichnenden Ostholsteiner Nummernschild OH–OH 1007, als drittes ein knallrotes Alfa Cabrio
mit Hamburger Kennzeichen, das Rosa automatisch Robert
zuordnete.

Ihr Bruder hatte immer Cabrios gefahren. Noch am Tag
der Führerscheinprüfung war Robert in einem Karmann
Ghia-Cabrio vorgefahren, das ein Freund des Vaters damals
verkaufen wollte, ein vergleichsweise günstiges Angebot, bei
dem man einfach zugreifen mußte. Der Vater hatte seinem
damals noch liebsten Sohn das Geld zunächst vorgestreckt,
und Rosa bezweifelte, daß Robert es je zurückgezahlt hatte.

Einmal hatte Robert sie auf eine Spritztour mitgenommen,
über Land nach Malente, zum Eisessen in Travemünde. Der
Fahrtwind pfiff einem um die Nase, und wenn Robert Gas
gab und Rosa in den Sitz gedrückt wurde, bekam sie kaum
Luft. Damals war sie erst elf gewesen und Robert achtzehn,
und auf dem Beifahrersitz saß ein großer schlaksiger Freund
von Robert mit gewellten, schulterlangen dunklen Haaren
namens Hanno. Rosa hockte auf dem Rücksitz in der Mitte,
band das gepunktete Kopftuch ab, das sie der Mutter zuliebe
umgebunden hatte, beugte sich vor und legte die Arme unverdächtig um die beiden Vordersitze. Alle drei lachten. Hannos Haare kitzelten Rosa im Gesicht, und als es dann noch
über eine Bodenwelle ging und sie mit ihrer Wange zufällig
seine Schulter berührte, war das besser als jede Achterbahn,
als würde sie tatsächlich abheben und fliegen …

Nach dem großen Krach mit dem Vater hatte Robert seinen geliebten Karmann Ghia verkaufen müssen. Aber das Cabrio-Fahren wollte er sich nicht vermiesen lassen: Auch Revolutionäre brauchten Autos und frische Luft, hatte Robert behauptet und war ein Jahr später mit einer offenen Ente vorgefahren, deren schrottreife Karosserie mit antikapitalistischen Parolen bemalt war. Rosa erinnerte sich daran, wie es den Vater auf die Palme gebracht hatte, daß dieses Auto, für jedermann zu sehen, vor dem Haus geparkt war. Das Geld hatte er seinem Sohn schon gesperrt. Die Stimmung war hochexplosiv, aber das Haus verbieten wollte er ihm offensichtlich nicht. Also hatte er ihm schließlich die Garage angeboten, als Versteck für das schändliche Gefährt. Jeden Abend hatten sie sich in den Haaren gelegen, jede Kleinigkeit hatte Anlaß gegeben zu politischen Diskussionen mit unüberbrückbaren Ansichten. Von der Zigarre des Vaters kam man im Nu zur Ausbeutung der Plantagenarbeiter in Mittelamerika, vom Räucheraal beim Abendessen zur Aufteilung der Fischfangrechte im Atlantik, vom Bericht über den Sohn des Nachbarn, den man kürzlich zum Richter vereidigt hatte, zu dessen Vater, der schon in der Nazizeit Richter gewesen war.

Robert war also angekommen, auch ohne Empfangskomitee in Fuhlsbüttel. Dann sind wir ja jetzt komplett, dachte Rosa, als sie die Stufen zur Haustür hochging. Alle fünf Kinder unter einem Dach – wann hatte es das zuletzt gegeben? Noch war Zeit, auf dem Absatz umzudrehen, sich in dem noblen italienischen Restaurant in der Strandallee auf die Terrasse zu setzen – Blick auf die Dünen und die hungrigen Touristen, die unschlüssig die Speisekarte studierten – und erst ein paar Stunden später in den Kreis der Familie zurückzukehren.

Auf der Rückfahrt hatte sie alle möglichen Szenarien entworfen. Zum Beispiel, daß der Vater vor drei Monaten von der Liebschaft erfahren und daraufhin das Testament geändert hatte – aber wieso sollte er die Mutter aus dem Testament herausgeworfen und dafür ausgerechnet seinen Bruder aufge-

nommen haben? Möglich war auch, daß der Vater erst kürzlich von der Liebschaft erfahren und gedroht hatte, seinen
eigenen Bruder umzubringen, und der war ihm zuvorgekommen – aber wie paßte das Testament dazu? Vielleicht wiederum hatte der Vater nicht die leiseste Ahnung von der Liebschaft gehabt und der Mutter erzählt, daß er seinem Bruder
nach der Maueröffnung einen Teil seines Vermögens verma-
chen wolle – und da hatte Carl Liebmann nicht das natürliche
Ableben seines Bruders abwarten wollen. Oder aber der Vater
mußte schlicht und einfach aus dem Weg geräumt werden, damit die Liebe freie Bahn hatte?

Um Gewißheit zu bekommen, mußte Rosa mit der Mutter
unter vier Augen reden. Aber jetzt hieß es erst einmal, einen
Abend lang das Gesellschaftsspiel namens Familie durch-
zustehen.

»Da ist ja unser Nesthäkchen«, dröhnte Schwager Ole, eine
Bierflasche in der Hand, aus dem Fernsehsessel, als sie das
Wohnzimmer betrat. »Gerade rechtzeitig zum Essen. Du hast
wohl einen siebten Sinn, was?« Er zwinkerte ihr vertraulich
zu. »Wo hast du dich denn rumgetrieben?«

Das klang schon wieder verdächtig nach früher ... Ole war
geübt in der Rolle des jovialen Stimmungsmachers. Was bildete dieser feiste Karpfen sich eigentlich ein – etwa die Nach-
folge des Vaters antreten zu können? Danke bestens, wir
kommen auch ohne neue Patriarchen klar. Rosa würdigte ihn
keiner Antwort.

Außer Ole war nur Regina im Raum, die gerade eine Tisch-
decke glattstrich und das Besteck zu verteilen begann. Von
Robert, Marina, Achim, Eva, der Mutter keine Spur.

»Wo ist denn Robert?«

»Am Strand«, sagte Regina. Der mißbilligende Ton in ihrer
Stimme war nicht zu überhören.

»Am Tatort«, feixte Schwager Ole. »Auf Spurensuche.« Er
lachte und nahm einen Schluck von seinem Bier.

Regina ließ das Besteck sinken, sah ihren Mann mit Ver-
achtung an. »Du bist taktlos.«

Daraufhin brach Ole in wieherndes Gelächter aus. »Wer

zuletzt lacht, lacht am besten. Ach, du meine Zuckerpuppe aus der Bauchtanztruppe, wenn ich dich nicht hätt', Elisabeth …« Seine Augen glänzten. Offenbar war es nicht das erste Bier, das er heute trank.

»Wer ist denn Elisabeth?« fragte Regina.

Ole prustete los. »Und du bist humorlos, mein Püppchen …«

In dem Moment kam die Mutter aus der Küche herein und blieb auf der Schwelle stehen.

»Hallo, Rosa«, sagte sie. »Wieder zurück?«

Rosa glaubte, ein mißtrauisches Lauern in ihren Augen zu sehen, aber das konnte Einbildung sein.

»Wieso, wo warst du denn?« fragte Regina wie nebenbei.

Weg, dachte Rosa. Und wie war's? Gut.

Herausfordernd sagte sie: »In Boltenhagen.«

Die Lüge war an die Mutter adressiert und sollte ihr mitteilen: Ich werde dich nicht verraten. Ich werde niemandem sagen, daß du heute in Hamburg warst. Daß du dort ein Geheimnis hast. Ein gefährliches Geheimnis.

Die Mutter zuckte nicht mit der Wimper. Sie sah Rosa unverwandt in die Augen, lächelte dann unmerklich: »Was für eine gute Idee. Hast du auch deinen Onkel besucht?« Sie ging zum Tisch, setzte das Tablett ab, die Gläser klirrten nicht einmal.

Rosa hielt sich an der Stuhllehne fest. Woher wußte sie das? Oder meinte sie vielleicht ganz jemand anders, wimmelte es heute vor unbekannten Verwandten? Mißtrauisch fragte sie: »Wen meinst du?«

»Na, wen schon, Onkel Carl natürlich«, erklärte Regina von oben herab. »Wir haben nur diesen einen Onkel, falls du das vergessen haben solltest. Sag bloß, du weißt nicht mehr, daß er in Boltenhagen wohnt.«

Rosa erstarrte. Boltenhagen? Wieso denn Boltenhagen? Carl Liebmann wohnte in Boltenhagen, wo sie, Rosa, heute morgen beinahe hingefahren wäre? Wo der Vater geplant hatte, einen weiteren Bernsteinladen zu eröffnen? Wußten wieder einmal alle Bescheid? War die kleine Rosa, die geglaubt hatte, einem wichtigen Geheimnis auf der Spur zu sein, wieder einmal die Dumme? Hatte sie das betagte Pärchen einen halben Tag lang quer durch Hamburg beschattet, nur um etwas herauszufinden, was längst alle wußten?

»Ich kenne diesen Bruder doch gar nicht«, sagte sie so ruhig wie möglich. »Ihr etwa?«

Die Mutter war schon wieder in die Küche gegangen. So ist sie wenigstens nicht in Versuchung gekommen, ihren Mastroianni zu verleugnen, dachte Rosa.

»Ich nicht«, sagte Regina mit einem raschen Seitenblick zu Ole. »Und du?«

»Wer kennt schon den anderen …« Er grinste nur und leerte die Flasche Bier in einem Zug.

»Aber das wird sich bald ändern«, fuhr Regina fort. »Er kommt sicherlich zur Beerdigung. Außerdem muß er ja sein Erbteil antreten.« Und mit Bosheit in der Stimme fügte sie hinzu: »Vielleicht möchte er ausgezahlt werden.«

»Wohl kaum«, grunzte Ole. »Kümmere dich um deine Bilder, davon verstehst du wenigstens was.«

Wenn Blicke töten könnten, dachte Rosa, als sie den Blickwechsel zwischen Regina und Ole sah. Aber im Inneren war sie erleichtert. Ihr war ein Stein vom Herzen gefallen. Blinder Alarm. Über Carl und Camilla wußte niemand Bescheid.

Dann gehörte die Bühne Robert, der in diesem Augenblick, gefolgt von Marina, durch die Terrassentür hereinkam und mit ausgebreiteten Armen auf Rosa zueilte.

»Rosa! Mein Rotkäppchen! Wie schön, dich zu sehen!« Er hob sie hoch, wirbelte sie einmal im Kreis, setzte sie wieder ab und betrachtete sie mit einem Lächeln. »Wie groß du geworden bist, Rotkäppchen! Du reichst mir ja schon bis zum Kinn …«

Sie knuffte ihn zur Begrüßung in den Bauch.

Er stöhnte auf und rief mit verstellter Stimme: »Großmutter, was hast du für große Hände …?«

»Damit ich besser boxen kann!«

»Großmutter, was hast du für ein großes Maul?«

»Damit ich lauter lachen kann!« Rosa lachte. »Aber sag, was hast du für graue Haare, Gevatter Wolf?«

»Damit ich endlich so alt aussehe, wie ich bin«, knurrte Robert, der trotz der vielen Fältchen um die Augen aussah wie ein großer Junge.

Das Spiel mit Rotkäppchen und dem Wolf hatte in wechselnder Rollenverteilung zu ihrem Standardrepertoire gehört. Trotzdem war Rosa überrascht, wie herzlich das Wiedersehen mit Robert ausfiel. Kein Zaudern, keine abschätzigen Blicke, keine künstliche Zurückhaltung wegen Trauer und Schwarze-Krawatten-Zeiten. Im Vergleich dazu war das Händeschütteln mit Achim wie die flüchtige Begegnung mit einer Hasenpfote gewesen und Reginas Umarmung wie das Umklammertwerden von einem eingerosteten Schraubstock. Marina und Rosa hatten sich begrüßt, wie es unter Politikern befreundeter Parteien üblich war: Man kannte sich, klopfte sich auf die Schulter, ging dann zur Tagesordnung über.

Nur bei Robert spürte Rosa die Nähe und Vertrautheit eines Bruders. Sie erklärte es sich mit dem Altersunterschied zu den anderen Geschwistern, fand diese Begründung aber schon im nächsten Atemzug unzulänglich. Achim war ihr immer erschienen wie ein nie zum Zuge gekommener zweiter Vater. Im Gegensatz dazu verhielt sich Regina eher wie eine viel zu oft zum Zuge gekommene zweite Mutter, und Marina war die große, mutige, unabhängige Schwester, zu der Rosa früher nur bewundernd hatte aufblicken können. Robert hingegen war erreichbar gewesen.

»Wann bist du denn angekommen?«

»Gelandet bin ich schon heute mittag.«

Nun hätte Rosa gern das Gesicht der Mutter gesehen.

»Aber hier in Scharbeutz bin ich erst seit einer knappen Stunde. Ich mußte ja erst nach Hause, Klamotten wechseln, das Auto nach der langen Pause startklar machen, und dieser verdammte Flug hatte mal wieder massig Verspätung. Da weiß man erst, was man an Deutschland hat.«

»In den letzten Tagen hat wohl dein Anrufbeantworter

gestreikt«, sagte Regina spitz, während sie Teller auf dem Tisch verteilte.

»Nein, große Schwester, ich war ein paar Tage segeln.«

»Hauptsache, du machst dir ein angenehmes Leben.« Regina war eben doch eine unverbesserliche Zicke, die Zwietracht säte, wo sich nur die Gelegenheit dazu bot.

Robert musterte Regina belustigt und herausfordernd. »Was denn sonst? Das Leben ist doch kurz genug. Das könntest du übrigens auch mal beherzigen. Würde dir gut stehen.«

Die blauen Augen in seinem sonnengebräunten Gesicht lachten, und Rosa dachte, jetzt sieht er ihre tausendjährige Frisur und denkt sich sein Teil. Jedes einzelne Härchen sprach Bände, erzählte von Reginas Starrheit, von ihrer zur Schau getragenen Lustfeindlichkeit.

Ole brach erneut in wieherndes Gelächter aus, und Marina konnte sich ein Grinsen nicht verkneifen. Reginas Blick gefror, sie sah durch Robert hindurch, an Ole vorbei, dann auf den Teller, den sie in der Hand hielt, als wisse sie auf einmal nicht mehr, was für ein Ding das war und was sie damit anfangen sollte.

Vielleicht überlegt sie, ob sie dem frechen kleinen Bruder den Teller an den Kopf werfen soll, dachte Rosa hoffnungsvoll, oder dem unverschämten, schamlosen Ehemann, doch zugleich wußte sie, daß Regina das nicht tun würde. Wenn Regina jemals auch nur ein zusammengeknülltes Stück Zeitung nach jemandem geworfen hätte, dann hätte sie auch eine andere Frisur. Und mit Sicherheit auch einen anderen Mann.

Regina stellte den Teller mechanisch zu den anderen auf den Tisch und verließ erhobenen Haupts das Zimmer.

Robert breitete mit gespielter Hilflosigkeit die Arme aus. »Woher soll ich denn ahnen, daß es Vater ausgerechnet diese Woche erwischt.«

»Wäre eine andere Woche günstiger für dich gewesen?« fragte Marina ironisch.

Robert winkte ab. »Armer Kerl.«

»Was man von dir nicht sagen kann«, stichelte Marina.

»Nein, ich bin noch am Leben.«

»Ich meinte etwas anderes.«

»Gibt's noch ein Bier?« tönte Ole, der bisher keinerlei Anstalten gemacht hatte, sich zwecks Betätigung im Haushalt aus seinem Sessel zu bequemen.

»Im Keller«, sagte Marina.

Ole blieb sitzen.

In dem Moment kam Achim herein, fünf Pizzaschachteln balancierend.

»Ach, du bist auch da, Rosa?« Das klang nicht besonders erfreut. »Da hätte ich lieber eine Pizza mehr …«

»Du wirst schon nicht verhungern«, unterbrach ihn Marina, die solche Situationen aus ihrem Alltag kannte. »Wir werden die Pizzen aufschneiden und geschwisterlich teilen. Geteilte Freud, geteiltes Leid.«

»Geteiltes Land, geteilte Ländereien«, witzelte Robert. »Wo hast du eigentlich deine Göttergattin gelassen?«

»Freitags hat sie immer ihren Gesprächskreis«, sagte Achim ernsthaft. »Sie wollte ihn erst ausfallen lassen, aber ich habe ihr zugeredet hinzugehen. Die Sache mit Vater hat sie ziemlich mitgenommen.«

»Ist sicherlich fruchtbarer als unser Stelldichein«, bemerkte Marina und machte sich daran, die Pizzen aufzuschneiden.

»Wieso, ihr Vater war's doch gar nicht.«

»Robert … Ein bißchen mehr Respekt«, sagte die Mutter, die mit einem Korb voll Bierflaschen aus dem Keller kam und die letzten Sätze gehört hatte. »Das alles wird sie an die Sache mit ihrem eigenen Vater erinnert haben.«

Rosa runzelte die Stirn. »Was ist das für eine Geschichte?«

»Ihr Vater hat sich das Leben genommen«, erklärte Achim mit sachlicher Stimme. »Als er zum ersten Mal nach siebenunddreißig Jahren wieder nach drüben gefahren ist und alles wiedergesehen hat, die Gärtnerei und das Haus, in dem er damals gewohnt hatte, da ist er … Das hat er nicht verkraftet. In derselben Nacht hat er Tabletten genommen. Evas Mutter hat ihn am nächsten Morgen gefunden. Sie hat seither Depressionen und lebt in einem Heim.«

Schweigend setzten sie sich um den Tisch und starrten auf

die Pizza. Keiner wollte den Anfang machen. Allen schien plötzlich der Appetit vergangen zu sein. Die Geschichte von Evas Vater hatte eine Schwermut hinterlassen, die der Tod des alten Fritz bisher nicht hervorgerufen hatte. Rosa suchte den Blick der Mutter, die jedoch konzentriert das Pizzaangebot zu begutachten schien.

»Vier Käsesorten«, unterbrach Achim schließlich das Schweigen. »Vier Jahreszeiten, Schinken und Ananas, Meeresfrüchte, Artischocken.« Seine Stimme klang dabei genauso sachlich wie zuvor.

Rosa dachte, daß sie beim Italiener in der Strandallee doch besser aufgehoben gewesen wäre.

Robert sah in die Runde. »Worauf warten wir noch?«

»Daß Papa sich als erster nimmt«, erwiderte Marina mit einem Grinsen und nahm sich als erste ein Stück Pizza. Alle anderen schlossen sich an. Der Familienabend konnte nach der kurzen Störung weitergehen.

»Wann ist denn die Beerdigung?« fragte Robert nach einer Weile kauend.

Regina zischte: »Aber Robert, doch nicht jetzt.«

»Wissen wir noch nicht«, sagte Rosa und fing sich einen giftigen Blick der ältesten Schwester ein. »Wenn die Leiche freigegeben wird.« Sie sah, wie Ole, der ihr gegenübersaß, sich gierig das nächste Stück Pizza einverleibte. An seinem Kinn klebte etwas Tomate. Sie sah schnell weg.

»Erd- oder Feuerbestattung?« fragte Robert weiter.

»Seine Asche soll auf der Ostsee verstreut werden. So hat er es jedenfalls verfügt.«

»Bitte«, sagte die Mutter, »laßt uns nach dem Essen über diese Dinge reden.«

Robert, der neben ihr saß, legte ihr den Arm um die Schulter. »Natürlich, Mama, entschuldige bitte.«

Er wandte sich Rosa zu, die neben ihm saß. »Was macht übrigens dein Café? Läuft der Laden immer noch so gut wie damals?«

Robert war der einzige aus der Familie, der Rosa jemals in San Francisco besucht hatte, was sie ihm immer hoch

197

angerechnet hatte. Und er war der einzige, der Steven jemals zu Gesicht bekommen hatte. In der Blütezeit des For Roses war das gewesen, vor etwa fünf Jahren. Am letzten Abend hatte Robert sie großzügig zum Essen einladen wollen, Seafood, dazu ein guter kalifornischer Weißwein. Vom zweiundfünfzigsten Stockwerk des Gebäudes der Bank of America aus hatten sie zugesehen, wie der Nebel in die Bay zog. Zu Roberts Empörung hatte der Ober die Eurochequekarte nicht akzeptieren wollen. Rosa und Steven hatten die Rechnung übernommen und die Anschaffung eines neuen Kühlschranks für das For Roses um einen Monat verschoben. Aber immerhin hatte Robert sie in Amerika besucht.

»Nicht schlecht«, sagte Rosa ausweichend. Sie hatte keine Lust, im Kreis der Familie bei Pizza und Bier die einschneidenden Änderungen in ihrem Privatleben gleich mit durchzukauen. Vielleicht ergab sich in den nächsten Tagen die Gelegenheit zu einem kleinen Strandspaziergang mit Robert.

»Weißt du übrigens schon, wer die Ermittlungen leitet?« wandte Regina sich an Robert.

»Nein, aber ich ahne schon, daß du es mir gleich sagen wirst, große Schwester«, entgegnete Robert nicht besonders interessiert.

»Ein alter Schulfreund von dir.«

»Wer denn?« Er hob die Hand. »Moment, nicht sagen, laß mich raten … Gottfried Lange? Der hatte schon immer einen Hang zu Recht und Ordnung … Oder Thomas Koch, unser Schachmeister?«

»Falsch«, triumphierte Regina und warf Rosa einen boshaften Blick zu. »Hanno Finn.«

Robert schlug mit der flachen Hand auf den Tisch. »Hanno Finn? Bei der Kriminalpolizei? Ich faß es nicht … Und ich dachte immer, er wollte Archäologe werden …«

»Forschen und nach der Wahrheit graben tut er auf diese Weise auch«, stellte Marina fest.

»Ist er gut?« fragte Robert. »Ich meine, hat er schon was herausgefunden?«

»Keine Ahnung«, sagte Marina. »Er wird uns nicht gleich

jeden Verdacht auf die Nase binden, sondern erstmal seine Scherben einsammeln. Ich habe ihn heute übrigens mehr oder weniger zufällig getroffen, unten an der Seebrücke. Scheint so, als hätte er eine Spur, aber Genaueres durfte er mir natürlich nicht sagen ...« Sie lehnte sich zurück und sah Rosa an. Ihre Augen funkelten unternehmungslustig. »Ein interessanter Mann. Wäre ich ein paar Jährchen jünger und nicht insgesamt zu vorbelastet ...« Genußvoll ließ sie den Satz unvollendet.

Rosa erbleichte. Sie traute es Marina ohne weiteres zu, daß sie ihr diesen Mann ausspannte oder es wenigstens versuchte. Schließlich war Hanno Finn nur zwei Jahre jünger als Marina. Damals mochte das ins Gewicht gefallen sein, aber jetzt? Marina hatte es schon immer verstanden, die Aufmerksamkeit der Männer auf sich zu ziehen. Und dann noch diese herablassende, gönnerhafte Art: Wenn ich wollte, könnte ich durchaus, aber ich überlasse ihn dir, kleine Schwester ...

Zu ihrer Überraschung kam Regina ihr zu Hilfe. »Laß die Finger davon.«

Marina zog die Augenbrauen hoch. »Wieso, hast du etwa selbst ein Auge auf ihn geworfen?«

»Das hast du schon immer gut gekonnt«, giftete Regina. »Anderen den Mann ausspannen.«

Mit vollem Mund sagte Ole: »Also, mich kannst du damit nicht meinen ...«

»Das war noch vor deiner Zeit.«

»Jetzt bin ich aber gespannt: Wem habe ich wen ausgespannt?« fragte Marina süffisant.

Regina kniff die Lippen zusammen. »Das weißt du ganz genau.«

»Meinst du vielleicht diesen ... na, wie hieß er denn noch ... diesen Jan?« Sie schnippte mit den Fingern. »Ja, jetzt erinnere ich mich wieder: Ich glaube, du lagst damals krank im Bett, und ihr hattet Theaterkarten, und ich hab mich dann geopfert und einen Abend mit diesem Langweiler verbracht ...«

Reginas Stimme wurde schrill. »Er war mein Verehrer. Er

war wegen mir gekommen. Und dann bist du aufgetaucht und hast ihm schöne Augen gemacht ...« In ihren Augen lagen Haß und Verbitterung. »Du hast ihn einmal benutzt und dich von ihm schwängern lassen und ihn dann weggeworfen ...«

Marina schnappte nach Luft. »Ich habe was? Spinnst du jetzt komplett?« Sie fing laut an zu lachen. »Von diesem Biedermann? Nie im Leben. Den Typen hätte ich doch nicht einmal mit der Kneifzange angefaßt.« Sie hielt inne, sah ihre ältere Schwester fassungslos an. »Hast du wirklich all die Jahre gedacht, daß Alice das Kind von diesem Jan ist? Daß ich nichts Besseres zu tun hatte, als jeden Mann ins Bett zu zerren, der mir über den Weg lief?«

Regina ließ sich nicht beirren. »In der Hinsicht bist du nun wirklich keine Heilige. Und du hast dich immer geweigert, seinen Namen zu verraten. Von der Zeit her kommt das ziemlich genau hin ...«

Marina tippte sich mit dem Finger an die Stirn. »Du hast sie ja nicht mehr alle, du alte Jungfer!«

Rosa starrte Marina zornig an. »Jetzt reicht's aber!«

»Hört, hört, die kleine Schwester«, sagte Robert amüsiert, und Rosa fing an, sich über ihn zu ärgern – auch über seine Art, alles auf die leichte Schulter zu nehmen.

Regina war aufgesprungen. »Du mußt dir doch nur ständig selbst beweisen, daß du eine Frau bist, weil Papa sich einen Jungen gewünscht hatte!«

»Regina, bitte nicht«, bat die Mutter vergeblich.

»Doch«, sagte Regina kalt. »Du mußt das doch noch am besten wissen. Ich habe diese dauernden Kommentare satt! Über meine Frisur, meine Verehrer und meine ganze Art. Glaubt ihr denn, ihr seid so unfehlbar? Als Marina auf die Welt kam, war Vater monatelang enttäuscht, daß sie kein Junge war. Erst als Robert geboren wurde, war die Welt wieder in Ordnung.«

»Also, ich habe mit mir als Frau keine Probleme«, sagte Marina arrogant.

Robert betrachtete seine Schwestern amüsiert. »Hier geht

ja vielleicht was ab. Zeter und Mordio und schmutzige Wäsche von anno dunnemals. Und mittendrin mein alter Freund Hanno Finn ...« Er beugte sich zu Rosa. »Apropos, junge Frau, wie geht es denn meinem Freund Steven?«

Rosa schloß die Augen. Nein, dachte sie, nicht auch das noch.

»Jetzt erzähl doch mal, Rosa, wie war es denn in Boltenhagen?« Die rettende Stimme der Mutter übertönte Roberts provozierende Frage. »Ist der Sand da genauso fein und weiß wie hier?«

Rosa hatte keine Ahnung, ob es in Boltenhagen überhaupt einen Strand gab, nahm die Ablenkung aber dankbar an. Jedes Thema war jetzt besser als Gestammel über Steven und halbgare Anspielungen auf Finn und dieser ungleiche Kampf zwischen den beiden großen Schwestern, den Regina schon früher verloren hatte und vermutlich immer wieder verlieren würde.

Aber was war das für eine seltsame Geschichte mit Hamburg und Boltenhagen? Und dann auch noch dieser stumme Dialog zwischen ihr und der Mutter, die zu ahnen schien, daß Rosa etwas wußte ... Wie sah der Strand dort aus?

»Etwas gröber«, sagte sie und warf der Mutter einen prüfenden Blick zu. »Mehr Steine.«

»Und der Ort? Die Häuser?« fragte die Mutter weiter, ohne den Blickkontakt zu unterbrechen.

»Fast wie in meiner Kindheit«, sagte Rosa langsam und hatte, als sie das sagte, wieder die Uferstraße und das quer zur Straße gebaute Mietshaus vor Augen, in dem Tante Elsa früher gewohnt hatte. »Sogar die Mülltonnen.«

Die Mutter lächelte, als habe sie genau diese Antwort hören wollen. »Und du hast nicht mal bei deinem Onkel geklingelt?«

Doch, dachte Rosa.

»Ich wußte ja nicht, daß er dort wohnt.«

»Jetzt weißt du es«, erwiderte die Mutter leise, und in ihrem Blick lag plötzlich nichts Lauerndes mehr, nichts Prüfendes, eher eine gewisse Ratlosigkeit, ein Hilferuf, den nur Rosa sehen konnte.

»Die Ossis müssen jedenfalls noch ganz schön was auf die Beine stellen, wenn sie Urlaubsgäste anlocken wollen«, rief Ole, dem leise Töne ein lautes Unbehagen bereiteten. »Da fehlt es völlig an touristischer Infrastruktur. Das liegt alles noch brach. Aber«, er hob den Zeigefinger und die Stimme, »was nicht ist, kann ja noch werden.«

»Mit deiner finanziellen Hilfe«, sagte Regina.

»Halt du dich da raus!«

»Nein«, sagte Regina kalt, »die Zeiten sind vorbei.«

»Die brauchen uns doch!« ereiferte sich Ole. »Von allein schaffen die das doch gar nicht! Die haben gar nicht das Geld und das Know-how! Die hinken dreißig Jahre hinterher! Das liegt jetzt in unserer Verantwortung, da mit anzupacken.«

»Indem wir ihnen die Grundstücke abkaufen, weil sie das Geld brauchen, um in der schönen neuen Welt mithalten zu können«, höhnte Robert. »Wo hast du denn schon überall deine Finger mit im Spiel? Und vielleicht darf man fragen –« er machte eine bedeutsame Pause, »– wovon du eigentlich deine Unternehmungen im Osten finanzierst?«

Ole lief rot an.

»Das Testament des Vaters macht's eben möglich«, antwortete Marina. »Es wird nicht lange dauern, und wir deutschen Könige der Gründlichkeit haben auch diese Küste flächendeckend bebaut und verschandelt – jetzt noch dazu mit vereinten Kräften –«

Ole sprang erregte auf und funkelte Robert an. »Das dürfte dich einen feuchten Kehricht angehen! Tu bloß nicht so, als hättest du deine Grundstücke auf La Palma mit Luft und Liebe bezahlt! Und mit deinen marxistischen Sprüchen hättest du auf den Kanaren nicht mal eine Rolle Klopapier kaufen können! Verscherbelt hast du das Ganze dann mit viel Glück an andere deutsche Altkommunisten, die inzwischen genug Geld hatten, um sich einen Zweitwohnsitz zu leisten. Und jetzt willst ausgerechnet du mir sagen, was ich im Osten zu tun und zu lassen habe?« Er schnappte nach Luft, ließ sich wieder auf den Stuhl sinken. »Das ist harte Aufbauarbeit, Mann. Das ist was anderes als Segeln und Rotwein trinken

und dabei arglosen Bauern ein Stück karges Land abschnak-
ken.«

»Paß bloß auf, daß dir nicht die Luft ausgeht«, sagte Robert
verächtlich und imitierte einen durch die Luft sausenden
Luftballon. »Du bist doch nur wütend, weil du das Erbe mit
Achim, mir und Vaters Bruder teilen mußt. Du konntest
doch noch nie den Hals vollkriegen. Würde mich nicht wun-
dern, wenn ...« Er brach den Satz ab.

»Wenn was?« Oles Stimme klang gefährlich scharf.

»Ach nichts.«

»Und du? Nachdem er dir kein Geld mehr gegeben hat,
hättest du doch allen Grund gehabt ...«

»Ole!« rief die Mutter, aber niemand achtete auf sie.

»Mir sind übrigens bei der Abrechnung ein paar Unregelmäßigkeiten aufgefallen ...«, mischte sich nun auch Achim
ein, aber Robert unterbrach ihn.

»Ich war zur Tatzeit auf La Palma«, sagte er ruhig. »Und
ihr?«

Marina fing lauthals an zu lachen. »Ihr scheinheiligen Gok-
kel! Jeder von uns hätte ihm doch den Tod an den Hals gewünscht.«

»Also ich nicht«, murmelte Achim beleidigt.

Rosa verließ wortlos das Wohnzimmer. Hahnenkämpfe
und Krähendreck! Die Familie, die in Notzeiten zusammenhalten muß! Bitte sehr, schlagt euch nur die Köpfe ein, be-
schimpft euch bis zum Morgengrauen ...

Sie lief hinauf in die Dachkammer, suchte ihre Siebensachen zusammen und warf alles ungeordnet in die Koffer.
Als sie durch den Flur ging, kam die Mutter heraus, sah sie
fragend an. »Wo willst du hin?«

»Ich ziehe wieder ins Hotel.«

»... immer schon neidisch gewesen auf ...«, war aus dem
Wohnzimmer Marinas Stimme zu hören.

Die Mutter folgte Rosa vor die Haustür.

»Rosa, bitte, ich ... es ... es ist nicht so, wie du denkst.«

»Ach nein?« sagte Rosa kühl. »Was denke ich denn?«

»Du denkst, daß Carl ...« Die Mutter brach ab, biß sich auf

die Lippen. Dann ging ein Ruck durch ihren Körper. »Ich muß mit dir reden, Rosa. Bitte. Dringend. Ich ... wir brauchen deine Hilfe.«

25

Zum ersten Mal seit ihrer Ankunft in Scharbeutz schlief Rosa tief und fest. Erst das schrille Läuten des Telefons weckte sie auf. Es war halb zehn. Verschlafen nahm sie den Hörer ab. Der Portier teilte ihr mit, an der Rezeption warte Besuch auf sie: »Ein gewisser Herr ... Finn. Wie das Land, nur ohne ›land‹.«

Noch so ein Heimatloser, dachte Rosa, während der Portier hinzufügte, das Frühstück könne bis zehn Uhr dreißig eingenommen werden.

Es war kein Einzelzimmer mehr frei gewesen, auch nicht mit Naßzelle. Das Doppelzimmer war doppelt so teuer, aber Rosa hätte auch eine Suite genommen. Hauptsache, sie war endlich allein, konnte allein aufwachen und unter gestärkter weißer Bettwäsche lange schlafen. Außerdem fand sie, daß es durchaus ihrem Zustand entsprach: ehemaliger Double mit einer leeren Hälfte, die irgendwann wieder besetzt werden konnte ... Als sie den Hörer auflegte, dachte sie zufrieden, als Bewohnerin eines Doppelzimmers habe sie mit Fug und Recht auch Anspruch auf das doppelte Frühstück. Und in Finns Gesellschaft: ein doppeltes Vergnügen.

Mit einem Satz war sie aus dem Bett. Doch kaum befand sie sich in der Vertikalen, erwachten auch die Ereignisse des Vortages und folgten ihr unter die Dusche wie ein Schattenspiel: die Verfolgung durch Lübeck, die Zugfahrt nach Hamburg, die Mutter und ihr Mastroianni am Alsteranleger, das Warten auf der Parkbank am Eilbeckkanal und die Entdeckung, daß der Doppelgänger des Filmschauspielers in Wirklichkeit der Bruder des Vaters war, den Rosa höchstpersönlich am Tatmorgen am Strand gesichtet hatte.

Die Sache schien sonnenklar: Carl Liebmann hatte seinem Bruder die Frau ausgespannt. Eine Scheidung oder Trennung

wäre für einen Despoten und Choleriker wie Friedrich Liebmann nie in Frage gekommen. Höchstens über seine Leiche.
Vielleicht hatte kein anderer als er selbst diese Lösung sogar
unbedacht ins Spiel gebracht, ausgeworfen wie ein Netz mit
zu großen Maschen, die sich aber kleiner knüpfen ließen. Bis
wirklich jemand darin hängengeblieben war: er selbst … Ein
Schuß, entweder hinterrücks oder als Ergebnis eines klären-
den Gesprächs unter Brüdern, das keinen anderen Ausweg
ließ … Auch ein geplantes Duell konnte Rosa sich in diesem
Zusammenhang vorstellen, das Männerritual früh am Morgen … Und kurz darauf war Rosa der gehetzt aussehende
Carl über den Weg gelaufen.

Noch irgendwelche Fragen? dachte sie, während sie aus der
Duschwanne stieg und plötzlich spürte, wie ihre Beine zu zittern begannen und nicht die Aussicht auf ein Frühstück mit
Finn daran schuld war. Der Badezimmerspiegel war beschla-
gen. Sie stieß mit dem Fuß die Tür auf, lehnte sich an die
Wand der Duschkabine und beobachtete, wie die milchige
Schicht auf dem Spiegel sich nach und nach auflöste. Wenn
auch noch nicht den genauen Ablauf der Tat, so hatte sie immerhin die Hintergründe der Sache klar vor Augen – und
wünschte sich, sie wäre nie nach Scharbeutz zurückgekommen. Zuviel Klarheit verdarb den Blick. Zuviel Mitwissen
konnte einem die Luft abschnüren. Die Menschen brauchten
zum Leben Milchglasscheiben und rosa Brillen und ab und zu
einen verklärten, verliebten Blick. Aber wenn Rosa sich jetzt
im Spiegel betrachtete: nasse dunkle Haare, die auf der Kopfhaut klebten, die grünen Augen ihrer Mutter, dieselben geschwungenen, dichten Augenbrauen, dieselbe schiefe Nase
wie Friedrich Liebmann – wie Carl Liebmann … Alle drei waren sie in ihrem Gesicht vertreten, die beiden Liebenden und
der Betrogene, die jahrelang Betrogene und die seltsam un-
gleichen Brüder, der Tote und der Mörder und die Mitwisserin – die andere Mitwisserin, das war sie selbst.

Doch was zum Teufel sollte sie mit diesem Wissen anfangen? Es war eine Sache gewesen, mit einem Verdacht zu spielen und der Mutter durch Lübecks Altstadt zu folgen – eine

205

völlig andere war es, diesen Verdacht weiterzuverfolgen, über die unsichtbare Schwelle hinweg, an der mit einem Schlag Ernst daraus geworden war.

Sollte sie sich anziehen und runtergehen und an den gedeckten Tisch setzen und Finn, dem Geschichtenerzähler, beim Frühstück en passant ihrerseits eine Dreiecksgeschichte erzählen? Sollte sie anknüpfen an den Kuß am Strand, indem sie eine andere Liebesgeschichte ins Spiel brachte, die er als Kommissar gar nicht ignorieren durfte? Sollte sie die Mutter verraten, die späte Liebschaft gnadenlos ans Licht zerren, während gleichzeitig unter dem Tischtuch ihr Fuß langsam an Finns Hosenbein entlangfuhr? Sollte sie den Onkel für den Rest seines Lebens hinter Gitter bringen? Und die Mutter, sofern auch sie ihre Finger mit im Spiel hatte, gleich mit dazu?

Rosa blickte in den Spiegel und dachte: Wie könnte ich mir jemals wieder in die Augen sehen? Wie könnte ich jemals wieder mein Gesicht ertragen, die grünen Augen, die schiefe Nase, die Blicke der Mutter, die Gegenwart Hanno Finns, ganz zu schweigen von meiner eigenen? Sie ertrug ihren Blick ja jetzt schon kaum noch …

An der Rezeption war Finn nirgendwo zu sehen, aber als Rosa um die Ecke bog, sah sie ihn in dem Gang, der zum Frühstücksraum führte. Das Hotel Augustusbad feierte in diesem Jahr sein hundertjähriges Bestehen und zeigte Fotos aus den alten Tagen des Seebads. Mit schräg geneigtem Kopf stand Finn vor den Fotos und den Texttafeln zur Geschichte des Hotels.

Rosa blieb stehen und betrachtete Finn – einen kurzen Moment nur, bevor er sie bemerkte und sich ihr mit einem verhaltenen Lächeln zuwandte. Doch da war sie schon wieder gefaßt, hatte sich unter Kontrolle. Nur die Spur des Begehrens, das sie in diesem kurzen Moment gespürt hatte, dringlich, brennend und unabwendbar, ließ sich nicht mehr löschen – diese Spur und eine ebenso überraschende Welle von Zuneigung, die über sie hinweg geschwappt war. Wenn Rosa nicht aufpaßte, würde aus der Spur ein langer Weg werden, und aus der Welle ein Meer an Zuneigung, in dem sie untergehen konnte, wie in den Zeiten mit Steven – fast ertappte sie sich bei dem Wort *damals*. Gleich darauf jedoch kam der Impuls, sich zu schützen, Schotten zu, Luken dicht. Zunächst galt es, durch ganz andere Gewässer zu manövrieren.

Entsprechend zurückhaltend begrüßte sie Finn. Schweigend, mit deutlichem Abstand zueinander, sahen sie sich die Fotos an: diverse Aufnahmen von Kindergruppen, die von 1943 bis 1945 zur Kinderlandverschickung ins Augustusbad gekommen waren; Mai 1945, Berge von kaputten Möbeln im Garten des Hotels, das zuvor von Fremdarbeitern und ehemaligen Kriegsgefangenen geplündert worden war; Flüchtlinge, die in dem Haufen nach Verwertbarem suchten; ein brennender Holzstoß, umringt von englischen Soldaten. Die Bildunterschrift informierte darüber, daß nach den Engländern schottische und polnische Truppen das Hotel in Beschlag genommen hatten; dann ein Foto aus dem Frühjahr 1946, der deutsche Eigentümer vor seinem zurückerstatteten, völlig heruntergekommenen Hotel, in das fortan Flüchtlinge einquartiert wurden. Ein letztes Foto in dieser Reihe stammte aus dem Jahr 1951, das Augustusbad als »Schandfleck« des Ortes mit katastrophalen hygienischen Zuständen. An der anderen Wand des Flures war schrittweise der »Wiederaufbau« des ehrwürdigen Hotels dokumentiert, bis hin zur zweiten kompletten Renovierung vor wenigen Jahren.

»Im ersten Stock hängen die Aufnahmen vom Strand, von denen ich schon erzählt habe«, sagte Rosa. »Der mit Stacheldraht abgesperrte Strand, die Strandbaracken auf der Höhe des Kammerwaldes, Hunderte von Leichen im Sand, die angeschwemmten Toten von den bombardierten Schiffen.« Sie räusperte sich. »Das könnte dich vielleicht interessieren.«

Seine Stimme klang belegt. »Im Moment interessiert mich vor allem ein ganz bestimmter Toter.«

»Bist du deshalb hier?«

»Auch.«

In einer Ecke des Frühstückraums war ein reichhaltiges

Buffett aufgebaut. Eine Hotelangestellte räumte mit lautem Klappern benutztes Geschirr von den Tischen. Nur zwei ältere Damen frühstückten noch an einem Tisch am Fenster. Aus einem Lautsprecher rieselte verpoppte klassische Musik.

Sie setzten sich in die Ecke. Rosa mit dem Blick und Finn mit dem Rücken zur Wand. Sie bestellte Tee, er Kaffee.

»Wie hast du erfahren, daß ich wieder im Hotel bin?«

»Purer Zufall«, sagte Finn. Er wich ihrem Blick aus. »Wo warst du gestern?«

»Unterwegs«, sagte Rosa und konnte es nicht lassen hinzuzufügen: »Nicht daß dich das etwas anginge.«

Offenbar der falsche Satz. Sein Blick wurde hart. Er antwortete nicht, starrte auf irgendeinen Punkt auf dem Tischtuch und schwieg.

Rosa wartete kurz, stand dann entschlossen auf und ging zum Frühstücksbuffett. Sie kannte diese abrupten Stimmungsumschwünge von Steven. Es war häufig passiert, daß wie aus heiterem Himmel plötzlich bei ihm die Klappe fiel, und dann ging nichts mehr, dann waren einsilbige Antworten schon das höchste an Redseligkeit, und man ließ ihn am besten in Ruhe. Allerdings hatte es eine ganze Zeit gedauert, bis Rosa begriff, daß Stevens vorübergehende Versteinerung nichts mit ihr zu tun hatte. Allerdings hatte er ihr nie verraten, womit sie statt dessen zu tun hatte. So weit war Rosa in all den Jahren in seine intimen Gemächer nicht vorgedrungen.

Rosa versorgte sich nach und nach mit Orangensaft, frischen Brötchen, Butter, Marmelade, Eiern, Katenschinken, einem Schälchen Obstsalat, setzte sich dann wieder. »Ißt du nichts?«

»Ich habe schon gefrühstückt.«

In aller Ruhe schlug sie ein Ei nach dem anderen auf, pulte die Schale ab, ließ die Eier in ein Glas fallen, zerteilte sie mit einem Löffel, gab etwas Butter, Pfeffer und Salz dazu, schnitt dann den Katenschinken in Würfel und verteilte die Schinkenwürfel auf den Eiern. Finn sagte die ganze Zeit kein Wort.

»Mit wem habe ich heute morgen eigentlich die Ehre? Mit dem Kriminalkommissar oder mit Hanno Finn? »

Er verzog keine Miene. »Wahrscheinlich mit beiden.«

»Zwei Männer auf einmal – alle Achtung. Da muß ich ja besonders auf der Hut sein«, gab sie spöttisch zurück.

Die Bedienung trat an den Tisch und brachte ihnen die gewünschten Getränke.

Er ließ drei Würfel Zucker in die volle Tasse fallen, rührte vernehmlich und ausdauernd um. »Was du da eben gesagt hast, das hat schon mal eine Frau zu mir gesagt. Es war so ziemlich gegen Ende der Beziehung.« Er sah sie wieder an, sein harter Blick wirkte eine Spur traurig. Sie fand ihn unglaublich attraktiv. »Vielmehr war es das Ende. Ich weiß, ich hätte dich nicht fragen sollen, es geht mich nichts an, wo du gestern warst und was du tust oder läßt, aber als Kommissar …« Er zuckte ratlos mit den Schultern.

»Ist etwa noch ein Toter aufgetaucht?« kam sie ihm zu Hilfe. Womöglich Carl Liebmann, dachte sie plötzlich, und daß all ihre Probleme damit gelöst wären … Was allerdings nicht für die der Mutter galt …

»Marina hat gestern abend gesagt, du hättest eine Spur …«

»Hör zu, Rosa«, sagte Finn, und seinem Gesicht war die innere Anspannung deutlich abzulesen. »Es gibt tatsächlich einige neue Hinweise. Und zwei mögliche Spuren. Die eine führt in dieses Hotel. Deshalb bin ich heute morgen hierhergekommen. In meiner Funktion als Kriminalkommissar. Daß du ebenfalls hier bist, habe ich rein zufällig erfahren.«

»Was für eine Spur?« hakte sie nach.

»In der fraglichen Nacht hatte noch ein weiteres Mitglied der Familie Liebmann in diesem Hotel ein Zimmer gemietet.«

Sie erstarrte. »Wer?«

»Der Bruder deines Vaters. Dein Onkel, Carl Liebmann. Wir haben die Melderegister aller Hotels und Pensionen geprüft. Daß zwei Liebmanns hier genächtigt hatten, ging zunächst unter, und das war auch meine Schuld. Ich wußte ja, daß du in jener Nacht hier abgestiegen warst, deshalb habe ich nicht weiter auf die Vornamen geachtet. Auch Carl

209

Liebmann ist nur eine Nacht im Augustusbad geblieben. Wir haben erst gestern den Portier sprechen können, der am fraglichen Morgen Frühdienst hatte. Er hat ausgesagt, daß ein männlicher Gast namens Liebmann gegen halb sieben gezahlt und beinahe fluchtartig das Hotel verlassen hat, ohne zu frühstücken. Etwa zehn Minuten später geht übrigens ein Zug in Richtung Lübeck.«

Er brach ab, stand dann mit einem verlegenen Lächeln auf. »Jetzt weißt du es. Und ich merke, daß ich doch Hunger habe.« Er nahm seinen Teller und ging zum Frühstücksbuffett.

Rosa sah ihm mit gemischten Gefühlen nach. Sie legte das angebissene Brötchen neben den Teller. Wie taktvoll von Finn, ihr Zeit zu geben, sich zu fassen. Carl Liebmann war offenbar so dumm gewesen, sich in einem Hotel registrieren zu lassen, bevor er morgens am Strand den unliebsamen Rivalen aufs Korn nahm. Daß Hanno Finn ihren Verdacht auf so direkte Weise bestätigte, verschlug ihr aber doch die Sprache – und auch den Appetit. Das war's also für die Mutter. Rosa begann zu zittern, doch das sollte Finn nicht merken. Sie würde stark sein und ihm keine noch so winzige Information freiwillig überlassen, sondern statt dessen im Gegenzug herausfinden, wieviel er überhaupt wußte.

»Wieso denn Carl Liebmann?« fragte sie daher mit glaubhaft gespielter Bestürzung, als Finn sich wieder setzte. »Was hat denn mein Onkel mit dem Tod meines Vaters zu tun?«

»Was weißt du über deinen Onkel?« fragt Finn, während er Butter auf sein Brötchen schmierte.

Rosa zuckte die Achseln. »So gut wie nichts. Er ist der jüngere Bruder meines Vaters. Ich habe ihn noch nie gesehen. Und bis gestern abend wußte ich nicht einmal, wo er wohnt.«

»In Boltenhagen«, sagte Finn. »Er hatte sogar seine richtige Adresse angegeben.«

»Ist das nicht eher unverdächtig?« fragte Rosa.

Finn überhörte ihre Frage. »Wieso gestern abend?« hakte er nach. »Habt ihr über ihn gesprochen?«

Verdammt, dachte Rosa, paß besser auf. Schenk ihm nichts.

»Wegen des Erbteils«, erwiderte sie schnell. »Wir haben über das Erbe geredet.«

»Und – fliegen die Fetzen?«

Das geht dich nichts an, dachte sie wieder, schluckte den Satz aber rechtzeitig runter.

»Er war immerhin sein Bruder«, sagte sie statt einer Antwort.

»Wieso hat er dann vor fünf Tagen nicht in der Pension Seerose übernachtet?«

»Keine Ahnung. Ich habe ja auch das Hotel vorgezogen.« Sie lächelte listig. Der Einfall war gut. »Vielleicht ging es ihm ähnlich wie mir, und er wollte lieber erst einmal den Abstand wahren. Nach so langer Zeit.«

»Wieso nach so langer Zeit?« Finn war hellwach. Finn war schnell. Ein ernst zu nehmender Gegner.

»Niemand aus unserer Familie hat diesen Bruder je zu Gesicht bekommen«, sagte Rosa vorsichtig. »Soweit ich weiß, hatten sie keinen Kontakt, er und mein Vater. Das habe ich dir, glaube ich, aber schon erzählt.«

»Wieso wird er dann plötzlich als Erbe eingesetzt?«

»Haben wir den Punkt nicht schon vorgestern abgehakt?« fragte Rosa sanft, während in ihr der Wunsch tobte, Finn all das erzählen zu können, was sie nicht ausgesprochen hatte, ihn einzulassen in ihr Leben – aber nur einen von den beiden, in deren Janusgestalt Finn ständig auftrat, eben nicht den gefährlichen Kriminalkommissar.

»Gab es einen konkreten Grund für die Funkstille?« fragte Finn nachdenklich. »Einen alten Streit? Oder hatten sie sich einfach nur auseinanderentwickelt, wie das in vielen Familien der Fall ist?«

Rosa zuckte nur die Schultern.

»Weißt du, ob und, wenn ja, wann sie sich zum ersten Mal nach dem Fall der Mauer wiedergesehen haben?«

»Ich war doch in San Francisco. Ich weiß von nichts.« Sie konzentrierte sich jetzt ganz auf den Obstsalat.

»Du weißt mehr, als du mir erzählst«, sagte er aufgebracht. »Mit mir brauchst du dieses Spielchen nicht zu spielen: die kleine Rosa, die so weit weg war, die rein zufällig kurz vor der Tat nach Scharbeutz zurückgekehrt ist, die rein zufällig in demselben Hotel wohnt wie ihr Onkel. Die aber rein zufällig gar nichts über diesen Onkel weiß, weil sie rein zufällig nie eingeweiht wurde.« Er packte ihr Handgelenk und hielt es fest. Seine Augen waren noch grauer als zuvor. Doch aus der Nähe sah Rosa wieder die Schatten von Traurigkeit in seinem Blick. Und dahinter aufflackerndes Begehren.

»*Bullshit*«, sagte sie, ließ den Löffel fallen, nahm seine Hand mit ihrer anderen Hand und hielt sie fest. »In was für ein Schlamassel sind wir da bloß reingeraten, Hanno.«

Sie sahen sich lange an.

»Immerhin haben wir es diesem Schlamassel zu verdanken, daß wir uns kennengelernt haben«, sagte Finn leise. »Und wir sollten zusehen, daß nicht einer von uns mittendrin auf der Strecke bleibt.«

Gleich werde ich schwach, dachte Rosa. Wenn er mich noch eine Sekunde länger so ansieht, wird das Doppelzimmer auf der Stelle seiner Funktion zugeführt.

»Ich muß gehen«, sagte Finn, als hätte er ihren Gedanken erraten.

Sie ließ augenblicklich seine Hand los und sah weg.

»Aber vorher sage ich dir noch, was ich weiß, und du kannst damit anfangen, was du willst. Und wenn du mit mir sprechen willst, dann weißt du, wo du mich findest.«

»Dich oder den Kommissar?«

»Einer von uns beiden ist immer für dich da.«

Er beugte sich vor. »Hör gut zu, denn das ist vor allem auch deine Geschichte: Das kleine Häuschen, in dem dein Onkel in Boltenhagen wohnt, liegt direkt an der Promenade hinter den Dünen, traumhafte Lage, nebenan ein ehemaliges FDJ-Erholungsheim, gegenüber ein Pinienwald, nur zwei Minuten zum Strand. Sogar die Eigentumsverhältnisse sind in diesem Fall eindeutig, was man von den meisten Grundstücken im Osten nicht behaupten kann. Für hiesige Verhältnisse ist das Häuschen an sich eine Bruchbude, aber wer es entsprechend umbaut oder abreißt und ein neues Haus hinsetzt, kann sich da eine goldene Nase verdienen. Aber dazu braucht man das nötige Kleingeld. Über das Carl Liebmann allerdings nicht verfügt. Im Gegensatz zu seinem Bruder, der im Westen drei florierende Schmuckläden besitzt. Fragt sich also, was Carl Liebmann von seinem Bruder wollte.« Finn lächelte. »Dich brauche ich ja nicht zu fragen. Du warst viel zu lange weg.« Er schnippte einen Krümel vom Tischtuch. »Ein mögliches Szenario sieht beispielsweise so aus, daß Carl sich an jenem Morgen von seinem Bruder Geld leihen wollte. Wie die Sache ausging, wissen wir nicht. Friedrich Liebmann aber wurde erschossen aufgefunden. Die Tatwaffe stammt aus den ehemaligen Beständen der Nationalen Volksarmee. Was erschwerend hinzukommt: Ein Mann, auf den Carl Liebmanns Beschreibung paßt, wurde am Tatmorgen in nächster Nähe des Tatorts gesehen. Kurz nach der Tat hat Carl Liebmann das Hotel eilig verlassen. Und seither ist er wie vom Erdboden verschluckt. Jedenfalls hält er sich nicht in seinem Häuschen in Boltenhagen auf, die Nachbarn haben ihn seit Tagen nicht mehr gesehen, keiner weiß, wo er sich zur Zeit befindet.«

Ich weiß es, dachte Rosa, aber das war ein denkbar schaler Triumph. Sie war zutiefst beunruhigt. Was Mutters Liebschaft anging, tappte Finn offenbar noch im dunkeln. Andererseits war Carl Liebmann in hohem Grade tatverdächtig. Es war nur eine Frage der Zeit, bis der Kommissar auch noch über die Liebesbeziehung zwischen Carl Liebmann und der Mutter auf dem laufenden war. Und damit wäre alles vorbei. Alles für die Mutter – und auch alles für Rosa und Finn.

»Und die zweite Spur?« fragte Rosa mißtrauisch. »Führt die etwa auch in dieses Hotel?«

Finn sah auf die Uhr. »Ich muß gehen.«

26

Die Mutter stand gebückt mitten im Rosenbeet, zog vereinzelte Gräser und Quecken aus dem Boden, lockerte die Erde, streute Hornspäne aus, zwackte verblühte Blüten mit der

Gartenschere ab. Als sie Rosa um die Hausecke kommen sah, richtete sie sich auf. Ein Lächeln der Erleichterung glitt über ihr Gesicht. »Gut, daß du gekommen bist.«

»Sind wir allein?«

»Marina und Robert sind nach Lübeck zu einem Rechtsanwalt gefahren.« Sie strich sich die Haare aus der Stirn. »Robert ist fest entschlossen, das Testament anfechten zu lassen. Damit jeder einen gerechten Anteil bekommt, auch ich und du und Marina. Er hat vorgeschlagen, daß wir das Erbe notfalls einfach unter uns neu aufteilen. ›Von wegen letzter Wille – was interessieren mich denn Papas letzte Bosheiten?‹ hat er gesagt.« Sie schüttelte lächelnd den Kopf, seufzte dann. »Es gab deshalb gestern abend noch ziemlichen Streit. Du kannst dir wahrscheinlich denken, was Ole von dem Vorschlag hält. Auch Achim war nicht gerade begeistert, aber er würde sich so einer Lösung nie widersetzen. Weißt du, mir ist das alles nicht so wichtig, aber für dich und Marina …«

»Ich brauche sein Geld nicht«, sagte Rosa.

Die Mutter ließ den Blick über die Beete wandern, zögerte, entschied sich dann für eine Rose mit goldgelben gefüllten Blüten. »Dann wenigstens eine Rose«, sagte sie andächtig. »Für dein Hotelzimmer. Stell dir vor, sie heißt *Bernstein-Rose*.«

»Hat Papa sie dir geschenkt?«

»Nein, Eva und Achim. Vor zwei Jahren, zu meinem Geburtstag.«

Rosa ging in den Schuppen, in dem alle Arten von Gefäßen und Geräten aufbewahrt wurden, fand einen ehemaligen Marmeladeneimer und füllte ihn mit Wasser aus der Regentonne. Die Mutter hatte mittlerweile die Gartenhandschuhe abgestreift, die knöchelhohen Gummischuhe gegen Sommersandalen getauscht und eine Kanne mit Eistee geholt.

Sie setzten sich in die Rosenlaube. Die Stimmung zwischen ihnen war anders als am Abend in der Geschwisterrunde. Frei von Kalkül, von Taktik. Kein Versteckspiel mehr. Die Karten lagen jetzt offen auf dem Tisch.

»Erzähl mir von dir und Carl.«

»Du bist mir gestern gefolgt.«

»Es war falsch. Ich hätte dir nicht nachspionieren sollen.«

»Manchmal ist das Falsche genau das Richtige.«

»Hast du mich in der Uferstraße gesehen?«

Die Mutter lächelte. »Nein, schon am Jungfernstieg. Als dieser Amerikaner das Foto von uns gemacht hat.«

Rosa war verblüfft. Sie war davon ausgegangen, daß die Mutter sie an ihrer auffälligen Verkleidung erkannt hatte, an dem großen Hut, dem Kleid. Statt dessen hatte sie die ganze Zeit gewußt, daß sie verfolgt wurde.

»Du wolltest also, daß ich es herausfinde.«

»Nein, eigentlich nicht. Aber als ich dich zwischen den Touristen entdeckte, sagte ich mir, wer weiß, wozu es gut ist.« Die Mutter zündete sich eine Zigarette an, inhalierte genießerisch, blies den Rauch in die Luft. »Ich bin erleichtert, daß du es warst, Rosa. Ausgerechnet du.«

»Warum?«

Eitelkeit hin, Eifersucht her, Rosa konnte sich die Frage nicht verkneifen, obwohl sie sich die Antwort selbst zusammenreimen konnte: Regina hätte der Mutter diese späte Liebe nicht gegönnt; Marina hätte ihr wohlwollend auf die Schulter geklopft; Achim wäre vermutlich regelrecht empört gewesen, und Robert hätte die Sache nicht ernst genommen.

Die Mutter lächelte vorsichtig.

»Es ist gut, wenn Menschen ein Geheimnis miteinander haben. Manchmal sind sie sogar selbst das Geheimnis, wie Carl und ich.« Sie nahm das Blatt eines Rosentriebs, rieb es vorsichtig zwischen den Fingerspitzen. »Früher hatte ich keine Geheimnisse, und als du welche hattest, hast du sie gehütet wie einen Schatz. Ich wußte nie, was in dir vorgeht. Ich wußte nie, mit wem du dich gerade triffst. Ich wußte, daß du rauchst, weil Regina es mir erzählt hat. Ich wußte, daß du mit einem Jungen aus deiner Klasse in Eutin warst, weil eine Nachbarin euch zufällig gesehen hat. Aber von dir? Kein Sterbenswörtchen.«

»Du hast mich auch nie gefragt.«

»Du hast alles mit dir allein abgemacht. Und mit deinen

Freunden.« Sie machte eine Pause. »Du warst meine Tochter, aber du warst mir fremd.«

Rosa sah sie unverwandt an. »Töchter wissen noch weniger von ihren Müttern als umgekehrt.«

»Bist du mir deshalb gefolgt?«

Rosa erzählte nun von der rein zufälligen Beobachtung im Hauptbahnhof am Tag ihrer Ankunft. »Ich wußte nicht, wer er ist. Ich war neugierig. Mir wurde zunehmend klar, wie wenig ich über dich weiß. Daß ich meine eigene Mutter kaum kannte. Dann wurde Vater ermordet –« Sie brach ab, machte eine unbestimmte Geste. »Gestern morgen wollte ich tatsächlich mit dem Ausflugsdampfer nach Boltenhagen fahren. Ja, ausgerechnet nach Boltenhagen«, wiederholte sie, als sie das ungläubige Gesicht der Mutter sah, »aber freitags fährt kein Schiff dorthin, also bin ich zum Bahnhof, um es mit dem Zug zu versuchen, und da habe ich dich dann in den Zug steigen sehen und zwei und zwei zusammengezählt.«

»Wieso ausgerechnet Boltenhagen?«

»Ich hatte die Handzettel an der Seebrücke gesehen. Ich wollte mir ein Seebad im Osten ansehen. Boltenhagen liegt am nächsten«

»Weiß Finn Bescheid?«

»Von dir und Carl weiß Finn nichts. Noch nicht«, fügte Rosa leise hinzu.

Die Mutter seufzte erleichtert. »Carl hat mich gestern, als ich zu Hause war, gleich angerufen und erzählt, daß er Besuch hatte. Daß du bei ihm geklingelt und mit ihm gesprochen hast.« Sie schmunzelte. »Getarnt als Enkelin einer Freundin der verstorbenen Elsa …«

»Woher kennt er mich überhaupt? Wußte er, daß ich euch gefolgt bin?«

»Nein.« Ein Schatten lief über das Gesicht der Mutter. »Carl hatte schon Angst, sich überhaupt auf der Straße zu zeigen und mich am Hauptbahnhof abzuholen. Auch als du geklingelt hast … Aber dich kennt er natürlich von den Fotos, die ich ihm gezeigt habe. Glaubst du denn, ich kann einen Mann lieben und alles vergessen, was vorher war? Woraus mein Leben bestand? Und ohne die fünfundvierzig Jahre mit Fritz hätten Carl und ich uns nie kennengelernt.«

»Bitte erzähl mir von euch.«

Carl hatte plötzlich vor der Tür gestanden. Die Mutter wußte noch das genaue Datum, 21. März 1990, der erste Frühlingsanfang nach der Wende. Die Saison lag noch in absehbarer Ferne, die ersten Gäste hatten sich über Ostern angekündigt. Der Vater war wie jeden Mittwoch mit seiner Skatgruppe nach Bad Schwartau in die Sauna gefahren, sie selbst hatte mit dem Frühjahrsputz begonnen, denn es war ein sonniger Tag.

Als es zur Mittagszeit an der Tür klingelte, hatte sie gedacht, es sei Regina, die fast täglich auf einen Sprung vorbeikam, oder der Postbote mit einem Einschreiben oder einem Päckchen. Statt dessen hatte vor der Tür ein Mann gestanden, der ihr bekannt vorkam, obwohl sie ihm nie zuvor begegnet war. Er trug eine Schiebermütze und einen etwas abgetragenen grauen Wintermantel und sagte zunächst gar nichts, weshalb sie im ersten Moment gedacht hatte, er komme vielleicht von der Kriegsgräberfürsorge und werde sie sogleich um eine Spende bitten. Doch dann hatte der Mann sich nach Friedrich Liebmann erkundigt und verlegen auf seine Hände geschaut. Erst als sie nachfragte, ob sie ihrem Mann nicht etwas ausrichten solle, war er mit der Sprache herausgerückt. Daß er der Bruder sei. Aus Boltenhagen.

Natürlich hatte sie ihn sofort hereingebeten und ihm einen Kaffee angeboten. Sie hatten sich an den Wohnzimmertisch gesetzt, und das Gespräch war zunächst schleppend in Gang gekommen.

»Es war ein seltsames Gefühl«, sagte die Mutter, »wir kannten uns gar nicht, und er war mir trotzdem gleich vertraut. Aber da war auch diese Fremdheit, all das hat mich befangen gemacht und an meinem Stuhl festgenagelt. Ich wollte immer mehr von ihm hören und ihn immer länger ansehen und konnte mir gar nicht mehr vorstellen, daß er jemals wieder aufsteht und geht … – und ihm ging es wohl ähnlich.« Ihre Stimme war ganz leise geworden.

Während Friedrich Liebmann das Kriegsende in Schleswig-Holstein erlebt, sich dort niedergelassen, die Mutter geheiratet, im Laufe der Jahre drei Kinder gezeugt und einen Bernsteinladen nach dem anderen aufgebaut hatte, war Carl Liebmann erst 1950 aus Amerika in die neugegründete Deutsche Demokratische Republik zurückgekehrt. Er war als Jugendlicher heimlich in die KPD eingetreten und von zu Hause nach Paris abgehauen. Von dort wollte er nach Spanien, aber als er ankam, waren alle Hoffnungen auf die Republik schon zerstört, und nur durch eine Reihe glücklicher Umstände war er nicht den Faschisten in die Hände gefallen, sondern über Lissabon nach New York entkommen, von dort nach Mexico. Eine lange Geschichte, sagte die Mutter. Als er nach Deutschland zurückkehrte, war Carl zuerst nach Berlin gegangen. Er hatte als Maurer gearbeitet, dann eine Frau aus der Gegend um Schwerin kennengelernt, deren Eltern einen landwirtschaftlichen Betrieb hatten, und war schließlich nach Boltenhagen gezogen, wo er sich über viele Jahre hinweg eigenhändig das kleine Häuschen gebaut hatte. Seine Frau war in den sechziger Jahren gestorben, Carl hat einen Sohn, der in Leipzig lebt.

Carl und Fritz hatten erst in den späten fünfziger Jahren vom Verbleib des anderen erfahren. Danzig lag in Polen, es gab kein gemeinsames Zuhause mehr, die Eltern hatten das Ende des Krieges nicht erlebt. Die politischen Anschauungen der beiden Brüder waren schon immer sehr gegensätzlich gewesen. Ihre letzte Gemeinsamkeit war das Fußballspielen in der Kindheit gewesen. Sie wollten nichts voneinander wissen und beließen es bei Glückwunschkarten zum Geburtstag. Nach dem Bau der Mauer schlief auch dieser Kontakt ein.

»Der alte Fritz hatte seinen Bruder nie erwähnt, das weißt du ja«, sagte die Mutter. »Und auf einmal saß ebendieser Bruder bei uns im Wohnzimmer am Tisch. Er hatte viel Ähnlichkeit mit Fritz, aber er sah doch auch ganz anders aus. Er wirkte schmaler, leiser, zurückhaltender. Na ja, du hast ihn ja gesehen. Da kannst du dir vielleicht vorstellen, daß er mir gut gefallen hat. Besonders sein Lächeln. Immer wenn er gelächelt hat, haben seine Augen geleuchtet – und ich wußte sofort, dieses Leuchten ist für mich.« Die Mutter lachte glücklich. »Da war ein Funke, der auf mich übersprang. Und ich dachte immer, das wäre nur eine Redensart.«

Rosa nickte. Sie dachte an das erste Mal, als sie Finn gesehen hatte, unten am Strand, und wie sie sich hinsetzen mußte und doch am liebsten weggelaufen wäre, um sich vor diesem Funken in Sicherheit zu bringen. Aber genau dieser Mann war drauf und dran, den Liebhaber der Mutter ins Gefängnis zu bringen. Jetzt der Griff zu einer Zigarette – nein, es mußte auch anders gehen. Rosa schenkte sich ein Glas Eistee ein und trank es in einem Zug leer.

»Ich habe tatsächlich beinahe siebzig Jahre alt werden müssen, um das zu erleben. Aber bevor man das nicht einmal erlebt hat, weiß man ja gar nicht, wie es ist. Da weiß man ja gar nicht, was man bis dahin verpaßt hat. Man ist jung und geht mit einem jungen Mann tanzen und findet ihn ganz passabel, und er sieht gut aus, und wenn das eine Zeit lang anhält, denkt man: So, der ist es. Den heirate ich. Und man denkt: Das ist die Liebe.«

Die Mutter zupfte das welke Blatt einer Kletterrosenblüte ab. »Woher soll man es auch besser wissen? Es gibt ja keinen Meßbecher für die Liebe, kein Handbuch, wo man die Symptome nachschlagen kann. Als junges Mädchen habe ich Liebesgedichte gelesen, du erfährst dies und das über das Drumherum, das Vorher und das Nachher, aber wie es sich anfühlt, weißt du trotzdem nicht. Dann denkst du irgendwann, diese Dichter haben sich etwas zusammengesponnen, so kompliziert kann das doch gar nicht sein. Mit wem hätte ich auch über die Liebe reden sollen, über die Liebe, als ich jung war? Wo sie anfängt, und wo sie aufhört, ab wann sie wirklich zählt? Meine Mutter hatte meinen Vater geheiratet, weil ihr Vater der Dorfapotheker war und sein Vater der Dorfarzt. Meine Schwester Elsa hat ihren Mann geheiratet, als ich noch ein kleines Kind war, er war der Direktor der Schule, an der sie dann ihre erste Stelle bekam, und hat mich immer eingeschüchtert. Als ich Bernfried, den Vater von Achim und Regina, kennenlernte, war ich achtzehn. Er war zurückhaltend und höflich und hat mir immer Blumen mitgebracht, und nach ein paar Monaten hat er um meine Hand angehalten, und mein Vater hat mich gefragt, ob das der Mann ist, den ich heiraten will. Er hat nicht gefragt, ob das der Mann ist, den ich liebe. Bernfried war ebenfalls der Sohn eines Apothekers, das klang vertraut und zuverlässig. Er hatte außerdem ein Haus in Scharbeutz, das nur auf eine Frau wartete, also habe ich ja gesagt. Was wollte ich mehr? Vier Jahre später war er tot, sieben Jahre später war der Krieg vorbei, und dann stand eines Tages Fritz vor der Tür, dein Vater.«

Doch auch bei Fritz war nach ihren Worten nie dieser Funke übergesprungen, den die Mutter jetzt Liebe nannte. Fritz aber hatte Fröhlichkeit und Lachen in ihr Leben gebracht, in einer Zeit, in der sie wie alle anderen heilfroh war, überlebt zu haben, froh, daß der Krieg, der spät erst in die Lübecker Bucht Einzug gehalten hatte, endlich vorbei war.

Kein Gedanke an Liebe. Liebe war etwas für die Zukunft, für später. Und als es dann später war, waren die Kinder dagewesen und die Zukunft Gegenwart. Längst wurden die Tage nicht mehr einzeln begrüßt, sondern hingenommen, im Jahrespaket abgehakt, zu Weihnachten, an den Geburtstagen, zu Silvester – sag bloß, schon wieder ein Jahr vergangen? Man war jetzt froh über andere Dinge, über die ersten Feriengäste, die erste einträgliche Saison im Bernsteinladen, das erste Auto und den ersten Fernseher.

»Irgendwann dachte ich«, fuhr die Mutter fort, während sie sich eine weitere Zigarette anzündete, »so ist das also mit der Liebe. Es wird viel Wind darum gemacht, aber eigentlich ist gar nichts dran. Zwei Menschen tun sich zusammen und zeugen Kinder und halten es irgendwie miteinander aus und werden alt. So ist das Leben. Nicht daß es schlecht gewesen wäre. Später bekam ich mit, wohin Fritz einmal in der Woche fuhr und daß er ein Verhältnis hatte.« Sie zuckte die Achseln. »Am Anfang hat es mir noch etwas ausgemacht. Ein Seitensprung wirft immer auch einen Schatten auf die Ehefrau, es wird getratscht und getuschelt. Aber nur am Anfang, dann wird es

Gewohnheit, ist nichts Neues mehr. Im Grunde meines Herzens hatte es mich nicht wirklich getroffen, Rosa, und weißt du auch, warum? Weil ich Fritz nie wirklich geliebt habe.« Ihre Augen glänzten. »Aber das weiß ich erst, seit ich Carl kenne. Das erste Mal haben wir uns in Lübeck getroffen. Carl wollte mit dem Schiff eine Stadtrundfahrt auf der Trave machen, das war auch für mich etwas Neues. Stell dir vor, Rosa, so viele Jahre lebe ich nun schon hier, aber eine Travefahrt hatte ich noch nie gemacht. Und da hab ich überhaupt erst angefangen zu überlegen, was mir noch alles einfällt, was ich noch nie gemacht hab.«

Sie lachte, verliebt in das neue Leben, das sich ihr so unerwartet in den Weg gestellt hatte.

»Also haben wir von da an immer etwas unternommen, was wir beide noch nicht kannten. Wir waren richtige Touristen, richtige Fremde, aber im eigenen Land, und dann dachte ich, das mit der Pension, das kann ich nach all den Jahren ebensogut sein lassen und mich lieber selbst mal bedienen lassen.« Sie lachte wieder. »Wir waren auf Fehmarn und in Kühlungsborn und haben in Hamburg eine Hafenrundfahrt gemacht und das Schloß in Ludwigslust besichtigt, und als der alte Fritz im November wie immer in den Süden geflogen ist, sind Carl und ich drei Tage in den Harz gefahren. Stell dir vor, ich hab mich sogar hinters Steuer gesetzt! Carl hatte einen Trabi, und damit sind wir auf irgendwelche Feldwege, und er hat mir gezeigt, wie man steuert. Herrlich, sag ich dir! Jetzt hab ich sogar angefangen, Fahrstunden zu nehmen.«

Natürlich wußte die Mutter nicht, daß Rosa ihr schon in Lübeck gefolgt war, und Rosa beherrschte sich, das nicht auch noch zu verraten. Die Begeisterung der frisch Verliebten war ansteckend. Alles, was sie erzählte, klang so harmlos und unverdächtig.

»Und was ist mit der Wohnung in Hamburg? Ich dachte, du hättest sie nach dem Tod von Tante Elsa verkauft oder vermietet.«

»Ja, Robert hatte mir geholfen, die Wohnung an ein Studentenpärchen zu vermieten, doch die beiden sind, kurz nachdem Carl und ich uns kennengelernt haben, nach Berlin gezogen. Seither konnten Carl und ich uns in der Wohnung treffen, wenn wir Zeit und Lust hatten. Robert hat auch ein eigenes Bankkonto in Hamburg für mich eröffnet«, fuhr die Mutter fort. »Denn eigenes Geld hatte ich ja all die Jahre gar nicht. Die Einnahmen aus der Pension gingen immer auf unser gemeinsames Konto. Damit hatte ich nie etwas zu tun, um so etwas hat Fritz sich gekümmert. Ich bekam nur ein großzügiges monatliches Taschengeld.« Sie runzelte verärgert die Stirn. »Wie lange ich das mitgemacht habe? Daß ich nie auf die Idee gekommen bin, mehr zu verlangen.« Dann winkte sie ab. »Na ja, das ist jetzt Schnee von gestern. Ich kann schon froh sein, daß ich das Haus hab. Und die Wohnung in Hamburg und das Konto. Immerhin kann ich meine Fahrstunden bezahlen. Und unsere kleinen Fluchten ...«

»Und Vater hat nie etwas geahnt?« fragte Rosa.

Die Mutter schüttelte den Kopf. »Das hätte ich gemerkt. Fritz war alles mögliche, aber kein guter Schauspieler. Er hat zwar gerne die anderen beherrscht, aber sich selbst hätte er nicht beherrschen können ...«

»Wie hat er reagiert, als sein Bruder nach all den Jahren wieder aus der Versenkung auftauchte?«

»Als er abends zurückkam, hab ich ihm erzählt, daß Carl da war, und da hat er befremdet geschaut und nichts weiter wissen wollen. Erst ein paar Wochen später hat er nachgefragt, ob sein Bruder eine Telefonnummer hinterlassen hat, aber Carl hatte kein Telefon. Das war auch schon alles.«

»Hast du ... habt ihr denn nie in Erwägung gezogen, ihm die Wahrheit zu sagen und vielleicht zusammen ein neues Leben zu beginnen?«

»Nein. Es war doch alles gut so, wie es war. Carl und ich, wir haben auch die Heimlichkeit genossen. Wir sind beide alt, und unsere Zeit ist begrenzt. Wir wollten nichts aufs Spiel setzen. Und wenn Fritz davon erfahren hätte, dann hätte er uns das Leben schwergemacht. Dann wäre es aus gewesen mit der Leichtigkeit. Und vielleicht auch mit der Liebe.«

Rosa hielt es nicht mehr aus. Heftig sagte sie: »Mama, du

hast gestern abend gesagt, es ist alles anders, als ich denke. Wie ist es denn wirklich?«

Die Mutter sah Rosa erschrocken an, als hielte sie ihr unerwartet etwas vor Augen, das all die schönen Gedanken im Nu zunichte machte, platzen ließ wie Seifenblasen. »Du denkst, wir haben ihn umgebracht.«

Rosa holte Luft. Sie mußte Gewißheit haben, und sie war sicher, daß die Mutter nicht lügen würde. »Hast *du* es getan?« Obwohl ihr Verdacht viel eher Carl betraf, zitterte ihre Stimme.

Die Mutter antwortete nicht sofort. Ihr Blick ging durch Rosa hindurch und flog davon – genau wie am Tag, als der Mord geschehen war, als Rosa, Regina, Achim, Eva und die Mutter sich in der Rosenlaube versammelt hatten. Wieder hörte Rosa das Summen der Bienen, die geschäftig von einer Blüte zur nächsten schwirrten; wieder sah sie die Blüten der Rosenstöcke, deren Triebe sich im Laufe der Jahre unentrinnbar ineinander verflochten hatte.

Meine Mutter ist doch keine, die über Leichen geht, dachte Rosa verzweifelt. Auch nicht nach den langen Jahren mit Fritz. Sie hätte ihn nie umgebracht, selbst wenn es keinen anderen Ausweg gegeben hätte. Sie hätte gewußt, daß es sie nicht glücklich macht. Daß eine Gewalttat zugleich auch die Liebe tötet.

Dann, nach einer halben Ewigkeit, sah die Mutter sie mit festem Blick an. »Nein, ich hab es nicht getan. Das weißt du auch.«

»Und Carl?«

»Carl hat von Anfang an gesagt, daß wir verdächtig sind«, begann die Mutter langsam, wie erschöpft von einer langen Reise. »Ich fand das an den Haaren herbeigezogen, absurd. Außerdem war ich ja unschuldig. Ich wäre auch nie auf die Idee gekommen, daß Carl es getan haben könnte. Nie«, wiederholte sie. »Und ich dachte, alle anderen müßten die Sache genauso sehen. Aber in den letzten Tagen habe ich allmählich begriffen, daß die anderen anders denken als ich. Wenn jetzt jemand herausfindet, daß zwischen Carl und mir … und daß

223

wir es auch noch verschwiegen haben ...« Ihr Blick begann wieder zu flackern. »Ich habe Angst, Rosa«, sagte sie kaum hörbar. »Seit dem Mord an Fritz ist alles so anders geworden.«

Sie zögerte. »Carl ... er ist an dem Morgen am Strand gewesen, Rosa. Er hat Fritz als erster gefunden, noch vor dir.« Ihre Stimme brach, sie begann zu schluchzen. »Er ... ich wußte gar nichts davon, er hat es mir erst hinterher erzählt, er wollte mit ihm sprechen, er wußte, daß morgens die beste Zeit dafür war, und als er zum Strandkorb kam, saß Fritz da und war schon tot. Da hat Carl es mit der Angst bekommen und ist weggelaufen und sofort nach Hamburg in die Wohnung gefahren. Er hatte Angst, wenn er zur Polizei geht, würde alles über uns ans Licht kommen, und sie würden zuallererst ihn verdächtigen, den armen Schlucker aus dem Osten, der seinem Bruder die Frau weggeschnappt hat ...«

»Das tun sie ja auch«, sagte Rosa. Es hatte keinen Sinn, um den heißen Brei herumzureden. »Finn war heute morgen bei mir. Carl hat in der Nacht vor dem Mord im Hotel Augustusbad übernachtet. Wußtest du das?«

»Er hat es mir hinterher gesagt.«

»Finn hat Carl in Verdacht, aber von euch beiden weiß er noch nichts. Von mir wird er es auch nicht erfahren. Aber offenbar gibt es einen Zeugen, der Carl am Strand gesehen hat. Die Kripo sucht ihn, um ihn zu vernehmen. In Boltenhagen haben sie Carl nicht auftreiben können, aber es ist nur eine Frage der Zeit, bis sie auf die richtige Spur kommen. Und dann sitzt ihr erst recht in der Patsche!« Rosa sprang auf, beugte sich vor, packte die Mutter an den Armen. »Auch ich habe Carl an dem Morgen zufällig am Strand gesehen. Er lief an mir vorbei, kurz bevor ich Vater entdeckte. Er sah ziemlich gehetzt aus. Mama, bitte sag mir die Wahrheit! Hat Carl seinen Bruder erschossen? Das müssen wir wissen, sonst können wir nichts tun.«

Die Mutter hatte Tränen in den Augen, aber ihr Blick hielt dem der Tochter stand. »Er hat gesagt, daß er es nicht gewesen ist.« Sie fügte hinzu: »Er hat gesagt, als er am Strandkorb ankam, war Fritz bereits tot. Und ich glaube ihm.«

Rosa ließ die Mutter los, wandte sich ab und ging ein paar Schritte vom Rosenbogen weg in den Garten hinein. Sie sah zu Boden, sah jeden einzelnen Grashalm, dazwischen ein paar abgemähte Löwenzahnblätter, sah alles und gleichzeitig nichts. Auch als sie am Strandkorb angekommen war, war der Vater bereits tot gewesen. Auch sie hatte im Hotel Augustusbad übernachtet. Niemand konnte bezeugen, daß sie zur Tatzeit irgendwo am Strand vor dem Kammerwald entlanggelaufen war, mit morgendlichen Ostseegedanken befaßt, die friedlich und sanft waren.

Sie seufzte. Die Mutter vertraute ihrem Carl. Das war gut so. Aber Liebe konnte auch blind machen. Mehr als dieses blinde Vertrauen hatten sie beide nicht.

»Gut«, sagte sie und lächelte die Mutter so zuversichtlich an, wie es ihr möglich war. »Du glaubst ihm. Das ist eine gute Voraussetzung. Jetzt müssen wir nur noch herausfinden, wer es statt dessen getan hat, und zwar möglichst schnell. Hast du eine Idee?«

Innerlich zählte Rosa auf: Ich war es nicht, das weiß ich. Marina war es nicht. Regina war es nicht. Die Mutter war es nicht. Carl war es auch nicht. Robert war zur Tatzeit auf La Palma. Blieben noch Achim und Ole, die engsten Vertrauten des Vaters.

27

Achim sei noch im Laden in Neustadt, hatte Eva ins Telefon gehaucht: »Er ist erst gegen sieben wieder da.« Es hörte sich beinahe so an, als würde sie es nur mit Müh und Not so lange ohne ihn schaffen. Rosa hatte kurzerhand umdisponiert. Achim war eine arglose Seele und ein treusorgender Ehemann: Mit Sicherheit erzählte er Eva beim Abendbrot regelmäßig von seiner Arbeit.

Die Mutter hatte Rosa auf dem Lübecker Stadtplan den Weg gezeigt. Dennoch verfuhr sie sich zweimal, weil die

Einbahnstraßen nicht eingezeichnet waren. Achim und Eva waren vor ein paar Jahren, als die Kinder aus dem Haus gingen, an den Stadtrand von Lübeck in eine kleinere Wohnung gezogen. Rosa war noch nie dort gewesen. Sie parkte vor einem dreistöckigen Wohnblock aus hellrotem Backstein. Im Treppenhaus roch es nach Putzmitteln. Vor den Fensterbrettern im Zwischengeschoß rankten immergrüne Pflanzen. Die Wohnung des ältesten Bruders lag ganz oben unter dem Dach.

Rosa war Eva, immerhin seit über einem Vierteljahrhundert ihre Schwägerin, bisher kein einziges Mal allein begegnet, sondern immer und ausschließlich im Umkreis der Familie. Aber so war das wohl unter Verwandten: Man trat im Rudel auf. Auch mit Schwager Ole hatte Rosa schließlich noch nie unter vier Augen gesprochen – und sie legte auch nicht den geringsten Wert darauf. Eva hielt sich stets im Hintergrund, halb verdeckt von ihrem Mann, der seinerseits schon als zurückhaltend galt. Sie trug entsprechend gedeckte Farben, Pastelltöne, beige, hellbraun, Schuhe mit Leisetretersohlen, wadenlange Faltenröcke. Hellbraune Haare, unauffälliger Stufenschnitt, keine Schminke, kein Lippenstift. Wenn sie etwas sagte, dann war es eine kurze Antwort. Wenn Rosa ehrlich war, hatte sie ihre Schwägerin schon als Kind schlichtweg übersehen.

Eva fiel aus allen Wolken, als Rosa eine halbe Stunde nach dem Anruf leibhaftig vor der Tür stand. Als hätte sie nicht geglaubt, daß ihre junge Schwägerin aus Amerika nur ihretwegen nach Lübeck kommen würde. Bei diesem herrlichen Wetter. Denn Achim war ja, wie gesagt, nicht zu Hause, hauchte Eva. Jetzt, im Sommer, konnte man die Läden nicht einfach schließen. Und alles den drei Angestellten zu überlassen war in dieser heiklen Situation ebenfalls undenkbar. Außerdem kam Achim, wenn er über den Zahlen saß, eher auf andere Gedanken.

Eine Weile standen die Schwägerinnen unschlüssig im Wohnzimmer herum – skandinavische Möbel, braun-weiß gestreifte Sitzgarnitur –, tauschten belanglose Freundlichkeiten aus, bis Rosa die Blumenpracht vor dem Fenster entdeckte und zielstrebig auf die halb geöffnete Balkontür zusteuerte. Der etwa zehn Meter lange und ziemlich breite Balkon an der Hinterseite des Hauses war eine kleines Gartenparadies – ein üppiges, wohlduftendes, mit Bedacht arrangiertes Ensemble einheimischer und südländischer Pflanzen, Kräuter und Blumen.

Das sei ihr Reich, sagte Eva mit vor Stolz leicht geröteten Wangen. Immerhin nicht die Küche, dachte Rosa, angenehm überrascht. Ein Garten als Paradies war nicht nur mythisch verbrieft, sondern auch wesentlich akzeptabler als Küchenschwelgereien mit Lobliedern auf die Größe der Arbeitsplatten und stolzem Vorzeigen des Stauvolumens der Unterschränke.

Sie setzten sich im Schatten der Markise auf den Balkon. Eva brachte eine Kanne kalten Pfefferminztee. Rosa hätte lieber einen Campari mit Orangensaft oder einen Wodka getrunken, nippte aber friedfertig an ihrem Glas. Sie wußte nicht, wie sie das Gespräch beginnen sollte. Nach Evas verstorbenem Vater mochte sie nicht fragen, und sie konnte auch schlecht sagen: Wer hat deiner Meinung nach den alten Fritz auf dem Gewissen? Schließlich erkundigte sie sich unverfänglich nach den Namen einiger Pflanzen.

Eva kannte sich aus. Sie wußte, wie robust oder empfindlich die Pflanzen waren, welcher Standort der günstigste war, und legte beim Reden nach und nach ihre Scheu ab. Dann kam sie ganz von selbst auf ihren Vater zu sprechen. Er hatte eine Gärtnerei gehabt, war nach dem Volksaufstand im Juni 1953 mit der Familie in den Westen geflohen, zur Familie seiner Frau nach Lübeck. Obwohl er bald eine Stelle bei der Post bekam, hatte er den Verlust von Haus und Gärtnerei nie verwunden. So hatte er sich zeit seines Lebens geweigert, jemals wieder einen Blumenladen zu betreten, geschweige denn selbst in einer Gärtnerei zu arbeiten, wozu durchaus die Möglichkeit bestanden hätte. Als Eva nach der Mittleren Reife eine Ausbildung als Floristin beginnen wollte, hatte ihr Vater über ihren Kopf hinweg einen Lehrlingsvertrag bei einem Bäcker unterschrieben. Und da hatte sie dann Achim kennengelernt, der eine heimliche Schwäche für Torten und Kuchen aller Art hatte. Ein Jahr später war Hochzeit, bald wurden erst Oliver und dann Viola geboren.

»So hat alles schließlich doch seinen Sinn gehabt«, sagte Eva mit Tränen in den Augen. »Seit die Kinder aus dem Haus sind und wir hier wohnen, kann ich mich endlich dem Gärtnern widmen.«

»Weshalb habt ihr denn keine Wohnung mit Garten gesucht?« fragte Rosa erstaunt. Selbst ein großer Balkon setzte der Entfaltungsfreiheit doch gewisse Grenzen.

Eva entgegnete leise: »Das konnten wir uns nicht leisten.«

Rosa runzelte die Stirn. Das sollte einer verstehen: Achim kümmerte sich seit Jahrzehnten um die Buchhaltung der Bernsteinläden. Er hatte den Beruf von der Pike auf gelernt, und offenbar liefen die Geschäfte glänzend. Jetzt war sogar ein vierter Laden in Boltenhagen geplant. Und da sollte er sich kein Reihenhaus mit Garten leisten können, damit seine Frau nach Jahren der Kindererziehung und Kuchenbäckerei endlich ihre Leidenschaft entfalten konnte?

»Ach, weißt du, so ein Balkon ist im Grunde viel praktischer«, erklärte Eva ausweichend. »Du brauchst dich nicht um Schnecken zu kümmern. Das Unkrautjäten hält sich auch im Rahmen. Außerdem ist es ein Südbalkon, die Sonne fängt sich hier geradezu, da kann ich Blumen pflanzen, die unten bei Wind und Wetter gar keine Chance hätten.« Sie deutete auf eine gewaltige Tomatenpflanze, deren Früchte schon Ansätze zu roter Färbung zeigten. »Bei den Nachbarn im Erdgeschoß sind die noch ganz grün. Und hier oben blüht sogar die Bougainvillea.« Sie stand auf und zwackte eine verblühte dunkelviolette Blüte ab.

Praktisches Beispiel für perfekte Anpassung, dachte Rosa grimmig. Hier oben kann Eva auf zehn Quadratmetern ihre Pflanzen stutzen, so wie sie jahrzehntelang ihre Leidenschaft zum Gärtnern gestutzt hat. Alles andere würde aus dem Rahmen fallen. Eine sich entfaltende, aufblühende, wuchernde Eva würde vermutlich auch den Rahmen ihrer Ehe sprengen.

»Aber als künftiger Ladenbesitzer dürfte mein großer

Bruder eigentlich nicht gerade zu den Sozialhilfeempfängern gehören«, fragte Rosa weiter. »Schließlich hatte Vater genug Geld.« Sie wunderte sich, wie leicht ihr die Vergangenheitsform über die Lippen ging. »Und Achim erbt immerhin ein Viertel von allem.«

Statt sich zu freuen, liefen Eva plötzlich Tränen über das Gesicht.

»Hat Achim Schulden?« fragte Rosa vorsichtig. »Trinkt er? Was ist denn los? Irgendwas stimmt da doch nicht.«

Eva fing an zu weinen. »Hackt doch nicht immer alle auf Achim herum«, schluchzte sie. »Er kann doch nichts dafür. Er hat sich noch nie wehren können.«

Dann fing sie hemmungslos an zu weinen – eine Art Platzregen, dem Rosa eine Weile hilflos zusah.

Falls Eva zum Weinen Publikum brauchte, dann konnte ihr geholfen werden. Falls sie zum Beruhigen einen Schnaps brauchte, dann konnte man danach suchen. In der Küche wurde Rosa fündig, nahm sich gleich auch die Küchenrolle und zwei Gläser. Zu ihrer Überraschung zierte Eva sich nicht, sondern kippte wie eine Verdurstende den ersten Wodka in sich hinein. Beim zweiten Wodka waren ihre Tränen versiegt. Beim dritten lächelte sie verhalten, beim vierten glänzten ihre Augen wieder. Als Rosa den Rest Pfefferminztee in die Blumen kippen wollte, fing sie an zu kichern: »Die können sich auch nicht wehren.« Dann traten ihr wieder Tränen in die Augen.

Rosa riß mehrere Papiertücher von der Rolle. Eva putzte sich die Nase, griff anschließend nach der Wodkaflasche. Rosa schenkte ihr Glas voll, behielt es aber in der Hand und wiederholte mit sanfter Stimme: »Gegen wen kann Achim sich nicht wehren?«

»Gegen euch alle.«

»Gegen wen speziell?«

»Gegen euren Vater.«

»Der ist tot.« Rosa reichte ihr das Glas. »Gegen wen noch?«

»Ach, Rosa, das weißt du doch genau! Im Vergleich zu

Robert und Ole hat Achim doch immer den kürzeren gezogen. Er ist anders, nicht so locker wie Robert, und auch nicht so dreist wie Ole. Ole hat sich schon immer besser verkaufen können. Er hat immer einen guten Draht zu eurem Vater gehabt. Die beiden sind – waren sich ziemlich ähnlich. Was man von Achim und seinem Stiefvater nicht behaupten kann. Achim war sein Angestellter und sonst nichts. Er hat all die Jahre ein Gehalt bekommen wie alle anderen Angestellten auch. Er hat geschuftet, ist sogar am Wochenende hin. Du kennst doch deinen Bruder. Er hat es nie gelernt, sich durchzusetzen.« Eva schenkte sich einen weiteren Wodka ein, wurde langsam betrunken. »Immer korrekt. Immer höflich. Nie eine Forderung. Nie ein böses Wort.« Eva hatte kein einziges Mal geschluchzt. Statt dessen nuschelte sie leicht und begann die Endsilben zu verschlucken.

Rosa stellte die Flasche neben sich auf den Boden, hätte der Schwägerin gern ein Wasser geholt, wollte es aber nicht riskieren, nach dem versiegten Tränenfluß den nun beginnenden Redefluß zu unterbrechen.

»Achim hat geschuftet, als würden ihm die Läden gehören.« Evas Stimme wurde lauter. »Er hat dem alten Fritz jeden Wunsch von den Lippen abgelesen. Für ihn hätte er sein letztes Hemd hingegeben!« Erschrocken riß sie die Augen auf. »Und wofür das Ganze? Wofür, frage ich dich?«

Rosa zuckte die Schultern. Sie hatte keine Ahnung. Und einen Sinn würde sie in alldem ohnehin nicht erkennen können.

»Für nichts und wieder nichts. Nicht einmal, wenn wir dringend Geld brauchten, hat Achim es übers Herz gebracht, seinen Vater um eine Gehaltserhöhung zu bitten. Da ist er lieber ins Spielcasino. Jeden Freitag ist er hin. Manchmal hat es geklappt. Meistens nicht.« Ihre Stimme wurde schrill. »Morgen abend ist es wieder soweit!«

Dann fing Eva wieder an zu weinen, und während die Wodkaflasche sich nach und nach leerte, schüttete sie Rosa ihr Herz aus. Wie schlecht der Stiefvater sich seinem Stiefsohn gegenüber stets verhalten hatte. Daß Achim immer alles geschluckt, sich nie zur Wehr gesetzt hatte. Daß er sich verschuldet hatte, um diese Wohnung zu kaufen, damit Eva endlich einen Balkon bekam. Und daß er regelmäßig jeden Freitag mit ein paar hundert Mark ins Spielcasino ging, um ebenso regelmäßig am nächsten Morgen mit ganzen fünf Mark in der Tasche nach Hause zu kommen.

»Er muß doch eine Mordswut auf den Vater gehabt haben«, sagte Rosa so ruhig wie möglich und hoffte, daß ihr großer Bruder diese Wut an den Spieltisch hatte umlenken können. Lieber einen Freitagsspieler in der Familie als einen Mörder.

Eva biß sich auf die Lippen. »Achim ist nicht so. Aber ich hätte euren Vater manchmal umbringen können!« Sie fing an zu kichern und konnte gar nicht mehr aufhören.

Rosa nahm ihre Hand, hielt sie fest. »Achim hat gestern abend Unregelmäßigkeiten bei der Abrechnung erwähnt. Weißt du etwas davon?«

Eva nickte. Ihre Augen waren glasig, aber sie sah Rosa unverwandt an. »Ole«, sagte sie langsam.

»Was ist mit Ole? Hat es was mit diesem Laden in Boltenhagen zu tun? Das ist doch kein Zufall, daß sie das Geschäft ausgerechnet in dem Ort aufmachen wollen, in dem Onkel Carl wohnt, nicht wahr?«

Eva zuckte die Schultern, starrte Rosa nur an. »Davon weiß ich nichts«, nuschelte sie. »Aber Achim hat gesagt, daß die Abrechnung nicht stimmt.« Ihre Augen leuchteten auf. »Es geht um viel Geld. Sehr viel Geld.«

28

Sie wachte mit einem Brummschädel auf – das erste Besäufnis seit ihrer Ankunft, noch dazu gemeinsam mit Eva, die aus irgendwelchen Geheimvorräten eine noch nicht angerührte Flasche selbstgebrannten Schnaps hervorgezaubert hatte, als der Wodka leer war. Rosa hatte ihrer Schwägerin die ganze Geschichte von sich und Steven erzählt, und auch Eva hatte aus dem durchaus nicht freudlosen Eheleben mit Achim geplaudert und ihn dabei, was die Tatzeit anging, eindeutig entlastet. Bei über zwei Promille hatte sie sich unter viel Gekicher über ihr speziell in den frühen Morgenstunden reges Sexualleben ausgelassen ... Was Rosa der Mutter ebenso verschweigen würde wie Achims wöchentliche Ausflüge ins Spielcasino. An Einzelheiten erinnerte Rosa sich ohnehin nicht. Nur daß sie und Eva gemeinsam unentwegt gelacht und gekichert und sich im rauschenden Ozean des Alkohols prächtig amüsiert hatten. Irgendwann hatte Achim in der Tür gestanden, mit schwarzer Krawatte, indigniert, ja fassungslos. So hatte er seine Frau noch nie erlebt. Immerhin hatte Rosa es ihm zu verdanken, daß sie sich nicht in grenzenloser Fehleinschätzung ihrer körperlichen Verfassung hinter das Steuer gesetzt hatte und über irgendwelche dunklen Feldwege zurück nach Scharbeutz gefahren war. Er hatte ihr die Autoschlüssel abverlangt und ein Taxi gerufen.

Es klopfte an der Tür, vermutlich das Zimmermädchen. Rosas Blick fiel auf die Uhr: schon halb elf. Keine Zeit für einen ausgewaschenen *hangover*. Es klopfte erneut. Rosa öffnete die Tür.

Draußen stand die Mutter. Sie wirkte aufgeregt. »Bist du allein? Kann ich hereinkommen? Ich hab schon mehrfach versucht, dich anzurufen, aber bei dir hat niemand abgenommen. Du bist doch nicht etwa krank?« fragte sie besorgt. »Ich muß dir etwas Wichtiges erzählen. Von Carl.«

»Haben sie ihn gefunden?« fragte Rosa beunruhigt und war schlagartig hellwach.

»Zum Glück nicht. Nein, etwas anderes ...«

»Laß mich nur kurz meinen Kopf unter den Wasserhahn halten«, sagte Rosa und verschwand im Badezimmer. »Könntest du in der Zwischenzeit einen Kaffee organisieren?«

Zehn Minuten später fühlte sie sich schon munterer. Das Zimmermädchen hatte ein Frühstück für zwei Personen gebracht – Doppelzimmerservice.

Die Mutter berichtete, was sie herausgefunden hatte, während Rosa bei Eva in Lübeck gewesen war. Als allererstes hatte sie Carl angerufen und ihm von ihrem Gespräch mit Rosa erzählt. In der Wohnung in der Uferstraße war er doch von allem abgeschnitten. Er sollte Bescheid wissen über das, was sich in Scharbeutz tat. Daß die Kriminalpolizei mittlerweile von seiner Übernachtung im Hotel Augustusbad wußte. Daß es offenbar einen Zeugen gab, der ihn am Strand gesehen hatte, und daß die Kriminalpolizei nach ihm suchte. Carl hatte daraufhin vorgeschlagen, sich von selbst beim Kommissar zu melden und alles zu erzählen, damit die Polizei nicht länger einer falschen Spur folgte. Dann war er endlich mit der Sprache herausgerückt: Jemand hatte ihn erpreßt und ihm ein Foto zugeschickt: Carl und Camilla am Strand von Boltenhagen.

Am Anfang hatte Carl nicht gewußt, wie er sich verhalten sollte und was der Erpresser überhaupt bezweckte. Carl hatte doch gar nichts zu bieten. Dafür aber sehr viel zu verlieren – was mit Geld gar nicht zu bezahlen war. Ein paar Tage später waren die Forderungen des Erpressers konkreter geworden: Es ging um das Grundstück in Boltenhagen. Carl sollte ihm zu einem für Ostansprüche fairen Preis das Grundstück abtreten. Und als Gegenleistung würde der oder die Unbekannte schweigen und die Negative des Fotos vernichten.

Eine Zeitlang hatte Carl geglaubt, irgendein mißgünstiger Dorfbewohner stecke hinter der Erpressung, jemand, der noch schnell sein Scherflein ins Trockene zu bringen versuchte. Dann aber war Carl Liebmann das Auto mit dem fremden Nummernschild aufgefallen, das immer häufiger im Ort auftauchte. Daß OH für Ostholstein stand, wußte Carl von seinen Ausflügen mit Camilla. Und wie Reginas Ehemann aussah, wußte er von den Fotos, die Camilla ihm gezeigt hatte. Deshalb hatte es ihn kaum überrascht, als genau dieses Auto eines Tages vor seiner Haustür hielt und dieser Mann ausstieg. Zunächst hatte Ole Hinrichsen ihn in ein Gespräch über den Ort verwickelt und ihm von den Plänen des alten Fritz erzählt, in Boltenhagen den ersten Bernsteinladen in den künftigen neuen Bundesländern zu eröffnen. Erst ganz zum Schluß war er auf sein zweites Anliegen zu sprechen gekommen – das Grundstück mit dem Häuschen, in dem Carl Liebmann wohnte …

Carl hatte Camilla nichts von der Sache erzählen wollen. Er wollte sie nicht beunruhigen und auch nicht gegen ihre Familie aufbringen. Und um ihre Liebe nicht zu gefährden, hatte er schließlich irgendeinen Kaufvertrag, den Ole ihm vorgesetzt hatte, unterschrieben. Schließlich hatte er sich dazu durchgerungen, nach Scharbeutz zu fahren, um mit seinem Bruder zu reden, morgens am Strand, zum ersten Mal nach so vielen Jahren, und wenn das Gespräch gut verlaufen wäre, dann hätte er vielleicht auch von sich selbst und Camilla erzählt. Aber dazu war es gar nicht mehr gekommen, denn Friedrich Liebmann war schon tot gewesen.

Als Rosa vor dem Haus von Regina und Ole stand, war sie ein zweites Mal froh und dankbar dafür, daß sie dort nicht auch nur eine einzige Nacht hatte zubringen müssen. Sie hatte immer gedacht, solche Häuser gäbe es nur in Alpträumen und den Köpfen der Amerikaner: das Klischee vom ordentlichen deutschen Eigenheim, keine Hollywood-Attrappe, die der nächste Wirbelsturm wegblasen würde, sondern etwas Solides, ein feste Burg, wie für die Ewigkeit gebaut, jedenfalls locker bis zum eigenen Tod.

Rosa schauderte. Von der Straße aus wirkte alles sauber, beinahe mathematisch ausgerichtet. Sogar die Bäume schienen sich an diese penible Ordnung zu halten, so perfekt gabelten sich die Äste, die Zweige. Kein Grashalm schob sich durch die Steinplatten auf dem Weg, genau abgezirkelt die Beete, als würde täglich jemand mit der Nagelschere nachbessern. Stiefmütterchen wie aus dem Bilderbuch, alle in Reih und Glied, ein Rasen, den man gar nicht zu betreten wagte, nur einem Trupp werkelnder Gartenzwerge war das erlaubt. Die Klinke des Gartentors war ebenfalls in Zwergenhöhe angebracht, Rosa stieg darüber hinweg.

Ein Plattenweg führte am Haus entlang. Rosa machte sich auf den Weg, spähte um die Ecke. Die von Buchsbaum gesäumte Terrasse, an die sich ein weitläufiger Garten anschloß, lag verlassen da. Die weißen Plastikgartenstühle standen gestapelt neben der Tür. Der Tisch war mit einer Plastikhülle bedeckt. Nur der Strandkorb, der in der Ecke stand, wirkte einladend. Zwischen den Bäumen glitzerte das Wasser des Wennsees. In den Boden versenkte quadratische Tritt-steine gaben den Weg durch den dichten, saftig grünen, ta-dellos vertikutierten Rasenteppich vor. Rosa widerstand der Versuchung, diese Aufforderung zum Nichtbetreten zu igno-rieren. Eine von vornherein verärgerte Regina nützte ihr nichts.

Regina war wie eine Muschel, die bei der geringsten Bedro-hung ihre Schalen zuklappte. Was heißt Bedrohung: Berüh-rung. Wenn der Vergleich mit der Muschel stimmte, dann war ihr Inneres so verletzlich wie die Schale hart.

Nach dem Telefongespräch mit Carl hatte die Mutter ver-sucht, Robert auszuhorchen und herauszubekommen, was es mit Oles Ostgeschäften und Grundstückskäufen auf sich hatte – denn schließlich hatte Robert seinen Schwager am Abend zuvor heftig angegriffen. Robert hatte allerdings zu-geben müssen, daß er gar nichts Konkretes wußte. Nicht mehr, als über die Einverleibung Ostdeutschlands täglich in den Zeitungen berichtet wurde, nicht mehr, als er aus eigener Erfahrung mit dem Kauf und Verkauf von Grundstücken auf La Palma wußte. Er hatte Ole in erster Linie provozieren wollen – und das war ihm ja auch gelungen. Fragte sich nur, wie Ole seine Unternehmungen finanzierte. Mit Geld, das er aus den Bernsteinläden abgezweigt hatte?

Rosa hatte beschlossen, daß die Mutter Achim in puncto Buchhaltung auf den Zahn fühlen sollte. Sie selbst würde sich in die Höhle des Löwen wagen und Regina aushorchen. Wobei sie jedoch Oles erpresserisches Vorgehen auf keinen Fall erwähnen durfte, um Camilla und Carl nicht zu gefähr-den.

Sie folgte dem Plattenweg zum Seeufer. Hinter einem üppig blühenden Rhododendronbusch verzweigte sich der Weg. Im rechten Winkel führten Steinplatten zum Rand des Grundstücks: offenbar die Ecke für den Gartenabfall, ver-borgen hinter schulterhohen Palisaden. Rosa wollte schon weitergehen, da sah sie plötzlich Reginas Kopf über dem

Holzzaun kurz auf- und sofort wieder abtauchen. Die Schwester hatte sie anscheinend nicht bemerkt. Rosa ging auf die Kompostecke zu. Ob der Gartenabfall hier genauso säuberlich sortiert war wie der Rasen geschnitten?

Als Rosa das Müllgeviert betrat, stieß Regina einen spitzen Schrei aus und fuhr aus ihrer gebückten Stellung hoch.

»Hast du mich aber erschreckt!« Kaum hatte der Schreck sich gelegt, begann sie zu zetern: »Hättest du dich nicht ankündigen können? Man kommt doch nicht einfach so um die Ecke geschlichen!« Dann wurde sie mit einem Schlag freundlicher. »Und ich empfange dich auch noch an so einem Ort. Und in was für einer Aufmachung.«

Regina trug eine gebügelte Küchenschürze, Küchenhandschuhe und war im Gesicht ganz erhitzt. Nur der Frisur sah man die Gartenarbeit nicht an.

»Ist doch nicht verboten, im Garten zu arbeiten«, erwiderte Rosa lächelnd und fragte ganz beiläufig: »Ist dein Mann da?«

»Wie kommst du denn auf die Idee? Der ist heute schon sehr früh nach Hamburg gefahren …«

Rosa erstarrte – und gab sich Mühe, es zu verbergen. War Ole Carl etwa ebenfalls auf der Spur? »Was macht er denn in Hamburg?«

»Ein Termin bei irgendeiner Bank …« Mißtrauisch musterte Regina ihre jüngere Schwester. »Aber was geht dich das eigentlich an? Was willst du von Ole?«

»Nichts. Ich wollte dich besuchen«, antwortete Rosa rasch. »Ich wollte sehen, wie du wohnst. Ich war doch noch nie hier.«

Das klang zumindest einleuchtend. Regina schlug vor, Rosa solle schon einmal ins Haus gehen, sie selbst hole noch ein wenig Komposterde und komme dann nach. »Dann koche ich uns einen Kaffee.«

Die Terrasse lag in der Mittagssonne. Rosa mußte eine Weile suchen, bevor sie den Schalter für die automatische Markise fand. Sie zog die Plastikhülle vom Sonnenschirm, spannte ihn auf, stellte zwei Stühle in seinen Schatten und zog mit spitzen Fingern die häßliche Schutzhülle vom Tisch.

Im Wohnzimmer herrschten mittlerweile an die dreißig

Grad. Die vielen Teppiche heizten die Luft auf, weicher Teppichboden, darauf Dutzende von Läufern mit akkurat gekämmten Fransen. Ein staubfreier Glastisch mit einer Schale, in der täuschend echte künstliche Pfirsiche lagen. Ein riesiger Fernsehsessel aus dunkelbraunem Leder, daneben, auf einem Fellteppich hockend, ein Porzellanjaguar in Originalgröße, vielleicht zum Streicheln, wenn einem der Sinn nach Zärtlichkeit stand, oder als Wachhundersatz. Über der Anrichte aus stabiler Eiche Landschaftsaquarelle aus Reginas Hand: Dünen, Ostsee, Holsteinische Schweiz. Neben dem Kamin, der selbst für diese Jahreszeit zu sauber wirkte, hatte Ole sich verewigt: Auf die schnelle zählte Rosa dreizehn Jagdtrophäen. Sie zweifelte nicht daran, daß Schwager Ole die ehemals dazugehörigen Tierchen höchstpersönlich erlegt hatte.

Sie hatte Durst und machte sich auf die Suche nach der Küche, um sich ein Glas Wasser zu holen, und bedauerte, daß nicht auch im Haus ein Plattenweg die einzuschlagende Richtung anzeigte. Alle Türen, die zum Flur führten, waren geschlossen. Rosa probierte sie eine nach der anderen aus: Abstellkammer, Gästetoilette, Bügelzimmer, Kellertreppe, Eingangstür, dann die Küche, tipptopp, ebenso unberührt wie der Garten. Immerhin fand Rosa auf Anhieb Gläser, gekühltes Mineralwasser und unter der Arbeitsplatte am Fenster ein Tablett. Als sie sich aufrichtete, sah sie Regina mit hochrotem Gesicht vor dem Fenster am Haus entlanggehen. Sie trug einen mit Erde gefüllten Eimer, verschwand dann aus der Sicht.

Fünf Minuten später saßen sie auf der Terrasse, jede vor einem Schälchen Erdbeeren mit Schlagsahne.

»Sind die Erdbeeren aus deinem Garten?«

»Nein, die sind gekauft«, sagte Regina mit dem bekannten hochmütigen Unterton.

»Du hast einen schönen Garten«, fuhr Rosa fort. »Sehr gepflegt. Das ist sicherlich viel Arbeit.«

»Dafür haben wir einen Gärtner. Ich hasse Gartenarbeit«, wehrte Regina ab. Dann setzte sie ein süßsaures Lächeln auf. »Und – wie ist es, schläft es sich im Hotel besser als zu Hause? Bei uns wolltest du ja nicht wohnen ...«

Rosa überging den Vorwurf. »Viel besser«, sagte sie und schob die letzte Erdbeere in den Mund. »Ich habe mit Finn gefrühstückt.«

»Ach ja?« Regina war anzusehen, was sie vermutete.

Rosa verzichtete darauf, das Wann und das Wieso klarzustellen. Hanno Finn war jetzt nicht wichtig. Wichtig war Finn, der Kommissar. »Er hat offenbar eine heiße Spur.«

»Tatsächlich?«

Regina lehnte sich zurück, als wollte sie mehr Abstand gewinnen, und Rosa beugte sich vor, um den Abstand wieder zu verringern.

»Hör zu, Regina. Er hat natürlich nur Andeutungen gemacht, aber –« Sie zögerte, um die Spannung zu steigern und ihrer Aussage die notwendige Glaubwürdigkeit zu verleihen. »Es scheint einen Augenzeugen zu geben. Irgendwer hat Ole am Strand gesehen.«

Die Lüge war dreist, aber sie war einen Versuch wert. Außerdem hatte Rosa ja nichts dazu gesagt, *wann* Ole am Strand gesehen worden war. Bei Regina mußte man mit scharfen Geschossen aufwarten.

»Was meinst du damit?« fragte sie argwöhnisch.

Rosa zuckte die Achseln. Ratlosigkeit zu mimen war nicht schwer. »Mehr weiß ich auch nicht … Ich habe eigentlich gar keine Meinung dazu … Ich dachte nur … Ich wollte es dir sagen … Das ist doch meine Pflicht, unter Schwestern … schließlich ist er dein Mann, und –« Es gelang ihr, eine bekümmerte Miene aufzusetzen. »Ich dachte, wenn überhaupt, dann kannst du dem Verdacht etwas entgegensetzen. Ich meine, Ole hat ja ein Alibi. Er hat zur Tatzeit noch geschlafen, wie du bezeugt hast …«

»Wir schlafen getrennt«, erklärte Regina mit kühler Stimme, ohne Rosa dabei anzusehen. »Schon seit Jahren. Wenn du weißt, was ich meine.« Ihr Gesicht war abweisend, als würde sie alles, was dieses Thema betraf, am liebsten weit von sich weisen. »Ich lasse ihn schon seit Jahren nicht mehr ran.« Sie leerte ihr Glas Wasser in einem Zug.

Wasser, nicht Wodka, dachte Rosa, und daß das Wort »ranlassen« aus dem Mund ihrer großen Schwester vulgär und künstlich klang.

»Ist er« – fragte Rosa vorsichtig, »so ein schlechter Liebhaber?«

»Liebhaber?« Das klang schrill und entrüstet. Jedenfalls keinen Deut nach *liebhaben*. »Hast du Ole schon einmal beim Essen beobachtet?«

Rosa nickte. Ole war einer, der das Essen hinunterschlang. So war es also um das Liebesleben der Schwester bestellt. Wenn Rosa nur einen Schritt weiter gedacht hätte, hätte sie auch selbst drauf kommen können. Für einen Mann wie Ole war die Welt ein großes Kaufhaus. Ab und zu wird er sich Frauen gekauft haben, dachte Rosa. Und Regina wollte nicht zu den gekauften Frauen gehören und nicht zu denen, die aus ehelichen Pflichten umsonst schnell die Beine breitmachten. Aber aushalten ließ sie sich von ihm trotzdem. Auch wenn sie nicht mit ihm ins Bett ging.

»Ich glaube, an deiner Stelle würde ich es nicht bedauern«, sagte sie nach einigem Zögern und meinte die sexuelle Enthaltsamkeit.

Regina stand auf, lächelte überlegen. »Habe ich denn gesagt, daß ich es bedauere? *Non, je ne regrette rien …* Soll ich dir jetzt das Haus zeigen? Du wolltest doch sehen, wie ich wohne.«

Vor dem Kamin blieb Rosa stehen. »Hat dein Mann die alle geschossen?«

Regina nickte. »Er ist ein guter Schütze.«

»Hat er viele Waffen?« erkundigte Rosa sich scheinbar arglos.

»Ein paar alte Jagdgewehre. Aber damit ist Vater ja nicht erschossen worden«, fügte Regina hinzu.

Sie öffnete die Tür zu Oles Arbeitszimmer. Ihnen schlug staubige, muffige Luft entgegen. Auf einem Bücherschrank standen ein ausgestopfter Eichelhäher und ein ausgestopftes Eichhörnchen. Ansonsten herrschte in dem Zimmer ein heilloses Durcheinander. Offenbar gehörte Ole zu den Menschen, die nichts wegwerfen konnten. Regina sagte, den

Dachboden würde sie Rosa lieber gar nicht erst zeigen. Geschweige denn den Keller. Während sie in den ersten Stock gingen, überlegte Rosa, wie Ole und Regina es wohl geschafft hatten, seinen Zwang zur Unordnung und ihren Zwang zur Ordnung so lange aneinander zu ertragen.

Das Gästezimmer war mit Blümchentapete ausgeschlagen wie früher in der Pension Seerose Schränke und Schubladen.

»Hier hättest du wohnen können«, sagte Regina. »Wenn du gewollt hättest.« Spitz fügte sie hinzu: »Billiger wäre es außerdem gewesen.«

Gleich daneben lagen die beiden getrennten Schlafzimmer von Regina und Ole. In keinem von beiden hätte Rosa sich wohlgefühlt. Das eine war so leer wie das andere vollgestopft: ein riesiger Wandschrank und allerlei Krimskrams und weitere ausgestopfte Tiere. In dem einen wäre Rosa vor Unterkühlung erfroren, in dem anderen erstickt.

»Wie du siehst, kann er den Hals nicht voll kriegen«, sagte Regina ungerührt.

Sie schloß die Tür zu seinem Zimmer, zeigte Rosa die beiden Badezimmer, denn selbstverständlich fand auch die Körperpflege in getrennten Räumen statt, von denen der eine in Rosa, der andere in Hellblau gehalten war. Regina wischte schnell zwei Tropfen aus der Badewanne weg und polierte nach.

»Ole kommt aus kleinen Verhältnissen, aber er will ganz groß hinaus. Die Bernsteinläden laufen gut, allerdings nicht gut genug. Jedenfalls nicht für seine Ansprüche. Robert hat recht: Die Wende ist für Ole die einmalige Chance, für wenig Geld viel zu kriegen. Er hat ein paar Grundstücke an Land gezogen, auf denen er Appartementhäuser bauen lassen will. Er ist auf den Geschmack gekommen.«

»Steckt er in finanziellen Schwierigkeiten?«

»Wie kommst du denn darauf?«

»Weil …«, Rosa tat so, als suche sie nach Worten, »weil Robert neulich so etwas angedeutet hat … Und du hast auch so eine Bemerkung gemacht … Du hast gesagt, daß Onkel Carl vielleicht ausgezahlt werden möchte. Ole schien über diese Aussicht nicht gerade begeistert zu sein …«

»Ich will nicht, daß eines Tages der Gerichtsvollzieher vor der Haustür steht«, sagte Regina heftig. »Und ich will mit diesen Sachen nichts zu tun haben.« Sie schloß die Badezimmertür. »Mein Atelier ist oben. Willst du es sehen?«

»Gern.«

»Ich zeige es nicht jedem x-beliebigen«, sagte Regina wie der Verwalter eines königlichen Schlosses, während sie die etwas steilere Bodentreppe hochstiegen.

Ich bin auch nicht x-beliebig, dachte Rosa amüsiert.

»Da sind wir. Links geht es zur Rumpelkammer. Und hier ist mein Atelier.« Mit einem stolzen Lächeln öffnete Regina die Tür.

Sie traten in einen nicht sehr großen, aber hellen Raum. Auch hier oben war es stickig, obwohl die beiden Fenster in den Dachschrägen geöffnet waren. Die ganze Breitseite der Dachkammer war verglast. Der Blick ging allerdings nicht gen Osten, zur Ostsee, sondern gen Westen zum Wennsee.

An den Balken rechts und links der Dachschräge hatte Regina mit Reißzwecken eine Reihe von Aquarellen befestigt. Regina hatte schon immer gemalt und gezeichnet. Wie andere Leute Tagebuch schrieben oder die Welt auf Fotos festzuhalten versuchten, hatte sie das Erlebte auf Bildern festgehalten. Rosa erinnerte sich an ein Bild von einem Baby in der Wiege: Das war sie selbst gewesen, ihre Schwester hatte es mit siebzehn Jahren gemalt. Jahrelang hatte es im Wohnzimmer über dem Telefontisch gehangen, bis es durch ein Bild von Achims Hochzeit ersetzt worden war. Wahrscheinlich lag es jetzt in dem Schrank, dessen Schubladen mit Jahreszahlen beschriftet waren, unter 1956. Regina konnte nur das malen beziehungsweise zeichnen, was sie mit eigenen Augen gesehen hatte. Die Blumenvase mit dem Rittersporn, den von der Sturmflut verwüsteten Strand.

Auf der Staffelei am Fenster stand ein neues Aquarell, das Rosa jedoch bekannt vorkam, obwohl sie es mit Sicherheit noch nie gesehen hatte. Nicht das Bild. Aber die Vorlage. Und obwohl es hier oben unter dem Dach sehr heiß war, lief ihr ein eisiger Schauer über den Rücken. Ein Strandbild. Der Sand, der Strandkorb, im Hintergrund halb die Dünen, halb das Meer. Und in der Mitte er. Der Vater. Das waren seine Augen, die so starr blickten. Das war sein endgültiges Schweigen, das Regina mit einem präzisen Blick gekonnt verewigt hatte. Der über der Brust rotbraun verfärbte Bademantel. Die Muschel in seiner Hand. Die Stille des Morgens. Auch diese körperlose Stille hatte Regina eingefangen. Natürlich hat sie dieses Bild malen müssen, dachte Rosa: Es ist ihre Art, der Welt zu begegnen – und dem Tod.

Plötzlich ertönte ein Glockenspiel, und Rosa wurde aus ihren Gedanken gerissen. *Üb immer Treu und Redlichkeit*, erklang da. Regina war schon auf der Treppe. Ein passendes Motto, dachte Rosa, als sie der Schwester die beiden Treppen hinunter ins Erdgeschoß folgte.

Sie war ratlos. Sie kannte sich mit ihrer Schwester nicht aus. Wie paßte das alles zusammen: Reginas Hang zu allem Sterilen und die ineinanderfließenden, sanften Aquarellfarben, ihre Frisur und die Hingabe beim Malen, ihre nach außen gerichtete Starrheit und das auf den Bildern unverkennbar einfühlsame Einfangen von Stimmungen. Die Szenen einer Ehe, in die Regina heute überraschenderweise kurzen Einblick gewährt hatte, waren doch haarsträubend – aber bei Regina sträubte sich kein einziges Härchen.

Gänzlich unerwartet stand Robert vor der Tür und lächelte sein Jungenlächeln. Er drückte Regina ein Tablett aus der Konditorei in die Hand und trat ungefragt ein. Als sie in der Küche waren, sagte er: »Außerdem wollte ich dich fragen, ob das vielleicht euch gehört?«

Er zog einen kleinen, runden Gegenstand aus der Hosentasche und hielt ihn zwischen Zeigefinger und Daumen hoch. Es war ein Hirschhornknopf mit einer Eichel darauf.

»Heute bin ich runter zum Strand gegangen, habe kurz gebadet und mich hinterher in den Sand gesetzt und mit den Fingern herumgebuddelt. Und dabei habe ich das hier gefunden, nur ein, zwei Meter vom Tatort entfernt. Da dachte ich mir: Vielleicht hat Ole den Knopf verloren. Als Jäger trägt der doch so ein Underbergzeug.«

Das Wiedersehen zwischen Robert und Hanno Finn fiel für
Rosas Geschmack reichlich flau aus. Ungefähr so, als wenn
sich eines Tages die Routen zweier Heringe bei ihren langen
Reisen durch die Ostsee zufällig wieder einmal kreuzten und
sie die Flossen anderthalbmal schneller schlagen ließen als gewöhnlich. Oder lag die lauwarme Stimmung daran, daß
Robert ein Beweisstück gefunden hatte, das den Argusaugen
der Kripo am Strand entgangen war?

Gemeinsam hatten Regina, Rosa und Robert Oles Klei-
derschrank durchforstet – der Ausdruck war in diesem Fall
zutreffend, denn erstens sah es in dem Schrank aus wie Kraut
und Rüben, und zweitens war etwa ein Viertel des vier Meter langen Einbauschranks mit Jägerkleidung gefüllt. Ole
stammte offenbar noch direkt von den Steinzeitmenschen
ab: mit Leib und Seele Jäger und Sammler. Nachdem sie alle
hell- und dunkelbraunen, militärgrünen, khakifarbenen Jak-
ken und Hosen ausgeräumt und auf dem Bett ausgebreitet
hatten, entdeckte Rosa schließlich die Jacke, an der ein Knopf
fehlte. Was aber natürlich noch gar nichts besagte. Der Knopf
konnte irgendwann am Strand verlorengegangen sein, gestern, vorgestern, vor drei Wochen. Deshalb war Robert auch
der Ansicht gewesen, sie könnten den Knopf ebensogut in
den Wennsee oder in den nächsten öffentlichen Papierkorb
werfen und die ganze Angelegenheit vergessen.

Da aber hatte er nicht mit Regina gerechnet: Wie von der
Tarantel gestochen, hatte sie ihn angefahren, was er sich
eigentlich einbilde – erst scheinheilig mit dem Knopf in der
Hand aufzutauchen und einen Verdacht zu schüren, um sich
dann die Hände in Unschuld zu waschen mit einem »He, war
gar nicht so gemeint«? Ob es ihm eigentlich Spaß mache, vor
allem ihr als Ehefrau so übel mitzuspielen? Er solle doch
nicht ernstlich glauben, daß sie den Knopf vergessen könne,
auch wenn er auf einem noch so riesigen Müllberg verbrannt
werden. Der Knopf war doch ein Verdachtsmoment! Sie,
Regina, würde Ole womöglich ihr Leben lang verdächtigen,

jedenfalls so lange, bis der richtige Mörder gefunden war. Die Sache mußte schnellstens geklärt und bereinigt werden!

Schon ihre Wortwahl hatte dazu beigetragen, daß es um Roberts Mundwinkel verdächtig zuckte, aber Rosa hatte ihn in den Arm gekniffen. Also hatte ihr Bruder sich beherrscht. Wenn sie an den letzten Abend mit ihren Geschwister dachte, mußte Rosa Regina recht geben: Robert hatte schon immer alle Leute an der Nase herumgeführt und schien nichts und niemanden ernst zu nehmen.

Schließlich waren sie zu dritt in Roberts Cabrio nach Lübeck ins Kommissariat gefahren und hatten das Fundstück abgeliefert. Finn war zerstreut gewesen, hatte den Knopf ins Labor bringen lassen und keine Zeit für sie gehabt. Er hatte sich mit keinem Wort zum Stand der Ermittlungen geäußert. Ein wenig war er Rosa vorgekommen wie ein Bankdirektor, der die Kunden loswerden will, die ein Sparbuch über einhundert Mark eröffnen wollen, während er soeben über ein Großprojekt von mehreren Millionen verhandelt. Plötzlich war ihr das Ganze peinlich gewesen. Die Sache mit dem Knopf erschien ihr mit einem Mal nichtig. Eine Luftblase, die ihr Bruder hervorgezaubert hatte, Robert, der Luftikus. Finn hatte es die ganze Zeit über vermieden, Rosa in die Augen zu sehen. Als könnte er sich in Gegenwart ihrer Geschwister verraten. Oder als könnte er etwas verraten, was dem Fall genau die Wendung geben würde, die Rosa und die Mutter befürchteten.

Vor dem Polizeipräsidium hielt Rosa nervös Ausschau nach einer Telefonzelle. Sie mußte wissen, ob Carl noch in Sicherheit war – vor der Kriminalpolizei und vor Ole, der heute früh nach Hamburg gefahren war.

Als sie sich ein paar Minuten später wieder auf den Beifahrersitz des Cabrio fallen ließ, war sie erleichtert. Die Mutter hatte gesagt, soweit sei alles in Ordnung. Sie könne aber gerade nicht sprechen, Rosa solle später noch einmal anrufen.

Der Rückweg nach Scharbeutz war für sie ein einziger Genuß. Zum ersten Mal saß sie vorn neben dem Fahrer. Eine echte Premiere! Regina hingegen hockte hinten und sagte kein Wort. Als sie ausstieg, war zu allem sonstigen Ärger auch noch ihr Haar zerzaust. Dem Fahrtwind hatte die Frisur dann doch nicht standgehalten.

Robert schnalzte provozierend mit der Zunge. »Steht dir gut, große Schwester. Von wegen häßliches Entlein. Du könntest eine Menge aus deinem Typ machen.«

Rosa mußte ihm zustimmen, auch wenn sie seine Art Regina gegenüber allzu herablassend fand. Allerdings stand Regina ihm auf andere Weise in nichts nach. Mit einem Gletscherlächeln entgegnete sie: »Übrigens, dein Name stand vorgestern gar nicht auf der Passagierliste von La Palma nach Hamburg. Auch in den Tagen davor nicht. Aber du wirst sicherlich wissen, wo du zur Tatzeit gewesen bist.«

Sie gingen durch den Wald zum Pönitzer See. Nur weg aus der Sonne, hatte Robert geflucht. Er kochte vor Wut. Bei ihm entlud sich der Ärger ganz ohne Umwege, und er gab sich auch keine Mühe, das zu verbergen.

»Sie hat es die ganze Zeit gewußt«, schrie er und schleuderte mit aller Wucht einen Tannenzapfen nach dem anderen gegen die Baumstämme. »Sie hat das als Trumpf in der Hinterhand gehabt und die ganze Zeit kein Wort gesagt!«

»Sei froh, daß sie es nicht auf dem Kommissariat ausgeplaudert hat«, sagte Rosa, die amüsiert seine Trefferquote von maximal fünfzig Prozent verfolgte. »Sie hat es dir heimgezahlt. Kamst du dir etwa unwiderstehlich freundlich vor?«

»Ich habe versucht, dieser unverbesserlichen Zicke zu helfen«, tobte Robert. »Sie hätte den Knopf auch verschwinden lassen können! Niemand hätte etwas gemerkt. Ich wollte ihr die Wahl lassen! Das finde ich verdammt freundlich von mir.«

»Vielleicht ist sie gar nicht so unglücklich, wenn Ole in Schwierigkeiten kommt.«

Robert blieb abrupt stehen und sah Rosa erstaunt an. »Ach, natürlich. Daß ich nicht gleich darauf gekommen bin. Ist ja auch echt ein Arschloch, unser Schwager Kaufmich-Leck-mich. Wußtest du übrigens, daß er dafür verantwortlich war, daß der alte Fritz mir damals das Geld gestrichen hat? Ole und Regina bei irgendeiner Bernsteinausstellung in Berlin. Wir laufen uns zufällig über den Weg. Ich Idiot habe die beiden auch noch auf einen Kaffee in unsere WG eingeladen. *Voilà*, das war's.« Er ballte wieder die Fäuste. »Und unsere Hoheit ist kein Stück besser. Sie war ja schließlich auch dabei. Das hat sie schon immer gemacht: sich in die Angelegenheiten der anderen einmischen. Ich frage mich nur, wie sie immer an die Informationen herankommt …«

Wenn Rosa an ihre Geschichte mit Finn dachte, konnte sie Robert nur zustimmen. Reginas spezielles Gespür für die Schwachstellen anderer war sicherlich der Hauptgrund, weshalb die Zuneigung der Geschwister für sie eher mager ausfiel. Anders betrachtet, hätte Regina ihrem Bruder mit ihrer Information über die Fluglisten durchaus Scherereien machen können. Aber sie hatte darauf verzichtet. Was sie wußte, diente wie immer nur dem internen Gebrauch.

»Ihre Energien sollte sie lieber für die wirkliche Lösung dieser Mordgeschichte einsetzen«, brummte er und schleuderte einen letzten Tannenzapfen ins Unterholz.

Aber wo war Robert eigentlich gewesen? Weshalb hatte er vorgetäuscht, direkt aus La Palma gekommen zu sein?

»Ich war die ganze Zeit in Hamburg.« Er verzog vergnügt das Gesicht. »Na, schockiert, kleine Schwester?«

Rosa verstand das nicht. Ganz so unverfroren hatte sie ihren Lieblingsbruder nicht in Erinnerung gehabt. »Aber warum hast du dich nicht eher gemeldet? Mama hat dir die Nachricht doch mehrfach auf den Anrufbeantworter gesprochen.«

Die Antwort war verblüffend einfach. »Ich hatte keine Lust«, sagte Robert und zuckte die Achseln. »Ich hab genug Phantasie, um mir ausmalen zu können, wie das hier abläuft: ein Mord und dazu Regina und Ole, Achim und Eva und Marina … Du hast es doch neulich abend selbst miterlebt: unsere Geschwisterbrühe, frisch aufgeschäumt.« Er stieß sie freundlich in die Seite. »Daß du auch dasein würdest, konnte ich ja nicht ahnen.«

Rosa blieb stehen. »Jetzt sag nicht, daß du dann gekommen wärst.«

»Hab ich das denn gesagt, Rotkäppchen?«

»Nein, du Unschuldslamm.« Nachdem sie ein paar Schritten gegangen war, fragte sie: »Und, wie heißt dein Alibi?«

»Ruth.«

»Wie lange schon?«

»Ewigkeiten«, stöhnte Robert. »Schon über fünf Monate. Ich bin machtlos.«

»Auch glücklich?«

»Glücklich und machtlos. Machtlos glücklich.«

»Klingt besser als früher«, sagte Rosa.

»Ist es auch.«

Eine Gruppe Reiter überholte sie im Schrittempo. Der Waldweg führte nun bergab. Es war nicht mehr weit bis zum Pönitzer See.

»Wie war eigentlich dein Verhältnis zum alten Fritz in den letzten Jahren?« erkundigte sich Rosa. »Habt ihr noch miteinander geredet?«

Robert schüttelte den Kopf. »Nach dem großen Streit war das vorbei.« Er sah sie von der Seite an. »Deshalb war ich ja auch so erstaunt, daß ich die Ehre habe, im Testament bedacht zu werden. Hat Mama dir von dem letzten großen Krach erzählt?«

»Nein.«

Robert hatte damals ein paar Wochen auf La Palma verbracht, im Bungalow einer Spanierin, mit der er zu der Zeit liiert war. Ein Freund von ihr hatte eine baufällige Hütte mit einem ansehnlichen Grundstück geerbt, das er verkaufen wollte. Robert wiederum wußte von einem ehemaligen Politkumpel in Berlin, der inzwischen als Informatiker Karriere gemacht hatte und schon seit längerem scharf war auf ein Häuschen auf einer der abgelegeneren Inseln der Kanaren. Robert sagte, für ihn war das damals die Chance, endlich aus seinem jahrelangen finanziellen Engpaß herauszukommen.

Er brauchte nur genügend Geld, um das Grundstück selbst zu erwerben, das Häuschen instandzusetzen und dann an den Freund aus Berlin weiterzuverkaufen. Also war er nach Scharbeutz gefahren und hatte den Vater gefragt, ob er ihm das Geld leihen könne.

»Wohlgemerkt, Rosa: leihen! Nicht schenken.«

Aber der Vater hatte es seinem einzigen leiblichen Sohn nie verziehen, daß der sich seinem Wohlwollen vor vielen Jahren so radikal entzogen hatte. Daß der undankbare Sohn ihm außerdem deutlich zu verstehen gegeben hatte, was er von den Zukunftsplänen des Vaters und von den Bernsteinläden hielt, die der alte Fritz nach dem Krieg eigenhändig aufgebaut hatte.

»Und wie bist du statt dessen an das Geld gekommen?« fragte Rosa.

»Mama hat es mir ermöglicht«, sagte Robert. »Sie hat damals eine Hypothek auf die Pension aufgenommen. Hat deswegen im nachhinein einigen Krach mit dem alten Fritz bekommen.« Er hob abwehrend die Hände, weil er offenbar Rosas Empörung erwartete. »Aber ich hab ihr das Geld längst zurückgezahlt. Mit Zins und Zinseszins. Da hätte der Alte einen guten Schnitt gemacht. Aber er wollte ja nicht. Er war ein verdammter Dickkopf!« Robert hob einen Stecken auf, hieb damit gegen den Stamm einer Eiche, der Stock blieb ganz. »Als ich die Nachricht zum ersten Mal hörte, dachte ich, das ist ein Scherz«, fuhr er fort. »Beim zweiten Mal habe ich gedacht, geschieht ihm recht. Und beim dritten Mal …« Er hieb gegen den nächsten Baumstamm, der Stecken zersplitterte. »… beim dritten Mal, da habe ich geheult. Trotz allem!« Er wischte sich über die Augen. »Er war immerhin unser Vater, Rosa.«

30

Am nächsten Tag wachte Rosa um kurz nach sieben auf und ging gleich zum Strand. Sie lief bis kurz vor Haffkrug und wieder zurück, schwamm dann in der spiegelglatten Ostsee bis zur Boje hinaus, kehrte zurück ins Hotel und frühstückte – allein.

Rosa und Robert waren nach ihrem Waldspaziergang zum Pönitzer See schwimmen gegangen und danach durch den Wald nach Scharbeutz zurückgelaufen. Sie hatten über die Familie geredet. Robert hatte von dem Druck gesprochen, den er von klein auf gespürt hatte, dem Druck, als einziger leiblicher Sohn den Erwartungen des Vaters entsprechen zu müssen, so daß er nur die Möglichkeit gesehen hätte, sich zu ducken und anzupassen oder zu revoltieren und sich zu entziehen. Wenn er sich für die Bernsteinläden entschieden hätte, wäre er außerdem Achim in die Quere gekommen und hätte sich obendrein mit Ole arrangieren müssen.

»Der Politfreak als Chef des Kleinbürgers und des Aufsteigers – das wäre nicht gutgegangen«, hatte er mit einem Grinsen erklärt. »Sogar das Rotkäppchen hat es ja irgendwann hier nicht mehr ausgehalten und ist abgezogen zu den Wölfen in den Wilden Westen.«

Der Verdacht gegen Ole nahm zunehmend konkretere Formen an. Nach dem Gespräch mit der Mutter hatte Achim beschlossen, den Kommissar zu informieren. Rosa zählte im stillen auf, was alles gegen ihn sprach: zuallererst natürlich die Erpressung; dann die offenkundigen Geldnöte angesichts hochtrabender Pläne; die Unterschlagungen, die Achim aufgefallen waren; der im Sand gefundene Hirschhornknopf; die Tatsache, daß Ole ein guter und erfahrener Schütze war; und daß sein Alibi auf reichlich tönernen Füßen stand – nämlich Reginas Aussage, er habe bis zum Morgen neben ihr im Bett gelegen …

Kurz vor elf verließ Rosa das Hotel. Um elf war sie mit der Mutter am Wellenbad verabredet. Sie wollten gemeinsam mit dem Auto nach Hamburg fahren. Carl saß noch immer in der Uferstraße fest. Um Viertel nach elf aber war die Mutter noch immer nicht aufgetaucht. Unpünktlichkeit hatte bisher nie zu ihren Charaktereigenschaften gehört. Um halb zwölf beschloß Rosa, zu Hause anzurufen. Niemand nahm ab. Kurz darauf sah sie, wie Robert in seinem Cabrio die Seestraße hinunterraste.

»Steig ein.«

»Was ist denn los? Wo ist Mama?«

»Ole ist tot.«

Regina hatte ihn in seinem Zimmer gefunden. Gleich nach dem Frühstück war sie in ihr Atelier hochgegangen, denn später wurde es unter dem Dach zu heiß zum Malen. Es war ganz still gewesen im Haus. Sie hatte angenommen, daß Ole längst in einem der Bernsteinläden war. Bis gegen halb elf die Angestellte aus dem Laden in Haffkrug angerufen hatte, weil seit einer Stunde ein Kunde auf Herrn Hinrichsen wartete. Da erst hatte Regina an seiner Zimmertür gehorcht, geklopft und schließlich die Tür geöffnet. Ole lag tot auf dem Bett. Mit einer Kugel im Kopf.

Inzwischen waren alle Geschwister im Haus am Wennsee versammelt. Sie standen hilflos um Regina herum, die gefaßt wirkte, bei den bewährten Konventionen Halt suchte und Getränke anbot.

Rosa warf der Mutter einen vielsagenden Blick zu. Beiden war klar, was die andere in diesem Moment dachte: daß die Fahrt nach Hamburg bis auf weiteres verschoben werden mußte – und daß der leidige Zeuge für die Liebschaft zwischen Carl und Camilla hiermit aus dem Weg geräumt war.

Die Erleichterung darüber mischte sich mit der Bestürzung über diesen neuen Toten. Keine Traurigkeit, keine falsche Betroffenheit. Aber immerhin war Ole über fünfundzwanzig Jahre lang Reginas Ehemann und Friedrich Liebmanns liebster Mitarbeiter gewesen. Erschossen im eigenen Bett. Wer konnte das getan haben? Hatte etwa Regina sich ihren Ehemann und Nicht-Liebhaber vom Halse geschafft? Oder war vielmehr jemand von außen in die Sache verwickelt?

Auch Achim stand die Sorge ins Gesicht geschrieben. Mit Friedrich Liebmann und Ole Hinrichsen seien in kurzer Zeit nun schon zwei der drei Chefs der Bernsteinläden erschossen worden, dachte Achim laut in Gegenwart der anderen. Bliebe nur noch einer übrig, nämlich er selbst. Was war da im Gange? Wer wollte ihnen an den Kragen? Für die Geschäfte war vor allem Ole verantwortlich gewesen, er hatte sich seit der Ostöffnung zunehmend in Richtung Polen, Litauen, Weißrußland orientiert. Hatte er womöglich irgendwelche halbseidenen Geschäfte abgeschlossen? War er der immer häufiger in Erscheinung tretenden, ominösen Russenmafia in die Quere gekommen?

Als Rosa die Mutter erneut ansah, fragte sie sich insgeheim, ob nicht doch Carl derjenige gewesen sein könnte, der sich den unliebsamen Erpresser vom Hals geschafft hatte?

Dann aber kam Kommissar Finn zusammen mit den Leuten von der Spurensicherung und einem eilig herbeigerufenen Gerichtsmediziner aus dem ersten Stock herunter. Er gab Entwarnung: Alle Indizien deuteten darauf hin, daß Ole Hinrichsen Selbstmord begangen hatte – ein von eigener Hand aufgesetzter Schuß in die Schläfe. Die Waffe, mit der er sich erschossen hatte, war neben dem Bett gefunden worden. Sie war ihm aus der Hand gefallen, es gab nachweisbare Schmauchspuren. Die Tatzeit wurde auf etwa vier bis fünf Uhr morgens geschätzt. Mehr und Endgültiges ließ sich jedoch erst nach der Beendigung der Spurensicherung und nach der Obduktion sagen.

Ole hatte seinem Leben also selbst ein Ende gesetzt. Bei allen war die Erleichterung darüber deutlich zu spüren. »Nicht noch ein Mord in der Familie«, sprach Marina aus, was auch die anderen dachten, bevor sie zu der angemessenen Fassungslosigkeit zurückfanden, die auch einem Selbstmörder zustand.

Regina saß wie versteinert da. »Ich habe nichts gehört«, sagte sie mit tonloser Stimme. »Seit Vaters Tod habe ich nicht mehr gut schlafen können und abends immer zwei Schlaftabletten genommen. Wenn ich das geahnt hätte …« Ihr kamen nun doch die Tränen. Robert schenkte ihr fürsorglich einen Whisky ein, an dem sie vorsichtig nippte.

»Das ist nicht deine Schuld«, sagte die Mutter sanft.

»Aber warum bringt jemand wie Ole sich um?« fragte Robert hilflos. »Ein Mann, der alles hat, was man sich wünschen kann. Eine nette Frau, ein schönes Haus, einen guten Beruf. Hat er keinen Abschiedsbrief hinterlassen?«

Regina hatte nicht danach gesucht. Auf dem Nachttisch im Schlafzimmer hatte jedenfalls kein solcher Brief gelegen. Auch nicht im Wohnzimmer auf dem Tisch oder in der Küche. Nirgendwo, wo man automatisch hinschauen würde. In seinem Arbeitszimmer hatte sie noch nicht nachgesehen. Doch bei dem Durcheinander, das dort herrschte …

»Warum hat er das getan?« wiederholte Robert und streichelte dem Jaguar aus Porzellan über den Kopf.

Regina starrte vor sich hin. »Vielleicht hat es etwas mit dem Mord am alten Fritz zu tun. Gestern abend war Finn kurz noch einmal hier und wollte mit Ole sprechen. Aber er war wie jeden Freitag beim Bowling in Travemünde. Als er nach Hause kam, lag ich schon im Bett. Ich habe ihn jedenfalls nicht gehört.« Ihr stiegen wieder die Tränen in die Augen. Achim, der neben ihr saß, legte seinen Arm um ihre Schulter.

In dem Moment kam Finn an den Tisch und bat Regina zu einem Gespräch in Oles Arbeitszimmer.

»Geld oder Liebe«, sagte Robert, als Regina außer Hörweite war, und griff nach einem der Pfirsiche, die in der Glasschale lagen. Dann erst bemerkte er, daß sie aus Porzellan waren, verkniff sich aber einen für ihn typischen Kommentar. »Ich kann mir jedenfalls keinen anderen Grund vorstellen, weshalb ein Mann wie Ole sich erschießen sollte. Plötzlich auftretender Weltschmerz ist bei ihm ja wohl auszuschließen.«

Eva begann zu schluchzen. Die Mutter versuchte sie zu trösten. Marina ging im Zimmer auf und ab. Rosa dachte: Bestenfalls hat er sich umgebracht, weil er ein schlechtes Gewissen hatte. Doch wenn die Dinge schlecht laufen, geht damit die Suche nach dem Mörder von vorne los.

»Wenn ihr mich fragt …«, begann Achim bedeutungsvoll und suchte nach den richtigen Worten, »dann hat Ole sich mit seinen Grundstücksspekulationen in der DDR … im Osten übernommen. Ich habe gestern lange über den Büchern gesessen und versucht zu verstehen, weshalb die Einnahmen aus einem Großauftrag, der als abgeschlossen galt, nicht in der Buchhaltung aufgetaucht sind. Andere Summen waren wesentlich geringer. Da stimmt etwas nicht, habe ich gedacht. Dann habe ich Ole gefragt. Er wurde hektisch und ...« Achim zögerte, »ihr kennt ihn ja, ein wenig ausfallend. Also, wenn ihr mich fragt, dann hat er Geld unterschlagen, ziemlich viel Geld.«

»Vater hat ihm das Geld gegeben«, sagte eine tonlose Stimme hinter Achims Rücken. Sie gehörte Regina. Hinter ihr tauchte Finns Kopf auf. »Vater hat ihm Geld vorgestreckt. Zusammen haben sie ein Grundstück in Kühlungsborn gekauft. Für Vater war es damit genug. Aber Ole wollte mehr. Er bekam bei seinen Geschäftsreisen mit, wo günstige Grundstücke zum Kauf standen. Ole wollte ganz groß rauskommen. Aber Vater wollte nicht mitmachen.«

Sie schwieg und griff nach dem Whiskyglas, das auf dem Glastisch stand. Rosa wollte sie in den Arm nehmen, aber Regina wehrte die Berührung ab.

Finn trat neben sie an den Tisch. »Die Waffe, mit der Ihr Schwager und Schwiegersohn sich erschossen hat, ist dasselbe Fabrikat wie die Mordwaffe. In der Pistole befanden sich noch zwei weitere Kugeln. Wir erwarten das Ergebnis der ballistischen Untersuchung in der nächsten Stunde. Es besteht der dringende Verdacht, daß Ole Hinrichsen seinen Schwiegervater erschossen hat.« Er sah niemanden der Anwesenden direkt an. »Es gibt außer der Waffe noch einen Zeugen, der Herrn Hinrichsen am Tag der Tat am Strand gesehen hat. Die genannte Uhrzeit stimmt ziemlich genau mit der Tatzeit überein. Herr Hinrichsen hatte ausgesagt, er habe zu der Zeit noch geschlafen.«

»Wer ist dieser Zeuge?« fragte Rosa mit rauher Stimme.

Finn blickte sie an. In seinen Augen entdeckte sie ein leises Lächeln, das ganz eindeutig für sie reserviert war und das auch nur sie sehen konnte. »Ein Kurgast«, sagte er. »Ein junger Vater, der jeden Tag frühmorgens mit seinem einjährigen Kind am Strand unterwegs ist.«

Am frühen Nachmittag wurde Regina mit Verdacht auf Herzinfarkt ins Krankenhaus eingeliefert. Sie war diejenige, die von der unerwarteten Wendung im Fall Liebmann am stärksten betroffen war. Schließlich hatte sie Ole erschossen im Bett aufgefunden und erfahren müssen, daß der Mann, mit dem sie seit über fünfundzwanzig Jahren verheiratet war, ihren Vater ermordet hatte. Sie hatte Finn noch zwei geschlagene Stunden ungerührt und präzise Rede und Antwort gestanden, was die geschäftlichen Vorhaben und Probleme ihres Mannes betraf, soweit sie darüber informiert war – erst als alles gesagt war, war sie zusammengebrochen.

Ganz Regina, dachte Rosa, als sie aus dem Eutiner Krankenhaus kam: kein Härchen gekrümmt, keine Regung gezeigt und an Bord des untergehenden Schiffes geblieben – Pflichterfüllung bis zum letzten. Bis auf die sogenannten Ehepflichten.

Zum Glück war ihr Zustand wieder stabil. Das EKG hatte keine Auffälligkeiten gezeigt. Aber das zeichnete ja lediglich den organischen Zustand des Herzens auf.

31

Sie waren beide erschöpft und erwarteten nichts voneinander. Vielleicht war das die beste Voraussetzung für einen gelungenen Abend.

Seit drei Tagen hatte Rosa nichts von Finn gesehen und gehört. Dann hatte er angerufen und ihr einen Treffpunkt vorgeschlagen. Das Lokal lag gut zwanzig Kilometer landeinwärts am Seedorfer See – ein schlichter Bungalow, der Rosa an Vaters Gartenhaus erinnerte.

Finn hatte reserviert. Er schien genau zu wissen, was er wollte und was Rosa nach all dem Trubel gefallen könnte. Sie saßen direkt am Wasser unter einer Weide, ein wenig abseits der übrigen Gäste, blickten zwischen den Weidenzweigen hindurch, die noch die Strahlen der tiefstehenden Sonne abfingen, auf den See. Der Boden war uneben, der Tisch wackelte, Finn knickte einen Bierdeckel und schob ihn unter das zu kurze Tischbein.

Rosa war froh über die Abgeschiedenheit. Ein Szenelokal aus Glas und Stahl mit aufgestylten Ausflüglern aus der Großstadt hätte sie ebensowenig ertragen wie ein gediegenes Restaurant, das seine Pseudogemütlichkeit aus Bauernwagenrädern, Geranien in Futtertrögen und Porzellangänsen bezog. Rosa fühlte sich wohl. Sie hatte das Gefühl, Finn und sie würden sich schon ewig kennen. Finn war zwar ein uralter Bekannter, aber Rosa kannte ihn dennoch kaum. Zu ihrer Überraschung war die Ambivalenz wohltuend. Es gab nichts, das in ihr zwickte und zwackte. Nach Tagen der Anspannung einmal keine Neugier, keine Angst, keine Fluchtgedanken.

Der Selbstmord des Schwagers und das Auftauchen der Tatwaffe hatte der Suche nach dem Mörder des Vaters ein jähes Ende gesetzt. Das Unwetter namens Mordfall Liebmann war vorbei. Endlich, so schien es zumindest, hatten die quälenden Verdächtigungen, das Mißtrauen, die Bosheiten ein Ende. Sie waren wieder eine große Familie, eine Familie mit Glück im Unglück, eine Familie ohne Vater, aber auch eine Familie ohne Mörder. Denn Ole hatte ja nicht wirklich mit dazugehört. Ole war nur der Schwiegersohn gewesen. Insgeheim, das wurde hinterher deutlich, hatte jeder seine ganz private Liste der Verdächtigen geführt, nur nicht so offen den anderen gezeigt wie Marina. Sie hatte den Schwager noch nie ausstehen können und sich in ihrem Urteil bestätigt gesehen. Robert wiederum hatte nach der ersten aufrichtigen Bestürzung bald wieder zu seinem Jungenlächeln zurückgefunden. Für ihn war die Hauptsache, daß die Verteilung des Erbes nun neu geregelt wurde. Kaum zu übersehen und auch kaum zu ertragen war Achims Genugtuung: Er war jetzt der Chef der drei Bernsteinläden, und der Mann, der ihm über Jahrzehnte hinweg auf die Zehen getreten war, der im Betrieb den besseren Posten innegehabt hatte, hatte sein wahres Gesicht gezeigt. Die Mutter schließlich war so erleichtert darüber, daß der Mörder endlich gefunden war und ihr Carl nicht weiter verdächtigt wurde, daß sie ganz vergaß, die einer Schwiegermutter angemessene Bestürzung zu zeigen.

Gleich am nächsten Tag hatte Rosa sie mit dem Auto nach Hamburg gefahren, und gestern waren sie mit der *MS See-*

löwe in Boltenhagen gewesen. Eine denkwürdige Seefahrt mit einem über achtzigjährigen Kapitän, der über Lautsprecher erzählte, wieviel Knoten das Schiff in der Stunde fuhr, wie stark die Kormorane sich vermehrten und dann die Geschichte, wie er gleich im Dezember 89 nach über fünfzig Jahren zum ersten Mal wieder in die DDR-Küstengewässer gefahren war: vier Meter hohe Zäune entlang der Küstenlinie, alle fünfhundert Meter ein Wachturm mit Scheinwerfern, aber die Patrouillenboote hatten sein Schiff durchgelassen und nach einer Nacht im Polizeigewahrsam auch wieder zurück eskortiert. Auf der Seebrücke in Boltenhagen stand Onkel Carl und lächelte genauso herzlich wie in der Wohnungstür in der Uferstraße. Sie waren noch einmal davongekommen: die Mutter und Carl. Das war alles, was im Augenblick für sie zählte.

Auch wir sind möglicherweise noch einmal davongekommen, dachte Rosa, als die Bedienung ihnen das Bier brachte: Finn und ich, doch worum genau ging es? Liebe? Freundschaft? Ein kurzes Abenteuer? Sie sah Finn von der Seite an. Da saß der Mann, dessen Anblick sie hatte schwach werden lassen, so schwach, daß sie bei ihrer ersten Begegnung am liebsten davongelaufen wäre. Es war erst wenige Tage her, da hatte ein Blick von ihm genügt, und schon hätte sie es auch unter dem Frühstückstisch mit ihm treiben mögen, weil es bis in ihr Zimmer viel zu weit schien – ohne große Verführung, ohne komplexes Vorspiel, schnell und hart und gierig, denn sie hatte die Lust auf ihn schon viel zu lange aufgeschoben. Bloß weg hier, war der erste Gedanke gewesen, und: schnell zu ihm hin, der zweite.

Jetzt war von alldem nichts mehr zu spüren. Lust auf Sex? Sinnliches Begehren? Die Luft war lau, der Abend mild, das Essen schmeckte köstlich. Und der Fall Liebmann war gelöst. Da war nichts mehr, was zwischen Finn und Rosa gestanden hätte, kein toter Vater im Strandkorb, kein ominöser Mörder, keine Rücksicht auf Carl und Camilla, auch nicht Finn, der Kommissar. Plötzlich war alles so einfach geworden. So greifbar nahe gerückt. Auf dieser Seite des Tisches saß sie, Rosa, und auf der anderen Seite saß er, Finn – und nichts sprach dagegen, daß sie nach dem Essen, wenn die Sonne an diesem langen Juniabend untergegangen war, aufstehen und zu ihm nach Hause oder zu ihr ins Hotel fahren könnten. Freie Bahn: niemand, vor dem sie sich rechtfertigen oder verstecken mußten.

Sie sagten kein Wort. Kein Wort über den Fall Liebmann. Aber da war auch nichts, was Rosa Finn gern von sich erzählt hätte. Zwischendurch, als es nicht möglich war, als der Zeitpunkt immer der falsche war oder die Zeit einfach noch nicht reif, hatte sie sich immer wieder danach gesehnt: Hanno Finn einzulassen in ihre Erinnerungen, Gedanken, Träume oder einfach nur ein bißchen mit ihm herumzuspinnen. Und auf einmal war nichts mehr da, woran sie hätte anknüpfen mögen. Kein Traum, kein Gedanke. Nur der See, die Abendstimmung. Selbst Finn, der sonst immer irgendeine Geschichte auf Lager hatte, war wortkarg. Es entspann sich kein Gespräch. Es war keine Spannung mehr da.

Als sie auf dem Parkplatz vor den beiden Autos standen und nicht richtig wußten, wie sie sich verabschieden sollten, schlug Finn vor, noch einen Spaziergang am Strand zu machen. Hintereinander fuhren sie zum Strand bei der Kammer. Es war in der Zwischenzeit dunkel geworden. Auf dem Parkplatz an der noch geöffneten Strandbude war einiges los. Jugendliche lungerten mit Bierflaschen in der Hand um ihre Mopeds und Motorräder herum. Aus parkenden Autos drang leise Musik, man sah die Glimmstengel der Pärchen. Rosa und Finn zogen die Schuhe aus und gingen durch den weichen Sand, bis sie den Lichterschein der Strandbude, die Stimmen, die vagen Umrisse der im Sand versammelten Grüppchen hinter sich gelassen hatten.

Sie standen vor dem dunklen Wasser. Der Mond war noch nicht aufgegangen. Finn suchte Rosas Hand. Wäre seine Hand weich und feucht gewesen, hätte sie ihm ihre Hand entzogen. Aber seine Hand war trocken und fest. Ohne ein Wort zu sagen, ließen sie sich los und begannen die Kleider abzustreifen.

Sie schwammen weit hinaus. Rosa hörte seinen Atem, das leise Plätschern des Wassers bei jedem seiner Schwimmzüge. Dann achtete sie nur noch auf ihren eigenen Atem, tauchte ein in das Wasser der Ostsee, drehte sich auf den Rücken und ließ sich treiben. Als sie sich wieder umschaute, war um sie herum nur noch Dunkelheit. In einiger Entfernung sah sie einen Kopf auf dem Wasser schwimmen, aber als sie näher kam, war es nicht Finn, sondern eine Boje. Rosa hielt sich kurze Zeit fest, um zu verschnaufen. Aus ihrer Kindheit wußte sie, daß im Bereich der Kammer gefährliche Strömungen herrschten, die einen schnell hinaus ins offene Meer ziehen konnten – aber heute war die See ruhig, und Finn hatte sich schon letztes Mal als guter Schwimmer erwiesen.

Als sie zurückschwamm, wurde nicht nur das Wasser wärmer – Rosa spürte auch mit jedem Schwimmzug wachsende Sehnsucht nach Finn. Die Pension Seerose, das Haus am Wennsee, das Kommissariat in Lübeck – all das war vergessen und weit weg. Jetzt gab es nur noch die Ostsee und sie und irgendwo auch ihn und vor allem anderen ihr Verlangen, wieder Ostseeboden unter den Füßen zu spüren und Finns nackte Haut an ihrer Haut. Und da war er, bei der ersten Sandbank, ein gutes Stück vom Strand entfernt. Er trieb im seichten Wasser auf dem Rücken, sah ihr entgegen. Sie schwamm auf ihn zu, spürte schon den sandigen Grund, ließ sich den letzten Meter treiben, bis sie an ihm strandete.

32

Sie lagen am Strand, eingewickelt in die Decke, die Finn aus dem Auto geholt hatte. Finn schlief. Rosa war hellwach. Sie hatten sich ein zweites Mal geliebt, gemächlicher, ausdauernder und bewußter. Während sie im Wasser vor allem gespürt hatte, wie er sich in ihr bewegte, so war er an Land ganz und gar auf ihr gewesen, seine Haut, seine Muskeln, seine Knochen auf ihrer Haut, und dazwischen das eine oder andere Körnchen Sand.

Finn war sofort eingeschlafen. Er hatte nicht gemerkt, was mir ihr vorgegangen war, und das war gut so. Ihre Tränen gingen nur sie alleine etwas an. Im Wasser hätten die Tränen sich mit der Ostsee vermischt, aber da hatte Rosa ja gar nicht geweint, da hatte sie sich beinahe schwerelos gefühlt. Erst an Land war alles andere zurückgekehrt, die Schwerkraft der Körper, das Gewicht der Erinnerungen – Sand im Getriebe: Steven, natürlich Steven, wer sonst.

Zwar war Finn nicht der erste Mann, mit dem Rosa seit der Trennung von Steven ins Bett gegangen war – von wegen *Bett*, dachte sie, aber wie sollte sie es nennen: *ficken* fand sie abschätzig und abgeschmackt, *bumsen* klang nach dumpfer Arbeit, *vögeln* nach kurzem und vor allem schnellem Sex, *schlafen*, na ja, damit hatte es nun wirklich nichts zu tun. *Make love* klang immer noch am überzeugendsten. Obwohl das wiederum nicht auf diesen einen Stammkunden aus dem For Roses zutraf, der schon lange auf Rosa scharf gewesen war, sich aber zu Stevens Zeiten nie getraut hatte. Besonders von Rosas Seite aus auch rückblickend eine schwache Nummer. Denn erstens hatte ihr nichts an dem Mann gelegen, und zweitens hatte seine Art zu ficken, bumsen, vögeln, schlafen noch weniger mit diesen Ausdrücken gemein, als sie sich gemeinhin vorstellte. Sie hatte dabei an die noch nicht bezahlte Zahnarztrechnung gedacht und daran, daß der Kühlschrank dringend wieder einmal abgetaut werden mußte.

Ihr zweites Sexobjekt war der junge Mann gewesen, der im Supermarkt Ecke Market Street/Buena Vista Terrace für die Fleischabteilung zuständig war. Sie hatten es in einem Autokino gemacht, immerhin eine klare, zeitlich begrenzte Sache.

Finn aber war der erste Mann, der Rosa den Atem verschlug. Ja, sie hätte noch stundenlang weitermachen mögen mit dieser Art, Liebe zu machen. Aber selbst wenn es nicht lustvoll gewesen wäre, selbst wenn Finn sich als linkisch, einfallslos, unsinnig, egoistisch und unsensibel entpuppt hätte, dann hätte es nichts geändert, dann wären die Tränen dennoch geflossen. Weil sie verliebt war. Weil Finn sie ohne eigenes Zutun dazu brachte, an Steven zu denken, den Mann, dem sie über Jahre hinweg alles mögliche nachgesehen hatte, auch seine und ihre Art, Liebe zu machen. Nur diese Frau nicht – ein riesengroßer Irrtum, dachte Rosa, als sie sich das jetzt an Finns Seite und bei Nacht besah.

Cindy war nur ein Katalysator gewesen, eine Stellvertreterin. Durch Cindys Auftauchen hatten die Dinge sich verdrehen lassen, einmal um die eigene Achse. Rosa hatte die Angelegenheit immer so hingestellt, als hätte Steven sie wegen Cindy verlassen. Einfache Sache: Neue Frau taucht auf, alte Frau kann abdanken. An Cindy hatte sich alles entzündet, Cindy war zum Reizwort, zum Brennpunkt für Rosas Enttäuschung und Verbitterung geworden: Was hat diese Frau, das ich nicht habe? Was ist an mir verkehrt und an ihr richtig? Weshalb liebt Steven plötzlich Cindy und nicht mehr mich? Anders als im Passiv hatte Rosa sich gar nicht mehr denken können: *Sie* war die Verlassene, *sie* war von ihm verlassen worden.

Kein einziges Mal hatte sie sich in all den Monaten gefragt, ob umgekehrt sie selbst Steven überhaupt noch geliebt hatte. Ob sie zum Schluß überhaupt noch gern mit ihm zusammen gewesen war. Die Cindy-Kränkung hatte solche Fragen überlagert. Jetzt waren die Fragen wieder da. Und mit ihnen auch die ersten Antworten.

Das Berühren von Finns Haut, ein vielstimmiges Spiel von Empfindungen, Tönen, Untertönen, hatte Rosa unwillkürlich an das Berühren von Stevens Haut erinnert. Bei Steven hatte längst nichts mehr in ihr angeklungen. Die Saite war offenbar gerissen, und niemand hatte sich darum bemüht, eine neue aufzuziehen oder die alte zu reparieren.

Der Trennung vorausgegangen waren Monate, in denen zwischen Rosa und Steven nichts mehr gelaufen war.

Wenn sie das For Roses gegen drei Uhr dichtmachten, sank Rosa meistens völlig erschöpft ins Bett, während Steven seinen Tiefpunkt von eins, halb zwei mit einem oder zwei Caipirinhas überwunden hatte und gerade erst entsprechend munter geworden war. Kam Rosa dann morgens vom Joggen aus dem Golden Gate Park zurück, lag Steven gerade im

Tiefschlaf, und wenn er am frühen Nachmittag endlich aufwachte, galt es Vorräte einzukaufen, dies und das zu erledigen
und zu organisieren. Manchmal hatten sie es nachmittags gegen vier, halb fünf versucht. Manchmal hatte das Telefon sie
gestört – oder Alltagsgedanken, die noch viel aufdringlicher
und lästiger sein konnten. Manchmal war es ihnen trotzdem
gelungen. Irgendeine Art Sex mit doppeltem Orgasmus.

Aber eigentlich, dachte Rosa jetzt, als sie neben Finn lag,
war gar nicht der richtige oder falsche Zeitpunkt der Grund
gewesen, sondern sie und er. Ihr Herz hatte nicht mehr
schneller geschlagen, wenn er mittags nackt durch die Wohnung schlurfte. Und wenn sie sich dann von hinten an ihn
preßte, war das eher aus Pflichtgefühl der gemeinsam so po-
stulierten Liebe geschehen denn aus Verlangen. Tatsache war:
Sie hatten sich nicht mehr begehrt – doch das hatte Rosa in
dem Augenblick, als Cindy auf den Plan getreten war,
völlig ausgeblendet und vergessen. Von dem Moment an
hatte nur noch Rosas Kränkung gezählt. Und nach der abrupten Trennung nichts als ihre alles unter sich begrabenden
Aschenputtelgefühle, die ihre Gedanken in eine einzige Richtung lenkten und ständig flüsterten: Er hat sich eine andere
gesucht, weil du ihm nicht mehr gut genug warst.

Rosa lag dicht neben Finn. Die Decke war nicht groß, sie
diente als Unterlage und als Zudecke zugleich. Die Decke
war ihr Floß. Ihre Wege hatten sich ein zweites Mal gekreuzt,
sie waren gemeinsam lustvoll gestrandet. Immer noch liefen
Rosa Tränen über das Gesicht. Die seltsame Gleichgültigkeit,
die sie am Abend im Lokal empfunden hatte, war eine andere
Decke gewesen, die alles, was sich darunter befand, zurück-
gehalten hatte: die Lust auf Finn, die Erinnerungen an ihre
Zeit mit Steven, das Empfinden von Glück, die Tränen und
die Angst. Die grenzenlose Angst, diesen Moment der Nähe,
des Begehrens zu verlängern, die Geschichte mit Steven in
anderer Form zu wiederholen, bis aus der Nähe Vertrautheit
wurde, aus dem Begehren ein alltäglicher Weg, bis Finn und
sie jeder wieder in eine andere Richtung driften würden …

Oder ging es auch anders? Rosa war glücklich und ratlos

zugleich. Sie wußte nicht, wie es zwei Menschen, die jahrelang zusammen lebten, gelingen sollte, den Funken des Begehrens nicht versehentlich auszutreten. Wie sie es schaffen sollten, die ganz natürliche Ungleichzeitigkeit und das Auseinanderdriften zweier Lebenswege auszuhalten. Den anderen nicht einzufangen, nicht gegen seinen Willen aufzuhalten, aber wenigstens im Auge zu behalten. Aufmerksam zu sein. In jedem Sinne. Wenn Rosa sich allein in ihrer Liebmann-Familie umsah, war das alles andere als mutmachend oder gar wegweisend. Aber sie wußte, daß sie sich nicht heimlich davonstehlen, sondern es mit Finn versuchen würde und daß sie gar keine andere Wahl hatte. Der Salamander mußte durchs Feuer. Wahrscheinlich war es der Mutter mit Carl ähnlich gegangen.

Rosa erwachte, als es zu nieseln begann. Es war schon hell. Sie fror und drängte sich näher an Finns warmen Körper. Ihre Kleider lagen rings um ihr provisorisches Lager verstreut, waren klamm und sandig.

»Als ich neun war, bin ich von zu Hause weggelaufen«, hörte sie plötzlich Finns Stimme. Seine Augen waren geschlossen, deshalb hatte sie geglaubt, er schliefe noch. »Es war in den Sommerferien, ich war zum ersten Mal verliebt, sie hieß Helene und hatte Sommersprossen und kam aus Berlin und war achteinhalb, aber wir waren gleich groß. Sie verbrachte den Urlaub mit Eltern und Onkel und Tante und einer älteren Cousine in einer noblen Pension an der Timmendorfer Strandpromenade.« Seine Stimme war rauh, ein bißchen wie Schmirgelpapier. Noch immer öffnete er die Augen nicht. Vereinzelt blieben Regentropfen in den Augenbrauen, in den Wimpern hängen.

»Wir hatten uns beim Minigolf kennengelernt. Ich hatte eine Dauerkarte, als Trostpflaster, weil wir wie jedes Jahr nicht verreisten. Ich spielte jeden Tag mindestens drei-, viermal Minigolf, kannte jede Unebenheit auf den achtzehn Bahnen. Ab fünfunddreißig Punkte gab es ein Freispiel. Eines Morgens tauchte Helene mit ihrer Cousine auf – ihren Namen habe ich vergessen, sie war zwölf oder dreizehn. Ich sprach die beiden Mädchen an, glänzte nebenbei mit meinen Minigolfkünsten und zeigte ihnen, wie man den Schläger hält, wohin man bei welcher Bahn am besten zielt. Am nächsten Nachmittag kamen sie wieder. Wir gingen zusammen zum Schwimmen, zum Trampolinspringen. Einmal, als es regnete, sogar ins Kino. Ich saß neben Helene. Wir teilten uns eine Tüte Gummibärchen. Wenn wir gleichzeitig in die Tüte griffen, berührten sich unsere Finger. Dann reiste Helene ab. Ich war zu Tode betrübt. Der Sommer war für mich gelaufen.«

Finn öffnete die Augen, richtete sich erstaunt auf, als würde er den Regen erst jetzt bemerken. »Wir werden naß.«

»Macht nichts«, sagte Rosa sanft.

»Ich habe Muscheln für Helene gesammelt«, fuhr Finn fort, »ich habe ein Muschelkästchen gebastelt, beklebt und mit Samtresten aus den Änderungsbeständen meiner Mutter ausgefüttert. Ich habe eine Herzmuschel und einen klein zusammengefalteten Brief hineingelegt. Meinen ersten Liebesbrief. Dann bin ich zu der Pension an der Promenade gegangen und habe nach der Adresse von Helenes Eltern gefragt und sie auch bekommen.« Er ließ seinen Finger im Sand kreisen. »Aber in der Zwischenzeit fand meine Mutter das Kästchen beim Staubsaugen unter meinem Bett. Sie war schon immer eine neugierige Person gewesen. Sie öffnete das Muschelkästchen und las den Brief.«

»Und dann?« fragte Rosa nach einer Weile. »Hat sie dich ausgeschimpft, und du bist weggelaufen?«

Finn schüttelte den Kopf. »Bei uns lief das anders. Sie hat sich über mich lustig gemacht. Eine Art Strafe, die vielleicht sogar tiefer gesessen hat als eine Ohrfeige. Meine Mutter hat meinen Liebesbrief beim Abendessen meinem Vater vorgelesen. Beide haben sich köstlich amüsiert. Ich wäre am liebsten im Erdboden versunken.« Er schwieg eine Weile. Dann sagte er: »Von dem Moment an war meine Mutter keine Vertraute mehr.«

»Und dein Vater?«

»Der hat mir auf die Schulter geklopft und gesagt: ›Früh

übt sich.‹ Nach der Geschichte mit dem Muschelbrief wurde ich ein guter Spion«, fuhr Finn fort. »Ich lernte, meine eigenen Angelegenheiten besser zu verheimlichen und im Gegenzug die der anderen aufzudecken. Vielleicht war das überhaupt der erste Schritt hin zu meinem Beruf. Wer weiß, was aus mir geworden wäre, wenn meine Mutter diesen Brief damals nicht gefunden hätte.«

»Schreiber auf einem orientalischen Markt«, sagte Rosa.

Finn bohrte seine Zehen in den nassen Sand. »Am selben Abend bin ich tatsächlich weggelaufen. Ich wollte zu Helene nach Berlin, mußte aber bis zum nächsten Morgen warten, bis ein Zug ging. Ich habe in einem Strandkorb übernachtet. Als ich aufwachte, ging gerade über der Ostsee die Sonne auf. Ich wußte, daß Berlin nicht am Meer liegt. Ich wußte, daß ich noch jung war und daß die Eltern mich sowieso zurückholen würden. Und ich wußte, daß ich erwachsen werden würde und ein Teil von mir für sie schon nicht mehr erreichbar war.« Er nahm einen Stein und warf ihn ins Wasser. »Seit dem Tag habe ich zu Hause nichts mehr erzählt. Die Ostsee hat mir den Rücken gestärkt.« Er lachte leise und streichelte Rosas Bauch. »Ein kleiner Ausflug in die Vergangenheit. Immer wenn ich etwas mache, das lange her ist, kommen solche Geschichten ans Licht.«

Sie lächelte. »Das hast du schon einmal gesagt.«

»Ich sage häufiger etwas doppelt und dreifach. Dann hält es besser.«

Seine Stimme war nachdrücklich und rauh, eine ganze Ladung Sand in der Kehle. Rosa fragte sich, wer wohl Finns Sand im Getriebe war. Ein weibliches Pendant zu Steven vermutlich. Dann aber sagte sie sich, daß es nicht wirklich wichtig war. Man mußte nicht alles aussprechen. Jeder hatte ein Recht auf Geheimnisse.

Er stand auf, schüttelte sich. »Schwimmen oder Duschen?«

»Erst schwimmen, dann duschen«, schlug sie vor.

Er suchte in der Hosentasche nach seiner Uhr, verzog das Gesicht. »Schon halb sieben. Ich fahr dich zurück ins Hotel. Ich muß um halb neun in Hamburg sein. Ein wichtiger Termin.«

Es war der erste Tag seit Rosas Ankunft, an dem nicht die Sonne schien. Rosa zog eine Jeans aus ihrem nach wie vor nicht ausgepackten Koffer und schlüpfte hinein. Als sie sich im Frühstücksraum an den Tisch setzte, drückte etwas in der Gesäßtasche, ein Schlüssel oder ein Stein. Nein, es war eine Muschel, die Herzmuschel, die Finn ihr an dem Tag geschenkt hatte, als sie am Strand vor Pelzerhaken spazierengegangen waren.

Rosa legte sie behutsam neben den Teller, froh, daß die Muschel noch heil war. Keine Frage, sie war verliebt. Während sie frühstückte, ließ sie vor ihrem inneren Auge die Begegnungen mit Finn Revue passieren: das erste Mal morgens am Strand, nachdem sie den toten Vater gefunden hatte, am selben Nachmittag, ebenfalls am Strand, auf der Seebrücke, in Neustadt und Pelzerhaken am Strand, beim Frühstücken im Hotel, ihr gegenüber, dort, wo jetzt ein leerer Stuhl stand, in seinem Büro in Lübeck, am Seedorfer See, heute nacht im lauen Ostseewasser, dann wieder am Strand ... Sie lächelte leise. Sie würde ihn schon noch dazu bewegen, die zweite Betthälfte in ihrem Doppelzimmer einzuweihen.

Wieder in ihrem Zimmer, beschloß Rosa, endlich ihren Koffer auszupacken. Sie war angekommen. Als sie die Hosen in den Schrank hängte, fiel etwas aus der Tasche ihrer hellen Sommerhose – eine Herzmuschel, groß wie ein Fünfmarkstück. Sie bückte sich und hob die Muschel auf. Herzmuscheln dieser Größe waren in der Lübecker Bucht zwar nicht wie Sand am Meer zu finden, aber auch keine Rarität. Dennoch, Rosa war sich sicher, daß Finn ihr nur ein einziges Mal eine solche Muschel geschenkt hatte.

Und die andere Muschel ... die andere Muschel stammte aus der Hand des toten Vaters. Nur eine kleine Erinnerung, hatte sie in einem Augenblick aufwallender Sehnsucht gedacht und die Muschel eingesteckt. Aber welche Hose hatte Rosa in Pelzerhaken getragen und welche an diesem allerersten Morgen am Strand in Scharbeutz?

Regina wüßte es wahrscheinlich, dachte Rosa und sank auf die Bettkante. Regina hätte es auf einem ihrer Bilder festgehalten wie eine Gerichtsreporterin. Die Familie rund um den Tatort. Blaue Jeans oder helle Sommerhose? So, wie sie aus dem Gedächtnis den toten Vater im Strandkorb gemalt hatte, mit einer Muschel in der Hand, die Rosa, als sie den Vater entdeckte, mitgenommen hatte ...

Das Bild auf der Staffelei war Rosa so selbstverständlich gewesen, weil es sich mit ihrer eigenen Beobachtung gedeckt hatte: Strandkorb, Vater tot, Muschel in der Hand. Regina aber war erst später zum Tatort gekommen, nachdem Rosa die Polizei angerufen hatte ... Woher, zum Teufel, wußte Regina von einer Muschel, die sie gar nicht gesehen haben konnte? Es sei denn, Regina war schon vorher dagewesen, hatte die Muschel in der Hand des Vaters bemerkt oder hatte sie ihm womöglich selbst in die Hand gelegt. Regina hatte genau das Bild gemalt, das ihre eigene Wirklichkeit gewesen war. Nur sich selbst, mit der Pistole in der Hand hatte sie nicht malen können. Sich selbst konnte man ja nicht sehen.

Wie sagte man der Schwester auf den Kopf zu, daß man sie für die Mörderin des Vaters hielt? Auch nach intensivem Nachdenken war Rosa der Antwort auf diese Frage keinen Schritt nähergekommen. Kreuz und quer war sie durch den Kammerwald gelaufen, über den neuen Friedhof, durchs Wennseegehölz, an den Bahngleisen entlang zum Kiepenberg, halb bis nach Klingberg und auf einem Feldweg wieder zurück. Zwischendurch hatte es immer wieder zu nieseln begonnen. Der dünne Anorak, den Rosa aus San Francisco mitgebracht hatte, war längst durchnäßt.

Undenkbar, mit der Mutter darüber zu reden. Ebenso indiskutabel, sich Finn anzuvertrauen. Robert wiederum war Regina gegenüber zu voreingenommen, und Achim würde entweder einen Schwächeanfall bekommen oder aber Rosa für verrückt erklären. Marina, die unsentimentale Pragmatikerin, war schon abgereist. Eva käme als angeheiratetes Mitglied der Familie noch am ehesten in Frage. Aber im Grunde war die Suche nach einem potentiellen Mitwisser, mit dem Rosa ihren schrecklichen Verdacht teilen konnte, nichts weiter als ein Aufschub, den sie sich gewähren wollte.

Als sie sich schließlich ein Herz faßte, an Reginas Haustür zu klingeln, machte niemand auf. Sie klingelte fünfmal. Keine Reaktion. Sie sah sich um: Das Garagentor stand offen, der anthrazitfarbene BMW war nicht da. Sie ist geflohen, dachte Rosa im ersten Moment, bezichtigte sich dann selbst der Hysterie. Nein, Regina mußte sich in Sicherheit wähnen. Sie konnte von Rosas Entdeckung gar nichts ahnen. Als Mörder des Vaters war ohne jeden Zweifel Schwager Ole identifiziert worden. Er hatte sich mit der Tatwaffe selbst das Leben genommen, als die Kriminalpolizei ihm auf den Hals gerückt war, eine Version, an der Rosa mittlerweile ihre Zweifel hatte.

Sie ging an den werkelnden Gartenzwergen vorbei ums Haus. Auch die Terrassentür war geschlossen, die Stühle ordnungsgemäß gestapelt. Sie betrat den gepflegten Rasen, ging ein paar Meter rückwärts, bis sie das dreieckige Westfenster von Reginas Atelier im Blick hatte, und stolperte dabei über einen halbvollen Eimer mit Gartenerde. Es wäre reizvoll, in das Haus einzudringen und sich das Bild allein anzusehen, ohne Reginas Anwesenheit, dachte sie plötzlich. Leider waren im Erdgeschoß alle Fenster verschlossen. Rosa ging einmal ums ganze Haus, probierte es an der Kellertür. Vergeblich. Im ersten Stock war ein Fenster gekippt, vermutlich zu einem der Badezimmer. Rosa konnte aber nirgendwo eine Leiter entdecken.

Ihr blieb nichts anderes übrig, als zu warten. Es begann stärker zu regnen. Sie zog die Plastikhülle vom Strandkorb und kuschelte sich, soweit das bei diesem Wetter überhaupt möglich war, hinein. Durchaus gemütlich. Zwar kein Ostseeblick, dafür aber beruhigende Aussicht auf Rasengrün, Baumgrün, das grau schimmernde Wasser des Wennsees. Das einzig Beunruhigende waren die Trittsteine, die wie am Lineal ausgerichtet durch das Rasengrün führten. Irgendwo, von ihrem Platz aus nicht einzusehen, führten die Platten nach rechts zur Kompostecke. Rosa sah wieder Regina vor sich, wie sie sich über den Komposthaufen beugte. Irgend etwas an dem Bild stimmte nicht, aber was war es? Die gebügelte Schürze, die Regina trug? Die Küchenhandschuhe? Sosehr Rosa sich auch bemühte, sie kam zu keinem Ergebnis. Vielleicht mußte sie die Augen schließen, damit die Trittsteine im Rasen ihre Gedanken nicht in die falsche Richtung führten …

Sie hörte die Regentropfen fallen, roch die Feuchtigkeit der Luft und verspürte eine angenehme Müdigkeit. Immerhin hatte sie fast die ganze Nacht nicht geschlafen. Sie erinnerte sich an verregnete Nachmittage ihrer Kindheit, manchmal waren die halben Sommerferien verregnet, die Kinder blieben dann im Haus und spielten bis zum Verrücktwerden *Mensch ärgere dich nicht.* Nur die Touristen ließen sich die Laune nicht so schnell verderben, sie hatten schließlich auch für den Strand bezahlt, schaufelten in Gummistiefeln Burgen auf, spielten unter bleigrauem Himmel Boccia. Und wenn es zu regnen begann, setzten sie sich in die gemieteten Strandkörbe und lösten Kreuzworträtsel. Auch Rosa hatte in dem Strandkorb, den die Familie Liebmann für die ganze Saison gemietet hatte, viele verregnete Nachmittage verbracht, meistens zusammen mit einer Freundin, mit der sie wortwörtlich unter einer Decke steckte, eine Tüte mit Schnoopkram als Proviant – Lakritzschnecken, Weingummischnuller, Hamburger Speck –, und sich Piratengeschichten ausdachte, was mit Blick auf das Wasser auch naheliegend war.

Dann sah Rosa sich neben dem Vater im Strandkorb sitzen: Er las Zeitung; auch sie hielt einen Teil der Zeitung in der Hand, den er ihr abgegeben hatte, vielleicht, um nicht reden zu müssen. In der Erinnerung kam sie sich sehr erwachsen vor, auch wenn sie sicherlich kaum einen der Artikel verstanden hatte, weil ihr die Zusammenhänge und viele Begriffe fremd waren. Das hatte keine Rolle gespielt. Hauptsache, sie saß dort neben ihrem Vater. Sie war elf oder zwölf gewesen und hatte ihren Vater einen ganzen Sommer lang morgens vor der Schule zum Strand begleiten dürfen. Gemeinsam waren sie hinausgeschwommen zu den orangeroten Bojen, die in regelmäßigen Abständen auf dem Wasser lagen. Ihr Vater war ein guter Schwimmer, und Rosa hatte den Ehrgeiz, eine noch bessere Schwimmerin zu werden. Eine Zeitlang waren die Olympischen Spiele ihr anvisiertes Ziel gewesen, für das sie täglich trainierte. Wenn sie eine halbe Stunde später aus dem Wasser kamen und in den Bademänteln im Strandkorb saßen, ließ der Vater Rosa an dem schwarzen Kaffee nippen, den die Mutter ihm jeden Morgen in die Thermoskanne füllte. Er war ungesüßt und schmeckte bitter, aber das war gleichgültig. Sie hatten nicht viel geredet in dieser frühen Stunde. Das Schweigen zwischen ihnen, dieses gemeinsame Zeitunglesen, hatte sie verbunden; es hatte eine Art Frieden zwischen ihnen geherrscht, der letzte Waffenstillstand vor der Pubertät.

So wie in jenem Sommer war es nie wieder gewesen. Danach hatte Rosa keinen bitteren Kaffee mehr akzeptiert und auch nicht den langweiligsten Teil der Zeitung. Danach hatte sie auch aufgehört, für die Olympischen Spiele zu trainieren, und angefangen, Fragen zu stellen. Aber in jenem Sommer hatte Rosa den Vater geliebt, und die Erinnerung daran schob sich wie ein Streifen Licht über den dichten Teppich aus Schweigen und Gleichgültigkeit und allmählichem Vergessen.

Rosa blinzelte. Es hatte aufgehört zu regnen, die Sonne war herausgekommen und schien ihr ins Gesicht. Deshalb sah sie nicht sofort, wer vor ihr stand. Die halbhohen dunkelroten Lackpumps und die farbgleiche, penibel gebügelte Gabardinehose jedenfalls sprachen für Regina.

Ihre große Schwester stand vor ihr und betrachtete sie. »Drinnen wäre es wärmer gewesen. Der Ersatzschlüssel liegt unter dem Zwerg mit der Lampe, aber das konntest du ja nicht wissen.«

Dafür weiß ich jetzt, was an dem Bild nicht stimmte, dachte Rosa, als sie hinter Regina ins Haus ging. Man trug bei der Gartenarbeit keine dunkelroten Lackpumps. Außerdem gehörte Regina nicht zu den Leuten, die sich mit Gartenarbeit die Fingernägel versauten, Komposthaufen umgruben und Komposterde auf den Beeten verteilten. Sie hatte den Gärtner ja selbst erwähnt und daß sie Gartenarbeit haßte.

»Ich möchte mir deine Bilder ansehen.«

»Und deshalb hast du stundenlang draußen gewartet?« Regina starrte sie mißtrauisch an. »Warum interessierst du dich auf einmal für meine Aquarelle? Zu Hause hängen doch überall welche. Außerdem hast du sie neulich schon gesehen.«

»Als du mir dein Atelier gezeigt hast, stand da ein Bild von Vater im Strandkorb, das du gemalt hast. Ich konnte es letztes Mal gar nicht richtig betrachten, weil in dem Moment Robert klingelte, und –« ihre Stimme wurde heiser – »jetzt, wo alles vorbei ist, möchte ich Vater so gerne noch einmal sehen.«

Einen Augenblick sah Regina sie prüfend an. Rosa hielt ihrem Blick stand. Dann lächelte Regina. »Gut. Geh doch schon mal vor, ich mach uns etwas zu trinken. Deine Jacke ist ganz naß. Möchtest du einen Grog?«

Beklommen stieg Rosa die Treppe zum Dachgeschoß hinauf. Das Bild stand unverändert auf der Staffelei am Fenster. Rosa trat näher heran. Da saß der Vater, bei Regina im Atelierzimmer unter dem Dach. In seiner geöffneten Hand lag eine Herzmuschel. Der hellblaue Bademantel hatte sich rot gefärbt. Das Bild verschwamm vor Rosas Augen. Als sie Schritte auf der knarrenden Dachtreppe hörte, fuhr sie wie ertappt herum.

Regina stellte das Tablett mit zwei Gläsern, einem Behälter mit heißem Wasser und einer Flasche Rum auf einem runden Marmortisch ab.

»Findest du ihn gut getroffen?« fragte sie, während sie den Grog mischte.

»Ja.« Rosas Stimme zitterte. »Du hast ihn gut getroffen, sehr gut sogar.«

Regina sah sie an, runzelte die Stirn. »Stimmt irgendwas nicht?«

»Doch, es stimmt alles. Jetzt stimmt alles.«

Rosa gab sich einen Ruck, ging zum Bild, holte die Herzmuschel aus der Hosentasche und legte sie in ihre geöffnete Hand. Ihr Herz klopfte. »Das ist sie doch, oder? Die richtige Herzmuschel?«

»Welche Herzmuschel?« fragte Regina, die offenbar noch nicht begriff, worauf Rosa hinauswollte.

»Die Muschel, die Vater in der Hand hatte. An dem Morgen, als er erschossen wurde.«

»Ja, und?« Regina kniff mißtrauisch die Augen zusammen. »Gefällt dir das Bild etwa nicht? Ich habe ihn so gemalt, wie wir alle ihn zuletzt gesehen haben. Findest du das vielleicht taktlos?«

»Nicht wir alle haben ihn zuletzt so gesehen, sondern nur wir beide. Du und ich. Ich, als ich ihn fand. Und du, als du ihn erschossen hast.«

»Du bist ja völlig übergeschnappt! Ole hat Vater erschossen. Der Fall ist geklärt.«

Reginas Stimme klang sehr selbstsicher und kalt. Rosa registrierte diese Kälte, aber seltsamerweise hatte sie keine Angst. Sie hatte diese Sache angefangen und mußte sie auch zu Ende führen. Gleichgültig, wie sie ausgehen würde.

»Als ich Vater im Strandkorb fand, hielt er diese Muschel in der Hand«, wiederholte Rosa. »Dann habe ich die Polizei benachrichtigt. Dann Mutter. Dann seid ihr alle zum Strand gekommen, und da hielt Vater die Muschel nicht mehr in der Hand, denn ich hatte sie vorher an mich genommen.« Sie wartete einen Augenblick, beobachtete Regina, die keinerlei Reaktion zeigte. Dann fuhr sie fort: »Aber auf deinem Bild ist diese Muschel wieder da. Du hast sie gesehen. Und zwar bevor ich ihn fand. Du warst es! Du hast ihn erschossen!«

Regina schüttelte langsam den Kopf, lächelte sogar nachsichtig. Aber Rosa war nicht mehr zu bremsen: »Dann bist du schnell wieder nach Hause gelaufen, hast dich ins Bett gelegt und darauf gewartet, daß irgend jemand ihn findet.«

»Und was habe ich deiner Ansicht nach mit der Tatwaffe gemacht?«

»Die Waffe hast du im Komposthaufen versteckt. Du hättest sie problemlos im Wennsee entsorgen können, aber das hast du nicht getan, weil du sie noch gebraucht hast. Weil das eine gute Gelegenheit war, gleich auch noch Ole aus dem

Weg zu räumen. Und ihm den Mord an Vater in die Schuhe zu schieben.«

»Und der Zeuge vom Strand?« Reginas Tonfall war spöttisch.

»Wahrscheinlich hat Ole morgens gehört, wie du aufgestanden bist. Er ist dir heimlich gefolgt, hat dich bei der Tat beobachtet und hinterher erpreßt.« So wie er Carl und Mama erpreßt hat, hätte Rosa fast herausposaunt.

»Und dann habe ich Ole erschossen, weil er mich erpreßt hat?«

Rosa nickte.

»Aber du hast doch gerade gesagt, ich hätte die Pistole aufgehoben, weil ich schon vorher geplant hatte, ihn aus dem Weg zu räumen.«

Rosa nickte wieder.

»Was denn nun?« Ein leiser Triumph lag in Reginas Stimme.

Tatsächlich steckte dieser logische Fehler in Rosas Beweisführung, aber im Verhältnis zu dem, was wirklich geschehen war, wirkte er verschwindend klein. In welcher Reihenfolge Regina was geplant oder nicht geplant hatte, war in diesem Moment unwichtig.

»Die Muschel ist der Beweis«, sagte Rosa beharrlich.

»Es gibt Tausende solcher Muscheln am Strand. Ich habe sie gemalt, weil seine Hand auf dem Bild sonst so leer ausgesehen hätte.«

»Du lügst! Gib zu, daß du am Tatmorgen vor mir am Strand warst!«

Regina zuckte die Achseln. »Meinetwegen. Ich war am Tatmorgen vor dir am Strand. Und nun?«

»Du hast ihn erschossen.«

»Nein, das habe ich nicht.«

Die beiden Schwestern starrten sich an.

»Du hast doch überhaupt keine Ahnung«, brach es nach längerem Schweigen aus Regina hervor. »Du bist fast zwanzig Jahre lang weg gewesen, und plötzlich kommst du zurück, spazierst zufällig morgens am Strand entlang und findest den alten Fritz tot mit einer Muschel in der Hand. Und dann siehst du eine Muschel auf meinem Bild und sagst mir auf den Kopf zu, daß ich ihn erschossen habe.« Sie lachte überlegen. »Meine kleine Schwester, die immer alles besser weiß. Die zwei und zwei zu fünf zusammenzählt und das absolut richtig findet. Bitte schön, geh doch zu deinem Finn und erzähl ihm alles, was du dir da zusammengereimt hast, und mach dich meinetwegen lächerlich.«

»Nein«, sagte Rosa unbeirrt. »Ich mache mich nicht lächerlich. Und ich gehe damit auch nicht zu Finn.«

»Was willst du dann?«

Rosa antwortete nicht. So genau wußte sie das auch nicht. Klarheit, vielleicht. Eine Gewißheit, wie alles passiert war. Auch Erleichterung: damit sie nicht ihr Leben lang mit diesem Verdacht gegen ihre Schwester herumlaufen mußte.

Regina trank den inzwischen abgekühlten Grog in einem Zug aus.

»Ich werde dir den Gefallen tun. Ich werde dir sagen, wie es gewesen ist. Ja, ich war an dem Morgen am Strand, und ich habe die Muschel in seiner Hand gesehen. Aber wenn du denkst, ich hätte ihn erschossen, dann irrst du dich.« Sie brach ab, starrte in ihr leeres Glas. Dann richtete sie ihren Blick auf Rosa.

»Ole war in finanzieller Bedrängnis, wie du ja schon weißt. Offenbar hatte er einen lukrativen Fisch an der Angel, den er sich unbedingt schnappen wollte. Irgendein Grundstück auf Rügen. Er wußte, daß der alte Fritz morgens am Strand am großzügigsten war und man um diese Zeit am besten mit ihm verhandeln konnte. Es war ja nicht das erste Mal, daß er mit Ole gemeinsame Sache gemacht hatte. Diesmal ging es jedoch um mehr Geld. Und die Banken wollten Ole nichts mehr geben. Nicht ohne eine Sicherheit. Die Läden wären so eine Sicherheit gewesen. Aber dazu brauchte er natürlich Vaters Einverständnis.« Regina flüsterte jetzt, hastig, als wolle sie die Geschichte so schnell wie möglich zu Ende bringen. »Er hat ihn abblitzen lassen. Er wollte nichts mehr mit Oles windigen Bauprojekten im Osten zu tun haben.« Sie hielt inne. »Unser Vater war alt geworden, Rosa. Er wollte nichts als seine Ruhe.«

Ein Ausdruck von tief empfundenem Schmerz trat in ihre Augen. »Ich habe gesehen, wie Ole auf den alten Fritz geschossen hat. Die Pistole hatte er irgendwann auf seinen Geschäftsreisen im Osten erstanden, zum Schutz, mit Waffen kannte er sich ja aus. Der alte Fritz saß da und hatte diese Muschel in der Hand und sah Ole, der auf ihn einredete und immer wütender gestikulierte, gar nicht an. Er rieb nur an der Muschel herum, rieb all die feinen Sandkörner weg, und was Ole sagte, schien ihn gar nicht zu interessieren. Und dann – dann war er auf einmal tot.« Regina sah Rosa mit festem Blick an. »Und in dem Moment wußte ich, daß ich es Ole heimzahlen würde. Ich bin ihm gefolgt. Er war es, der nach dem Mord die Pistole in einer Plastiktüte im Komposthaufen versteckt hat. Er konnte sich nie von etwas trennen, und sie irgendwo im Haus zu verbergen, war ihm wohl zu riskant.«

Sie schenkte sich puren Rum nach, hielt auch Rosa die Flasche hin. »Das war meine Chance, Rosa. Ich mußte nur ein wenig nachhelfen, damit der Verdacht auch tatsächlich auf Ole fiel, ein paar kleine Hinweise, was seine Ostgeschäfte anging, ein Hirschhornknopf am Strand, ein wackeliges Alibi. Den Rest habe ich dem jungen Vater zu verdanken, der mit seinem Kinderwagen am Strand entlanggezogen war. Allerdings mußte ich den richtigen Zeitpunkt abpassen und durfte nicht zu lange warten. Ole sollte nicht ins Gefängnis kommen. Da wäre er ja immer noch lebendig gewesen. Und immer noch mein Ehemann. Ich wollte nicht die Ehefrau eines Mörders sein. Ich wollte überhaupt keine Ehefrau mehr sein.« Ihre Stimme klang energisch und gefaßt. »Als er abends vom Bowling zurückkam, hatte er offenbar Angst, alles könnte herauskommen. Finn hatte ihm ziemlich zugesetzt. Ole ist gleich zum Komposthaufen und hat mit der Taschenlampe nach der Pistole gesucht. Die Waffe war aber nicht mehr da. Ich hatte sie schon vorher aus dem Kompost geholt, genau in dem Moment, als du vorbei gekommen bist.

Aber du hast recht gehabt, ich hasse Gartenarbeit, nie im Leben würde ich freiwillig in der Erde wühlen.«

»Noch dazu in Lackpumps.« Rosa spürte eine tiefe Erleichterung, daß sie sich getäuscht hatte. Regina hatte den alten Fritz nicht erschossen.

»Ich war noch wach«, fuhr Regina fort. »Ich hielt schon sein allabendliches letztes Bier für ihn bereit, angereichert mit einem starken Schlafmittel, Eibentee, falls du einmal in die Verlegenheit kommen solltest … Der aufgesetzte Schuß war leichter, als ich dachte. Selbstverständlich hatte ich mich vorher entsprechend kundig gemacht.«

Beide schwiegen.

»Aber warum warst du ausgerechnet an dem Morgen am Strand? Bist du Ole von Anfang an gefolgt? Du konntest doch gar nicht wissen, was er von Vater wollte, und vor allem nicht, wie das Gespräch ausgehen würde.«

Regina zögerte. »Ich habe das manchmal gemacht. Bin früh aufgestanden und mit dem alten Fritz schwimmen gegangen. Nur so.« Als sie Rosas fragenden Blick sah, wurde sie rot.

»War etwas zwischen euch?« fragte Rosa tonlos.

»Nein!« Regina funkelte sie an. Dann brach sie in Tränen aus. »Natürlich nicht«, schluchzte sie. »Das ging doch nicht. Er war doch Mamas Mann.« Sie flüsterte: »Aber ich habe ihn geliebt. Ich habe ihn wirklich geliebt.«

Nach einer Weile fragte Rosa leise: »Wußte er das?«

»Vielleicht hat er es geahnt. Aber Männer sind manchmal auf beiden Augen blind. Und – ich habe mich gut getarnt.«

So lagen die Dinge also. Die Liebe war doch eine seltsame Angelegenheit. So einfach und manchmal so hoffnungslos kompliziert. Nach den langen Jahren in Amerika war der Vater für Rosa nur noch ein Schemen gewesen, das Gespenst seiner selbst, und als sie zurückgekommen war nach Scharbeutz, hatte ein Toter sie erwartet. Der Patriarch war tot und obendrein Opfer eines Mordes. So etwas zog unbequeme Gedanken nach sich, auch eine Menge unbequemer Gefühle und alter Geschichten. Allein mit seinem Testament hatte der alte Fritz die Familie im nachhinein noch einmal tüchtig

275

aufgemischt. Aber von Liebe war wenig zu spüren gewesen. Respekt ja, Angst, Eifersucht, Gleichgültigkeit, Abneigung.

Und nun diese unerfüllte Liebe. Regina hatte Vater geliebt. Nicht wie seine Tochter, die sie ja gar nicht war, sondern wie eine Frau. Als Regina sechzehn war, war auch der alte Fritz noch jung gewesen, so alt wie Rosa heute – ein gutaussehender, begehrenswerter Mittdreißiger. Und schrecklich unerreichbar. Aber statt möglichst weit wegzugehen und das Subjekt ihrer Liebe möglichst zu vergessen, war Regina in seiner Nähe geblieben. So konnte sie ihn täglich sehen. Ihm täglich ihre Liebe antragen, die er nicht bemerkte und die sie über Jahre gelernt hatte zu verstecken. Manchmal ging sie morgens hinunter zum Strand und sprach mit ihm, schwamm mit ihm hinaus. Das höchste der Gefühle.

»Als junges Mädchen warst du einmal schwanger«, sagte Rosa plötzlich, »von einem englischen Soldaten. Marina hat es mir neulich erzählt.«

»Ach, der Soldat.« Regina zuckte geringschätzig die Achseln. »Da war es umgekehrt. Das war einer, den ich nicht wollte. So läuft es doch meistens. Ich wollte nicht irgendein Kind von irgendeinem x-beliebigen Soldaten. Das war ein Unfall, mehr nicht. Und Marina hat das mal wieder anders dargestellt?« Sie schnaubte. »Typisch.«

»Und Ole?«

»Willst du wissen, weshalb ich Ole geheiratet habe oder ob ich ihn geliebt habe?« Regina hatte wieder zu ihrem überheblichen Tonfall zurückgefunden.

Rosa schüttelte den Kopf. Es war nicht mehr wichtig. Regina tat ihr leid. Wie entsetzlich unerreichbar hatte ihre große Schwester ihr ganzes Leben in all den Jahren gestaltet. Unberührbar, hochmütig, kalt. Abgeschottet durch dichtes Gebüsch, alle störenden Gefühle rausvertikutiert. Eine gute Tarnung. Ein perfekt wirkender Schutz. Auch Rosa hatte ihre große Schwester nie anders wahrgenommen als eine sinnenfeindliche, unerotische selbsternannte Hoheit, die lieber Zwietracht säte, als sich irgendwen zum Freund zu machen.

»Irgendwo in Oles Arbeitszimmer muß ein Kaufvertrag

über ein bestimmtes Grundstück in Boltenhagen liegen«, sagte Rosa und versuchte, ihrer Stimme einen möglichst strengen Tonfall zu verleihen. »Sieh zu, daß du diese Papiere bis morgen findest. Das Grundstück muß an seinen Besitzer zurückgegeben werden.«

»Soll das etwa eine Drohung sein?« fragte Regina. »Diese Muschel ist kein echtes Beweisstück, und wenn du glaubst …«

Rosa ging einen Schritt auf sie zu. »Keine Beweisstücke und keine Drohungen, große Schwester. Und mach dir nicht unnötig Kummer, indem du das Bild vernichtest. Es ist alles, was dir von ihm bleibt. Und alles andere bleibt unter uns. Mit anderen Worten: in der Familie. Das gilt auch für das Grundstück, das ich eben erwähnt habe.«

»Wie meinst du das? Ich weiß nichts von diesem Grundstück in Boltenhagen …«

»Du weißt eben doch nicht alles, Schwester. Und das ist auch gut so. Aber ich verrate dir, daß es unserem Onkel gehört, Carl Liebmann. Ole hat es mit einem billigen Trick in seinen Besitz gebracht.«

»Was für ein Trick?«

Rosa schüttelte den Kopf.

»Und Finn?«

»Finn ist ein Fall für sich. Und für mich«, fügte sie mit dem Anflug eines Mona-Lisa-Lächelns hinzu.

Mein Dank gilt allen Freunden und Bekannten und Unbekannten, die mir als Einzelkind geholfen haben, mich in dieser »Traumfamilie« zurechtzufinden.

Gerd und Katrin und Barbara und Dany danke ich fürs Zuhören und Lesen und Reden. Und ganz besonders danke ich meinem Mann und meinen Söhnen – einfach weil sie da sind.

Mordsfrauen: Krimis bei AtV

POLINA DASCHKOWA
Die leichten Schritte des Wahnsinns
Keine beschreibt das moderne Rußland so packend wie sie: Autorin Polina Daschkowa ist mit mehr als 16 Millionen verkauften Büchern in Rußland ein Star. Mit den »Leichten Schritten des Wahnsinns« gab sie ihr Deutschlanddebüt.
»Unglaublich dicht und spannend.« BRIGITTE
Roman. Aus dem Russischen von Margret Fieseler. 454 Seiten.
AtV 1884

VICTORIA PLATOWA
Die Frau mit dem Engelsgesicht
Sie wollten die Welt umkrempeln: der begabte Iwan, der angehende Regisseur Nimotsi und ihre Freundin »Maus«. Aber dann stürzt sich Iwan im Suff zu Tode, die beiden anderen lassen sich auf ein gefährliches Filmprojekt ein. Nimotsi wird ermordet. Maus unterzieht sich einer Gesichtsoperation, um besser abtauchen zu können. Als rothaarige Schönheit will sie den Tod ihrer Freunde rächen. Ein schonungsloser, rasanter Krimi über das neue Rußland.
Roman. Aus dem Russischen von Olga Kouvchinnikova und Ingolf Hoppmann. 404 Seiten. AtV 1875

DANIELLE THIÉRY
Der tödliche Charme des Doktor Martin
Nach Fred Vargas, Polina Daschkowa und Liza Marklund ein neuer Star unter den Krimiautorinnen.
Thiérys Kommissarin Edwige Marion ist energisch und zerbrechlich, scharfsinnig und emotional, in der Liebe vom Pech verfolgt, außerdem schwanger, von Léo oder Sam, und sie steckt in einer existentiellen Krise. Da hinterläßt ein Unbekannter ein Paar roter Kinderschuhe auf ihrem Briefkasten, Indiz ihres ersten, einige Jahre zurückliegenden Falls, der nie aufgeklärt wurde.
Roman. Aus dem Französischen von Sabine Schwenk. 422 Seiten.
AtV 1878

FRED VARGAS
Bei Einbruch der Nacht
Ein Wolfsmensch, so sagen die Leute, zieht nach Einbruch der Dunkelheit mordend durch die Dörfer der provenzalischen Alpen. Der halbwüchsige Sohn eines Opfers und ein wortkarger Schäfer nehmen die aussichtslose Verfolgung auf. Ein urkomisches Roadmovie und eine zarte Liebesgeschichte um die schöne Camille und Kommissar Adamsberg aus Paris.
»Prädikat: hin und weg.« WDR
Roman. Aus dem Französischen von Tobias Scheffel. 336 Seiten.
AtV 1513

Mehr Informationen erhalten Sie unter www.aufbau-verlag.de oder bei Ihrem Buchhändler

Fred Vargas:
»Es gibt eine Magie
Vargas.« LE MONDE

Die schöne Diva von Saint-Jacques

Im Garten der Sängerin Sophia im Pariser Faubourg St. Jacques steht eines Morgens ein Baum, der am Tage zuvor noch nicht da stand. Niemand hat ihn gepflanzt. Zwei Tage später ist Sophia spurlos verschwunden. Ihr Nachbar Marc, ein junger Historiker, beginnt den Boden unter der kleinen Buche aufzugraben und stößt auf einen uralten Haß, der beinahe auch ihn das Leben kosten wird.
»Eine vielversprechende neue Stimme des europäischen Kriminalromans.« DER TAGESSPIEGEL
Kriminalroman. Aus dem Französischen von Tobias Scheffel. 288 Seiten. AtV 1510

Der untröstliche Witwer von Montparnasse

Mathias, Marc und Lucien, die drei »Evangelisten« aus der »Schönen Diva von Saint-Jacques«, haben einige Monate später ihren nächsten Fall am Hals. Ihr Freund Louis Kehlweiler, Ex-Inspektor des Pariser Innenministeriums, versteckt einen mutmaßlichen Frauenmörder in ihrem Haus, von dessen Schuld er nicht überzeugt ist. Doch schon am nächsten Morgen steht das Phantombild des Mörders in allen Zeitungen.
»Es ist unmöglich, von Vargas nicht gefesselt zu sein.« DIE ZEIT
Kriminalroman. Aus dem Französischen von Tobias Scheffel. 278 Seiten. AtV 1511

Es geht noch ein Zug von der Gare du Nord

Auf Pariser Bürgersteigen erscheinen über Nacht mysteriöse blaue Kreidekreise, darin liegt stets ein verlorener oder weggeworfener Gegenstand. Keiner hat den Zeichner je gesehen, die Presse amüsiert sich, niemand nimmt die Sache ernst. Aber eines Nachts geschieht, was Kommissar Adamsberg als einziger befürchtet hat: es liegt ein toter Mensch im Kreis.
»Wer Donna Leon liebt, wird Fred Vargas vergöttern.« P.S., ZÜRICH
Kriminalroman. Aus dem Franz. von Tobias Scheffel. 212 Seiten. AtV 1512

Bei Einbruch der Nacht

Ein Wolfsmensch, so sagen die Leute, zieht nach Einbruch der Dunkelheit mordend durch die Dörfer der provenzalischen Alpen. Der halbwüchsige Sohn eines Opfers und ein wortkarger Schäfer nehmen die aussichtslose Verfolgung auf. Ein urkomisches Roadmovie und eine zarte Liebesgeschichte um die schöne Camille und Kommissar Adamsberg aus Paris.
»Prädikat: hin und weg.« WDR
Kriminalroman. Aus dem Franz. von Tobias Scheffel. 336 Seiten. AtV 1513

Mehr Informationen über Fred Vargas erhalten Sie unter www.aufbauverlag.de oder bei Ihrem Buchhändler

A*t*V

Mord in Serie: Krimis bei AtV

RUSSELL ANDREWS
Anonymus
Ein Leseerlebnis, atemberaubend wie eine Achterbahnfahrt: Carl Granville bekommt die Chance seines Lebens. Aus geheimen Briefen soll er die Geschichte eines Jungen rekonstruieren, der seinen Bruder tötete. Doch der mysteriöse Auftrag gerät zu einem nicht enden wollenden Alptraum: Nicht nur, daß seine Verlegerin und eine Nachbarin getötet werden – bald verfolgt ihn die Polizei und hält ihn für einen Mörder.
»Ein temporeicher politischer Thriller in der Art von Grishams ›Akte‹.« MICHAEL DOUGLAS
Thriller. Aus dem Amerikanischen von Uwe Anton und Michael Kubiak. 450 Seiten. AtV 1900

ELIOT PATTISON
Der fremde Tibeter
Fernab in den Bergen von Tibet wird die Leiche eines Mannes gefunden. Shan, ein ehemaliger Polizist, der aus Peking nach Tibet verbannt wurde, soll rasch einen Schuldigen finden, bevor eine amerikanische Delegation das Land besucht. In den USA wurde dieses Buch mit dem begehrten »Edgar Allan Poe Award« als bester Kriminalroman des Jahres ausgezeichnet.
»Gute Bücher entführen den Leser an Orte, die er nicht so einfach erreichen kann: ein ferner Schauplatz, eine fremde Kultur, eine andere Zeit ... Pattison leistet all das zusammen.« BOOKLIST
Roman. Aus dem Amerikanischen von Thomas Haufschild. 493 Seiten. AtV 1832

CHRISTOPHER WEST
Zuviel himmlischer Frieden
Kommissar Wang ermittelt
China 1991: Mitten in einer Vorstellung der Peking-Oper wird ein kleiner Gauner ermordet. Die Spuren führen Kommissar Wang in Kreise des organisierten Verbrechens. Wang glaubt fest an den Sieg der Gerechtigkeit, doch läßt sie sich wirklich durchsetzen im heutigen China?
»›Zuviel himmlischer Frieden‹ ist für China, was ›Gorki-Park‹ für Rußland war.«
FLORIDA SUN-SUNTINEL
Roman. Aus dem Englischen von Frank Wolf. 288 Seiten. AtV 1754

WHITNEY CHADWICK
Im Labyrinth der Bilder
»Wie hier ein Alter Meister aus Napoleons Tagen respektlos in einen Mordfall verwickelt wird, das liest sich amüsant und lehrt uns etwas, auf nette Weise: wie schwierig und spannend es sein kann, ein Kunstobjekt zweifelsfrei seinem Urheber zuzuschreiben – der Weg dahin ist ein Krimi für sich, gelegentlich lebensgefährlich.« DIE ZEIT
Roman. Aus dem Englischen von Ursula Walther. 317 Seiten. AtV 1717

Mehr Informationen erhalten Sie unter www.aufbau-verlag.de oder bei Ihrem Buchhändler

Nino Filastò
»... molto italiano« WDR

Der Irrtum des Dottore Gambassi
Ein Avvocato Scalzi Roman
Unter den lieblichen Hügeln der Toskana entdeckt der ägyptische Etruskologe Fami ein sakrales Gewölbe, das Unbekannte für gar nicht heilige Zwecke nutzen. Doch bevor er den vermuteten Schatz heben kann, wird sein Fund ihm zum Verhängnis.
»Ein atemberaubender, erstklassig geschriebener Mafiaroman.«
BUCHMARKT
Aus dem Italienischen von Julia Schade. 414 Seiten. AtV 1601

Alptraum mit Signora
Ein Avvocato Scalzi Roman
Florenz – lichte Stadt der Kunst und Stadt düsterer Geheimnisse. Zwei brutale Morde sind an Menschen geschehen, die einem Maler Modell gesessen haben, einem Fälscher, der malt wie die großen Künstler des Quattrocento.
»Ein scharfsinnig komponierter Krimi, in dem alles lebensecht italienisch wirkt – die raffiniert gefälschten Bilder inbegriffen.«
BRIGITTE
Aus dem Italienischen von Bianca Röhle. 380 Seiten. AtV 1600

Die Nacht der schwarzen Rosen
Ein Avvocato Scalzi Roman
Im Hafenbecken von Livorno, der Geburtsstadt Modiglianis, wird die Leiche eines Kunstkritikers geborgen. Auf welch tödliches Geheimnis mag er bei seiner Recherche über die Echtheit einiger Skulpturen des Künstlers gestoßen sein? »Italien-Bilder voll authentischer ›Italianità‹: Filastò beschert uns einen überdurchschnittlichen Kriminalroman.« F.A.Z.
Aus dem Italienischen von Barbara Neeb. 352 Seiten. AtV 1602

Forza Maggiore
Ein Avvocato Scalzi Roman
Der Wirt einer heruntergekommenen Trattoria wird ermordet aufgefunden. Die Schuldigen sind schnell ausgemacht: Witwe und Tochter des Opfers. Doch Scalzi ist von der Unschuld der beiden Frauen überzeugt. Ihr angeblicher »Mord aus Leidenschaft« dient nur dazu, kriminelle Machenschaften weit größeren Ausmaßes zu vertuschen.
»Ein hervorragender Krimi, der nicht nur auf Spannung, sondern auch auf der psychologischen Wetterlage der urigen Hauptfiguren aufgebaut ist.« EX LIBRIS
Aus dem Italienischen von Esther Hansen. 352 Seiten. AtV 1604

Mehr Informationen über die Bücher von Nino Filastò erhalten Sie unter www.aufbau-verlag.de oder bei Ihrem Buchhändler

Geschichten von starken Frauen: Heldinnen bei AtV

LISA APPIGNANESI
In der Stille des Winters
»»In der Stille des Winters‹ ist ein Thriller für alle, die sich an Henning Mankells Büchern erfreuen, weil sie Muße haben für viel Atmosphäre und nachdenkliche Momente.« NORDDEUTSCHER RUNDFUNK
Roman. Aus dem Englischen von Wolf-Dietrich Müller. 412 Seiten. AtV 1812

LISA HUANG
Jade
Das exotische China zu Beginn des 20. Jahrhunderts: Jade führt als Tochter eines hohen kaiserlichen Beamten ein behütetes Leben. Der Tod ihres Vaters jedoch markiert das jähe Ende ihrer Kindheit. Während das Kaiserreich durch heftige Unruhen erschüttert wird, verliert ihre Familie beinahe all ihren Besitz. Jade muß heiraten, um sich in den Schutz einer neuen Familie zu begeben, doch stellt sich ihr angeblich wohlhabender Mann als opiumsüchtig und bettelarm heraus.
»Besser kann man Geschichte nicht erzählen.«
NÜRNBERGER NACHRICHTEN
Roman. Aus dem Amerikanischen von Wolfgang Neuhaus unter Mitwirkung von Michael Kubiak. 576 Seiten. AtV 1759

PHILIPPA GREGORY
Die Schwiegertochter
Elizabeth ist die perfekte Schwiegermutter. Nur leider hat ihr Sohn Patrick mit Ruth nicht die perfekte Schwiegertochter geheiratet. Was bleibt Elizabeth da weiter, als sich selbst um Patricks Wohlergehen zu kümmern, vor allem aber um das ihres kleinen Enkels Thomas. Für Ruth wird ihre mehr als gutgemeinte Fürsorge bald zum Alptraum.
»Ein Gänsehaut machendes Psychodrama.« JOURNAL FÜR DIE FRAU
Roman. Aus dem Englischen von Ulrike Seeberger. 400 Seiten. AtV 1649

GILL PAUL
Französische Verführung
Nach einem wunderschönen Wochenende in der Bretagne verschwindet Jennys Geliebter Marc spurlos. Ein New Yorker Privatdetektiv arrangiert für sie ein »zufälliges« Zusammentreffen mit ihm. Doch vor Jenny steht ein Fremder. Wer aber ist der Mann, den sie liebt? Die Geschichte einer Obsession verbindet gekonnt Kriminalistisches, Erotisches und politisch Brisantes zu einem hochspannenden Roman.
Roman. Aus dem Englischen von Elfi Schneidenbach. 412 Seiten. AtV 1796

Mehr Informationen erhalten Sie unter www.aufbau-verlag.de oder bei Ihrem Buchhändler

A^{t}V

Von Liebe und anderen unheimlichen Begebenheiten

BRET LOTT
Das Gewicht der Liebe
Jewel, eine einfache Frau aus dem amerikanischen Süden, läßt sich auf ein Duell mit Gott und der Schöpfung ein. Als sie ihr sechstes Kind zur Welt bringt, prophezeit ihr ein farbiges Dienstmädchen ein großes Unglück. Ein Sensationserfolg in den USA – der Roman über eine Frau, die für ihr Kind und für ein Wunder kämpft.
Roman. Aus dem Amerikanischen von Michael Kubiak. 405 Seiten.
AtV 1807

LANA MCGRAW-BOLDT
Hexensommer
Die beiden Freundinnen Polly und Jo halten sich am liebsten auf verbotenem Terrain auf: am Haus, wo der Rhabarber wächst. Denn die Bewohnerin Miss Congreve gilt als Hexe und ihr Neffe Albert als gefährlicher Sonderling. Als in der Nähe des Hexenhauses ein Mädchen ermordet aufgefunden wird, ist Albert der erste Verdächtige. Die Mädchen aber haben eine ganz andere Vermutung.
Roman. Aus dem Amerikanischen von Alexandra Witjes. 296 Seiten.
AtV 1473

JOANNA HERSHON
Mondschwimmen
Zum ersten Mal in seinem Leben ist Aaron wirklich verliebt – in Suzanne, eine ebenso schönes wie ungewöhnliches Mädchen aus New York. Doch als er mit ihr zu seinen Eltern fährt, beginnt seine Freundin ein Spiel mit dem Feuer. In einer lauen Mondnacht beschließt sie, seinen Bruder zu verführen.
»Joanna Hershon hat ein Auge für Orte, ein Ohr für fein gesponnene Dialoge und ein wahres Gefühl, Charaktere zu zeichnen. Dieser Roman zeugt von großer Schönheit.« LIBRARY JOURNAL
Roman. Aus dem Amerikanischen von Jörn Ingwersen. 301 Seiten.
AtV 1348

JOSEPH PITTMAN
Sanft wie der Wind
Brian Duncan ist ein genialer Werbefachmann, als sein Leben plötzlich aus den Fugen gerät. Die Geschichte eines Mannes, der die große Liebe findet – und erkennen muß, wie zart und zerbrechlich sie ist.
Roman. Aus dem Amerikanischen von Ursula Walther. 323 Seiten.
AtV 1750

Immer wieder lesen:
Lieblingsbücher bei AtV

MARC LEVY
Solange du da bist
Was tut man, wenn man in seinem Badezimmerschrank eine junge hübsche Frau findet, die behauptet, der Geist einer Koma-Patientin zu sein? Arthur hält die Geschichte für einen Scherz seines Kompagnons, er ist erst schrecklich genervt, dann erschüttert und schließlich hoffnungslos verliebt. Und als er eines Tages begreift, daß er nur ihn hat, um vielleicht ins Leben zurückzukehren, faßt er einen tollkühnen Entschluß.
»Zwei Stunden Lektüre sind wie zwei Stunden Kino: Man kommt raus und fühlt sich einfach gut, beschwingt und glücklich und ein bisschen nachdenklich.« Focus
Roman. Aus dem Französischen von Amelie Thoma. 277 Seiten.
AtV 1836

LISA APPIGNANESI
Die andere Frau
Maria d'Este ist eine klassische Femme fatale. Die Männer umschwärmen sie, sobald sie nur einen Raum betritt – und den anderen Frauen erscheint sie unweigerlich als Rivalin. Als Maria aus New York nach Paris zurückkehrt, beschließt sie, daß die Zeit ihrer Affären vorbei ist. Doch dann begegnet sie dem Mann, bei dem sie all ihre guten Vorsätze vergißt. Zum ersten Mal lernt Maria die wahren Abgründe der Liebe kennen.
Roman. Aus dem Englischen von Wolfgang Thon. 444 Seiten.
AtV 1664

KAREL VAN LOON
Passionsfrucht
Der Vater des 13jährigen Bo erfährt zehn Jahre nach dem Tod seiner Frau, daß er nie Kinder zeugen konnte. Diese Entdeckung stellt sein gesamtes Leben in Frage. Die Suche nach dem »Täter« wird eine Reise an den Beginn seiner großen Liebe.
Roman. Aus dem Niederländischen von Arne Braun. 240 Seiten.
AtV 1850

NEIL BLACKMORE
Soho Blues
Melancholisch und geheimnisvoll wie ein Solo von John Coltrane, unverwechselbar wie die Stimme von Billie Holiday: »Soho Blues« ist die bewegende Geschichte einer leidenschaftlichen, lebenslänglichen Liebe zweier Menschen, die sich in einem Netz von Abhängigkeit und Verrat, Hoffnung und Desillusion, Liebe und Haß befinden.
»Eine herzzerreißende Lektüre, die große Gefühle weckt.«
OSNABRÜCKER ZEITUNG
Roman. Aus dem Englischen von Kathrin Razum. 286 Seiten.
AtV 1733

Mehr Informationen erhalten Sie unter www.aufbau-verlag.de oder bei Ihrem Buchhändler

Starke Geschichten
Historische Romane bei AtV

DONNA W. CROSS
Die Päpstin
Der Bestseller: Millionen haben
sie verschlungen, die mitreißende
Geschichte der Päpstin Johanna
von Ingelheim. »Donna W. Cross
erzählt Johannas Geschichte als
spannendes und historisch glaub-
würdiges Beispiel einer unglaubli-
chen Emanzipationsgeschichte.«
BRIGITTE
*Roman. Aus dem Amerikanischen von
Wolfgang Neuhaus. 566 Seiten. AtV
1400. Audiobuch: Hörspiel mit
Angelica Domröse, Hilmar Thate
u. a. DAV 069*

FREDERIK BERGER
Die Geliebte des Papstes
Rom, Ende des 15. Jahrhunderts:
Der Adlige Alessandro befreit die
junge Silvia aus der Hand von
Wegelagerern. Beide spüren, daß
sie ein besonderes Schicksal ver-
bindet. Erst drei Jahre später tref-
fen sie sich wieder. Sie lieben sich
noch immer, Silvia ist aber einem
anderen versprochen. Doch
Alessandro gibt nicht auf. »Das ist
beste Spannungslektüre voller
Abenteuer, Leidenschaft und
Sinnlichkeit und – das alles beruht
dennoch auf Tatsachen!«
WILHELMSHAVENER ZEITUNG
Roman. 568 Seiten. AtV 1690

PHILIPPA GREGORY
Die Farben der Liebe
Die Geschichte einer verbotenen
Liebe während der Zeit des
Sklavenhandels in England:
Francis, ungeliebte Ehefrau eines
Bristoler Kaufmanns, soll für ihren
Gatten Sklaven von der Westküste
Afrikas zu Hausmädchen und
Butlern ausbilden. Unter Francis'
ersten Schülern ist ein Schwarzer
vornehmer Herkunft, viel gebilde-
ter und sensibler als ihr raubeini-
ger Ehemann. In seinen Armen
findet sie endlich Zärtlichkeit und
Leidenschaft.
»Viel Intensität und innere
Spannung« NEUE RUNDSCHAU
*Roman. Aus dem Englischen von
Justine Hubert. 540 Seiten.
AtV 1699*

HANJO LEHMANN
Die Truhen des Arcimboldo
*Nach den Tagebüchern des
Heinrich Wilhelm Lehmann*
In den Kellergewölben des
Vatikans wird im Jahre 1848 der
junge Schlosser Calandrelli ver-
schüttet. Er stößt dort auf Perga-
mente, die den Machtanspruch der
Kirche untergraben. Zwanzig
Jahre später vertraut er einem
Ingenieur die Aufzeichnungen von
damals an. Es entwickeln sich
Intrigen und Machtkämpfe.
»... eine Mixtur aus Historischem
und Fiktivem, wobei einem
durchaus Bilder aus Ecos ›Der
Name der Rose‹ in den Sinn
kommen können.« THÜRINGISCHE
LANDESZEITUNG
Roman. 699 Seiten. AtV 1542

A*t*V